큰 글
한국문학선집

김내성 장편소설

애인(下)

일러두기

1. 이 책은 1954년 경향신문에 연재된 김내성의 장편소설로, 영화로도 제작되어 폭발적인 인기를 끌었던 작품이다.

2. 원전에는 '한자[한글]' 또는 '한글(한자)'의 형태로 혼재되어 있어 그대로 두었다. 다만 제목의 경우, 한자를 삭제하고 한글로 표기하고 이를 각주를 달아 한자를 알아볼 수 있도록 하였다.

3. 원전에서 알아볼 수 없는 글자는 '●'으로 표시하였다.

4. 이해를 돕기 위하여 편집자 주를 달았다.

5. 등장인물의 이름의 경우 성과 이름이 띄어쓰기와 붙여쓰기 혼재되어 있는 것을 모두 붙여쓰기로 통일시켰다.

목 차 (下)

인어와 유모레스크[1]

이튿날 아침, 부산역에서 내렸을 때, 석란은 가벼운 현기증을 느꼈다. 심장이 약한 석란은 잠을 자지 못하면 가슴이 두근거려 마음의 안정을 잃는 적이 많다. 둘이서 이내 택시를 잡아타고 동래 온천에 도착한 것은 늦조반[2]에 알맞은 아홉 시 조금 전이었다.

청운각 호텔은 이 온천 한 복판에 자리를 잡은 이층 양옥이었다. 이층에는 양지바른 베란다가 있고 정원에는 감나무, 이깔나무, 사철나무, 소나무, 노가지나무 등 속이 조그만 연못가를 둘러싸고 있었다. 고기 한 마리 없는 연못에는 새파랗게 이끼긴 물이 절반 쯤 차있었다.

"어서 좀 들어오시오. 어머니는 여전하신가?"

안주인은 수선을 떨면서 두 사람을 이층으로 인도하였

---

1) 人魚와 유모레스크
2) 늦은 조반

다. 마담로우즈와 동년배인 두적 칼칼한 모습을 가진 여인이었다.

"네, 아주머니에게 인사를 잘 드려야만 맛나는 것 많이 주신다고, 기차가 떠날 무렵까지 어머니는 신신 당부하였어요."

거짓말이라고, 지운은 싱긋이 웃었다. 그러나 이만한 대꾸쯤 할 수 있는 석란을 지운은 현실적인 의미에서 도리어 탐탁하게 생각하였다.

"오, 호호홋…… 뉘 집 따님이라고 내가 푸대접을 할라고? 여전히 술도 잘 먹고 계도 많이 하겠지?"

"아주머님께서 적당히 생각해 두심 돼요. 요즈음에는 몸이 나서 술은 좀 삼간다지만…."

"오, 몸이 났군 그래. 팔자 좋은 양반은 다르지."

이층 삼호실 이 이호텔에서는 제일로 넓고 깨끗했다. 그것은 남쪽과 동쪽이 탁 터진 모진 방이었다. 십 조 넓이는 충분히 되었다. 동쪽 창 밑에, 침대가 두 개 나란히 놓여 있었다. 그와 반대편 서쪽에는 의상, 소파, 소탁자 걸상, 그리고 남쪽 창가에 깨끗이 정돈● 테이블이 놓여 있었다.

"하루 온종일 볕이 드는 방이야. 모모하는 고관대작들만 모시던 방인 줄로만 알아요."

"아주머니, 감사합니다."

소학생처럼 정중한 인사를 석란은 일부러 했다.

그래서 마담은 자지러들게 웃으며,

"어머니를 닮아서 녹녹지 않네요!"

그러는데 석란은 지운을 소개하며

"이이가 바로 그이예요."

"처음 뵙겠읍니다. 임지운입니다."

"어쩌면 이렇게도 점잖은 분일까? 언니는 사위도 잘 맞았지. 소설을 쓴다면서?"

"아, 하하……"

지운은 머리를 긁었다.

"그러지 않아도 소설가가 오신다고, 우리 정임(貞妊)이는 눈이 빠지도록 기다리고 있●오.3) 저도 인제 여류소설가가 된다고요."

"아, 따님이십니까."

"네, 부산대학 삼학년이라오. 지금은 학교에 가고 없지만 선생님이 여기 계실 동안만●라도4) 잘 좀 지도해 주십시요."

"그렇지만 아주머니 너무 기대를 크게 가지심 안돼요.

---

3) 있다오.

4) 동안만이라도

아직 올챙이 작가니까, 인제 개구리가 돼봐야만 알아요."

그래서 셋은 유쾌히 웃었다.

"자아, 그럼 목욕이나 하시고, 어서 조반을 자셔야지. 얼마나 시장들 하실까? 가족탕이 지금 비어 있으니까, 마침 잘 되셨오. 자아, 어서 옷들을 훨훨 벗고, 원앙처럼 다정히 한탕하고 올라오시오."

그 순간, 석란은 표정 없는 얼굴을 일부러 지으며 얼른 지운을 바라보다가 시선이 마주치자 킥하고 둘이서 웃었다.

호텔 마담은 석란과 지운이가 마주 쳐다보며 쿡쿡 웃는 양을 보더니만,

"웃기들은…… 그래서 신혼여행이 좋다는 거고, 가족탕이 새가 나는 건데…… 처음엔 좀 서먹서먹할런지 모르지만 한두 번 드나들어 보면……."

"아이 싫어요, 아주머니!"

석란은 얼굴을 붉혔다.

"왜 부끄러워서……."

"아주머닌 누굴 아담과 이븐 줄 아시나봐?"

"그게 무슨 소리인지는 모르지만 정말로 그렇다면 따로 따로 들어갈 수밖에 없지. 그렇지만 이담에 후회는 하지 말아요. 가족탕에도 못 들어가 본 신혼여행을 후회할 시

기가 꼭 올 테니까 말이야. 어쨌든 시장할 테니까 빨리 들어갔다 나와서 식당으로 내려와요."

"아, 이건 갖고 내려가세요. 어머니가 보낸 선물이예요."

석란은 보스턴 백에서 고급과자 두 상자를 꺼내 마담에게 주었다.

"아이고, 언니도 인사성도 밝지!"

마담은 선물을 받아 쥐며,

"조반을 먹고 내려와서 놀아요, 심심할 리도 없겠지만……."

"네."

"마침 서울서 정임이의 약혼자도 내려와 있으니까, 동무가 될 거야."

"아, 약혼을 했어요?"

"다소 이르긴 하지만 상대편이 하도 열심이어서 그래 해버리고 말았지."

"몇 살이에요."

"스물둘이지만 어리디 어려서…… 그렇지만 여자란 손이 빨릴 무렵에 집어 치워야지 어물어물하다가 혼기를 놓쳐 버리는 날에는 구어도 못 먹고……."

"아주머니도…… 누가 뭐 생선인가요? 구어 먹고 지져 먹고……."

"오, 호호홋……."

명랑한 웃음을 남겨놓고 마담은 내려갔다.

"어딘가 우리 어머니와 비슷한 데가 있어요."

"어쨌든 유탁한 분이야. 자아 먼저 탕에 들어가요."

지운은 저고리를 벗어 걸면서,

"그 동안에 내 살림살이를 멋지게 차려 놓을 테니까."

그러면서 우선 트렁크를 열고 석란의 노랑 줄과 검은 줄이 쭉쭉 뻗친 파자마를 꺼내 소파 위에 던져 주었다.

"싫어. 난 나중에 들어갈 테야."

"여기는 호텔이니까, 서양식을 본따서 여존남비의 의를 채려야 하는 거야. 마담 풀리이즈! (부인, 자아, 어서) ……."

지운은 서양 사람처럼 허리를 굽히고 손 하나로 파자마를 입기를 권했다.

"그럼 나 갈아입을 때까지 눈을 꼭 감고 있어요."

"오우케이!"

지운은 눈을 감고 석란의 앞에 군대식으로 딱 차렷을 했다.

"여기 서 그처럼 마주 서 있음 안돼요. 눈을 뜰 염려가 다분히 있으니까, 저리 저리 창가로 가세요."

"아니올시다. 눈만 감으랬으니까, 눈만 감고 이대로 서 있겠읍니다."

"노우 베리 데인져러스! (아냐요. 대단히 위험해요.)
……"

그러면서 석란은 부동의 자세로 서 있는 지운의 몸을
뺑 돌려 세워 가지고 들창가로 쭉쭉 밀고 갔다.

"이렇게 창밖을 향해 서서…… 뒤는 절대로 돌아보면
안돼요. 신사와 숙녀의 약속이예요."

"싫습니다. 나는 신사가 되고 싶지 않습니다."

말로는 그렇게 항거를 하였으나 석란이가 소파 앞으로
돌아와 파자마로 완전히 갈아입을 때까지 지운은 끝끝내
신사가 되어 있었다.

멀리 금강원 마루턱 위에 헬리곱터가 한 대 한가스럽게
떠 있었다.

석란의 새하얀 발꿈치가 새파란 고무 슬리퍼를 끌며
객실 몇 개를 지나 충충대를 밑층으로 걸어 내려가고 있
었다.

밤잠을 못잔 탓인지 머리가 좀 아팠다. 가벼운 현기증
을 느끼며 계단 하나를 잘못 밟아 한두 번 석란의 두 다리
가 후둘거렸으나[5] 욕탕에 들어가서 심신의 피로를 흐뭇

---

5) 후들거렸으나

하게 풀어볼 생각을 하니 마음은 지극히 상쾌하였다.

객 하나가 젖은 타월을 들고 석란을 힐끔힐끔 쳐다보면서 층계를 올라오는 것과 마주쳤다.

조용한 온천장의 늦은 아침녘이다. 밑층으로 내려서니 바이얼린 소리는 좀 더 분명히 들려왔다. 복도가 세 갈래로 나눠져 있어서 마담의 방이 어느 쪽에 붙어 있는지 석란은 모른다. 마담을 만나 석란은 뇌신 한 봉을 사다 달랠 셈으로,

"저 주인 아주머니는 어느 방에 계시죠?"

하고, 오른편 쪽 식당을 나서는 보이에게 석란은 물었다.

"아, 저기 마주 보이는 방 바로 옆입니다"

석란은 가리켜 주는 대로 마담의 방으로 걸어갔다. 그것은 바이얼린 소리가 흘러나오는 바로 옆방이었다.

"아주머니, 계셔요?"

방문 밖에서 석란은 노크를 했다. 그랬더니 옆방에서 들리던 바이얼린 소리가 얼른 멈추며 이윽고 문이 안으로부터 열려졌다. 이 두 방은 안에서 미닫이를 통하여 서로 연결되어 있었던 것이다.

"누굴 찾으십니까?"

문을 열고 내다본 것은 스물너댓 되어 보이는 청년이었다.

"이층 삼 호실에 들은 사람인데요. 아주머니 계심 뇌신 좀 사다 주십사하고요…

그러면서 석란이가 불현 듯 시선을 드는데 웃음을 띄인 청년의 얼굴이 석란을 반가히 맞이하며,

"아, 언젠가 뵈인 분이 아니십니까?"
했다.

"누구신지?"

어디선가 분명히 본 듯 싶은 모습이었으나 석란의 기억은 좀처럼 튀어나오지 않았다. 청년은 와이샤쓰바람으로 한손에 바이얼린을 들고 있었다.

"아, 생각이 잘 안 나실지도 모르겠읍니다. 들어오세요."

"아주머니 어디 나가셨어요?"

"삼 호실 손님을 위하여 특별 요리 차리신다고, 손수 부엌에 나가셨답니다. 어서 좀 들어오세요."

"아냐요. 나 머리가 좀 아파서."

"뇌신은 제게도 있읍니다. 들어오셔서 한 봉 자시지요."

"그러세요? 그럼 죄송하지만……"

권하는 대로 석란은 안으로 들어섰다.

팔 조나 되는 넓은 온돌방이었다. 석란은 청년을 따라 열려진 미닫이 옆방으로 들어갔다. 그 방에는 책이 꽂힌 테이블이 보이고 그 옆으로 칠흑의 피아노가 한 대 놓여

있었고 그 위에 악보가 펼쳐져 있었다. 마담의 딸 정임의 방임에 틀림없었고 이 청년이 바로 서울서 내려왔다는 그의 약혼자일 것이다.

"저이를 어디서 봤을까?"

청년이 피아노 옆에 놓인 트렁크 속에서 뇌신을 찾노라고 부스럭거리고 있는 동안 석란은 과거의 기억을 열심히 더듬고 있었다. 한길가나 다방 같은 데서 동무들의 소개로 한두 번 인사를 바꾼 청년은 대단히 많다.

그 중의 하나일 것이라고 석란은 생각하며 특히 음악을 하는 그룹의 얼굴을 하나씩 골라보았으나 기억은 통 터져 나오지 않았다.

청년은 무척 친절하고 부드러운 데가 있어 보였다. 늠늠한[6] 얼굴에 미소를 지으며 손수 유리컵에다 물을 따라 가지고 내려와서 뇌신을 권했다.

"감사합니다."

석란은 뇌신을 먹고 나서,

"어디서 뵈었어요?"

하며 킥 웃었다.

청년도 빙그레 웃으면서 석란의, 조금도 미안해 할 줄

---

6) 늠름한

모르는 명랑한 얼굴을 물끄러미 내려다보며,

"다소 모욕감을 느끼지만 부인처럼 어여쁜 여성 앞에서는 당연히 참아야 하겠읍니다."

그말이 웃으워서[7] 석란은 또 한 번 킥하고 웃었다.

"제가 부인인 줄은 어떻게 아세요?"

"신혼여행을 오셨으면 부인이시겠지요."

"아주머니한테 들으셨어요?"

석란의 한 쪽 손이 피아노의 건반을 한두 번 똥땅똥당 치면서 하는 말이다.

그러나 청년은 거기 대한 대답이 없이 석란의 얼굴을 쏘는 듯한 눈동자로 바라보며,

"사람이 예쁘다는 건 좋은 일이예요."

했다. 밑도 끝도 없는 말이다.

"무슨 말이예요?"

건반에서 석란은 시선을 들었다."

"부인이 만일 예쁘게 생기지 않았던들 부인은 벌써 따귀 한 대 쯤 얻어 맞았을런지 몰랐으니까요."

"따귀를요? 누구한테 말예요?"

"저한테……"

---

7) 우스워서

"어마?"

석란은 눈이 둥그래지며,

"내가 왜 따귀를 얻어맞아요?"

그러나 청년은 싱글싱글 웃고만 섰다가,

"부인, 피아노 치세요?"

"자기 대답은 없이…… 나도 대답 안할 테야요."

석란은 뺑하니 피아노 옆을 떠났다. 피아노 옆을 떠나 획 얼굴을 돌리는데 테이블 위에 세워 놓은 여자의 사진 틀 하나가 시야에 뛰어들었다.

아직 소녀의 티를 채 벗지 못한 모습이었으나 애련하게 고운 보드라운 정취가 풍기는 얼굴이었다. 이것이 이 청년의 약혼자라고 생각하는 순간 석란은 갑자기 이유 모를 질투를 가볍게 느끼며,

"흥……."

하고 코웃음을 쳤다.

"왜 비웃읍니까? 부인보다 예쁘지 못해서 그러십니까?"

청년의 얼굴은 언제 보나 싱글싱글 웃고만 있었다. 지나치게 여유 있는 태도에 석란은 일종의 압력을 느끼며 강렬한 반발심이 획 가슴속에 뻗쳐 올랐다.

"실례예요! 남의 얼굴을 가지고 이쁘다 밉다 하는 건……."

"아니올시다. 나는 부인의 얼굴을 예쁘다고 그랬을망정 밉다는 말을 한 기억은 전혀 없습니다."

"왜 남하고 자꾸만 비교하는 거예요?"

"비교가 아닙니다. 냉정한 제삼자의 입장에서, 보아도 저 사진의 여성은 확실히 부인의 비웃음을 살 만한 가치밖에는 없으니까요."

대단히 모호한 대답이었다. 말귀로 보아서는 석란이가 더 예쁘다는 결론 같기도 했지만 석란의 비웃음이 일종의 질투를 의미하는 것이 아니냐고 반대로 석란의 용모를 내려깎는 말 같기도 했기 때문이다.

"실례 막심이예요!"

석란은 손바닥 하나를 활짝 펼쳐 가지고 고음부 건반을 한꺼번에 쾅 하고 눌러 보이며 홱 돌아서 온돌방으로 깡충깡충 걸어나갔다.

"실례가 됐으면 용서하시요. 나는 다만 부인의 꽃다운 미모를 존경했을 따름이니까요."

그 말에 석란은 핸들을 쥐고 홱 돌아서면서,

"꽃다운 미모는 그 사진틀에 들어 있지 않아요."

했다. 청년은 석란의 그러한 감정을 태연히 무시하고,

"심심하시거든 또 놀러 내려오십시요. 내가 지닌 온갖 성의를 가지고 부인을 환대하겠습니다."

"사진틀이나 열심히 들여다보고 계세요."

"태양 앞에 달빛처럼 부인의 출현으로 말미암아 이 사진은 이미 빛을 잃었답니다."

"아이 누굴 시골뜨긴 줄 아셔? 에, 에! 다!"

어린애처럼 석란은 혀끝을 한 번 삐쭉 빼 보이고, 나서 문을 탁 열고 나갔다.

가족탕은 거기서 토일릿으로 가는 도중에 있었다. 탈의장으로 들어서자 석란은 옷을 훨훨 벗고 거울 앞에서 사지를 한 번 쭉 펴본 후에 욕탕문을 열고 들어갔다.

물을 쫘악 쫘악 몇 바가지 끼얹고 탕 안으로 들어가서 또 사지를 쭉 폈다.

심신이 다 상쾌하다. 피로가 한꺼번에 확 풀리는 것 같은 흐뭇한 느낌이었다.

그런데 바이얼린 소리가 또 흘러 나왔다. 유모레스크였다.

"참 저이를 어디서 보았을까?"

석란은 다시금 의혹에 사로잡히며 다소 뻔뻔스럽기는 했으나 어딘가 지극히 여유를 가진 늠늠한 기품에 호기심 같은 것이 움직이기 시작하였다.

"여자란 자기의 용모를 칭찬해 주는 것을 제일 좋아하는 동물이나 봐."

무슨 진리 하나를 발견한 것처럼 석란은 유쾌하다. 몸과 마음이 다 같이 날아갈 것처럼 가볍고, 상쾌했다. 주위의 모든 물체가 자기를 위해서 생겨났고 자기를 위해서 찬미를 불러주는 것 같았다.

"태양 앞에 달빛처럼 빛을 잃은 아가씨! 후훗.."

그 한 마디가 참인지 거짓인지는 몰라도 우선 참말로 들어두는 것이 생리적으로 기분이 좋다. 건강을 위해서라도 그대로 들어 둘 필요가 있는 것이라고 석란은 이 의혹의 인물인 미지의 청년을 하나의 ●강체로서 생각하기 시작하였다.

"여자 교제가 상당히 많은 사람이야."

한국의 젊은 남성들은 태반이 석란을 처음으로 대할 때 석란의 시선에 압박감 같은 것을 느끼는 것 같았으나 이 청년에게는 그것이 없다. 뻔뻔스러울 만큼 태연했고 자연스러울 만큼 자기감정을 노골적으로 표현했다. 어딘가 석란 자신과 비슷한 성격의 소유자 같았다.

거기에 비하면 연령의 관계도 있겠지만 지운은 지나치게 점잖았다. 지운에게도 물론 재미 있는 데가 많지만 그 재미가 언제나 고요했고 또 언제나 비판적이어서 마음을 탁 놓고 그 재미에 열중하지를 않았다. 재미는 중도에서 꼬리를 잘리운8) 생선처럼 펄떡펄떡 뛰다가 흐지부지 쓰러지고 마는 것이다.

인어(人魚)처럼 탕안을 비잉 비잉 돌며 유모레스크의 경쾌하고도 흥겨운 멜로디에 저도 모르게,

"라라, 라라, 라라, 라라, 라라……"

하고 기분을 맞추었다.

그러다가도 얼른 생각이 나면,

"도대체 누굴까……"

하는 의혹에 석란은 연방 사로잡힌다.

그것은 실로 불행한 의혹이었다. 그 의혹이 풀리지 않는 한 석란의 머리에서 청년의 모습과 함께 청년이 뱉은 유혹적인 찬사를 떼어 버릴 수는 도저히 없다.

"내 따귀를 때린다고 했었지?"

자기가 따귀를 얻어맞을 만한 깊은 관계가 청년 사이에 있을 성싶지는 않았다.

"확실히 낯이 익는데……"

석란은 점점 청년에게 대해서 호기심과 관심을 갖기 시작하였다.

"이번에 만나면 꼭 물어 봐야지."

저 편만이 자기를 알고 이 편은 모르고 있다는 것은

---

8) 잘린

적지 않게 불쾌한 노릇이다. 그러한 불쾌감과 호기심의 노예가 되어 훌쩍 일어서서 탕을 나서려는데 현기증이 확 왔다.

심장이 다소 약한 탓으로 목욕을 할 때면 이전에도 가끔 느끼는 현기증이었다. 그래서 대리석 테두리에 상반신을 기대고 잠시 눈을 감고 있노라니까, 다시금 정신이 들었다.

석란은 다소 공포를 느끼면서 얼른 탕 밖으로 나와 찬물을 확확 끼얹으며 비누질을 시작하였다.

초야[9]

어린애처럼 야옹을 하며 발가우리한 혀끝을 익살맞게 쪼옥 내보이고 바람처럼 획 사라진 석란의 도발적인 귀여운 모습을 유모레스크를 켜는 동안 청년은 쭈욱 생각하고 있었다.

바이얼린의 서정적인 감미로운 멜로디가 욕탕에 들어앉은 신혼부인의 감정을 화려하게 수놓아 줄 것을 청년은 계산하고 있었다.

그래서 센티멘털한 곡을 일부러 피하고 석란의 개방적인 명랑한 기질에 어울릴 경쾌한 유모레스크를 청년은 택했다.

청년은 석란이가 욕탕에서 나올 무렵 쯤 해서 바이얼린을 던지고 침대 위에 걸려 있는 거울 앞으로 갔다. 머리에

---

9) 初夜

다 매끈하게 빗질을 하고 정임이의 화장품을 꺼내서 로션을 얼굴에 문질렀다. 그리고는 문을 열고 복도로 나섰다. 석란이가 이층으로 훌쩍 올라가 버리기 전에 복도에서라도 한 번 더 만나보고 싶었다.

청년은 토일릿으로 걸어가면서 탈의장 안을 힐끔 들여다보았다. 파자마를 다 입고 난 석란의 뒷모습이 거울 앞에서 머리 손질을 하고 서 있었다.

토일릿 대리석 댓돌 위에서 들창 밖으로 푸른 하늘을 쳐다보고 서 있는데 등 뒤 탈의장에서 무엇이 쓰러지는 것 같은 소리가 쿵하고 들려 왔다.

청년은 이윽고 토일릿을 나서서 자기 방으로 걸어가면서 탈의장 안을 후딱 들여다보다가,

"아?"

하고 외쳤다.

석란이가 체경 앞에 쓰러져 있었다.

결혼식 때문에 며칠 밤을 고단히 지냈고 어젯밤은 기차에서 뜬 눈으로 새운 석란의 강인하지 못한 체질이 마침내 말썽을 일으킨 것이었다.

청년은 뛰어 들어가서 석란을 안아 일으켰다.

얼굴이 종이장처럼 새하얗게 핏기를 잃고 있었다.

"부인, 정신을 차리시요."

어깨를 흔들어 보았으나 석란은 대답이 없다.

"뇌빈혈이다!"

청년은 휙 석란을 안고 일어섰다. 복도로 나와 자기 방으로 들어가서 침대 위에 눕혔다. 그리고는 장모인 마담을 부르려고 일단 문을 열었다가, 무엇을 생각했는지 다시 쾅 닫아 버리고 말았다.

청년은 다시 침대 앞으로 걸어와서 석란의 창백한 얼굴을 물끄러미 들여다보았다. 창백하기는 했으나 탕에서 갓 나온 석란의 피부가 반들반들 윤이 돌고 있었다.

부인이라기에는 너무도 젊은 신선한 얼굴 모습이었다.

청년은 문득 손을 뻗쳐 석란의 다소 물기가 있는 흑칠의 머리털을 덥썩 어루만져 보았다. 그 순간 지남철에 끌리는 쇠붙이모양 청년의 얼굴이 휙 석란의 말 잃은 입술을 덮어 버렸다.

석란의 한 쪽 손이 조금 움직이었다. 청년은 얼른 입술을 떼고 허리를 폈다. 그리고는 도어를 열고 주방을 향하여 소리를 쳤다.

"어머니, 빨리 좀 들어오세요! 위스키 한 잔만 따라가지고…… 삼 호실 손님이 뇌빈혈로……"

그러는데 석란이가,

"후우——"

하고 긴 한숨을 내뿜으면서 후딱 눈을 떴다.

"아 정신을 차렸읍니까?"

청년은 걸상을 끌어다 침대 옆에 걸터앉으며 부드러운 표정을 지었다. 석란의 얼굴에 차차 생기가 돌기 시작하였다. 몽롱한 눈동자로 천장을 멍하니 쳐다보다가 문득, 시선을 돌리며,

"여기가 어디예요?"

했다.

"정신을 차리셔서 다행입니다. 탈의장에서 정신을 잃고 쓰러져 있었읍니다."

"어머나?"

그때야 석란은 자기가 탈의장 거울 앞에서 눈앞이 갑자기 피익 돌던 기억이 새롭히었다.

마담이 위스키 한 잔을 따라가지고 허둥지둥 뛰어들어온 것은 바로 그때였다. 마담도 설명을 듣고 깜짝 놀라며 위스키를 권했다. 석란은 권하는 대로 양미를 찌푸리며 절반 쯤 마시고 나는데 젊은 보이의 뒤를 따라 지운이가 뛰쳐 들어 왔다.

"뇌빈혈로 쓰러졌다고? 어디 다친 데나 없소?"

지운의 허겁진 모양을 바라보며,

"인제 괜찮아요."

석란은 방긋이 웃어 보이며 침대 위에 일어나 앉았다.

"아이, 남의 귀한 딸을 맡았다가 큰일 날 뻔 했네요. 피곤했던 몸 밤에 잠을 못잔 탓이야."

마담의 설명으로 지운도 사정을 알았다. 그래서 청년을 향하여 먼저 인사를 하였다.

"수고를 끼쳐서 죄송합니다. 임지운입니다."

"박준모(朴俊模)라고 부릅니다. 다행이 제가 지나가다가……."

그러면서 박준모 청년도 정중한 인사를 하였다.

"우리 사위예요. 아직 학생이지만 이제 졸업을 하고는 미국 유학을 갑니다."

마담은 사위를 자랑하였다.

"그리고 임 선생은 소설을 쓰시는 분이야."

"어머니의 소개가 없어도 벌써 다 알고 있읍니다."

"정임이가 그랬었겠지. 정임이가 돌아오면 무척 기뻐할 텐데……."

"정임 씨는 소위 문학소녀랍니다. 시나 소설을 쓰는 사람만 보면 그것이 애꾸눈이나 절름발이라도 금시 좋아지는 그런 종류의 위인이지요. 임 선생 많은 지도가 계시기 바랍니다."

그러면서 박준모는 겹신하고 머리를 숙여 보였다.

참으로 실례 막심한 말이라고 지운은 불쾌하기 짝이 없었다. 자기의 약혼자와 소설가 임지운을 한꺼번에 통틀어서 경멸하는 언사임에 틀림없었다.

"대학은 무슨 과지요?"

지운은 불쾌감을 꾹 참으면서 물었다.

"정치과입니다. 처음엔 음악과를 할까도 생각해 봤지만요. 우리 한국에서 음악을 전공하다가는 창자에 거미줄이 쓸 것만 같아서 그만 두었읍니다."

마디마디가 불쾌한 수작뿐이었다. 이 학생에게도 남과 같은 신경이 있는지가 의문이었다. 남이야 불쾌하건 어쨌든 간에 자기의 말만 씨부리면,[10] 그만이었다.

"그래서 저는 장래의 외교관으로 나설까 합니다. 그 방면에는 다분히 소질을 가지고 있다고 내 친구들도 모두 인정해 주지요."

참으로 유치하고도 껍진한[11] 청년이라고 이런 종류의 타잎을 하나 자기 주위에서 발견한 것을 지운은 한 사람의 작가 정신을 가지고 내심 기뻐하였다.

인간적으로는 침을 뱉어주고 싶은 존재였으나 성격이나 인생관을 탐구하는 좋은 재료가 된 것만 같아서 맞장

---

10) 씨부리다: 떠들며 말하는 것을 이르되 얕잡아서 말함. 지껄이다. 재잘거리다.

11) 껍진하다: 1. 끈적끈적하게 들러붙는 느낌이 있다. 2. 성질이 끈끈하고 검질기다.

구를 쳐 주었다.

"친구들이 그것을 인정해 주었으니까, 그 방면에는 틀림없이 성공할 것입니다. 많이 노력하시요."

그러는데 박준모 청년은 힐끔 석란을 바라보면서,

"참 부인께서도 정치외교를 전공하신다지요?"

했다.

"그건 다 어떻게 아세요?"

"다 알고 있답니다."

박준모는 그저 빙글빙글 웃기만 했다. 참으로 수수께끼의 사나이였다.

조반을 먹고 한 잠 늘어지게 자고난 석란은 아침보다 기분이 대단히 명랑해졌다. 수일동안의 피로가 확 풀리어 나간 것 같은 상쾌한 오후였다.

석란이가 자는 동안 지운은 방을 적당히 정리해 놓았다. 옷은 모조리 양복장에 넣고 책 몇 권만 테이블 위에다 정돈해 놓았다. 손수 방안에 비질도 했다. 그리고는 베란다로 나가서 금강원 계곡을 바라보면서 담배를 피웠다.

그 동안 바이얼린 소리가 한 두 차례 가늘게 들려왔다.

석란이가 눈을 뜬 것은 오후 세 시 경이었다. 둘이는 소파에 걸터앉아서 차를 마시고 포옹을 했다.

다섯 시 조금 전에 박준모가 올라왔다. 오늘밤 정임이

가 마침 부산시내에서 댄스 파아티가 열리어 못 나온다는 것이었다.

"그래 임 선생 내외분이 오셨다고 했더니 두 분을 꼭 모시고 오라는 겁니다. 가보시지요."

지운이가 거절을 했더니,

"그럼, 임 선생님은 원고나 쓰시고 부인, 저와 같이 가보십시다. 아주 재미있는 파아티랍니다. 더구나 임 선생 부인이라면 대환영을 할 테니까. 체격이나 몸매를 보면 부인의 춤은 시골뜨기들을 깜짝 놀라게 할 것이 분명하지요. 자아 어서 가십시다."

지운이가 또 거절을 했다.

"아니, 임 선생더러 하는 말이 아니고 부인에게 하는 말입니다."

추근추근하기가 짝이 없다. 이 청년도 된장에 깍두기를 먹고 자랐느냐고 지운은 불끈 화가 치밀어,

"부부일체야. 내 말이나 부인의 말이나 마찬가지니까. 박군이나 어서 가보시요."

"그렇지는 않을 것입니다. 민주주의 사회에서는 각자의 의사가 존중돼야만 하는 것이 아니겠읍니까?"

"민주주의고 무슨 주의고 간에 우리는 안 간다는 밖에 —"

"우리가 아니올시다 나는 지금 복수(複數)를 물은 것이 아니고 단수(單數)를 물은 것입니다."

"어쨌든 귀찮으니까, 혼자 가 봐요."

지운은 남편으로서의 권위가 깎기는 것 같아서 꽥 하고 소리를 쳤다.

"그렇지만 임 선생님 같은 문화인이 그처럼 독재주의를 써서야 되겠읍니까? 민주주의 사회의 목탁(木鐸)이 되셔야 할 분인데……"

그러는데 석란이가 웃으워 죽겠다는 듯이 깔깔깔깔 허리를 꼬며 외쳤다.

"아이, 재미있어! 여보, 이론으로는 당신이 졌어요, 졌어!"

그 말에 박준모는 승리자처럼 빙그레 웃으며,

"보세요, 부인은 역시 민주주의적인 교양을 받으신 분이지요. 존경합니다!"

박준모 청년은 머리를 한번 숙여 보였다.

남편으로서의 체면과 예술가적인 자존심이 홱 하고 머리를 들었으나 그러나 지운은 논리의 궁핍을 느끼고 표정만 푸르럭거렸다.

"그렇지만 나 오늘 춤추고 싶지 않아서 그만두겠어요. 혼자 가 보세요."

"아, 정히 그러시다면 하는 수 없읍니다. 부인네들의 의사를 존중하는 것이 현대인의 교양이니까요. 그럼 두 분의 신혼 초야를 마음으로 축복하면서 물러가겠읍니다."

그러면서 박준모 청년은 천천히 밖으로 사라졌다. 그 지극히 여유를 가진 청년의 뒷모습이 지운의 눈에는 한 덩어리의 분뇨(糞尿)처럼 더럽게 비치었다.

그날 밤 지운은 쭈욱 기분을 상하고 있었다. 그처럼 껍진한 청년에게 정신을 잃은 석란의 몸뚱아리[12]가 탈의장에서부터 침대 위까지 운반되어 갔다는 사실이 그지없이 불쾌했다.

더구나 신혼 초야인 줄을 뻔히 알고 있으면서도 기어코 석란을 파아티로 끌어내려는 그 몰상식과 무신경이 지운이와 같은 가냘픈 신경의 소유자에게는 불쾌하다기보다도 일종의 위협감을 느끼게 하였다.

게다가 석란은 또 석란대로 한 사람의 아내라는 관념은 전혀 무시하고 지나치게 공평한 판단을 내리면서 깔깔대고 웃고 있었다. 확실히 이론으로서는 지운이가 졌다. 그러나 석란이가 조금만 더 남편의 기분을 존중하고 가정에

12) 몸뚱이

대하여 성의를 가졌다면 그러한 형식 논리에 흥미를 느끼고 깔깔대지는 않았을 것이다.

그러나 또 한 번 돌이켜 생각하면 그것이 석란의 성격이라고 지운은 자기의 연륜을 계산하며 나이 어린 신부를 이해하고자 노력하는 것이다.

"아이, 재미도 없어!"

위스키 티이를 마시며 혼잣말처럼 중얼거렸다.

지운은 제 손으로 위스키를 따라 석 잔이나 꿀꺽꿀꺽 마시며 석란의 얼굴을 덤덤히 바라보다가,

"석란!"

"네?"

"나는 민주주의라는 것이 갑자기 싫어졌어."

"무슨 말인데……."

"민주주의가 부부의 의사를 각기 존중하는 건 좋지만…… 그것 때문에 가정의 성실한 분위기가 파괴당한다면 그런 민주주의는 내게는 불필요해."

"아, 아까 그 학생의 이야기?"

석란은 비로소 지운의 침울해진 원인을 발견하고 킥킥하고 한 번 웃고 나서,

"인제 보니, 어린애 같은 데가 있어요. 아이, 정말 귀엽네요!"

했다.

지운은 웃었다. 연령의 위치가 순식간에 바뀌어지며 석란은 어른이 되고 지운은 어린애가 되어 버렸다.

"그렇지만 이론적으로는 그 학생의 말이 옳지 않아요?"

지운은 다시금 서글퍼졌다.

"이론적으로 옳을런지 모르지만 그것을 석란의 입으로 강조할 필요는 없다는 말이요."

"왜요? 옳은 건 옳고 그른 건 그를 수밖에……"

위스키 잔을 내려놓고 지운은 휙 몸을 일으켰다.

"나는 지금 이론을 말하고 있는 것이 아니요. 부부 생활에 필요한 것은 이론적이기보다도 애정과 이해일 것이요. 권위와 의무를 내 세우기 전에 상대편의 입장을 다사롭게 이해하려는 노력이 필요하다는 말이요."

지운은 존칭을 썼다.

감정의 거리가 생긴 증거였다.

석란은 대답을 않고 지운의 얼굴을 비둘기처럼 말똥말똥 쳐다만 보다가,

"이해는 이해고 이론은 이론이야만 하잖아요? 그 학생의 말이 옳긴 옳지만 제가 선생님을 이해했기 때문에 거절한 것이 아냐요?"

석란이도 그처럼 서먹서먹하다던 선생님을 마침내 썼다.

"내 입장을 이해하지 않았더라면 따라 나섰을런지 몰랐다는 말이고?"

"선생님은 댄스에는 흥미가 없으니까 그러시지만……"

그러면서 석란은 갑자기 풀기를 잃고 고개를 수그리었다. 눈물이 핑 돌며 석란의 감정은 차차 서글퍼지는 것이다. 오랫동안 고개를 숙이고 있던 석란은 이윽고 눈물 한 방울이 눈꼬리에 달랑달랑 매어달린 쓸쓸한 얼굴을 들며,

"선생님."

하고 조용히 불렀다.

"선생님. 제가 모르는 것이 있음 화내지 말고 가르쳐 주셔요."

그 조용한 한 마디가 뭉클하고 지운의 감정을 순수하게 쳤다.

작가 임지운이 인간에게 바라고 있는 것은 이론의 투쟁이 아니고 감정의 조화였다. 그리고 지금 실로 뜻밖에도 석란의 입으로부터 감정의 조화를 조용히 제시해 왔다는 사실은 석란의 성장을 의미하는 하나의 단계 같아서 지운은 무한히 기뻤다.

일단은 멀어졌던 감정이었다. 그 감정이 다시금 가까워지며 그것이 또 다시 비약을 하여 하나의 절실한 애정으

로 변모를 하는 순간, 지운은 석란의 등 뒤로 휙 돌아가서 석란의 두 어깨를 힘껏 품으며,

"석란, 내가 화 낸 것 용서해요."

그 말에 석란은 얼굴을 돌려 지운을 쓸쓸히 쳐다보며,

"제가 아마도 잘못됐나 봐요. 선생님보다 나이가 어리니까 잘못되는 점이 많을 거예요. 그때는 화를 내지 말고 조용히 타일러 주세요."

그러면서 석란은 두 팔을 벌리고 지운의 품속으로 기어 들어왔다.

"석란! 석란은 참 좋은 말을 했어! 서로 이해하고 서로 용서하면서 우리 길이 행복하게 살아요!"

"아, 선생님!"

"석란!"

석란은 지운의 품에 얼굴을 파묻고 코메인 소리로,

"오늘은 신혼 초야죠! 그런 걸 제가 춤추러 가고 싶어해서 죄송해요."

그러면서도 석란은 자기의 이론이 그른 것이라고는 끝내 생각하지 않았다.

타협일 뿐이었다.

"괜찮아, 괜찮아? 내일 밤이라도 여기서 파아티를 열면 되니까?"

"선생님은 댄스를 좋아하지 않는데……"

"석란이가 좋다면 나도 인제 좋아지겠지. 그렇지만 나는 서툴러서……"

"조금만 더 배움 될 텐데……"

"댄스가 그처럼 좋을까?"

"응, 멋지잖아?"

이윽고 둘이는 훌쩍 일어서서 탱고의 스텝을 밟기 시작하였다. 석란은 콧노래를 부르며 갑자기 명랑해졌다.

"푸롬나아드를 좀 더 곱게…… 허리의 선이 옆으로 살짝 흐르는 것처럼……"

그러나 석란처럼 지운의 스텝은 곱지를 못했다.

"정지 스텝이 너무 빨라요. 언제든지 슬로우…… 옳지 퀵퀵 슬로우…… 퀵퀵 슬로우…… 그렇게 걸어다니지를 말고…… 탱고는 정지 스텝이 고와야만 멋져요."

스텝을 밟는 동안 지운은 다른 생각을 하고 있었다. 석란처럼 흥이 나지 않아 율동의 흥미보다 사색의 흥미를 더 소중히 하였다.

"두 개의 육체가 자아내는 율동의 하아모니가 댄스의 기본 정신이라면 오늘의 사교댄스는 어째서 동성 간에는 행하여지지 않고 이성간에만 성행하는가?"

율동의 조화에서 오는 쾌락보다도 먼저 쾌락 하나가

확실히 있다. 지운은 석란의 육체에서 신비로움을 먼저 느꼈다. 그 신비로운 접촉감을 의식함이 없이 율동의 조화만을 향락하기 위해서는 인간이 지닌 관능의 마비가 요청돼야만 하는 것이다.

지운은 스텝을 멈추고 석란을 이끌어 침대 위에 안아 올렸다.

이튿날은 일요일이었다. 먼저 일어난 지운이가 목욕을 하고 올라와 보니 석란은 그냥 잠이 들어 있었다. 지운은 거울 앞으로 가서 머리에 빗질을 하고 섰는데 자는 줄 알았던 석란이가 눈을 가스럼이 뜨고 지운의 뒷모습을 말끄러미 바라다보며 익살맞게 킥하고 웃었다.

어제까지도 선생님이라고 부르던 자기의 감정이 전설인 양 희미해지며 존경의 념과는 정반대로 소꿉장난을 하며 자라난 소학교 동무처럼 갑자기 다정해졌다. 정말로 소꿉장난 같은 하룻밤이었다.

생면부지인 남과 어떻게 약속 하나로 일생 동안을 같이 사느냐고, 어제까지도 석란이가 품었던 결혼생활의 신비성이 차츰차츰 해소되어 가는 것 같은 느낌이었다.

석란의 기억이 부끄럼을 가져왔다. 그래서 다시금 소리 없이 혼자서 킥킥 웃었다.

"저처럼 점잖은 양반이……"

인간 생활의 표리를 엿본 것 같아서 시야가 갑자기 넓어지고 사고 방법이 무섭게 비약을 한다.

석란이 또래의 세계에서는 사랑이라든가 애정이라든가 한낱 관념적인 감미로움의 경지를 벗어나지 못하고 있었던 것이다. 동료들의 눈에는 연애박사와도 같이 비쳤던 석란의 세계도 결국에 있어서는 한낱 안개 속의 인생이요, 지식이었다.

그러던 것이 마침내 안개의 베일이 벗겨지면서 애정의 궁극적인 정체를 발견하고 석란은 새삼스럽게 놀랐다. 다소의 예비지식은 물론 가지고 있었지만 그러한 육체의 학대가 애정의 실체(實體)라고는 통히 느껴지지 않았다.

책 한 권을 읽음으로서 사아드나 마조호의 방법을 지식으로서 흡수를 하고 강한 것처럼 떠들어 보기는 했었으나 석란의 스물셋으로는 상상조차 할 수 없는 머나먼 경지였다.

어쨌든 어제까지도 서먹서먹하던 감정이 제거되고 그 대신 부끄러운 감정이 자꾸만 왔다.

그것이 이날 아침 석란의 인생이 가져본 절실한 실감이었다.

석란은 갑자기 장난을 하고 싶어졌다. 손을 뻗쳐 침대 머리맡에 놓인 상자에서 크리임 초콜렛을 몇 알 집어들고 그 한 알을 힘껏 던졌다. 돌아서서 빗질을 하고 섰는 지운의 뒤통수를 툭 치고 초콜렛은 발꿈치 뒤로 데구루루 떨어졌다.

지운은 휙 뒤를 돌아다보았다. 그러나 석란은 눈을 감고 곤히 잠들어 있었다. 지운은 빙긋 웃었다. 웃으면서 발밑에 떨어진 크리임 초콜렛을 주워 들고 가만히 던졌다. 석란의 다소 뾰족해 보이는 코끝을 툭 쳤다. 그래도 석란은 잠이 깨지 않는다.

지운은 침대 앞으로 성큼 성큼 걸어와서 석란의 이마에다 입술을 한 번 누르고 나서,

"인제 일어나요. 일어나서 목욕을 하고 조반을 먹고 우리 금강원에 가요."

그랬더니 석란은 그냥 눈을 감은 채,

"당신은 나쁜 사람이야!"
했다.

"왜 나빠?"

"몰라이!"

지운은 귀여운 듯이 석란의 코를 두 손가락으로 한번 꼭 집었다 놓,[13]

---

13) 놓으며

"빨리 일어나요."

"잡든 사람이 어떻게 일어나요?"

"눈을 떠요."

"당신 보기 싫어서 나 영영 눈 안 뜰 테야. 나뻐, 나뻐!"

"이래도 안 뜰 테야?"

"아이, 간지려!"

헤쳐졌던 파자마 깃을 두 손으로 움켜 쥐고 석란은 캬득 캬득 몸을 꼬며 발딱 침대 위에 일어나 앉았다.

아내의 자유[14]

늦조반을 먹은 후에 간단한 점심 식사를 꾸려가지고 호텔을 나서려는데 박준모와 그의 약혼자 정임이가 시내에서 돌아왔다.

곤색 양복에 정임은 스쿠울백을 들고 있었다. 애련한 얼굴모습이 소녀처럼 어리디 어렸다. 동굴납작한 보드라운 얼굴에 솜털이 아직 보수수하다. 고등학교 생도라면 어울릴 몸매였다.

정임은 어머니의 소개로 서로 인사를 바꾸고 나서,

"선생님, 어제 왜 안 오셨어요? 모두들 선생님 오시나를 기다리고 있었는데……"

정임은 얼굴을 붉히며 지운을 눈부신 듯이 쳐다보았다.

"아 어제는 좀 피곤해서 그대로 잤읍니다."

---

14) 아내의 自由

그러면서 지운은 십 년 전 창경원에서 만났던, 해군복의 소녀를 불현듯 연상하였다. 그 소녀와 어딘가 같은 분위기를 지닌 학생이라고, 석란과는 대조되는 타잎이 하나가 우선 머리에 왔다.

"어제는 재미있었겠어요."

석란이가 옆에서 박준모에게 하는 말이다.

"부인이 오셨더랬으면 여왕노릇을 했을 건데…… 참으로 유감이었읍니다."

그러는데 정임이가 어머니를 향하여,

"어머니 오늘밤 임 선생님 내외분을 환영하는 의미에서 파아티를 열기로 했어요. 그래서 저녁에 모두들 이리 나온다구요."

"그것 참 잘됐구먼. 그러지 않아도 네가 돌아오면 임 선생님 내외분을 모시고 같이 저녁을 할려고 생각하고 있었는데……."

"아마 칠팔 명은 될 거예요."

"그래라. 내 저녁 준비를 해 놓을 테니 임 선생님을 모시고 금강원에나 다녀오려므나."

그래서 점심 식사를 두 사람 분 더 싸가지고 넷은 호텔을 나섰다.

일요일이래서 오전부터 욕객들이 들어 밀렸다. 무슨 여

관, 무슨 호텔, 무슨 요정 하고 색채가 짙은 간판들이 울긋불긋 화려하다. 금강원 정문을 향하여 넷은 걸어가고 있었다.

박준모가 먼저 어깨에 멨던 카메라로 단청을 베풂은 금강원 정문을 배경으로 하여 세 사람의 뒷모습을 필름에 넣었다. 카메라는 석란이도 메고 있었다.

"선생님의 작품, 저도 몇 편 읽었어요."

"아, 하하…… 변변치도 않은 것을……"

지운은 겸손하게 웃으며,

"어머니의 말씀이, 정임 씨는 문학에 취미를 가졌다는데…… 장래 여류 작가가 되신다고."

"…………"

"아이, 이를 어쩌나?……"

정임은 또 얼굴을 붉히며,

"어머니는 뭐든지 과장을 해서 말을 해요. 예술이란 할려고 해서 되는 게 아닌데……."

정문을 지나 완만한 비탈길을 올라가면서 정임은 큰일 났다는 표정을 지었다.

가을인지 겨울인지, 계절의 한계가 분명치 않은 동지달 초순, 눈이 부시도록 햇빛이 밝다. 청명한 대기가 피부에 산뜻했다.

지운과 정임의 대화에는 그리 신경을 쓰지 않는 박준모와 석란이었다. 박준모는 몇 걸음 앞서 걷는 석란을 향하여 카메라를 겨누면서,

　　"저, 부인!"

하고, 갑작스럽게 불렀다.

　　"네?"

하며, 석란이가 돌아서는데 채깍 하고 셔터는 끊기었다.

　　"부인, 용건은 끝났읍니다."

　　"아이, 예고도 없이 찍는 법이 어디 있어요?"

　　"그래야만 부인의 그 청초한 아름다운 모습이 자연성을 띄지요."

　　석란은 눈을 흘겼고 정임과 지운은 눈썹을 모았다.

　　서양 사람들은 자기 아내의 미모가 칭찬을 받을 때, 그 아내의 몫까지 기뻐한다는데, 자기는 어째서 불쾌한 감정으로 눈썹을 모아야 하는가고, 자기의 세련되지 못한 사교성에 그 원인이 있는 것도 같아서 처음에는 공정한 입장에서 객관적인 비판을 지운은 꾀하여 보았다.

　　그러나 아무리 노력을 해보아도 기쁜 감정은 통 우러나오지 않고 불쾌한 생각만이 자꾸만 머리를 들었다. 자기의 생각이 다소 고루해서 그런가 하고도 타진해 보았으나 자기만한 문화인도 그리 많지 않을 것이라는 현실

에 봉착하는 순간, 그것은 오로지 임지운 일개인의 문제라기보다도 전체 한국인의 생리요, 감정이요, 모랄일 수밖에 없었다.

그리고 그러한 한국적인 도덕률을 박준모 청년은 대담하게 무시하고 있는 것이다.

그뿐이 아니었다. 석란 역시 박준모와 비슷한 대목이 다분히 있다. 자기나 정임이가 그러한 것처럼 박준모의 그러한 노골적인 찬사 앞에 당연히 눈썹을 모아야 할 한국의 아내인 석란이가 도리어 눈을 곱게 흘겼다는 사실은 확실히 한국적인 모랄을 무시하고 있는 것이다.

박준모는 따라가서 석란이와 어깨를 나란히 하고 삼미터 앞을 걷고 있었다. 무슨 말을 하는지 석란이가 가끔가다 갸득갸득 웃는다. 또 무슨 짓궂은 찬사 앞에 석란의 생리가 명랑해졌는지 모른다. 그 갸득거리는 웃음소리가 아까 아침 지운의 손가락이 간지럽다고 파자마 깃을 두 손으로 움켜쥐고 허리를 꼬던 그때와 다름이 없다.

그렇다고 석란을 불러 세워 박준모 옆에서 떼어 놓을 수도 또한 없는 일이 아닌가. 그래 볼까도 생각해 보았으나 그러면 그럴수록 자기의 세련되지 못한 쑥스러움만이 커다랗게 확대되어 마치 에트랑제(異邦人[이방인])와도 같은 두 남녀의 조소를 받을 것만 같아서 지운은 싫었다.

"선생님 부인, 무척 명랑하셔요."

지운의 얼굴을 가만히 엿보며 정임은 말했다.

어두운 상념으로부터 지운은 후딱 시선을 돌렸다. 부드럽게 웃으며 그러나 대답은 하지 않았다.

"현대적이고…… 스타일이 멋져요. 물론 연애결혼이시죠?"

"아, 연애…… 연애……"

지운은 대답을 못하고 그 한 마디만 되풀이하고 있는데 석란의 명랑한 웃음소리가 또 깔깔 들려왔다. 박준모의 웃음도 뒤이어 들렸다.

"아이, 무슨 이야긴지는 모르지만 무척 재미있나 봐요."

그러면서 정임이가 지운의 표정을 힐끗 쳐다보는데 손뼉을 치며 깔깔대던 석란이가 손을 번쩍 들고 휙 돌아서며,

"빨리들 올라와요."

하고 고함을 치다가,

"아이, 아베크가 멋지네요!"

했다. 그리고는 얼른 둘러맸던 카메라를 빼들고, 천천히 걸어 올라가는 둘이의 모습을 필름에 넣었다. 그것을 보자 박준모도 자기 카메라에 한 장 찍어 넣었다. 그리고는 기다릴 생각은 통이 없이 다시금 자기네끼리만 돌아서서

걸어 올라갔다.

남편을 정임에게 맡겨 놓았다는 석란의 안도감과 약혼자를 지운에게 맡겼다는 박준모의 그것이 두 사람의 행동을 좀 더 대담하게 하였다.

"어마, 어쩌나?"

정임은 아베크라는 한 마디가 확 부끄러워 지운의 옆에서 한 걸음 물러섰고 박준모는 반대로, 한 걸음 바싹 석란의 곁으로 다가섰다.

"생각하던 것과는 딴판으로 임 선생은 고루한 분이예요."

박준모 청년은 그렇게 말하여 석란의 남편을 비방했다.

"예술가답게 생각과 행동이 좀 화려해야겠는데…… 저런 분에게는 민주주의 체제는 맞지 않을 거요, 부부일체라고 결혼만 하고 나면 아내의 자유를 무자비하게 속박을 하지요, 어서 어서 우리 한국의 남성들도 좀 깨야겠는데, 생각하면 개탄할 노릇이지요."

여기서 석란이가 만일 남편을 참되게 존경하든가 남편에게 참된 애정 같은 것을 느낀다면 박준모 청년의 이러한 비방에 접하여 당연히 불쾌한 감정이 생겼어야만 했을 텐데 불행히도 석란은 그렇지가 못했다.

박준모가 지금 확실히 자기 남편을 비방하고 있다고 생각하면서도 불쾌하지는 않았고 도리어 박준모의 언사에 동감과 이해가 갔다.

"결혼한다는 것은 아내 되는 사람의 자유를 속박하는 것을 의미해서는 아니 되지요. 우리 조상의 어머니나 할머니가 그랬다고 해서 오늘날 대표적인 문화인이야만 할 작가 임지운 씨까지가 그래서야 될 뻔한 이야긴가요."

선생이라는 존칭을 박준모는 대담하게 떼어 버렸다.

"석란 씨는 어떻게 생각합니까?"

부인이라는 명칭도 마침내 떼어 버리는데 성공하였다. 부인이라는 말은 석란으로 하여금 남편의 존재를 자꾸만 생각하기 때문에……

"준모 씨의 생각에는 동감이예요."

석란도 성은 떼어버리고 이름만을 부르게 되었다. 한 걸음 한 걸음 감정이 접근하는 징조였다. 둘이가 다 개방적인 성품이어서 감정의 조화에 있어서도 오랜 시간을 요하지 않았다.

"역시 석란 씨는 현대적인 센스와 총명을 가진 분입니다. 호흡이 맞아요."

"왜 정임 씨는 그렇지 못해요?"

그렇지 못하다는 한 마디를 석란은 예기도 했고 바라기도 하면서 묻는 말이다.

"아주 고리타분한 십구 세기적 성품이지요. 그런 점에

있어서 지운 씨와 호흡이 잘 맞을 겁니다."

그러면서 박준모는 문득 뒤를 돌아다보았다. 백 미터 이상이나 떨어진 곳에서 지운과 정임은 천천히 걸어오고 있었다. 박준모가 의식적으로 걸음을 빨리했던 보람이 있었다.

"정말 호흡이 맞나 봐!"

석란도 뒤를 돌아보면서 하는 말이었다.

"빨리 와요!"

석란은 손을 흔들며 고함을 쳤다.

"그대로 내버려 둬요. 지금 한참 호흡이 맞는데 방해를 하는 건 실례가 되지요. 민주주의적으로 쌍쌍이 잘 구성되었읍니다."

"후훗.. 민주주의적으로"

석란은 킥킥 웃으며,

"준모 씨가 사뭇 걱정이겠어요."

"왜요?"

"정임 씨는 소설가람 애꾸눈이라도 좋아진다면서?"

이 한 마디는 박준모로 하여금 석란의 마음을 저울질하는 좋은 재료가 되어 있었다.

그것은 박준모와 정임이의 관계에 샘을 내고 있다고 보아도 좋고 아니, 그보다도 남편인 지운에게 대한 석란의 애정이 조금도 다급한 데가 없다는 사실을 증명하고 있었던 것이다.

그래서 박준모는 거기 대한 대답을 피하고 한 발을 더 떠서,

"그렇게 되면 석란 씨가 다소 걱정이 되시겠지요. 워낙이 원앙같이 애정이 농후한 신혼부부니까요."

순간, 석란은 부부 생활의 비밀 같은 것이 불현 듯 머리에 떠올라

"후훗……"

하고 웃으며 박준모의 얼굴을 무섭게 흘겼다.

중도에 적당한 자리가 있었으나 박준모는 조금 더 올라가자고 했다. 꾸불꾸불 길이 꾸부러져 어떤 때는 뒤로 올라오는 지운과 정임의 모습이 송림으로 말미암아 가리워지는 적이 적지 않았다.

그럴 때마다 박준모는 석란의 옆으로 바싹 붙어서 걸었다. 팔꿈치가 부딪치고 손가락도 부딪친다. 그 부딪치는 석란의 새끼손가락 하나를 박준모는 걸핏 잡아 쥐었다. 손길 전부를 잡아도 좋았으나 너무 급작스런 동작이 석란의 감정을 상하게 할 것을 염려하였다.

"놓아요."

석란은 조용히 말했다.

"왜 놓지 않으면 안됩니까?"

"부자유해서요. 마음대로 손을 놀릴 수가 없잖아요?"

대답이 참으로 좋다. 어디까지나 지성적인 말이라고, 박준모는 석란의 현대적인 매력에 감탄을 하는 것이다.

"어서 놓으세요."

"안 놓을 텝니다."

"안 놓음 정임 씨를 부를 테예요."

"정임이보다는 지운 씨를 부르는 편이 빠르지 않을까요?"

"그럼 그이를 부르죠."

"역시 석란 씨는 봉건적이군요. 자기 손가락 하나를 마음대로 처리를 못해서 남편을 불러요? 결혼은 아내의 자유를 속박해서는 아니 되지요. 아내는 남편의 소유물이 아니니까요."

석란은 탁 박준모의 손을 뿌리쳤다. 그러나 기실 자기는 남편의 소유물이 아니라는 한 마디에는 동감을 하고 있는 석란이었다.

"그렇지만 석란 씨, 지금 쯤 지운 씨는 정임의 손길 전부를 잡았을런지도 모르고 포옹의 행복을 즐기고 있을런지 누가 알아요?"

그런 말을 하여 석란의 감정을 자극하였다. 자극을 받

지 않으려고 발버둥을 쳤으나 석란은 결국에 있어서 자극을 받고 있는 것이다.

박준모는 어저께 자기가 도적한 석란의 입술을 바라보며,

"모르는 것이 탈이지!"

했다.

"무슨 말이예요?"

"아니, 아무런 것도 아닙니다."

몇 걸음 더 걸어가다가,

"석란 씨는 지금 새끼손가락 하나를 잡았다고, 말썽을 부리지만…… 나는 어제 석란 씨의 몸뚱이 전부를 안아본 사람이랍니다."

석란은 말끄러미 박준모를 바라보고 있다가,

"참, 어디서 나를 만났어요? 다방?"

"노우."

"음악회?"

"노우."

일단 중단되었던 호기심이 다시금 석란의 마음을 긁어 주었다.

"왜 안 가르쳐 줘요? 어째서 내가 따귀를 맞아야 해요?"

"손길 한 번 쥐어 볼 수 있는 영광을 베풀어 주신다면

알으켜15) 드리겠읍니다."

"아이 점, 웃으운 말만……"

석란은 다시금 유쾌해졌다.

"정말이죠?"

"석란 씨의 예쁜 모습을 본 후부터 이 순간까지 저는 한 마디의 거짓말도 해보지 못했읍니다."

석란은 킥하고 웃으며,

"가만히 쥐어요."

"네."

박준모는 석란의 손길을 가만히 쥐었다.

"인제 됐으니까, 놔아."

"아니올시다."

"한 번만 쥐어 봄 되잖아요?"

"한 번이라는 것은 도수(度數)를 말한 것이고 시간의 장단을 의미하는 것이 아닙니다. 그러니까 한 시간이건 일 년이건 그건 내 마음대로지요."

"아얏, 아퍼!"

석란은 탁 박준모의 손을 뿌리치며,

"자아, 인제 알으켜 줘요."

---

15) 알려

계곡을 내려다보는 풀밭에 솔나무와 암석이 군데군데 흩어져 있었다.

"여기가 좋습니다."

박준모는 소나무와 암석을 등지고 먼저 털썩 주저앉았다.

"어서 알으켜 줘요."

어린애처럼 졸라대면서 석란도 그 옆에 두 다리를 쭉 뻗히고 앉았다. 스커어트 밑으로 종아리가 매끄럽다.

"저이들이 올라오려면 아직 한참 걸릴 거요. 그 동안 우리는 조금만 행복해 봅시다."

박준모의 눈동자가 이글이글 타오르고 있었다.

"행복해 보다니 무슨 말예요?"

의아스런 표정을 하고 석란은 물었다.

"포옹을 몰라요?"

천연스런 대답을 박준모는 했다.

"어머나?"

석란은 일부러 표정을 크게 쓰며,

"그런 징그러운 말, 함부로 함 못 써!"

"나는 언제든지 민주주의적이지요. 그래서 다소 징그럽게 들릴지도 모르지만 이렇게 미리부터 상대방의 의사를 타진하는 거랍니다."

"아주 신사적이로군."

"신사로서는 아마도 한국에서는 제 일류급에 속하겠지요. 자아, 빨리!"

"남의 부인 보고 함부로 덤비면 안돼요."

"그건 석란 씨가 손수 자기의 자유를 포기하는 말이지요. 석란 씨의 이론대로 말하면 여자는 일단, 결혼만 하면 연애에 대한 자유를 영원히 잃어버린다는 것을 의미하는데…… 그건 생각만 해도 사막처럼 쓸쓸하고 서글픈 노릇이 아닙니까?"

그것은 늘 석란이가 생각하고 있던 이론이었다. 연애를 두 번 하다가는 목숨 하나가 모자랄까 보아서 걱정을 하는 석란이었다.

"여성에게 있어서 결혼은 일생 동안에 걸친 연애의 포기를 의미한다면 그것은 실로 여성의 비극을 말하는 것이지요. 결혼은 결혼이고 연애는 연애니까요. 결혼이 연애를 포기하라는 법은 없을 것이고 연애가 반드시 결혼을 파괴하는 것은 아니니까요. 아내는 어디까지나 한 여성으로서의 자유를 옹호해야만 남편의 노예를 면하게 되는 것이지요. 한국의 남편들을 보시요. 그들은 결혼 생활을 하면서도 어디까지나 한 남성으로서 자유를 가지고 딴 여성과 떳떳하게 연애 활동을 하고 있지 않습니까, 그런

데 왜 하필 여성들만이……"

박준모는 석란의 어깨를 휙 잡아당기며,

"석란 씨의 의욕이 나의 포옹을 거절한다면 또 모르지만…… 다소라도 호의를 가졌다면…."

"그렇지만 나는 지금 그러한 의욕은 없어요."

석란은 한두 번 굳센 항거의 자세를 취하면서 박준모의 가슴을 호되게 떠밀었다.

떠밀다가 후딱 아내의 자유를 주장하고 옹호해야만 한다는 생각이 강렬한 논리의 벌판을 지니고 석란의 의식 세계에 발동을 해 왔다. 색다른 포옹에의 다소의 호기심 같은 것도 없지는 않았으나 석란의 이러한 대담한 실험적(實驗的)인 항거의 대상은 물론 임지운 일개인이 아니고 세상의 남편들이었다.

감정에 어울리지 않는 포옹이었다. 그리고 그의 포옹 자세는 박준모로 하여금 접순(接脣)의 기회를 용이하게 얻게 하였다.

포옹이 끝난 후, 박준모는 빙그레 웃으며 한 쪽 눈을 싱긋이 감아 보였다.

그리고는 훌쩍 일어서서 그때까지 두 사람의 자세를 감추어 주던 암석 너머로 거지반 다 다가온 정임이와 지운을 손을 들어 맞이하였다.

그 순간, 석란에게 까맣게 사라졌던 기억 하나가 툭 튀어 나왔다.

"아 그때의 그 학생이 아닌가!"

그것은 저번 날, 연애 강좌를 끝마친 임학준 교수와 함께 버스를 탔을 때, 석란의 눈총을 맞고 훌쩍 일어서서 하는 수 없이 좌석을 제공한 바로 그 학생이었다.

"미리부터 일어섰음 고맙다는 말이나 듣지!"

그때의 기억을 석란은 더듬으며 킥킥 웃었다. 그래서 박준모에 대한 자기의 기억은 희미했었지만 모욕을 받은 박준모로서는 석란의 얼굴이 또렷하게 인박혀 있었을 것이다.

그러나 여기 한 가지 불행한 일이 생기고 말았다. 그 불행의 발견자는 지운이가 아니라 정임이● 박준모와 석란의 자태를 감추어 주고 있던 암석의 한편쪽이 낮아서 그 낮은 편 쪽으로 걸어 올라오던 정임의 시선이 두 사람의 포옹의 자세를 발견하고 저으기 놀랐다.

그러나 정임으로서는 약혼자 박준모의 그 불미로운 행동에 대해서보다도 엊그제 결혼식을 갓 지난 신혼 부인의 그 너무도 정숙하지 못한 불량성에 그 어떤 의분 같은 것을 느끼고 치를 부르르 떨었다.

약혼자에 대한 불쾌감과 질투심도 물론 있었다. 그러나

그러한 경험을 이미 수없이 쌓아온 정임이기에 그럴 바에야 왜 임지운과 결혼을 했느냐고, 석란의 그 무계획한 동기와 아울러 석란의 그 지나친 무절조가 정임에게는 얄밉기 짝이 없었다.

정임은 임지운이라는 이 점잖은 남편이 자꾸만 불쌍해졌다. 습성으로 정임은 남자의 방탕성을 허용은 하고 있지만 여자의 무절조는 용서하지 못했다.

"임 선생에게 이야기를 할까? 그만둘까……"

점심 식사를 마치고 사진을 여러 장 찍고 하는 동안 정임은 거기에 대한 결심을 내리지 못하고 망설이기만 했다.

그러한 눈으로 두 사람의 사소한 행동까지를 정임은 감시하고 있었다. 그동안 석란과 박준모는 쭉 남편과 약혼자의 존재를 무시하는 행동을 연방 계속하고 있었다. 그들은 일부러 한 여성으로서의 자유와 한 사람의 남성으로서의 자유를 추호의 속박감도 느낌이 없이 향락하고 주장하는데 더 의식적인 열성을 보이고 있는 것 같았다.

정임은 한 편 지운의 얼굴빛을 연방 살펴보았다. 대범하고 태연하려는 지운의 어른다운 태도였으나 푸뜩푸뜩 양미간에 떠오르는 불쾌한 감정을 지운은 또한 끝끝내 숨기지 못하고 있었다.

"정임, 한 장 찍어줘."

찍히기만 하고 찍는 역할을 통 하지 않은 정임에게 박준모는 카메라를 제공했다.

정임은 묵묵히 카메라를 받아 쥐고 세 사람 앞에 섰다. 석란은 무엇이 그리도 웃으운지 소녀처럼 캬들거리며 두 사나이의 가운데서 한 쪽 팔은 지운의 목에 걸쳐 놓았고 한 쪽 팔은 박준모의 어깨에다 올려놓았다. 그리고는 서양 영화에서 습득한 육체파의 요염한 웃음을 깔깔깔깔 폭발시키고 있었다.

지운은 적지 않게 불쾌했으나 잠자코 있었다. 그러나 자기 목에 걸친 석란의 손길에 갑자기 힘이 왔을 때 석란의 저편 쪽 팔에도 역학적(力學的)인 반사작용을 가지고 박준모의 어깨를 껴안았을 것이라고 생각하는 것은 결코 임지운의 소설가적인 상상만은 아닐 것이다.

"자아, 이번에는 부인께서 저희들을 좀 찍어 주시요."

"오우케이!"

석란은 자기 카메라로 두 사람을 겨누는데, 사진을 찍고 난 정임을 향하여 박준모는 성큼성큼 걸어가서 돌연 정임을 붙들고 포옹의 자세를 취하며 외쳤다.

"부인, 순간을 놓쳐서는 아니 되오!"

"네버마인(염려 말아요)."

석란은 서슴치 않고 대답했다.

"아이 싫어요!"

정임은 부끄러워 짜증을 내며 입술을 홱 돌렸다.

"뭘 그래? 영화를 못 봤어? 서양 사람들은 한길가에서 키스를 하잖아?"

그러면서 박준모의 입술이 무섭게 달려갔다.

그 순간을 재빠르게 필름에 넣고 석란은 깔깔대며,

"오우케이!"

하고 외쳤다.

"자아, 이번에는 임 선생과 부인도 한 번……"

그러면서 박준모는 지운 내외를 향하여 카메라를 들었다.

지운의 표정이 갑자기 굳어지며 등골에 냉수를 끼얹는 것 같은 일종의 전율을 느꼈다.

"이 전율은 도대체 어디서 오는 것일까?"

논리적인 전율은 확실히 아니었다. 논리적으로는 이미 하나의 지식으로서 박준모나 석란의 세계를 이해하지 못하는 지운은 아니었다. 분명히 그것은 습성(習性)의 전율이었다. 새로운 논리 앞에 위협을 느끼고 임지운의 습관은 떨고 있는 것이다,

지나간 날, 임지운은 정능16) 계곡에서 포옹의 예술성을

강조하여 젊은 세대를 위한 대변자가 되었었다. 그때 임지운은 자기의 이론이 정연한 논리 앞에 항변을 상실하고 분해하던 사십 대의 중년 신사를 논리의 패배자로서 통쾌히 생각하였다.

그러한 임지운이 오늘날, 이 경우에 임하여 몸서리를 치고 있는 것이다.

무엇 때문이냐…… 임지운의 논리가 임지운의 피가 되고 살이 되지 못한 분명한 증거였다. 논리는 논리대로 임지운의 머리 속에 도사리고 있었고 습성은 습성대로 임지운의 피와 살 속에 그대로 보존되고 있었다. 습성의 추상적 관념을 사람들은 도덕률이라고 말했다.

"자아, 부인 **빨리!**"

박준모가 카메라의 픽트를 맞추며 한 번 더 재촉을 했을 때, 지운은 제발 석란이가 그것을 거절해 주기를 마음으로 절실히 원하고 있었다.

그러나 불행히도 석란은 불론드(金髮[금발])에 파란 눈동자를 가진 스크리인 속의 여주인공들처럼 깔깔 웃으며 두 팔을 활짝 벌리고 지운의 품으로 안기워 왔다.

지운의 절실한 기원이 마침내 깨어지는 순간, 지운의

---

16) 정릉

한 쪽 손길이 무의식중에 힘차게 움직이며 안기워 오는 석란의 가슴패기를 탁 떠밀어 버렸다.

기세가 다소 강했던 탓으로 석란은 한두 걸음 비틀거리다가 뒤통수와 등골로 등 뒤 바위 허리를 떠받았다.

"악…"

하고 소리를 치며 두 손으로 머리를 움켜쥐고 석란은 펄썩 주저앉았다.

박준모가 우선 달려갔다. 정임이도 뛰어갔다. 그러나 지운은 무서운 얼굴을 하고 그냥 그 자리에 우뚝 서 있었다.

주저앉으며 석란의 매서운 눈초리가 약이 바짝 오른 고양이처럼 지운의 얼굴을 무섭게 핥고 있었다.

"아아, 저 매서운 눈초리!"

지운은 마음으로 절망적인 외침을 외치며 또 한 번 전신을 부르르 떨었다.

그 눈초리에는 이미 부부로서의 이해도 없고 애정도 없었다. 다만 하나의 관념.. 야만적인 난폭한 사나이의 무자비한 폭력으로 말미암아 연약한 한 사람의 여성이 육체적으로나 정신적으로나 지나친 모욕과 학대를 받았다는, 오직 그 독사와도 같은 한 줄기 의식뿐이었다.

박준모가 석란의 어깨를 한 손으로 껴안고 석란이의

다친 머리와 허리를 열심히 부벼주고 있었다. 정임은 그저 얼떨떨해서 석란의 주위를 빙빙 돌았다. 자기가 해야만 할 간호에 약혼자가 먼저 손을 댔기 때문에 정임은 그저 그러고 있을 수밖에 없었다.

"어째 떠미는 거예요?"

석란이가 발딱 몸을 일으키며 외쳤다. 독사 같은 눈초리에 살기가 등등해 있었다.

"싫음 싫다고, 말로 할 것이지, 왜 폭력을 쓰는 거예요."

뒤통수의 혹은 점점 더 커져가는 육체적 아픔도 아픔이지만 그보다도 박준모와 정임의 앞에서 남편의 야만적인 폭력으로 말미암아 모욕을 받은, 한 사람의 여성으로서의 권위와 체면을 석란은 세워야만 했다.

따라서 그것은 민주주의를 옹호하고 아내의 자유를 봉건적인 남편의 손으로부터 획득하기 위해서도 절실히 요청되니 실로 중대한 사회문제라고 생각하였다.

"보기에는 그렇지 않지만 문화인답지 않은 야만인이군요."

석란의 머리를 문질러주며 박준모는 석란의 귀밑에다 가만히 속삭이었다.

박준모의 이 한 마디는 석란으로 하여금 남편의 야만성을 객관적으로 확인을 받은 것 같아서 지운을 한층 더 절실히 깔보기 시작하였다.

"뭐예요? 왜 말로는 못해요?"

석란은 발을 동동 구르면서 대들었으나 지운은 벙어리처럼 입을 다물고 있었다.

그러는데 박준모의 허겁진 소리가 튀어나왔다.

"아, 피가 납니다! 이 일을 어떡거나?"

가죽이 조금 찢어져서 핏줄기는 실오락[17]같이 가늘었으나 박준모의 어조에는 피가 펑펑 쏟아지는 것 같은 느낌을 주고 있었다.

"병원엘 가야겠읍니다."

박준모는 얼른 자기 손수건을 꺼내 석란의 머리에다 갖다 댔다.

"왜 대답을 못하는 거예요? 힘이나 좀 세다고 결혼만 하고 남 아내를 마구 갈겨도 좋다는 뱃장이죠?"

"아이, 인제 그만하세요."

정임이가 보다 못해 만류하며,

"임 선생님인들 부러 그랬겠어요?"

그 말에 석란은 정임을 힐끔 바라보며,

"정임 씨는 왜 그 편만 드는 거예요? 무슨 그럴 까닭이

---

17) 실오라기

있어서 그래요?"

자기와 박준모와의 관계 비슷한 무슨 비밀이 그 쪽에도 있을런지 모른다는 상상이 획 하고 석란의 신경을 긁어 주었다.

그리고 그러한 예비지식은 이미 박준모가 제공하고 있었다.

"아이, 어쩌면……"

정임은 어쩔 줄을 모르고 시선만 오들오들 떨었다.

그 순간 지운은 석란의, 그러한 불미로운 상상의 이면을 뒤집어 보며 석란과 박준모 사이에 그러한 종류의 무슨 비밀 같은 것이 먼저 조성되어 있었다는 사실을 직감하였다. 그러한 경험이 없이는 그런 가시가 돋은 것 같은 상상은 불가능하기 때문이다.

그러나 그것이 어느 정도의 것인지는 물론 추측할 도리가 없다.

"박군, 빨리 석란을 데리고 병원에 가시요."

지운은 비로소 입을 열었다.

"아이, 선생님이 따라 가셔야지 않아요?"

"정임은 자기 입장이 다소 거북해서 지운을 재촉하였다."

"내버려 두시요. 왜 서양 영화에도 비슷한 장면이 많지 않습니까."

"흥, 비꼬아 보는 거예요?"

석란이가 또 달려들었다.

"천만에요 부인! 서양 부인들은 남편을 무시하고 싶을 때는 일부러라도 남편의 눈앞에서 다른 남자의 보호를 받아야만 하니까요."

"아, 임 선생님 그건 그렇지 않습니다."

박준모가 마침내 등장하는 시기가 되었다.

"뭐가 그렇지 않소?"

지운은 차차 더 침착해졌다.

"서양 문명국에서는 연약한 여성이 곤궁한 처지에 빠졌을 때, 우리 남자들은 그 여성을 보호해 줄 사회적 임무를 갖고 있다는 사실을 아셔야 할 겁니다. 더구나 남성의 폭력이 그 여자를 곤궁에 빠뜨리게 하고 있을 때면 정의를 위해서도 보호를 해야지요."

"그러니까 어서 정의를 위해서 병원에 가요. 출혈이 많으면 부인의 고통이 심해질 테니까요."

"흥, 아니꼽게!"

석란은 홱 돌아서며 독기가 서린 눈을 매섭게 흘겼다.

그리고는 박준모의 신사적인 부축을 받으며 총총히 사라졌다.

"아, 저 눈초리! 저 눈초리 어느 구석에 이해가 있으며 애정 같은 것이 있다는 말인가……"

지운은 갑자기 고독해지며 자꾸만 울고 싶은 심정에 가슴이 꽉 차 있었다.

"선생님, 인제 저희들도 내려가요."

흩어진 종이조각을 한데 뭉쳐 깊숙한 숲속으로 던져넣고 정임은 조용히 다가왔다.

남편이 걷는 길

"정임 씨, 내가 여러분 앞에서 실례를 했나 봅니다."

정임이와 함께 서서히 걸어 내려가면서 지운은 말했다. 그러나 정임은 소그듬이 고개를 숙인 채 아무런 대답도 하지 않았다.

멀리 앞을 바라보니, 박준모는 내려가는 지이프차 하나를 세워 놓고 석란을 중병 환자처럼 부측하며 올라탄다. 지이프차는 다시금 화살같이 달아났다. 지이프차와 자기와의 거리가 자꾸만 멀어진다. 그 멀어지는 거리처럼 자기와 석란의 거리도 멀어지고 있는 것이라고 지운은 한없이 슬펐다.

소꿉장난 같이 천진난만했던 하룻밤을 지운은 생각한다. 아무리 생각해도 그것이 거짓 감정이요, 거짓 행복 같지는 않았다. 모든 것을 아낌없이 바치고 받았던 그 끝없이 다사롭던 행복이 하룻동안에 깨져 나갈 줄은 정녕 몰랐다.

"아아, 그 고양이처럼 매서운 눈초리!"

그 눈초리 앞에서는 십 년 묵은 애정도 운무처럼 사라질 수밖에 없었다.

거기에는 이미 남과 남이 원수와 원수의 증오감 이 외에는 아무 것도 없었다.

남녀의 애정이란 결국에 있어서 남과 남처럼 차겁게 갈라질 수 있는 성질의 애정인지 모른다. 그 결함에 있어서 가장 신속하고 가장 농후한 반면에 그 결별에 있어서도 가장 빠르고 가장 냉정할 수 있을 것 같았다.

"남과 남이 어떻게 결혼이란 약속 하나로 일생을 같이 살아요?"

그렇게 물어온 석란의 위구심이 결국에 있어서 자기보다 총명했던 것만 같다. 그것은 어리석은 이상주의로서 이해라든가 성실이라든가 하는 방패를 가지고 방지해 보려던 임지운 자신이 아직 인생의 초년병같이 생각키우기 시작하였다.

"정임 씨는 물론 박군을 사랑하고 있겠지요."

지운은 물었다. 정임은 한참 만에 조용한 대답을 했다.

"네. 그렇지만 제가 그이를 사랑하는 데는 굉장한 노력이 필요할 것 같애요. 온갖 감정을 죽이고 그이가 하는 대로 내버려 둬야만 하겠으니까요."

"왜 그럴까요?"

짐작을 하면서도 묻는 말이다.

"제 마음이 좁고 약해서 그런지는 몰라도 한 번 정이 쏠리면 어떻게 걷잡을 수가 없어요."

"허어……"

지운은 다소 의외라는 표정을 지으며 정임을 돌아다보았다.

"그이는 여자관계가 대단히 많은 이예요. 여자를 낚는 데도 아주 선수지요. 노골적이고 뻔뻔스런 데가 있어서 얼핏 생각하면 여자가 걸려들지 않을 것 같지만 결국에 있어서는 걸려들고 말아요. 저도 그래서 걸려든 사람 중의 하나지만요."

정임은 쓸쓸히 웃으며,

"걸려든 사람 중에는 약혼까지 했으니까 우수한 편이지요."

지운은 조용히 웃었다.

"그래 박군이 딴 여성과 교제를 해도 정임 씨는 싫으시지 않아요?"

"싫기는 하지만 제가 그이를 워낙 사랑하고 있으니까, 끝끝내 싫어지지는 않아요."

지운은 놀라며,

"그렇지만 정임 씨에게도 질투심이라든가 자존심 같은 것이 있을 것이 아닙니까?"

"물론 있기는 있지만요. 그렇지만 여자란…… 아니, 이건 제 경우를 두고 하는 말이지만요. 정말로 상대방이 좋아지면 질투심이라든가 자존심 같은 걸 내세울 여유가 없지 않을까요?"

지운은 또 한 번 놀라며 여성이 지닌 순수한 애정의 타잎을 하나 더 발견하고 작가적 수양을 쌓고 있는 것이다.

"정임이가 지닌 세계야말로 애정의 참된 경지가 아닐까……"

지운은 마음속으로 중얼거리며 인간이 지닌 애정의 자세를 이것저것 생각해 보았다.

"정임 씨의 아버님은 돌아가셨다지요?"

정임은 얼마 동안 대답이 없다.

"아니요. 그저 그렇게 말해 두는 거죠."

"그럼?"

"벌써부터 딴 여자와 살고 있어요."

"그래요?"

"해방 직후부터죠. 그렇지만 저는 아버지를 탓하지는

조금도 않아요. 아버지에게는 그 여자가 제일 좋으니까요. 그 여자 때문에 아버지는 돈도 많이 썼지요. 그렇지만 六[육]·二五[이오] 이후에는 사업이 시원치가 않아서 지금은 대구서 셋방살이를 하고 있지요. 여자는 돈을 못 번다고 아버지를 무척 학대한대요. 딴 사나이하고도 눈을 맞추고…… 그래도 아버지는 그 여자를 좋다고, 가진 수모를 다 받으면서도 헤어져 나오질 못해요. 그 여자와 헤어져 나오기만 하면 언제든지 집의 어머니는 아버지를 모셔들이겠다는 거예요. 그러한 아버지를 어머니는 또 어머니대로 불쌍히 여기며 사랑하고 있지요. 언젠가는 인편을 통하여 아버지가 남루한 옷 주제를 하고 대구 거리를 방황(彷徨)하더라는 말을 듣고는 어머니는 울면서 옷이나 한 벌 장만해 입으라고, 인편을 통해서 돈 십만 환이나 주어 보냈지요."

그리고는 지운을 쳐다보며,

"선생님, 저는 아직 나이 어려서 아무런 것도 모르지만 인간이란 애정이 쏠리기 시작하면 어쩔 수 없는 모양이죠? 아버지도 그렇고 어머니도 그렇고……"

그러한 아버지와 그러한 어머니의 피를 받고 나온 정임도 또 그러하였다고, 지운은 그 순간 자기와 석란 사이에도 그런 종류의 애정의 밀도(密度)가 처음부터 결핍되었던 사실을 새삼스럽게 느끼는 것이었다.

거기서 정임은 말머리를 돌리며,

"그이는 모 퇴직 고관의 여섯째 아들이지요. 동기가 모두 열 남매나 된대요. 가족이 하도 많아서 경제적으로는 다소 곤란한 형편인가 봐요. 그이와 저와 약혼을 한 데는 두 가지 이유가 있는 것 같아요. 하나는 그의 미국 유학비를 어머니가 담당하겠다는 언질을 준 것과 또 한 가지는 저와 결혼을 해도 자기의 행동이 조금도 부자유하지 않을 거라는 그 두 가지 이유에서 그랬을 거예요. 그이는 저도 사랑을 하지만 동시에 저 아닌 다른 여자도 무슨 그런 애정관계 같은 것을 맺지 않고는 못사는 사람인 모양이에요. 그런데 참 선생님……"

정임은 거기서 한동안 망설이다가 마침 결심을 한 듯이 다시 말을 이었다.

"아까도 말씀 드린 것처럼 제게도 약혼자에 대한 다소의 질투심 같은 것이 물론 없지는 않아요. 그렇지만 그런 감정 때문에 말씀 드리는 건 아니에요. 그저 제가 존경하는 선생님이 어쩐지 자꾸만 가엾어서……"

정임은 진심으로 지운을 아끼고 있는 것이다.

"제가 가엾다고…… 무슨 뜻입니까?"

문학을 좋아한다는 만큼 연령은 아직 어리지만 이야기

에 조리가 있고 애정문제를 생각하는데 상당한 깊이와 성숙을 보이고 있었다.

"선생님은 부인을 사랑하고 계시지요?"

"사랑하고 있지요. 우리는 아직 신혼부부니까요."

"그렇다면 빨리 손을 쓰셔야겠어요."

지운은 불현듯 시선을 돌렸다.

시선을 돌리며 지운은 그 어떤 불길한 예감의 노예가 되어 있었다.

"빨리 손을 쓰라고…… 무슨 말입니까?"

"박은 여자를 손에 넣은 것이 대단히 빠르답니다. 그에게는 미혼 처녀를 소중히 여긴다든가 유부녀를 존경한다든가…… 그런 생각은 조금도 없지요. 마치 창부를 대하듯이 애정의 표시가 뻔뻔스러울이만큼[18] 노골적이랍니다. 그러한 자가 생각을 캄프라치하기 위하여 자유주의를 가져오고 민주주의를 내세우고 마침내는 한길가에서 키스를 한다는 서양 사람들의 개방주의까지 가져오지요."

지운의 불안은 차츰 차츰 더 커져갔다.

"우리 동양 사람들은 연애 과정에서 애욕의 과정까지

---

18) 뻔뻔스러우리만큼

도달하려면 상당한 시일의 경과를 요하지 않아요? 그렇지만 박은 그러한 귀찮은 연애 과정 같은 건 필요치 않으니까, 마치 우리가 책장을 뒤지듯이 후딱후딱 지나쳐 버리고 애욕 직전의 과정에서부터 출발하기 때문에 걸리지 않는 여자는 좀처럼 걸리지 않지만 조금이라도 마음이 비인 여자는 손쉽게 걸려 버리고 말지요. 저도 그래서 걸려든 사람이지만요."

정임의 경험 세계는 박준모 한 사람뿐이었다. 그러나 원체 문학 작품을 많이 통독한 정임의 애정 세계에 대한 풍부한 이해성은 그의 연륜과는 비교도 안될 정도로 깊이가 있었다. 작가적 소질을 다분히 가진 여성이라고 지운은 자기의 불안한 감정과 함께 정임의 그러한 성장을 마음속으로 놀라고 있는 것이다.

"그런 줄도 모르고 제가 손쉽게 걸린 것은 지금 가만히 생각하면 제가 너무 조숙했던 탓이예요. 연령의 발판이 없이 지나치게 조숙하다는 것은 그만큼 속이 비어 있었을 거니까요, 그 비어 있는 마음속에다가 그 개방적이요 노골적인 애정의 말들이 너무도 강렬한 자극을 넣어 주었어요. 그 때문에 제게는 연애 과정이라는 것은 별로 없었고 애욕의 과정만이 있었지요. 그러나 그때는 애욕과 연애감정이 꼭 같이만 생각키웠으니까요. 무리도 아니예요."

처음에는 소녀처럼 경험이 없어 보이던 정임이가 이러한 뚜렷한 애정의 논리를 갖고 있을 줄은 정말 몰랐다. 그러나 돌이켜 생각하면 그것은 일종의 작가적인 경험이었다고 지운은 해석하는 것이다.

"선생님!"

"어서 말을 계속하세요."

"부인과 박 사이에는 이미 포옹과 키스의 단계까지 도달했어요."

거기서 정임은 자기가 목격한 광경을 간단히 이야기한 후에,

"오늘밤을 잘 주의하셔야 겠어요. 이런 말씀 선생님께 드리고 싶지 않지만…… 선생님을 위하여 또 부인을 위하여……"

정임은 얼른 지운을 쳐다보았다. 지운은 눈을 감고 걷고 있었다.

새하얗게 핏기를 잃어버리고 있는 지운의 얼굴 이었다. 양미간이 무섭게 찌프러[19] 들고 있었으나 지운은 애써 그것을 펴느라고 무진 노력을 하고 있었다. 지운의 발걸음이 돌을 차고 한두 번 비틀거렸다. 그래도 지운은 눈을

---

19) 찌프리다: 찌푸리다의 북한어.

뜨지 않고 걸었다.

"저는 진정으로 선생님의 행복한 가정을 위해서……"

지운의 그 깊이를 가진 괴로운 모습을 발견하고 정임은 자기가 무슨 커다란 죄를 지은 사람처럼 뉘우쳐졌다.

"정임 씨! 잘 말해 주셨읍니다. 고맙습니다!"

대단히 엄숙한 치사의 말이었다.

짓궂게 눈은 그냥 감고 걸었다. 메마른 듯이 침을 한번 꿀꺽 삼키며,

"미안하지만 조금 실례하겠읍니다."

그러면서 정임의 곤색 양복 팔소매 끝을 조금 붙잡고 따라오다가 또 돌을 찼다.

"아, 선생님!"

정임은 그 모양이 너무도 심각하고 서글퍼서 팔소매 대신 제 손을 가만히 지운의 손아귀에 쓰러넣어 주었다.

"미안합니다, 정임 씨! 조금만 더 이렇게 걸어 주시요. 눈을 뜨기가 제게는 무섭읍니다!"

"얼마든지!…… 그렇지만 조금 쉬어 가시면?"

"움직이고 있어야 하지요! 운동 신경이 활동을 해야만 인간의 사고력은 감퇴되니까요."

"인제 됐읍니다. 고맙습니다."

여남은 걸음도 채 가기 전에 지운은 눈을 뜨며 정임의

손길을 얼른 놓았다.

"선생님, 괜찮아요. 좀 더 그러고 걸으세요."

"정말 괜찮습니다. 누가 보면 오해를 하지요."

정임은 잠자코 걸었다. 걷다가,

"그렇지만 그건 오해를 하는 편에 잘못이 있지 않을까요?"

"잘잘못이 문제가 아니요. 한 남자의 약혼자와 한 여자의 남편 되는 사람이 이런 장소에서 손을 붙잡고 걷는다는 것은 이유여하를 막론하고 우리 사회에서는 불미로운 행동으로 취급이 되니까요."

"그건 진실을 무시한 형식 문제가 아냐요."

"그렇습니다. 윤리의 대상은 진실이 아니고 인간의 실천적인 행동이지요."

둘이는 또 한참 동안 묵묵히 걷다가,

"제가 괜히 쓸데없는 말을 했나 봐요. 선생님의 마음의 타격이 그처럼 심한 줄은 모르고…… 선생님은 부인을 정말로 참되게 사랑하고 계시나봐요."

"그렇지만 실은 나 자신도 내 마음의 타격이 무엇을 의미하고 있는지, 잘 모르고 있답니다."

"부인을 사랑하고 계시는 증거겠지요."

"얼핏 보면 그렇게도 생각키우지만요. 그러나 또 한 편

곰곰히 생각하면 애정 문제만이 아닌 것도 같아요."

무슨 말인지, 정임은 잘 알아 들을 수가 없어서 시선을 돌렸다. 돌부처와도 같이 지운의 얼굴에는 표정이 없다.

"지금 얼핏 생각난 일이지만요. 애정도 애정이지만 그보다도 아내의 그러한 행동에서 받은 내 살과 피의 전율이었던 것만 같아요. 내 머리에는 충분히 그것을 이해할 수 있는 논리가 들어 앉아 있지만 내 살과 피 속에는 一九三五[일구삼오]년도에 아시아주 한국 수도 서울에서 생활하고 있는 신진작가 임지운의 윤리의 한도가 도사리고 있나 봐요. 그러한 윤리의 한도가 이단적(異端的)인 새로운 논리의 실천 앞에서 전율하고 파괴된 것이라고 보는 것이 정당한 해석일런지 모르지요."

"애정 문제와는 별개로 말씀이죠?"

"그렇지요. 애정이 없는 부부일지라도 그만한 마음의 타격은 받을 것만 같아요."

금강원 정문을 나서서 시가로 두 사람은 들어섰다.

"정임 씨는 댄스를 좋아하십니까?"

지운은 돌연 화제를 돌렸다.

"별로…… 박이 이 여자 저 여자를 휘감아 가지고 돌아가는 걸 보는 것은 그리 유쾌한 일은 못되니까요."

"그런데 왜 오늘밤 댄스 파아티를 여십니까?"

"그건 박의 주장이지요. 저는 그저 임 선생님 내외분을 모시고 회식이나 할까 했었는데, 박이 자꾸만 춤을 추어야만 한다는 거예요. 선생님, 다소 불쾌하시겠지만 박의 의도가 뻔하니 만큼 꼭 참석하셔서 미리 손을 쓰셔야 할 거예요. 얼핏 보아서는 가장 신사적인 춤을 추는 것 같지만 알고 보면 가장 신사답지 못한 춤을 박은 춘답니다."

두 사람이 호텔에 도착했을 때, 석란과 박준모는 아직 병원에서 돌아오지 않았다.

시내로부터 파아티에 참석할 친구가 두서넛 벌써 와서 기다리고 있었다.

정임은 자기 방으로 들어가서 친구를 맞이하였고 지운은 혼자서 이층으로 올라갔다.

이층 자기 방으로 들어서자 지운은 문득 시계를 들여다 보았다. 네 시 반이었다.

원고지와 서적 몇 권이 놓여 있는 테이블 의장과 탁자와 소파, 나란히 놓인 두 개의 침대 석란이가 자고난 침대 머리맡에는 크리임 초콜렛의 상자가 아침과 똑같은 자리에 그대로 놓여 있었다.

"모든 것이 아침과 꼭 같다!"

그러나 모든 것이 아침과는 달라진 이 저녁이었다. 크리임 초콜렛으로 자기의 뒤통수를 툭 갈기며 자는 척 하던 아내의 모습이 눈에 선하다.

모든 것을 주고 모든 것을 지운은 받았다. 그것으로서 한낱 형식적이던 결혼이 실질적으로도 충실했다고 지운은 생각했었다. 그러한 충실감이 지금에 와서는 한낱 꿈과도 같은 공허감으로 변모하였다. 아내의 무절조를 탓하기 전에 지운은 그 허무 속에서 자신의 실제(實在)를 망각하였다.

"애정의 허무! 맹세의 공허!"

지운은 석란의 침대 앞으로 조용히 걸어가서 아직도 그대로 깔려 있는 이부자리 속으로 손을 가만히 쓰러 넣어보았다. 온기가 있다. 석란의 체온이 아직도 남아 있는지 모른다. 그처럼 진실하고 성스럽고 아름답던 애욕의 하룻밤을 비웃고 조롱하는 것 같은 침구의 온기였다.

지운은 방바닥에 무릎을 꿇고 이부자리 위에 탁 얼굴을 묻으며 엎드려 버렸다. 십 년에 걸친 연정을 깨끗이 청산하고 오로지 석란의 성실한 남편이 되기를 절실히 바랐던 인간 임지운의 그 지극했던 기원은 마침내 허무러지고[20] 말았다. 실로 허무맹랑한 노릇이었다.

오랫동안 엎드려 있던 지운은 획 얼굴을 들며 벌떡 몸을

---

20) 허물어지고

일으켰다. 몸을 일으키며 크리임 초콜렛의 상자를 독수리처럼 움켜쥐자 맞은편 벽에 걸린 거울을 향하여 전신의 분노와 함께 힘껏 내던졌다.

분노의 탄환과도 같이 방바닥 이구석 저구석으로 산산히 흩어지는 초콜렛의 수많은 알맹이 알맹이……

"하하하핫……"

미친 사람처럼 한 번 커다랗게 웃어 보고 나서 다시금 지운은 무서운 얼굴을 지어 버리고 말았다.

테이블 옆에 놓인 보스턴백을 거꾸로 털어 식료품을 테이블 위에 쏟았다.

그리고는 트렁크에서 자기 소유의 옷을 꺼내 보스턴백에다 되는 대로 주워 넣었다. 잠옷도 넣었다. 원고지와 책 몇 권도 넣었다. 그리고는 모자를 썼다.

"서울행 급행열차는 밤 여덟 시다!"

시계를 보았다. 다섯 시가 거지반 되어 있었다. 시간은 넉넉하다. 한 시간 이내에 택시는 부산역까지 지운을 운반해 줄 것이다. 원고지 한 장을 꺼내 놓고 지운은 만년필을 들었다.

부인의 자유를 위하여 나는 먼저 떠나오. 부인이 돌아오기를 기다려서 떠날까도 생각해 보았으나 두 번째의 폭력이 부인의 고매한 민주 자유정신을 모욕할 우려가 다분히 있기에 그대로 떠나오. 결혼조건 제 일조를 위반한 사나이 씀.

그리고는 일야 숙박에 상응할 만한 금액을 원고지 위에 놓아둔 후에 백을 들고 지운은 호텔을 나섰다. 다행히 아는 얼굴은 하나도 만나지 않았다.

지운은 곧 맞은 편 차고로 가서 택시 한 대를 잡아타고 온천장을 등졌다.

부산역을 향하여 자동차가 질주하고 있는 동안, 지운의 머리는 태반이 텅비어 있었다. 자동차의 속력이 대단히 마음에 들었고 후딱후딱 흐르는 초겨울의 삭막한 전원 풍경이 자기의 심경과도 같아서 어딘가 귀염성이 있어 보였다.

이 같은 심경이 되었다는 것은 이미 지운이가 냉정한 입장에서 오늘의 석란의 행동과 자기의 몸가짐을 다시 한 번 생각해 볼 마음의 준비가 되었다는 것을 의미하고 있었다.

"이런 경우에 세상의 남편들은 어떻게 행동을 할 것인가?……"

여러 가지로 생각해 보았으나 결국에 있어서 자기가 택한 행동이 지운에게는 제일 마음에 들었다.

정임은 자기더러 빨리 손을 쓰라고 했지만 그것은 어디까지나 정임이가 지닌 애정의 자세이고 지운 자신의 그것은 아니라고 지운은 마음으로 돌이돌이를 하는 것이다.

"어쨌든 너무도 빠르다!"

석란의 남녀 동권 사상과 개방적인 명랑에서 다소의 위구심 같은 것을 느끼기는 했으나 초야 하룻밤을 지낸 신혼의 아내가 아니냐! 남편의 체면을 위해서라도 다소의 근신은 해줘야만 할 것이라고 지운은 어처구니가 없어서 그만,

"허허………"

하고 소리를 내서 웃었다.

도대체 석란은 인간의 가장 중요한 절차인 결혼에 대해서 너무도 성의가 없었던 사실을 지운은 비로소 깨달았다. 무슨 생일잔치나 하는 것처럼 결혼식을 생각했고 무슨 수학여행이나 떠나는 것처럼 신혼여행을 온 것이다. 어린애들의 소꿉장난을 할 때와도 같은 정도의 성의를 가지고 결혼의 약속을 했는지도 모를 일이다.

그런 줄도 모르고 석란의 성실한 남편이 되기를 진심으로 기원하고 맹세했던 자기 자신이 허무하고도 눈물겨웠다.

"그것은 어쨌든 단 하루 동안에 석란이가 박준모를 사

랑할 수가 있을 것인가?"

그것이 지운으로서는 도저히 풀 수 없는 수수께끼로 되어 있었다. 물론 불가능한 노릇은 아니었다. 얼마든지 있을 수 있는 일이기는 하지만 한 편 또 그리 쉽사리 있을 수 있는 일도 아니었다.

지운은 다시금 불쾌한 감정이 머리를 들기 시작했다. 질투의 감정은 별반 없었고 다만 석란이가 남편 아닌 다른 사나이의 품에 안기고 입술을 제공했다는 그 사실만이 지운은 분했다. 그러니까 결국은 애정 문제보다도 무시를 당한 남편의 체면이 문제였다. 지운은 그것을 변명했었지만 아버지는 석란의 그 개방적인 명랑성을 일종의 불량성이라고 보았다.

지운의 변명처럼 그것이 하나의 현대성을 의미하기에는 석란의 양식(良識)과 지성에 결핍이 있었다.

부산역 전에서 지운은 자동차를 버리고 서울행 이등차 표를 암거래로 샀다.

그리고는 사십 계단 근처에 있는 그길로 들어가서 식사를 하며 차 시간을 기다렸다.

입맛을 통 잃어버린 지운은 식사보다도 맥주를 더 많이 들었다. 술잔을 거듭하며 지운은 얼른 정임을 생각했다. 정임의 어머니와 아버지를 생각했다.

"그것이야말로 참된 애정의 자세가 아닐 것인가?"

그러한 애정의 자세를 지운은 불행히도 갖지 못하고 있는 것이다.

어수선한 찻간에 지운은 올라탔다. 희미한 전등 밑에서 자리를 찾느라고 승객들은 들끓고 있었다.

지운은 고슴도치처럼 들창가에 쭈구리고[21] 앉아서 석란과 애정의 밀도를 골돌히[22] 생각하고 있었다.

여기서 작가 임지운과 행동인 임지운 사이에는 다음과 같은 대화가 시작되었다. 묻는 것은 작가 임지운이었고 대답하는 것은 행동인 임지운이었다.

"정임이가 말한 것처럼 그대가 석란을 사랑한다면 그러한 편지 한 조각을 남겨 놓고 이 신혼여행을 끝마칠 수는 없을 것이다."

"…………"

"왜 대답을 못하는가? 그대는 이 석란을 사랑하고 있는가?"

"사랑하고 있었다고 생각한다."

"생각하는 것이 아니라 그대의 행동을 묻는 말이다."

"그러나 인간의 어떤 행동이 사랑을 의미하는지 나는

---

21) 쭈그리고
22) 골똘히

잘 모른다. 모르기 때문에 대답할 수 없다."

"그대와 같은 지식인이 자기 행동의 의의(意義)를 해석하지 못한다는 것은 말이 아니다."

"나의 지식은 나에게 의식의 분렬과 행동의 혼란을 가져왔을 뿐이다. 인생에 대한 기성관념을 좀 더 소중히 여기면서 살아가지 못하는데 나의 비극은 탄생했다고 본다."

"이 석란에 대한 그대의 행동은 그대의 애정의 표시라고 보는 것이 상식이 아닌가?"

"포옹을 하고 키스를 하고 동침을 하는 것이 애정이라면 그런 의미에서 나는 석란을 사랑했다고 말할 수 있다."

"그러면 그대는 애당초 이 석란과 어째서 결혼을 했는가!"

"인간의 애정과 애욕의 한계가 분명치 못했던 탓이다. 그만큼 나는 남녀관계에 있어서 경험이 없었다. 모든 애정은 애욕의 길로 통하고 있지만 모든 애욕이 애정을 반드시 닮지는 않았다고 깨달았다."

"그래 그대가 지금에 와서 깨달은 사랑이라든가 애정이라든가를 어떻게 생각하는가?"

"아직 모른다. 어디까지가 애정이고 어디서부터가 애욕인지 이건 나만이 아니라, 누구나가 다 정확히 분간할 수 없는 일이 아닌가 한다. 사랑의 감정과 애욕의 감정이 비슷하기 때문이다."

"석란에 대해서 자기희생의 감정을 가질 수 있을까?"

"가지지 못했기 때문에 나는 호텔을 뛰쳐나왔다."

"석란을 용서할 생각은 없는가!"

"전연 없다! 용서할 수 있는 오직 하나의 길은 무관심일 뿐이다."

"그런 경우에 있어서 용서할 수 있는 여자가 이 세상에 있을 것 같이 생각키우는가?"

"생각키운다. 예를 들면 소년 시절에 창경원에서 만났던 그런 여성이다."

"그러나 그것은 그대의 공상이다. 그 여자도 현실에 있어서 석란과 같은 행동을 취했다면 그대는 역시 용서를 못할 것이다."

"아니다. 그 여자는 그러한 행동조차 취하지 않겠지만 비록 그러한 행동을 한다손 치더라도 나는 용서할 수가 있을 것 같다."

"인간이 상상할 수 있는 기능을 가졌다는 것은 행복한 일이다."

"…………"

"그대가 석란을 용서하지 못하겠다는 것도 일종의 애정

을 의미하는 것이다.”

“그럴는지도 모른다. 그러나 그것은 애욕의 행동에서 받은 피부적인 애착의 잔재와 다소의 인간적인 동정일 뿐이고, 나머지는 한국의 현실이 지닌, 따라서 신진작가 임지운이가 지닌 모랄리티에 관한 문제이다.”

“그대의 대답은 비교적 솔직하고 정확하다. 무엇보다도 챤스가 나빴다고 나는 본다. 정중계곡에서 그대와 석란은 제가끔 약혼에 대한 신청에 대해 책임을 지지 않을려고 실갱이[23]를 하였다. 더구나 싸움을 한 중년 신사 부부 앞에서 석란을 약혼자라고 내세우지 않으면 아니 되었던 그대의 입장을 이해는 하지만 다소 경솔하였다.”

“포옹의 매력 같은 것이 나로 하여금 그렇게 만들었는지 모른다.”

“거기에는 애정의 발판 없이 애욕의 세계를 동경한 삼십 대 그대의 연륜도 다소의 책임이 있을 것이다. 그 한 좋은 증거로서 그대는 최초의 키스에서 자기 분렬의 의식을 고민하였다. 그대의 불행은 거기서부터 출발하였다.”

“나도 희미하게나마 그런 것을 느끼고 있었다. 그러나 그 대신 나는 석란의 성실한 남편이 되기를 절실히 원

---

23) 실갱이

했다."

"문제는 거기에 있다. 그대가 만일 성실한 남편이 되기를 그처럼 원했다면 그대가 이처럼 홀가분히 호텔을 뛰쳐나오지 않을 것이다. 어쨌든 간에 석란은 그대의 아내이다. 그 아내를 그러한 위험지대에 그대로 남겨두고 나온다는 것은 그대가 한 사람의 남편으로서 성실하지 못하다는 충분한 증거가 아닌가?"

"…………"

"인간은 말만으로써 성실할 수는 없다. 그대가 성실한 남편이 되기를 진심으로 원한다면 바삐 호텔로 돌아가라!"

"…………"

"빨리 차에서 내려라! 발차의 종이 울린다!"

"돌아가서 나는 무엇을 해야만 하는가?"

"그대가 할 수 있는 일을 하면 될 것이다."

"내가 할 수 있는 일이란 결국에 있어서 아내의 자유를 속박할 것이다."

"자유의 속박은 성실한 애정의 표시일 수도 있는 것이다."

"그것을 석란은 봉건적 독재라고 비난하였다."

"인간의 진실은 이즘(主義[주의])에 있는 것이 아니다!"

"그러나……"

"이즘이 진실을 좌우하는 것이 아니고 진실이 이즘을 좌우하는 것이다."

"…………"

"차가 떠난다! 주저 말고 빨리 내려라! 그대의 성실한 행동은 이즘을 창조할 것이다."

지운은 훌쩍 몸을 일으키며 선반에서 보스턴빽을 내려 들고 승강구를 향하여 냅다 뛰쳐갔다.

차는 이미 움직이고 있었다. 전송하는 사람들이 승강구 앞 홈에서 차체가 움직이는 방향으로 따라가고 있었다.

"앗 위험합니다!"

승객 하나가 지운의 등 뒤에서 소리를 쳤다.

그러나 그때는 이미 지운은 홈으로 내려뛰고 있었다. 몸의 중심을 잃고 어떤 청년 앞에서 픽 쓰러졌다.

"이 양반이 미쳤나?"

청년은 그러면서 지운을 잡아 일으켜 주었다.

"미안합니다."

지운은 개찰구를 향하여 허겁지겁 뛰어나갔다.

"선생님, 빨리 손을 쓰셔야겠어요."

정임의 한 마디가 경종처럼 지운의 고막을 울려왔다.

"대지급으로 동래까지!"

택시에 뛰어 오르면서 지운은 꿈결처럼 소리 쳤다.

폭력의 애정[24)]

병원에서 돌아온 석란은 지운의 간단한 글월을 읽고 다소의 놀람을 금치 못했다. 자기의 행동이 이러한 결과를 맺을 만큼 중대 했다고는 생각하지 않았기 때문이다.

"어디까지나 봉건적인 감정의 소유자로군요."

박준모가 옆에서 지운의 행동에 일일이 민주주의적인 주석을 달아주고 있었다.

"아내가 남편의 그러한 감정에 일일이 지배를 받기 시작하다가는 일생을 두고 노예적 존재를 면하기 어렵겠지요."

"그러기에 말예요. 내가 뭐 어쨌다는 건가요? 폭력을 쓴 건 자기가 아냐요?"

"그렇지요. 부인의 키스를 받기 싫다면 받기 싫다고

---

24) 暴力의 愛情

말로 하는 것이 민주적인 문화인이 취할 바가 아니겠읍니까? 서양서는 그러한 폭력은 곧 이혼의 조건이 된답니다."

"그러지 않아도 저희들의 결혼에는 그러한 조건이 붙어 있었죠. 이걸 보면 알지 않아요?"

그러면서 지운의 글월 맨 마지막 대목을 석란은 지적하였다.

"결혼 조건. 제일조를 위반한 사나이. 음, 석란 씨는 참으로 현대적 총명을 가진 분입니다."

박준모의 그 한 마디의 칭찬이 석란에게는 대단히 듣기 좋았다.

"머리는 좀 어떻습니까?"

"인제 괜찮아요."

퍼어머 속으로 머어큐롬을 조금 바르고만 정도의 석란의 상처였다.

"참으로 한국 남편들은 난폭하기 짝이 없지요. 배웠다고들 하면서도 설익은 개살구 모양으로 빛깔만 좋았지, 참된 민주주의 정신은 못 배웠으니까요. 나는 아직껏 연약한 체질의 소유자인 여성에게 대해서 단 한 번도 폭력을 사용한 적은 없지요."

"그래야만 해요. 원체 균형이 잡히지 못한 남녀의 체질인데 논리를 무시하고 폭력으로 대행을 한다면 세계의 전체 여성은 모두가 다 매 맞아 죽을 거 아냐요?"

"암 그렇고말고요!"

주고받는 이야기가 착착 맞아 들어갔다.

그러나 석란에게도 다소의 허무감은 없지 않았다. 결혼의 존엄성을 지운처럼 느끼지는 못했으나 어쨌든 결혼을 한답시고 수백 명의 사람이 모인 장소에서 식을 지낸 것이 엊그제가 아니냐.

그러나 결국에 있어서는 그러한 형식 문제 때문에 자기의 자유를 상실하고 싶지는 않았다.

"메이화즈! (되는 대로 될 수밖에)."

석란은 홱 돌아서서 거울을 향해 얼굴을 고치기 시작했다.

"석란 씨 대신에 초콜렛이 이번에는 폭력을 받았나 봅니다."

방바닥에 굴러다니는 알맹이 하나를 툭 차면서 박준모는 폭력의 부당성을 또 한 번 강조했다.

"결혼 조건이 위반 되었으니까 석란 씨의 결혼은 자연적으로 해소가 되고 만 셈이군요."

그러나 석란은 대답을 하지 않고 입술만 고쳤다. 결혼이 해소되었다고 해서 별반 가슴 아픈 것은 아니지만 그래도 수속이 무척 번거로웠기에 석란은 다소 허무했을 뿐이다.

"멋도 모르고 했었지, 인제 다시는 결혼 안 해요."

"왜요?"

"결혼한다는 건 바보가 된다는 거니까요."

"허어?"

"그러구 수속이 지나치게 번거로워서 싫어요. 그만큼 이혼이 힘들잖아요?"

"아주 현대적인 사고방법입니다! 번거롭지 않게 결혼할 수도 있고 힘들지 않게 이혼할 수 있는 결혼이 있지요."

"어떤 거예요?"

"이 박준모와 결혼을 하면 되지요. 가장 고도의 민주주적인 결혼 형태! 오늘 결혼했다가 내일이라도 이혼 할 수 있는 자유와 권리를 아내에게 보장해 드릴 테니까요."

회식이 끝나고 춤이 시작된 것은 거의 여덟 시가 가까웠을 무렵이었다.

정임의 어머니와 칠팔 명의 남녀들은 지운이가, 보이지 않아 적지 않게 불만이었으나 갑자기 볼일이 생겨서 부산 시내에 들어갔다고 박준모가 적당히 구슬려 놓았다.

그러자 정임은 지운의 불참의 이유를 짐작하고 있었기

때문에 박준모와 함께 부르스를 추면서,

"정말 임 선생님, 어디 가셨어요?"

하고 물었다.

"이혼을 하고 먼저 떠나 갔어."

"이혼을요?"

정임은 무슨 책임감 같은 것을 불현듯 느끼며 시선을 들었다.

"폭력을 사용하면 자연적으로 결혼이 해소 되도록 되어 있었다니까…… 흥미거리야!"

정임의 허리에다 힘을 주며 박준모는 빙그레 웃었다.

"준모 씨가 나빠요."

"왜?"

"남의 부인에겐 제발 좀 손을 대지 마세요. 신혼 부분데…… 가엾지 않아요?"

"가엾다고…… 어느 편 말이야?"

"둘이가 다 가엾지, 뭐예요?"

"정임은 참 마음이 고와!"

박준모는 그러면서 정임의 볼에다 자기 입술을 슬쩍 스쳐보며,

"질투보다 먼저 동정을 할 줄 아는 정임을 나는 정말 끝없이 사랑하고 있지."

"나를 그처럼 사랑한다면 딴 여자에겐 제발 손을 대지 마세요. 나도 사람인데, 왜 질투가 없겠어요?"

"재미있지 않아? 부부 싸움을 붙여 놓고 옆에서 빙글빙글 구경하는 맛이란 돈을 주고도 살 수 없는 하나의 도락의 경지를 의미하는 거야."

"어쨌든 나빠요."

"도락이니만큼 나빠도 하는 수 없지. 세상 사람들은 나쁜 줄 뻔히 알면서도 마작도락, 아편도락, 술도락, 여자도락……"

"그렇지만 부부 싸움을 붙이는 도락은 제일 나쁘지 뭐예요."

"모를 말이야. 그거야말로 스릴이 있고 질투가 있고 서스펜스(不安[불안])가 있고 말하자면 일종의 헌팅(狩獵[수렵])의 경지와 똑같은 거야. 취미를 붙이면 아편처럼 뗄 수가 없어."

"너무 그러면 준모 씨가 싫어질 것만 같아요."

"정임의 생리 조직으로선 싫어지기 전에 먼저 더 좋아질 거야. 누구의 핏줄기를 받고 나온 정임이라고……"

"자꾸만 이용하지 마세요. 서글퍼요."

그러한 정임을 박준모는 진정으로 귀엽게 여기고 있는 것이다.

"내가 만일 석란 씨와 똑같은 행동을 한다면 어떡할 테야요?"

"하는 수 없지. 개인의 자유에 관한 문제니까……"

"어디까지가 자유죠? 바위 밑에서 포옹을 하고 키스를 해도 괜찮겠어요?"

"아, 정임은…… 정임은 그걸 봤어?"

민주적 자유주의의 수호신 같은 박준모도 적지 않게 당황의 빛을 보이고 있었다.

"내가 딴 남자와 그래도 괜찮겠어요?"

"음……"

"대답을 해 보세요."

"목을 눌러서 죽여 버리고 말지!"

그러면서도 박준모는 죽이는 흉내를 내며 정임을 힘껏 한번 껴안았다가 놓았다.

"민주주의는 어디로 갔어요?"

"도망을 쳤나 보지! 그러나 정임, 오늘날 무슨 주의, 무슨 주의 하는 명색 좋은 모든 주의는 상대편을 공격하고 함락시키기 위해서만 효과가 있다는 사실을 알아 두어요. 민주주의를 무기로 내 대신 상대편을 약화시키고 자기는 그 틈사리를 타서 힘을 기르는 거야. 참된 의미에서 민주주의가 되기에는 인간의 생리조직(生理組織)이 다소

욕심이 많아!"

"어머나!"

"그러나 이건 내가 사랑하는 정임에게만 일러두는 비밀의 이야기니까 함부로 떠들다가는 봉건적이라는 비난을 받아요."

"…………"

레코오드가 바뀌며 탱고가 되었다. 박준모는 석란을 또 붙잡고 돌아갔다.

석란과는 벌써 세 번째의 춤이다.

"석란의 스텝은 아주 이상적입니다."

"그래요?"

"가벼우면서도 무겁고 무거우면서도 가볍지요."

"홀랑 따라갈 것 같으면서도 그렇지 않고 따라갈 것 같지 않다가도 사뿐사뿐 따라가지요."

"아, 하하…… 정말 명인에 가까운 경지입니다. 발레를 하셨군요?"

"여학생 시대에 조금 하다 말았어요."

"어쩐지 다르다고 생각했지요."

"정임 씨도 잘 추던데……"

"어디가! 시골뜨기 춤 가지고야 어림도 없지요. 석란 씨야말로 춤의 기분을 아는군요."

"기분나요!"

"하늘로 올라갈 것만 같소."

시치미를 딱 떼고 하는 말이어서 조금도 헤실퍼 보이지가 않았다.

"준모 씨는 신사라면서 노인네나 여자에게 왜 좌석을 양보하지 않아요?"

"뭐요?"

"전차나 버스에서 말이예요."

그때 박준모는 하하 웃으면서,

"생각이 나셨군요? 나는 좀 더 끌어갈려고 했는데……"

"뭣 때문에요?"

"그래야만 석란 씨의 호기심을 그냥 끌어 나갈 수가 있으니까요. 유감인 걸!"

"좋지 못한 취미예요."

"그것도 다 석란 씨를 사랑하고 있는 때문이지요."

사랑한다는 말을 박준모는 비로소 썼다. 써도 무방할 시기가 당도한 것이다.

"사랑? 사랑이 뭔데요?"

사실 석란은 지운과의 과거에 있어서도 사랑이라는 말을 들어본 적도 없었고 써 본적도 없었다.

"이거 왜 그러십니까?"

"모르니까, 알으켜 달라는 거 아냐요?"

"그것도 모르는 사람이 포옹을 하고 입술을 주고 그래요?"

"그런 것들이 사랑이예요?"

"그럼 뭐가 사랑입니까?"

"그건 일종의 에티켓(禮儀[예의])이지, 뭐예요?"

"오오, 에티켓! 참으로 좋은 에티켓이지만…… 그러나 다소 서운합니다."

"나는 그것을 내게 대한 석란 씨의 애정의 표시라고 생각했으니까요."

"천만 뜻밖이예요! 관념의 차이로군요. 입으로는 민주주의를 부르짖지만 아주 낡아 빠진 봉건적 감정이예요."

"오오, 하늘이여!"

어지간한 박준모도 마침내 손을 흔들었다.

"석란 씨의 하아트(心臟[심장])에는 나사못 하나가 빠져나간 게 아닙니까?"

"그럴는지도 모르지요. 심장이 다소 약해서 가끔 가다가 현기증을 일으키니까요."

그러면서 석란은 킥킥 웃었다.

"석란 씨, 결혼을 합시다. 수속이 번거롭지 않은 결혼을……"

"싫어요. 봉건적인 감정의 소유자는 이혼 문제를 공연히 시끄럽게만 만들 거예요. 논리를 무시한 감정의 속박처럼 무지스런 건 없으니까요. 애정이다 사랑이다 인정이다 해 가면서 이편의 자유를 징글맞은 구렁이처럼 척척 감아 놓는 것처럼 질색은 없어요."

"석란 씨는 지금까지 연애를 해 본 경험이 있읍니까?"

"글쎄, 연애가 뭔지 모른다니까 그러셔? 형식만은 연애 비슷도 했지만요. 가만히 생각해 봄 연애 감정이란 상대편을 위해서 발동하는 것이 아니고 자기 자신의 이기주의에서 나온 것이 아냐요? 제가 좋기 때문에 취하는 행동이지 상대편을 위해서 하는 행동은 아니죠. 그러니까 나는 당신을 사랑합니다, 하는 말을 들어 봤댔자 조금도 기쁘지가 않지요. 저 좋아서 하는 푸념이니까요. 장사아치[25]가 손님 앞에서 절을 꾸벅꾸벅 하는 격이지요."

"아이고, 나는 그만 질렸읍니다!"

그러는데 문이 열리며 모자를 쓰고 보스턴백을 한 손에 든 지운이가 나타났다.

"아, 임 선생님!"

청년 하나와 춤을 추던 정임이가 손을 놓고 지운의 앞으

---

25) 장사치

로 달려갔다.

다른 사람들도 춤을 추면서 모두들 그 쪽을 힐끔힐끔 보았다. 그러나 박준모도 보고 석란도 보았다. 그러나 박준모는 석란을 놓아주지 않았고 석란도 박준모의 품에서 떨어져 나오지 않았다.

자기를 버리고 혼자 떠나간다던 지운이가 다시 되돌아 왔다는 사실이 속으로는 결코 나쁘지 않으면서도 석란의 성격으로서 싱거운 사나이라고 우선 얕잡아 보아야만 했다. 그러한 싸늘한 표정이 석란의 눈초리에는 담뿍 서리어 있었다.

"약간 싱겁군요."

그러한 것을 석란의 표정에서 발견하자 박준모는 재빨리 석란의 감정에다 침을 놓는 것이다.

지운은 무서운 얼굴을 하고 성큼 성큼 걸어가서 박준모의 어깨 위에 올려놓은 석란의 팔뚝을 휙 잡아 당겼다. 석란의 스텝이 어지러워지다가 비틀비틀 지운의 품속으로 쓰러져왔다.

"뭐예요?"

석란이가 빽 소리를 쳤다.

"폭력이다!"

격렬한 감정의 아우성이었으나 지운의 어조는 지극히

조용하였다.

"점잖지 못하게 왜 폭력을 쓰는 거예요?"

갈구러진[26] 눈초리와 함께 석란의 붙잡힌 팔목이 요동을 했다.

"폭력이 때로는 인간의 성실한 애정을 의미하기 때문이다. 이층으로 올라가자!"

"싫어요! 난 안 올라갈 테야요!"

그때까지도 박준모는 석란의 한 쪽 손길을 붙잡고 있었다.

"박군, 그 손을 놔라!"

그러나 박준모는 그냥 석란의 손길을 붙잡은 채,

"임 선생님, 그건 너무 지나친 실례가 아닙니까?"

박준모의 그 여유를 가진 느릿느릿한 대답이 지운의 신경을 긁어 주었다.

"도리어 내가 실례를 했나?"

"그렇지 않고 뭡니까? 서양 문명국에서는 남의 춤을 방해하는 것 같은 이런 실례는 보고 죽으려도 없는 일이지요."

---

26) 갈구다: (속되게) 사람을 교묘하게 괴롭히거나 못살게 굴다. 1. 쳐다보다. 2. 괴롭히다. 3. 교육시키다. 이 말은 남을 못살게 굴면서 성가시게 구는 것을 이르는 경상도 지방의 방언이다.

"여기는 서양 문명국이 아니다! 잔말 말고 그 손을 놔라!"

지운의 감정이 마침내 폭발하며 보스턴백을 내던진 손으로 박준모의 가슴패기를 무서운 기세로 탁 떠밀어냈다.

박준모는 한두 걸음 뒤로 비틀거리다가 우뚝 멈추며 중얼거렸다.

"이 양반이 그러다 보니까, 아프리카 야만국에서 여행을 온 사람이 아닌가……"

"이놈아! 내 아내를 내가 데려가는데 무슨 잔수작이냐?"

지운은 그렇게 고함을 치며 석란의 팔목을 탁 놓고 달려가자 박준모의 멱살을 잡고 주먹으로 면상을 무섭게 내갈겼다.

"아, 이 양반…… 이 양반 봐라?"

손으로 얼굴을 부비며 박준모의 반항의 말은 그의 비틀거리는 발걸음처럼 더듬거리고 있었다.

그것이 만일 유부녀인 석란의 경우가 아니었던들 박준모의 반항은 그것으로서 그치지는 않았을 것이다. 어지간히 뻔뻔스런 이 민주주의 대변자도 지운이가 외친 '내 아내'라는 이 한 마디에는 그 이상의 항거를 포기할 수밖에 없는 그 무슨 존엄성과 압력 같은 것을 분명히 느끼는 것이었다.

그것은 실로 민주주의의 논리를 무시하고 있는 압력이었다.

"자아, 빨리 올라가자!"

지운은 다시금 석란의 팔목을 잡고 외쳤다.

"싫어요! 안 올라가요!"

"잔말 말아! 너는 내 소유물이다."

지운은 석란을 끌고 다짜고짜 복도로 나섰다.

"놔요, 놔!"

석란은 끌리어 올라가면서 발버둥을 치며 소리를 질렀다.

춤추던 젊은이들이 층계 아래까지 수군거리며 따라 나섰고 이 방 저 방에서 손님들이 얼굴을 내밀었다.

"놔요, 놔! 누구를 소나 말인 줄 알아요?"

손길에 여유만 있으면 지운의 가슴패기를 치고 얼굴을 할퀴었다.

"소나 말이 되고 싶지 않거든 순순히 따라 와."

"나는 당신의 소유물이 아냐!"

"이혼할 때까지는 내 소유물이다!"

"아내를 무슨 물건인 줄로 알아요? 아내에겐 자유가 없어도 좋아요?"

"아내의 참다운 자유를 알으켜 주마!"

"싫어, 싫어! 놔요 놔!"

소나 말처럼 끌리어 올라가는 자기의 창피스런 꼬락서니를 사람들에게 보였다는 사실이 석란에게 한층 더 약을 올리고 있었다. 석란은 충계를 올라서는 순간, 지운의 손목을 고양이처럼 물어뜯었다.

지운의 손목에게 피가 흘렀다. 그러나 지운은 마침내 석란을 자기 방으로 끌어넣는 데 성공하였다.

"어머니.."

석란은 침대에 쓰러지면서 엉엉 울기 시작하였다. 석란은 자꾸만 어머니를 찾았다.

지운은 문에다 자물쇠를 잠거 버리고 손목을 들여다보았다. 살 한 점이 뜯기워[27] 나가다가 한쪽이 달랑달랑 매달려 있었다. 왼편 손목이었다.

살점을 도로 덮어 붙이고 손수건으로 손목을 동여맸다. 그리고는 소파에 번뜻 누워서 두 눈을 가만히 감고 심호흡을 하였다.

석란은 그냥 무섭게 흐느껴 울고 있었다. 어린애처럼 어머니만 자꾸 찾았다.

---

27) 뜯기어

"아이고, 엄마…… 엉엉, 엉엉……"

처량한 울음이라고 지운은 측은해졌다. 폭력의 뒤에 오는 비애의 감정이었다.

"우리 엄마한테 일르면[28] 죽을 줄 알아! 우리 엄마의 성미를 저도 알면서…… 엉엉, 엉엉……"

그 말이 웃으워서 지운은 감정에 어울리지 않는 웃음이 킥하고 솟구쳐 나왔다.

가장 첨단적인 민주주의 논리의 실천자도 결국에 가서는 어머니를 찾았다.

그것은 결코 석란의 연륜이 얕은 탓만도 아니라고 지운은 생각한다.

"어머니의 품이야말로 인류의 거짓 없는 보금자리가 아닐 것인가?"

인간은 죽을 임시에 누구나가 어머니의 품 안을 그리워한다고 했다. 인간이 지닌 온갖 이상과 모든 주의가 궁극에 있어서 어머니의 다사로운 품안을 그리워하는 심경 속에서 지양(止揚)되고 용해(鎔解)되어 버리는 것이 아닐까?

"어머니의 품이야말로 뭇 논리와 온갖 당위성(當爲性)

---

28) 이르면

을 초월한 인류의 참된 사모경(思慕境)일런지 모른다.”

주고받는 애정이기에 상극(相剋)은 있는 것이다.

“줄 줄을 알고 받을 줄을 모르는 어머니의 애정을 가지고 나는 지금 이석란을 대할 수는 없을까?”

지운은 얼른 눈을 뜨고 소파에서 일어났다. 폭력의 비애가 다시금 지운에게 왔다.

지운은 일어서서 서서히 침대 옆으로 걸어갔다.

이부자리에 얼굴을 파묻고 석란은 그냥 엉엉 울고 있었다.

부처님처럼 표정 없는 얼굴을 하고 지운은 묵묵히 석란을 내려다보고 서 있었다.

“석란, 울음을 그치고 얼굴을 들어 봐요.”

오랫동안 그러고 섰다가 지운은 마침내 입을 열었다.

“몰라, 몰라, 몰라!”

총알처럼 석란은 외쳤다.

“석란은 지금 뭐가 그리도 슬퍼서 우는고?”

어머니의 애정을 가지고 대해 보려고 지운은 노력을 하는 것이다.

“폭력주의자! 팟쇼!”

외치면서 석란은 발딱 침대 위에 일어나 앉았다. 증오에 찬 눈초리었다.

"히틀러의 제자 같애!"

"야만인!"

"아프리카에서 여행 온 사람 같애?"

어머니의 애정을 노력해 보려던 지운의 자세는 순간에 허무러지고[29] 감정의 대립이 앞장을 섰다. 남녀의 애정이란 결국에 있어서 기브 앤 테이크(주고받는)의 세계를 면치 못하는 성질의 것인가?

"가려던 사람이 왜 싱겁게 몰아와서 이 몰골이예요? 제 몰골 싱거운 줄도 몰라요?"

"잘 안다."

"잘 알면서 왜 되돌아오는 거예요?"

"아내의 자유를 속박하려고 돌아왔다!"

"누가 속박을 받는대요?"

"받고 싶어서 받는 것은 아니다. 너는 지금 내 속박을 받고 있는 것이다. 그처럼 추고 싶은 춤을 추지 못하고 이 한 방에 감금되다 시피 돼 있는 것이다."

순간, 석란은 불현듯 시선을 돌려 문 쪽을 돌아다보았다.

"쇠를 잠거 놓았군요?"

"그렇다."

---

29) 허물어지고

석란은 후딱 불안을 느끼며,

"나를 때리려는 거예요?"

"때리고 싶어졌다!"

표정이 통 없는 얼굴이기 때문에 석란은 지운의 말만을 상대로 할 수밖에 없다.

".........."

석란은 공포를 느끼며 한 걸음 뒤로 물러앉았다.

"왜 때리려는 거예요?"

지운은 공포에 찬 석란의 얼굴을 물끄러미 내려다보면서, 나도 이유를 잘 모른다. 아까 호텔을 떠날 때도 그런 생각은 통 없었다.

되돌아와서 너를 이리도 끌고 올라와서도 그런 생각은 없었다. 저 소파에서 이 침대로 걸어오면서도 그런 생각은 없었다.

"그랬음 됐지, 왜 갑자기 때리려는 거예요?"

"나도 그걸 잘 모른다. 그저 한 번 실컷 갈겨주고만 싶어졌다. 어째서 이처럼 난폭한 심정이 되어 가는지, 나도 알 수 없다."

석란은 무서워 한 걸음 더 뒤로 물러앉았다.

그러나 석란의 등 뒤는 이미 벽이다.

"힘없는 여자라고 깔보고 때리는 거예요?"

벽 위의 자세를 취하면서 석란은 외쳤다.

"그런 것은 분명 아니다!"

"제 소유물인 아내니까, 마음대로 때려도 좋다는 거예요?"

"그것도 아닌 성싶다. 같은 아내지만 아까는 그런 생각이 없었다."

그러는데 석란이가,

"악.."

하고 부르짖으며 두 손으로 얼굴을 가리웠다.[30]

지운의 손길이 가리워지기 직전의 석란의 **뺨**을 무섭게 내갈겼던 것이다.

"왜 때려요? 어째서 사람을 마구치는 거예요?"

공포와 분노가 얼버무려진 비참한 얼굴을 하고 석란의 항거의 외침은 또 총알처럼 튀어 나왔다.

"인제 됐어! 됐으니까, 무서워 말아도 좋아!"

말은 침착했으나 지운은 전신을 부들부들 떨고 있었다.

"왜 실컷[31] 때리지 못해요? 왜 때려죽이지 못해요?"

상대편의 폭력이 간단히 끝났다는 것을 깨닫자 석란은 한 층 더 기세를 올려왔다.

---

30) 가리었다.

31) 실컷

"불행인지 다행인지, 그 이상 더 때리고 싶은 생각이 내게는 없다!"

비장한 신음과 함께 지운은 가만히 돌이돌이를 하였다.

"어서 더 갈겨요! 갈겨 죽여요!"

석란은 발딱 침대에서 내려오자 지운과 딱 마주섰다.

"미안하다! 너를 죽일 만한 정열과 의욕이 내게는 불행이도 없었던 모양이다!"

지운은 그러면서 석란의 얼굴을 뚫어지게 들여다보다가 얼른 외면을 하며 돌아섰다.

"나는 내 아내의 인권과 자유를 무시하고 뺨 한 대를 갈겼다. 그런 정도의 애정을 나는 느끼고 있었으니까……"

그리고는 문을 향해 천천히 걸어가며,

"자기 아내가 딴 남자와 포옹을 하고 입술을 바꾸고 하는 사실을 발견한 세상의 남편들이 어떠한 행동을 취하는지를 나는 모른다. 다만 나는 오늘 임지운이가 지니고 있는 성실과 애정과 윤리의 한계를 걸었을 따름이다."

석란의 얼굴빛이 휙 변했다.

그러나 석란의 얼굴을 등지고 문을 향하여 걸어가고 있는 지운으로서는 그것을 돌아다보고 싶은 의욕이 통 없다. 그래서 곧장 도어로 걸어가자 주머니에서 열쇠를 꺼내가지고 문을 열었다.

"부인, 내려가시지요. 레코오드 소리가 들리는 걸 보니 아직도 춤은 계속 되는 모양입니다."

비로소 석란을 돌아보며 지운은 말했다. 그리고는 열쇠를 석란의 발부리 앞으로 던져주었다.

석란은 오두머니[32] 서서 반 쯤 열려진 문 쪽을 뚫어지게 바라보고 있었다. 무엇인가 골똘히 생각하고 있는 매서운 표정이었다.

지운은 테이블 앞으로 걸어가서 털썩 의자에 주저앉았다. 그리고는 석란의 트렁크 속에서 머어큐롬과 붕대와 탈지면을 꺼내 놓고 손수건을 풀어 헤친 후에 손목에다 머어큐롬을 바르기 시작했다.

석란은 이윽고 걸어갔다. 문 쪽을 향하여 또박또박 걸어갔다. 반 쯤 열려진 문이었다. 핸들을 잡고 석란은 가만히 문을 닫았다.

석란은 거울 앞으로 걸어갔다. 자기 얼굴을 들여다보았다. 왼편 볼이 턱 위에서 약간 부풀어오르고 있었다.

석란은 다시 지운의 옆으로 걸어가서 펼쳐진 트렁크에서 옥도정기를 꺼내 병마개를 빼들고 자기의 왼편 볼과 함께 비쭉 지운의 눈앞에다 내밀었다. 잠시 동안 지운은

---

32) 오두머니: 오두카니의 잘못. [북한에] 작은 사람이나 물건이 멍하게 넋이 나간 듯이 가만히 한 자리에 움직이지 아니하고 서 있는 모양.

묵묵히 석란을 쳐다보다가 이윽고 머어큐롬을 바르던 손을 멈추고 요오드 병을 받아들었다. 그리고는 탈지면에다 요오드를 적시어 가지고 턱 위에다 둥그렇게 발라주었다.

석란이가 이번에는 빨간 머어큐롬 솜을 들고 지운의 손목에다 골고루 바른 후에 붕대로 찬찬히 감아 주었다.

대화를 상실한 팬터마임(無言劇[무언극])의 진기로운[33] 한 장면이었다.

"석란, 이리 와서 좀 앉아요."

이윽고 지운은 소탁자 앞으로 걸어가면서 차거운 어조로 말했다.

석란은 조용히 지운의 뒤로 따라갔다.

---

33) 진기한

제3의 운명[34)

오랫동안 지운은 소탁자 앞에서 석란과 마주앉아 있었다. 울렁거리는 감정을 억압하기 위하여 담배만 푹푹 피우고 있다가,

"이제부터 내가 묻는 말에 솔직히 대답해 주기 바라오."

석란은 시선을 들며 고개만 끄덕끄덕했다.

"석란은 박준모를 사랑하고 있는 거지요?"

지운은 얼굴빛을 빤히 바라보며 석란은 가만히 돌이돌이를 했다.

"이 경우에 있어서 솔직하지 못하다는 것은 우리의 불행을 더 조장시키는 결과를 맺을 것이요."

"저는 솔직했어요."

"사랑하지도 않으면서 그런 행동을 취할 수가 있을까

---

34) 第三의 運命

요?"

"그럴 수가 있을 것 같아요."

"그렇다면 일종의 장난이었다는 말이지요."

"그런 감정도 다소는 있었을지 모르겠어요. 그렇지만 그것보다도 저편에서 그것을 강요했을 때 저는 처음에는 그것을 강력히 거절했어요."

석란은 거기서 말을 뚝 끊었다. 그리고는 자기의 솔직한 생각을 골라 보려는 것처럼 우두커니 앉아 있다가,

"그 순간, 얼른 생각키운 것이 한 가지 있었어요. 이 기회에 나는 내 자유를 확보해 두고 싶었어요."

"음, 자유를 확보하기 위해서……"

지운은 깊은 신음 소리를 냈다.

"참으로 어린애 같은 소리다!"

조금 아까 어머니를 찾으면서 엉엉 울던 생각이 불현듯 났다. 철이 없다면 철이 없는 셈이 되는 것이고 똑똑하다면 아버지 임 교수의 말대로 지나치게 똑똑한 계산이 되는 것이다.

"이거 봐요, 석란!"

지운은 다소 부드러운 어조가 되며,

"사람에게는 운명이라는 것이 있는 것이오. 석란은 결국 그 운명을 모르던가, 그렇지 않으면 무시하고 있는

것이 분명해요."

"운명이 뭐예요."

석란은 지운의 말을 잘 알아듣지 못해서 그것을 물었다.

"인간을 간단히 나눌 때 우리는 두 가지 종류로 나눌 수가 있소. 하나는 남성이고 하나는 여성이요."

"그렇겠죠."

"여성으로 태어나고 싶어서 태어나는 것도 아니고 남성이 되고 싶어서 남성이 된 것도 아니요. 그것은 분명히 우리 인간의 자유의사로는 어떻걸35) 수 없는 하나의 숙명을 말하는 것이요. 알아들어요?"

"알아듣겠어요."

"마찬가지의 의미에서 인간에게는 제이의36) 운명인 민족적 운명이라는 것이 있지요. 한국인으로 태어나고 싶어서 태어나는 것도 아니고, 미국인으로 태어나고 싶어서 태어나는 것도 아니지요. 이 인류의 운명은 개인이 그것을 아무리 싫다고 해봤댔자 우리의 일생을 속박하는 완강한 운명의 손길이라는 사실을 인정하지 않을 수 없는 것입니다."

어버이가 자식에게 설교나 하듯이 지운은 성실한 열의

---

35) 어떻게 할
36) 제2의

를 가지고 타이르기 시작하였다.

"우리가 개인의 인권과 자유를 부르짖고 옹호하는 것도 결국에 있어서는 이러한 기정(旣定) 운명을 전제로 삼고 하는 말이요. 남성이 싫다고 해서 여성으로 변할 수도 없는 것이고 여성이 싫다고 해서 남성이 될 수도 없고 자기 민족이 싫다고 해서 다른 민족이 될 수 없는, 하나의 운명체(運命體)로서의 자유와 인권을 말하는 것이요. 이리하여 이 석란은 그러한 운명체로서의 자유. 다시 말하면 한국 민족의 한 여성으로서의 자유를 갈망했을 따름이요."

"그래요. 저는 한국 여성의 자유가 필요했어요."

"그러나 이 석란의 운명은 이미 여성이 아닌 것이요."

"무슨 뜻이예요?"

"여성인 동시에 한 사람의 아내요. 이 제삼의37) 운명을 설정한 것은 조물주가 아니고 이석란 자신의 의사였소. 좋건 싫건 석란은 자기 손으로 설정해 놓은 운명체로서의 행동밖에는 할 수 없게 된 것이요. 석란은 지금 여성의 자유와 아내의 자유를 혼돈하고 있는 것이요. 그러나 그 두 개의 자유 가운데는 제삼의 운명의 담벼락이 가로 놓

---

37) 제3의

여 있다는 것을 망각하고 있는 것이요."

지운의 이야기를 석란은 조용히 듣고 있었다.

"조물주가 설정한 운명에는 불평 같은 것도 있을 수 있지만 자기 손으로 만들어 놓은 제삼의 운명에는 불평을 말할 여지가 없다. 왜 그러냐 하면 민주주의 사회에 있어서는 무엇보다도 개인의 의사가 존중되기 때문이요. 결혼이란 일종의 약속이다. 자유의사에서 출발한 이 약속이 무시당하고 위반될 때에는 참된 의미에서의 민주주의적인 인격의 파산을 가져오게 되는 것이다. 석란의 결혼은 석란으로 하여금 인간으로서의 자유와 한국 여성으로서의 자유의 일부분을 포기하고 그보다, 범위가 좁은 한 사람의 한국의 아내로서의 자유 속에서 만족하겠다는 약속이었음을 의미하는 것이다."

"그러니까 제가 그러한 약속을 위반했다는 거죠?"

"그렇소. 오늘의 결혼 형태는 모노거미즘(一夫一妻主義[일부일처주의])을 표방하고 있는 것이요. 그것이 다년간에 걸친 인류의 역사에 비추어 보아서 가장 이상적이기 때문이지요."

"그럴까요?"

일부일처주의에 대해서 다소의 의문을 품고 있기 때문에 석란은 물었다.

"그렇지요. 애정이나 애욕에 대한 인간의 욕망을 무제한 허용하는 결혼 형태가 개인적으로나 사회적으로 많은 폐단을 가져올 수밖에 없으니까요. 그것을 봉건적 사회에 있어서는 일부일처주의의 윤리로서 억압을 했었고 오늘과 같은 민주주의 사회에서는 윤리 이외에 한 가지 더 당사자들이 바꾼 약속의 존엄성으로서 억압을 하고 있지요. 그러니까 오늘의 일부일처주의의 결혼은 애정과 율리와 약속의 세 가지 유대(紐帶)로서 형성되고 또한 지속되고 있는 것이요. 오늘날 애정 애정하고 애정 문제가 봉건적 결혼 형태에의 반동으로서 높이 평가되고 있기는 하지만 기실 오늘의 대다수의 결혼생활이 별반의 파탄 없이 지속되고 있는 중요한 유대가 변모하기 쉬운 애정보다도 윤리와 약속의 존엄성에 있다고 나는 보아요. 순수한 애정만으로써 오십 년의 결혼 생활을 지속해 나가기는 대단히 힘든 일이라고 생각하지요."

"선생님 말씀 잘 알 것 같아요. 그렇지만 제게는 공감이 가지 않아서 걱정이예요. 지금 구체적으로 문제돼 있는 것은 오늘의 제 행동이지요. 거기 대한 제 심정은 아까 솔직히 설명해 드렸어요."

"어떤 대목에 동감이 가지 않는다는 거요?"

지운은 극도의 실망을 느끼지 않을 수 없었다.

"거기 대답하기 전에 제가 먼저 선생님께 한 가지 물어볼 말이 있어요. 솔직하게 대답해주세요."

"대답하지요."

"제가 이 자리에서 제 행동에 대하여 사과를 한다면 선생님은 저를 용서해 주시겠어요."

그러면서 석란은 지운의 얼굴을 빤히 바라보았다. 지운은 얼른 대답을 하지 못했다. 그만큼 석란의 물음은 중대성을 띄고 있는 때문이다. 지운 자신의 생각은 이미 결정적이지만 한 번 더 자기의 감정의 밀도를 잔잔히 계산해 본 후에 다음과 같이 대답하였다.

"석란의 행동을 머리로는 충분히 이해할 수가 있지요. 그렇지만 내 감정이 그것을 용서 하지 않소."

거기서 석란은 이미 최후를 각오하면서 다시금 물었다.

"그것은 제게 대한 애정 때문에 생긴 감정이예요?"

그것은 석란에게 있어서나 지운에게 있어서나 지극히 중요한 물음이었다.

거기 대한 답변 여하에 달려서 석란의 행동을 비판하는 지운의 가치 기준이 확립되기 때문이다.

"솔직히 대답해 주셔야만 하겠어요."

"솔직히 대답을 하지요. 석란에 대한 애정도 물론 있소. 석란을 한대 갈겨준 정도의 애정이지만요. 그리고 약속

위반에 대한 감정도 있고…… 그러나 지금 석란을 용서하지 못하겠다는 감정의 태반은 한 사람의 남편으로서의 위신과 체면 문제에서 생긴 것 같소.”

“잘 알았어요. 그러면 아까 물은 선생님의 질문에 제가 대답해 드리겠어요.”

이미 최후를 각오하고 난 석란에게는 아무것도 무서울 것이 없었다. 그래서 석란은 명확한 어조로 자기의 생각하는 바를 다음과 같이 이야기하였다.

“저는 지금 선생님의 제 삼의 운명에 관한 이야기를 듣고 한 사람의 아내로서의 자유의 한계가 뭐라는 것을 진심으로 깨달았어요. 동시에 과연 제가 실수를 했다고 분명히 느꼈어요. 그리고 제 실수의 원인을 지금 가만히 돌이켜 보았어요. 첫째로는 제가 철이 없었다는 것이고, 둘째로는 다소의 불량성이 있었다는 것이예요. 그러나 그것이 하나의 불량성이라고 지적해 주신 것은 임학준 교수였고 저는 여때38)까지 그것을 제 성격에서 우러나온 명랑성이라고 생각하고 있었지요.”

“어서 이야기 하시요.”

“세째39)로는 저의 온갖 의욕을 억누르고 선생님만을

---

38) 여태
39) 셋째

위해야만 할 정도의 애정을 갖지 못한 것이었고 네째[40] 로는 선생님 손으로부터 제 자유를 확보해 두고 싶은 생 각에서였어요."

"솔직히 말해 주어서 고맙소."

"그러한 이유로서 제 실수가 생겼다고 보아요. 어쨌든 제 과오에 대해서는 한 사람의 아내의 입장에서 다시 한 번 사과를 하겠어요."

석란의 정중히 고개를 숙이고 나서,

"용서를 받을 수만 있다면 받을 생각이었지만, 선생님 의 감정이 그것을 허용하지 않았지요. 결국 선생님에게 최후의 심판을 받은 저니까, 이것으로서 선생님의 아내라 는 자리에서 저는 이미 물러앉은 셈이 되지요."

이런 경우에는 좀 더 울고불고해 보았으면 좋겠지만 석란은 감히 그것을 하지 않았다. 상대편의 동정을 구해 서 일시적인 용서를 받아 보았댔자 지운의 감정이 그것을 허용하지 않는 이상 결국에 있어서는 용서를 받은 것이 못되기 때문이었다.

"이상으로서 선생님과 저와의 구체적인 문제는 깨끗이 해결을 본 셈이니까, 내일 아침 둘이 동과 서로 갈라지면

---

40) 넷째

되지만 아침까지는 아직 시간이 많이 남았으니까, 선생님과 환담을 하면서 밤을 세워보고 싶어요."

지독히 새침한 표정이며 어조였다. 이해관계가 서로 달라지면 부부란 결국에 있어서 이처럼도 차거운 이별을 하는 것일까? 이것은 지운만이 아니라 석란 자신도 그렇게 생각하는 것이었다.

"환담은 갑자기 무슨 환담이요?"

지운은 서글퍼졌다. 석란의 행동을 용서하지 못하는 감정도 사실이지만 동시에 자꾸만 서글퍼지는 것도 또한 숨길 수 없는 사실이었다.

"성실한 남편과 성실하지 못한 아내. 이것이 오늘 선생님과 저 사이에 규정지어진 문제로서 거기 대한 심판은 이미 끝났어요. 제가 저지른 죄에 대해서 선생님은 벌을 주셨고 저는 저대로 벌을 받고 이혼을 당한 셈이 되지요. 소위 제삼의 운명을 감수하지 못한 한 사람의 아내로서의 최후의 길을 밟은 셈이지요."

석란은 좀 더 자기가 침착해지기를 바라는 것처럼 눈을 감고 심호흡을 한번 하고 나서

"그러나 선생님과 저와 같은 예는 대단히 드물지요. 오늘날 세상에서 흔히 볼 수 있는 것은 그와 반대의 경우.. 성실한 남편과 성실한 아내의 경우예요. 이 경우에 있어

서 세상의 아내들은 모두가 다 선생님처럼 아니 남편처럼 자기의 감정을 소중히 하여 불량한 남편들에게 이혼의 심판은 내리지 못하고 있지요. 성실한 점에서는 그들의 아내들은 적어도 오늘의 선생님보다 더 성실하면 했지 결코 못하지는 않을 거예요. 그리고 감정을 소중히 하는 점에서도 결코 남편보다 못하라는 법은 없지요. 그래도 감히 최후의 수단인 이혼만은 하지 못하고 있지요. 저는 거기에 대해서 좋은 실례를 하나 갖고 있어요."

석란의 이야기는 이미 개체적인 문제에서 떠나고 있었다. 석란은 그것을 지금 환담의 형식으로서 꺼내고 있는 것이다.

"행인지 불행인지, 저는 요리집 자녀로 태어났기 때문에 그러한 장면을 많이 보고 자랐어요. 아무리 성실한 남편이라도 그들의 아내처럼 얌전하지는 못 하다는 사실이 바로 그것이예요. 가정에서나 직장에서는 그처럼 근엄한 얼굴을 하고 있는 양반들이 말로나 글로는 그처럼 도덕의 수호신 같은 양반들이 어쩌면 여자들 앞에서는 그리도 쉽사리 헤실퍼지는지 통 알 수 없어요. 저 양반도 가정에서는 아내가 있을까? 그런 의문을 품을 정도로 행동들을 천연스럽게 해 넘기지요. 물론 개중에는 선생님 같은 분도 계시겠지만요. 그러니까 저는 지금 선생님을 두고 하는 이야기가 아냐요. 얌전한 아내와 얌전치 못한 남편의 경우를 말하는 거니까요."

"잘 알고 있소. 어서 계속하시요."

"그래 어머니더러 물어보니까 하는 말이 다소의 차이는 있을런지 모르지만 사내들이란 다 그런 거라고요. 임 교수가 제아무리 성실한 대도 임 교수 부인처럼 깨끗하지는 못했을 거라고."

지운은 지금 자기가 상대하고 있는 것이 스물셋의 석란이가 아니고 사십대의 마담로우즈의 인생관이었다는 사실을 비로소 깨달았다. 석란은 다만 그것을 지금 대변하고 있을 뿐이라고 생각하였다.

"여기서 저는 선생님이 가장 이상적인 결혼 형태로서 내세운 오늘의 일부일처주의가 한낱 허울 좋은 형식에서 지나지 못 한다는 사실을 깨달았어요.

인간이 지닌 제삼의 운명이라고 볼 수 있는 일부일처주의의 미덕을 충실히 지켜나가는 것은 세상의 아내들뿐이고 세상의 남편들은 아니지요. 아내에게 자유의 한계가 있듯이 남편에게도 그것이 있어야 할 것이 아니겠어요?"

"물론 있어야지요. 그래서 나는 성실한 남편이 되기를 절실히 각오했지요."

"글쎄 선생님 이야기가 아니라니까요. 선생님과 제 문

제는 이미 결말을 보았으니까요."

석란은 다소 쓸쓸한 표정이 되며,

"돌아가신 제 아버지는 죽는 날까지 여자관계로 우리 어머니를 울린 사람이지요. 우리 어머니 같은 상당히 뾰족한 성미의 소유자로서도 결국에 있어서는 울면서 참아 나가는 도리밖에 없었지요. 나는 어머니를 울리는 아버지를 무척 미워했지요. 철이 들면서부터는 그런 아버지와는 깨끗이 헤어져 버리자고 저는 주장했지만 결국에 있어서는 경제적인 자주력이 없는 것과 다소의 인간미와 그리고 갈라져서 더 불행해지는 것은 반드시 여자편이라는 사실을 잘 알고 있는 어머니에게 참을성 있는 울음 끝에 온 것이 무관심이었지요. 지금은 어머니가 다소 방탕한 생활을 하고 있지만 아버지가 살아 있을 무렵에는 반항적으로도 그리고 싶어도 못 그랬어요. 사회적인 비판 앞에 나서기가 무서웠으니까요. 왜 무서웠나? 사회적인 비판을 마련하고 형성하는 주체가 여성이 아니고 남성들이기 때문이지요. 오늘의 모든 문화의 추진력이 되고 도덕의 기준을 세우는 것이 남성이기 때문이예요. 남성 본위이기 때문이예요."

"알 수 있는 이야기요."

"남성들도 자기네들의 무절제한 행동을 옳다고는 생각

하지 않을 거예요.

옳지 못하다고는 생각을 하면서도 그것을 하나의 중대한 사회 문제로나 인권 유린 문제로서는 주지는 않았지요. 그럴 수도 있는 문제라고 허허 하고 너털웃음을 웃어버릴 정도의 화제거리 밖에는 더 되지 않았지요. 모르긴 하지만 그것을 하나의 중대한 사회문제로서 취급해 주기가 남성들에게는 어쩐지 자꾸만 싫은 모양이죠?"

지운은 대답을 못했다.

"반대로 세상의 아내들이 남편들의 절반만한 행동이라도 취했다고 해 봐요. 실로 중대한 사회문제로서 남성들은 절대로 묵과해 주지 않을 거예요.

선생님, 거듭 말씀 드리지만 이건 결코 제 행동이 훌륭했었다고 변명하는 것이 아냐요. 똑 같은 나쁜 행동에 대한 도덕적인 처리 문제를 말하고 있는 거니까요."

"동감이요."

"선생님이 동감이어서 저는 기뻐요."

자기 이야기에 동감을 한 지운을 말로는 고맙다고는 하면서도 그 순간 석란의 입술에는 가느다란 비웃음 한 줄기가 떠오르고 있었다.

"오늘날 모든 문화의 실권이 남성들의 손에 있지 않고 여성들의 손에 쥐어졌다고 가정한다면 오늘의 도덕률은 거꾸로 되었을 거라고 생각해요. 남성 본위의 도덕률은 여지없이 허무러질[41] 것이고 따라서 세상의 아내들은 참을성 있는 울음만 울고 있지는 않았을 거예요."

"그 말에도 동감이요."

"고마워요."

동감을 한다는 지운의 한 마디를 석란은 내심 무척 기뻐했다.

지운이가 뱉은 이 한 마디의 언질(言質)은 석란 자신이 논리를 전개시키는 데 있어서 중요한 위치를 차지하고 있었기 때문이었다.

석란은 그것을 지운이가 지닌 하나의 맹점(盲點)이라고 내심 기뻐하고 있는 것이다.

"이것도 우리 어머니께서 빌린 지식이지만요. 사내들이란 대개가 그렇다고 하면서, 바람을 피다가 아내에게 발각이 되지 않는 한 시치미를 뗀다지만요. 그런 경우에 남자들은 대개 그것을 하나의 과실로 돌리던가, 그렇지 않으면 애정도 아무것도 없는 하나의 '우와끼'니까 용서를 하란다는 거예요. 우리 아버지도 늘상 그랬었다니까요. 선생님은 물론 얌전하신 분이니까, 그런 실수는 일평

---

41) 허무러질

생 하지 않을 거예요. 우리 어머니의 말로는 두고 봐야 안다지만요. 어쨌든 십 년 후에고 그런 종류의 과실을 선생님이 범했다고 가정하고 말이예요. 선생님 그런 경우에 제가 용서해 드리기를 바라지 않겠어요?"

석란의 이야기는 결국 올 데까지 온 것이라고 지운은 보았다. 여기까지 끌고 오기 위한 긴 이야기였던 것이다.

"제 경우와 똑같죠. 저도 실수였고 선생님도 실수인 똑같은 경우니까요. 다만 하나 다른 점은 그 불행한 과오가 아내의 편에 먼저 왔다는 것뿐이지요. 그 불행이 남편들보다 먼저 아내에게 왔다는 점이 남성인 선생님을 더욱 분개하게 만들고 있는 줄도 저는 알아요. 그렇지만 아까 제 말에 동감을 표시해 주신 선생님이니까요. 어느 편에 먼저 오건 이미 그것은 문제가 되지 않을 거예요. 말하자면 그건 하나의 우연한 챤스 문제일 뿐, 요는 제 삼의 운명인 결혼의 약속을 위반한 당사자와 거기에 대처하는 상대방의 태도가 문제일 거예요. 선생님, 제발 좀 공평하게 대답해 주세요."

석란은 의기양양하게 기세를 올려왔다.

논리의 막다른 골목까지 지운을 몰아넣은 석란이었다.

그러나 지운은 조금도 당황하지 않았다. 논리의 궁핍을 뼈아프게 느끼면서도 지운은 침착하였다.

"실제로 당해 보지 않아서 모르겠지만 아까 석란이가 용서를 빈 것처럼 나도 용서를 빌겠지요."

"제가 용서를 하지 않으면 어떻할 테야요."

"하는 수 없는 일이지요."

"그러나 세상의 아내들은 그들은 대개가 다 용서를 하면서 살아 와요. 저도 울고불고하면서 바가지를 긁다가도 결국에는 우리 어머니처럼 용서를 할 것만 같아요. 그런데 선생님은 지금 저를 끝까지 용서하지 않고 있어요.

선생님뿐만 아니라 세상의 남편들은 대개 다 용서를 하지 않을 거예요. 그것은 아까 제 이야기에 동감을 해 주신 선생님으로서는 대답한 모순이 아냐요?"

"모순이 아니지요. 남성 본위의 도덕이 행세를 하고 있는 세상이니까요."

"그럼 선생님은 그걸 나쁘다고는 생각하지 않아요? 여성의 약한 사회적 지위를 어디까지나 학대해 보겠다는 말씀이세요?"

"아니요. 나쁜 줄을 알고 동정은 하지만 오늘날 어째서 여성 본위의 도덕이 수립되지 못했는가를 생각할 뿐이요."

"그것은 남성들의 횡포(橫暴)에 원인이 있을 거예요."

"남성들의 횡포가 아니라, 나는 그것을 남성들의 실력

이라고 보지요. 과거 오랜 역사에 있어서 여성들이 여성 본위의 도덕률을 세우지 못한 것은 모든 부문에 있어서 여성들이 실권을 잡지 못한, 여성들 자신의 실력 문제에 있다고 생각하지요."

그러나 석란은 조금도 굴하지 않았다.

"남성들이 여성의 권리를 박탈하고 침해한 것이지. 왜 실력이 없다는 말이예요?"

"나는 모르오, 다만 나는 과거의 역사가 그랬었고 현재도 그렇다는 것뿐이요. 그러나 나는 미래는 알 수 없소. 여성들의 실력이 참되게 발휘되는 날이 오기를 나는 진심으로 바라는 사람이요. 석란은 지금 여권 확장의 대변자가 되어 있는 것 같은 인상을 주고 있지만 여성의 참다운 권리와 자유는 남성에게서 물려받을 성질의 것이 아니고, 여성들 자신의 실력으로써 획득해야만 되는 것이라고 생각하오. 그러한 노력이 없이 물려받은 권리나 자유는 언제든지 철회(撤回)를 당할 수 있는 일종의 동정의 선물이니까요.

그것은 한 민족의 독립과 자유의 문제와도 상통되는 일이라고 나는 생각하지요."

"선생님은 결국 남자니까, 어디까지나 남성의 편을 드는 폭언이예요."

그러나 석란의 기세는 아까처럼 세지는 못했다.

"여성의 약한 입장은 조금도 몰라주고 제 입장만 편하면 된다는 거죠?"

"그런 말은 나에게 하지 말고 연단에나 가두로 나가서 횡포한 남성들과 절제 없는 남편들에게나 설교하시요. 다행히 석란은 정치외교를 전공하는 사람이니까, 가정으로 들어올 생각은 아예 말고, 밖으로 밖으로 자꾸만 나가시요. 더 나가시요. 아마도 우리 한국인으로서는 석란을 아내로 맞아드릴 만큼 훌륭한 여권 옹호자(擁護者)는 한 사람도 없을 것 같소."

"흥, 비꼬아 보는 거요? 결혼을 하라고 백일기도를 드려 줘도 다시는 하지 않아요!"

"다행입니다. 그렇게 되면 한국 민족의 이혼률이 그만큼 줄어들 테니까요."

"뭐예요? 저희들은 밖에 나가서 이 바람 저 바람 다 피면서 아내들이 조금만 잘못 하면 도덕이 어떻다 윤리가 어떻다 하고 떠들어 대고……"

"그래서 그 점에는 아까 동감을 했기 때문에 나는 결혼이라는 것을 하나의 운명으로 생각하고 아내의 약한 입장에 동정하여 나 자신이 자숙할 것을 각오 했었소. 그러나 남성인 나 자신이 자숙하기를 결심 했는데도 불구하고 부인께서는 여권 확장 사상(擴張思想) 때문에 오늘의 사태가 벌어진 것이지요."

"그러니까 제가 사과를 했지, 뭣 때문에 사과를 해요?"

"아내의 자유를 위해서는 사과할 필요조차 없을 줄 압니다."

"그렇다면 때리긴 왜 때렸어요?"

"그렇소. 그것만이 부인에게 대한 내 애정이었소!"

지운은 훌쩍 일어서서 석란을 물끄러미 내려다보며,

"아팠겠소. 용서해 주시요. 철이 든 후, 내가 사람을 친 것은 오늘 밤이 처음이었소. 일생을 두고 그만한 애정의 책임감을 나는 항상 느낄 것이요."

그 말에 갈구라졌던 석란의 감정이 칵 약해지며 탁자 위에 엎드려져서 또 엉엉 울었다. 이론을 말할 때는 비수 같던 석란이도 결국에 있어서는 어린애 같은 감정의 소유자였다.

"이런 말까지 할 필요는 없을런지 모르오. 그러나 석란보다 내가 다소 나이를 더 먹었기 때문에 하오. 박준모는 악인이요. 석란이가 그 이상의 실수를 하는 날에는 한 사람의 유능한 여권 운동자가 매장을 당할 거요. 박준모를 당해 내기에는 석란의 인생이 너무 어리오. 미이라를 잡으러 갔다가 미이라가 되는 격일 것이요."

그날 밤, 지운은 꼬박 앉아 세웠으나 침대에 누워서 한참 동안 흐느껴 울던 석란이가 마침내 어린애처럼 째액째액 잠들어 버린 것은 열두 시가 좀 넘었을 무렵이었다.

이튿날 아침 지운과 석란은, 부산역으로 들어와 서울행 급행열차에 몸을 실었다.

행복의 정체[42]

　가을의 표정이 완전히 물러 가버린 섣달이었으나 환도 시민들이 걱정하던 것처럼 추운 겨울은 되지 않았다.

　임지운이 자서전 소설 '愛人[애인]'을 집필하기 시작한 것은 섣달에 접어들면서부터였다. 초야 하룻밤을 새우고 파탄이 나 버린 석란과의 결혼은 지운으로 하여금 재혼의 의욕을 완전히 포기시키는 귀중한 인생 경험이 되었다. 모두가 다 그렇게 해서 하는 결혼이니 자기도 해본다는, 그 평범했던 생각이 결국에 있어서는 자기답지 못 했다는 결론을 가져온 것이다.

　그만한 것 쯤 가지고 남의 귀한 딸을 영원히 버려 놓고 말겠다는 말이냐고, 신혼여행으로부터, 돌아온 즉석에서 마담로우즈는 대발 노발하여 그 표독한 성미를 남김없이

---

42) 幸福의 正體

발휘하며 지운을 다까세웠으나[43] 워낙 석란의 편에 과실이 있을 뿐만 아니라, 오늘날 여성이 결혼을 한다는 건 바보가 되는 것이라는 석란의 논리에 동감을 하고 있는 마담이었기에 그 이상 더 사건을 확대시켜 외부에 발설하기를 자숙하였다.

임 교수는 어이가 없어서 허허 하고 웃었고 임 교수 부인은 당연한 귀결이라고 그 귀결이 자식새끼를 낳기 전에 빨리 온 것만이 천행이라고 했다.

'愛人[애인]'을 쓰면서부터 지운은 또 창경원을 자주 찾게 되었다. 고독한 지운으로 다시금 돌아가 버린 것이다. 그 고독의 오열을 지운은 밤을 꼬박 꼬박 새워가면서 원고지 위에다 구상화 하는데 전신의 정열을 쏟아 붓고 있었다.

약 오백 장쯤의 중편으로서 그것이 탈고되는 대로 지금까지에 발표한 단편을 한데 추려 넣어서 발행 하겠노라는, 모 출판사의 확약을 지운은 얻고 있었다. 지운으로서는 처녀 출판인 만큼 '愛人[애인]'의 집필에는 자기의 생명을 걸다시피 하고 있는 것이다. 이제야말로 문학의 정열만이 지운을 고독의 오열로부터 구출하는 오로지 하나

---

43) 닦아세웠으나

의 길일 수밖에 없었다.

섣달 하순, 일선에 있는 허정욱 중령으로부터 편지 한 장이 날아왔다. 신년 중순에 오영심과 결혼식을 거행하기로 되었으니 이번에야말로 임 교수의 주례가 꼭 계셔야만 하겠다는 말과 그 뜻을 미리 춘부장께 전달해 달라는 말 끝에 아직 후방 전근의 수속이 덜되어 결혼식 때에는 월여 간에 걸쳐 특별 휴가를 맡아 가지고 오겠다는 것이며, 날짜가 결정되는 대로 결혼식 전에 임 교수를 한 번 찾아 뵙겠다는 뜻의 글월이었다.

지운은 곧 펜을 들고 진심으로 두 분의 행복을 빈다는 말과 허형이 그처럼 열성 있는 축사를 해 주었는데도 불구하고 자기의 결혼이 불행 했다는 뜻을 간단히 적어 보냈다.

교인들의 명절인 크리스마스 이브가 왔다. 교회마다 선남선녀의 성스러운 찬미가 흘러나오고 있었다.

그리고 그것은 또한 일부 유한층의 놀이 날이기도 했다.

각처에서 댄스 파아티가 열렸고 유흥의 세계는 멋도 모르고 공연히 들떠 있었다.

이날 밤, 집필에 피로한 머리를 가지고 지운은 거리로 나섰다. 그러나 그 들뜬 분위기 속에서 고아처럼 지운은 고독했다. 꼬치안주와 대포 한 잔을 걸치고 그 들뜬 분위기로부터 지운은 곧 **빠져나왔다.**

집으로 되돌아온 지운은 양복 안주머니에서 파란 손수건에 싼 편지를 꺼내 책상 위에 펼쳐 놓고 또 원고를 썼다. '愛人[애인]'의 두 글자를 들여다보며 십 년 전의 연정을 지운은 소생시키고 있는 것이다. '愛人[애인]'을 집필하면서부터 이 편지는 책갈피에서 양복 주머니로 옮아져 있었다.

이튿날 새벽, 지운은 성가대의 찬송가로 눈을 떴다.

"오늘은 창경원에나 가 볼까?"

자리 속에서 지운은 중얼거렸다.

지운이 창경원을 찾은 것은 그날 오후 두 시였다. 반나절은 원고를 썼다.

거리는 비교적 한산하였다.

바람은 없었으나 날씨가 차다. **뼈대만 남은 수목들이** 차거운 하늘에 앙상하게 솟아 있었다.

삭막한 겨울 풍경이 자기의 마음처럼 외롭고 쓸쓸했다. 들떠 있는 것보다는 경내의 이 삭막한 주위가 마음에 다사롭다.

"책을 낸다!"

그것이 현재의 지운으로서는 유일한 위안이요 행복이었다.

"그이가 죽지 않고, 이 남한 어느 구석에선가 아직도 살아 있다면……. 그리고 다행히도 그의 눈에 내 책이 띄인다면……"

그것은 정말 기적과도 같은 한 줄기의 희망이었다. 오륙 년 전에도 지운은 수필과 단편으로 창경원 이야기를 한두 번 쓴 적이 있었다. 그러나 당시는 오늘날만큼도 지운의 이름이 알려지지 않았었고 게재된 잡지가 신통치 못했던 탓인지 소녀의 소식은 묘연하였다.

창경원 문을 들어서서 곧장 명정전 돌다리를 건느면서 지운은 그런 요행을 생각하고 있었다.

"아, 참 그러지!"

좋은 생각 하나가 푸뜩 들었다. 지운은 부리나케 외투 단추를 끌러 놓고 양복 안주머니에서 파란 손수건을 꺼내 펼쳐 보았다.

"이 글자를 그대로 따서 제자(題字)로 하자!"

글자가 다소 크지만 그것을 적당히 축소하면 소설의 제자로서 훌륭할 것 같았다. 어딘가 자체가 다소 어리긴 하지만 그 늠름한 필치는 예술적인 기품이 있어 보여 창작집의 제자로서 조금도 손색이 없을 것 같았다.

더구나 그것이 자기 자신의 필적이고 보면 좀 더 수월히 지운의 책을 발견할 것만 같았다.

"참으로 좋은 생각이다!"

지운은 다시 편지를 싸 넣고 명정전 뒷뜰로[44] 해서 춘당지 쪽으로 천천히 걸어 내려가고 있었다.

사람의 그림자라고는 별로 보이지 않았다. 중학생 하나가 시골서 올라온 듯싶은 노인 두 사람을 인도해 가지고 경내를 돌아다니고 있었다.

사무실 하인이 한 사람 비를 들고 창경원 정문을 향하여 어슬렁 어슬렁 걸어가고 있었다.

그렇다. 그 사막한 살풍경 속에 실은 여인의 조그만 그림자 하나를 대자연은 배치하고 있었다.

그리고 그것이 옛날의 그 소녀였다는 사실을 지운이가 발견하기까지에는 상당한 시간의 흐름이 왔다.

멀리서 내려다보니, 실로 조그만 뒷그림자였다. 처음에는 그것이 여자인지 남자인지를 지운은 몰랐다. 꺼멓게 보이는 외투를 입고 있었다. 이 추운 날씨인데도 불구하고 그 꺼먼 복장의 인물은 앙상한 벚나무를 등지고 꽁꽁 얼어붙었을 차거운 벤치 위에 오두머니 앉아 있었다.

그의 머리모양으로 그것이 여자라는 사실을 안 것은 몇 걸음 더 내려가서였다.

---

44) 뒤뜰로

이상한 예감 하나가 얼른 지운에게 왔다. 이유 없는 예감이었다. 그러나 얼음장처럼 차거울 벤치에 저처럼 오랜 시간을 앉아 있을 수 있는 사람이 이 세상에는 그리 많을 것 같지가 않았다.

지운은 성큼성큼 걸어 내려갔다. 그것이 옛날의 그녀의 성장한 자태이기를 열심히 하늘에 빌면서 걸어 내려갔다.

여자의 뒷모습이 점점 눈앞에 확대되며 꺼멍⁴⁵⁾으로 본 것은 잘못이었고 여자가 입은 외투는 곤색 후레아였다.

등 뒤에 인기척을 느끼고 여인은 불현 듯 뒤를 돌아보았다. 두 손을 외투주머니에 쓰러넣은 자세로였다. 여남은 걸음의 거리가 아직 두 사람 사이에 가로 놓여 있었다.

서너 걸음 더 걸어가다가 지운의 두 다리가 갑자기 얼어붙은 듯이 우뚝 멎었다.

그와 동시에 영심도 호다닥 놀라 몸을 일으키며 외투주머니에서 손을 뺐다.

이 순간에 있어서의 두 사람의 놀라운 표정을 정밀히 포착할 수 있다는 것은 이미 인간의 영역이 아닐런지 모른다.

기적은 인간으로부터 정상적인 판단력을 박탈하는 큰

---

45) 1. 그을음의 경북 방언. 2. 그을음의 덩어리(경북). 3. "검은"의 전라도 사투리.

자연 현상이다. 임지운과 오영심도 지금 그러한 기적 앞에서 인간이 지닌 사고 능력을 완전히 상실하고 있었다.

처음에는 둘이가 다 서로의 얼굴 모습에서 십 년 전의 소년과 소녀를 순간적으로 발견하지는 물론 못했다. 그러나 관념적으로 생각하던 것처럼 십 년간의 변모라는 것이 이미 청년기에 발을 들여 놓았을 무렵의 작별이었던 만큼 그리 심한 것은 아니었다. 환영 속에 그리던 모습이 정상적인 순서를 밟아서 성장한 보편적인 변모가 있을 따름이었다.

분명히 그때의 소녀였고 그때의 소년이었다. 놀라움과 환희와 그리고 일종의 의혹의 념이 똑같이 두 사람의 표정을 얼버무려 주고 있었다.

지운은 자꾸만 후둘거리는46) 두 다리에 힘을 주며 한동안 묵묵히 서 있다가 벙어리처럼 얼어붙은 입술을 가까스로 떼는데 성공하였다.

"저를…… 저를 알아 보시겠읍니까?"

지운은 또 두어 걸음 앞으로 다가섰다.

그 순간, 영심은 입 절반을 한 손으로 가리우고 한 걸음 뒤로 후딱 물러서며 가느다랗게 외쳤다.

---

46) 후들거리는

"아아!…… 역시……"

그리고는 얼빠진 사람모양 지운의 모습을 아래위로 찬찬히 바라보기 시작했다.

분명히 꿈은 아니언만 초록별의 정체가 그곳에는 있었다. 다소의 변모가 기이한 느낌을 주고 있었으나 행복의 정체임에는 틀림없었다.

"저를…… 저를 알아 보셨군요! 십 년 전…… 그때의 그 소년이 바로…… 저였읍니다!"

어디서부터 무엇을, 무엇을 어떻게 이야기해야 할런지, 말이 말을 제대로 이루어 주지 않는다. 정녕 꿈인 것만 같아서 지운은 한 손으로 자기 손등을 자꾸만 꼬집어 뜯어보며,

"오늘이야 오셨군요! 왜 그 동안 한 번도 오시지 않았읍니까? 제게 무슨…… 무슨 잘못이라도 있었던가요?"

비쭉비쭉, 지운의 입술이 서너 번 경련을 일으키다가 마침내 어린애처럼 이그러지고 말았다. 눈물이 왈칵 쏟아져 나왔다.

그 양을 보자, 영심은 두 손으로 휙 덮어 버린 얼굴을 벗나무에 탁 기대며,

"아유. ──"

하고, 비참한 신음 소리를 냈다.

입을 열어 말을 할 수 있다는 것은 다행한 일이라고, 감정이 너무도 억해서 영심은 그만 장소도 가릴 바 없이 와락 소리를 내서 느껴 울었다.

"울어 주시는 걸 보니, 저를 잊지 않고 계셨군요! 헤어진 그 다음 일요일부터 저는 매일처럼 여기 와서 기다렸답니다. 그처럼…… 그처럼 굳은 약속을 했는데 하고……"

"어마——"

영심의 흐느낌은 차차 더 커져 갔고 확확 솟구쳐 나오는 하얀 입김이 차거운 대기 속으로 후딱후딱 사라졌다. 가슴 아픈 통곡이었다.

깜정 비로드 치마에 자색 하이힐. 곤색에 흰 점이 박힌 마후라를 영심은 두르고 있었다.

"아무리 기다려도 오시지 않았지요. 일 년, 이 년, 삼 년, 오 년, 저는 꼭 몸이 편치 않아 세상을 떠나신 줄로만 알았읍니다. 늘상 약병 같은 것을 들고 다녔기 때문에 꼭 그랬을 것이라고……"

세음에 젖은 지운의 부드러운 음성에 영심은 벗나무에 기댔던 얼굴을 불현듯 들고 또 한참 동안 지운의 모습을 이모저모로 찬찬히 바라보다가 마침내 비쭉거리는 입술을 열어 말을 했다.

"저를…… 저를 무척 원망하셨지요? 약속을 지키지 않

은 나쁜 여자라고……"

'愛ㅅ[애인]'의 두 글자가 희미한 윤곽을 지니고 움푹 패어진 꺼머특특한 벚나무 밑둥에 영심은 한 손을 기대고 남은 한 손으로 손수건을 꺼내 눈물을 연방 찍어내고 있었다.

"처음에는 그런 생각도 다소 들었지만…… 원망보다도 앞장을 서는 것은 그리움이었읍니다. 꼭 무슨 사정이 있을 거라고 생각하면서도…… 너무도 지리한 기다림이어서……"

영심은 패어진 글자 위를 손바닥으로 자꾸만 어루만져 보면서

"이 글자는 분명히 손수 쓰셨지요?"
하고 물었다.

"그렇습니다. 제가 새겼읍니다. 어린 마음이라 말로는 도저히 제 생각을 표시할 도리가 없었읍니다."

"제 생각과 꼭 같으셨어요. 저도, 저도……"

영심은 또 운다. 감정의 파동이 앞장을 서 말을 제대로 이어 나갈 수가 영심은 없다.

앙상한 나뭇가지에 바람이 인다. 까치가 두 마리 살얼음이 진 연못 위로 까불까불 날아갔다. 유원지 그네 위에 까치는 앉았다.

"오늘은 즐거운 크리스마스 날인데…… 왜 거리로는 놀러 나가시지 않고……"

동경과 우수와 서글픔이 한데 뭉친 영심의 모습을 물끄러미 바라보며 지운은 지금 우주적(宇宙的)인 환희 속에서 자기의 실재를 완전히 망각하고 있었다.

"그저…… 그저 한 번만 더…… 이 벚나무 밑에 앉아보고 싶어서 최후로 다시는 영 오지 않을 셈으로……"

지운은 한 걸음 더 가까이 앞으로 다가서며,

"최후로…… 왜 무슨 그런 사정이 계십니까? 어디 먼 곳으로 떠나십니까? 저는 앞으로 제 일생 동안을 두고 이곳을 찾으려는데……"

"일생 동안?"

영심은 놀란 시선을 들었다. 그러다가 발부리 앞으로 후딱 시선을 떨어뜨리며 서글픈 표정을 영심은 지었다.

보름 후로 박두한 허정욱과의 결혼식을 영심은 생각하고 있는 것이다.

"또 와 주셔야지요. 안 오시면 저는…… 저는 어떻거라는 말씀입니까? 저희들의 불행이 이상 더 계속 된다는 것은 너무도 비참한 일이 아니겠읍니까?"

"…………"

영심은 소그듬히 고개를 숙인 채 대답이 없다.

"지나간 날…… 아아, 저는 이 연못가를 수없이 걸었었지요. 행여나 어느 숲 새에서 어느 담 모퉁이에서 해군복의 그 소녀가 불쑥 나타나지나 않을까 하고……"

"…………"

"추우실 텐데…… 저리로 좀 걸어 보실까요?"

"추운 줄 모르겠어요."

그러나 영심은 이내 초록별의 건강을 생각하며,

"추우시지요."

"저와 같이 저리로 한 번 걸어 주시요. 그것이 오랜 시일에 걸린 제 아름다운 꿈이었읍니다."

영심은 콤팩트를 꺼내 눈물 흔적을 감춘 후에, 지운을 따라 언덕길로 올라섰다.

못을 끼고 둘이는 언덕 위 오솔길을 식물원 쪽으로 묵묵히 걷고 있었다.

말이 없어도 말 있는 사람들보다 더 둘이는 행복했다.

"이 오솔길도 저는 수없이 걸었읍니다."

"…………"

영심은 솔깃이 귀만 기울이고 있었다.

"이 연못가야 말로 제 청춘을 아름답게 승화(昇華)시킨 서글픈 행복의 보금자리였답니다. 그러나 아무리 기다려도 해군복의 그 소녀는 와 주지 않았읍니다."

"사정이 있었어요."

영심은 고개를 숙이고 소그듬히 걸으며,

"처음 사 오 년 동안은 그래서 못 왔었지만 육·이오 동란이 나던 해부터는 줄곧 여기를 찾아 왔답니다."

"아, 그러셨어요?"

으시시하니 몸이 떨린다.

"네, 많이 왔었지요."

"아아, 동란 이후 저는 쭉 부산으로 내려가 있었답니다 그러다가 환도한 것이 지나간 구월이었지요."

"그런 줄은 모르고 저는……"

실로 기가 막히는 노릇이라고 영심은 생각하며,

"약속을 배반한 것은 저지만…… 월남해서 만나기만 하면 꼭 용서를 받을 것만 같아서."

"아, 그럼 이북에 가 계셨읍니까?"

"네, 고향이 평양이예요."

"아, 그랬었군요! 저는 또 그런 줄은 꿈에도 생각 못하고 신변에 무슨 불행이 꼭 계신 줄만 알았답니다."

"고맙습니다. 그렇지만 그런 생각은 저도 줄곧 해 보았어요. 삼팔선이 터지기만 바라며…… 남쪽 하늘의 별 하나를 골라 가지고 늘 그런 생각을 했지요. 깜박깜박 그 유난히, 초록빛이 도는 별이 숨박꼼질47)이라도 하는 밤이면 어쩐지 자꾸만 불길한 생각이 들어서……"

"고맙습니다."

눈물이 나도록 지운은 고마웠다.

"약속을 어긴 것은 진정 제가 마음이 나빠서 그런 것은 아니었어요."

거기서 영심은 당시의 어떻게 할 수 없었던 절박한 사정을 간단히 이야기하고 나서,

"그러다가 육·이오 동란이 일어나는 전년에 월남해서 부산에 일 년 동안 있다가 서울로 올라왔어요. 그리고는 늘 창경원을 찾았어요. 부산에 계신 줄은 꿈에도 모르고요."

"운명이 저희들에게는 지나치게 악착했읍니다."

"아마도 그랬나 봐요."

"저는 또 저대로 오륙 년을 기다리다가 저는 그만 기다림에 지쳐서 해군복의 소녀를 단념하기로 결심했었읍니다. 노력을 해서 잊을 수만 있었다면 다행한 일이었지요만……"

영심은 무엇인가 골똘히 생각하는 우수의 표정으로 지운의 이야기에 가만히 귀를 기울이고 있었다.

---

47) 숨바꼭질

"저는 어떤 여자와 다소의 교제를 해 보고 지난 가을에 결혼을……"

"아, 잠깐만…… 잠깐만 기다려 주세요!"

순간, 영심은 불현 듯 시선을 들며 지운의 말을 막았다.

"저…… 그 이상 자세한 이야기를 제게 말씀해 주시지 말아 주시면 좋겠어요."

"…………?"

지운은 의아스런 얼굴로 영심을 돌아다보았다.

"서로가 다 아무것도 모르고 있는 편이 제일로 좋을 것 같아요. 이대로…… 아무 말 없이 헤어지는 게 좋을 거예요."

"이대로요? 이대로 헤어져요?"

지운은 놀라 외치듯이 물었다.

"네, 이대로……"

"그렇지만?"

"아냐요. 제 이야기도 더 묻지 마시고…… 저도 더 듣지 않겠어요. 아무것도 모르고…… 이대로 헤어지는 것이 서로가 다 좋을 거예요."

그대로 헤어질 수가 있는 노릇이냐고 지운은 기가 막혔다. 얼마만의 해후(邂逅)냐고 그것이 짝 사랑이라면 또한 모를 일이지만 서로를 그지없이 그리워하는 사모의 일념은 꼭같이 지니고 있는 두 사람이 아닌가!

"저는 못하겠읍니다. 저는 이대로 헤어질 수는 도저히 없읍니다! 어디서 사는 누구인지도 모르고 어떻게 이대로 갈라질 수가 있다는 말입니까?"

지운은 울먹울먹하며 어린애처럼 영심을 바라보았다.

"괴로운 일이지만…… 그러는 게 좋을 거예요. 어디서 사는 누군지도 모르고 있는 편이 결국에 있어서는 행복하지요."

영심은 괴로운 듯이 외면을 하고 멀리 유원지 쪽 언덕 위를 바라보았다.

외면한 영심의 시야에 삭막한 겨울풍경이 차거운 대기 속에서 오들오들 떨고 있었다.

"십 년 동안을 찾아 헤매다가 오늘 처음으로 만난 저희들인데…… 어떻게 이대로 그냥 헤어질 수가 있다는 말입니까? 차라리 제게 죽음을 선고해 주시는 편이 옳지……"

"죽는다는 것은 그처럼 힘든 일이 아니라고 저는 생각하지요."

외면을 한 영심의 두 눈꼬리에서 말간 눈물이 하염없이 흘러내리고 있었다.

"이름만이라도…… 이름만이라도 제게 알으켜 주시요?"

"이름을 아셔서 무얼하시려는가요?"

"그저 자꾸만…… 그저 자꾸만 입으로 불러 보겠읍니다. 쓸쓸할 때, 기쁠 때, 잠을 이루지 못할 때…… 저는 그 해군복의 소녀의 이름을 부르겠읍니다!"

"안됩니다. 그것은 저희들의 불행을 의미하는 것이예요. 저도 어디서 사는 누구신지 성함이라도 알아 두고 싶지만…… 제가 그것을 알게 되면 제 마음은 항상 댁 근처로만 달려가게 될 거예요. 그것은 둘이가 다 불행한 일이지요."

들었던 손수건을 눈으로 조용히 갖다 대며,

"살아 있다! 그 분이 이 서울 어느 한 모퉁이에 살아 있다!…… 그것만을 생각하면서 사는 편이 오히려 행복하지요."

"그것은 꿈입니다! 인간은 역시 꿈만으로 살 수는 없읍니다."

"꿈만으로 사는 것이 결국에 있어서 행복하지요."

"제 꿈은 너무도 지루했읍니다."

"제 꿈도 그보다 못지않게 지루했답니다. 이 꿈이 깨어지는 날, 저희들은 불행하게 되지요. 제 마음속에 깃들어 있던 조그만 초록별을 그대로 제 마음속에 고요히 남겨두어 주세요!"

"저는 도저히 그럴 수는 없읍니다. 차라리 죽음의 길을 택하는 편이 얼마나 행복한지 모르지요."

그러면서 지운은 안주머니에 타다 남은 파란 손수건에 싸인 편지를 영심의 눈앞에 펼쳐보였다.

"이것을 보시요! 저는 아직껏 이것을 갖고 있읍니다. 아까도 만나기 직전에 저는 이 손수건과 편지를 꺼내 보았답니다."

영심은 후딱 눈물을 거두며 펼쳐진 편지를 들여다보았다.

"모든 것을 잊어버리려고 은행잎과 꽃봉투는 불에 살렀읍니다. 그리고 이 손수건마저 태워버릴 셈으로……"

"아 ——"

고뇌의 심음 소리를 영심은 내며 조그만 단풍나무 하나를 붙잡고 쓰러지려는 몸을 간신히 기댔다.

"꿈을…… 꿈을 제게 남겨 두어 주세요! 제 꿈을 제발 깨뜨려 주시지 마세요!"

그리고는 휙 유원지 쪽으로 뛰어가며,

"저는…… 저는 먼저 실례해야겠어요."

하고 영심은 외쳤다.

"아, 잠깐만……"

허겁지겁 지운은 따라갔다.

"잠깐만…… 안됩니다! 이대로 가시면 안됩니다."

수정각 뒷뜰로 해서 유원지 쪽으로 쏜살같이 뛰어가는 영심을 지운은 따라가며 불렀다.

　"따라오지 마세요! 이대로 헤어져야만 해요."

　지운은 따라가서 나란히 걸으며,

　"헤어질 수가 저는 정말로 없읍니다! 이름도 주소도 모르고 이대로 헤어지면 어떻건다는 말입니까?"

　"운명에 맡기지요."

　"지금까지 맡겨 온 운명도 너무 악착한데, 또 다시 운명에 맡길 것이 아니고 우리 손으로 운명을 개척합시다."

　"개척할 수가 제게는 없어요."

　"용기를 내십시다!"

　"안돼요. 십 년 전, 저희들이 여기서 만난 것도 하나의 운명이었고 오늘 또 이처럼 만난 것도 운명이지요. 거기에는 저희들의 의사는 조금도 개입하지 않았으니까요. 조물주가 기어코 저희들을 또 만나게 하여 주고 싶다면 앞날에도 그런 기회는 있을 거예요. 아무 말 말고 헤어져 주세요. 저는 이미 제 운명을 제 손으로 개척할 힘을 갖지 못했어요. 시기가 너무 늦었어요."

　"결혼을 하셨읍니까?"

　"아니요."

　"약혼을 하셨읍니까?"

“네.”

“사랑하고 계십니까?”

“제발 더 이상 물어 주지 말아 주세요.”

유원지 앞을 지나면서,

“여기서 조금만 쉬어서 가시지요.”

“아냐요. 가야겠어요.”

영심은 그냥 걸음을 멈추지 않는다.

“그 약혼을 그만 두실 수는 없읍니까?”

“그런 힘이 제게는 없읍니다.”

“용기를 냅시다! 저는 결혼을 했던 몸이기는 하지만 지금은 자유로운 몸입니다.”

영심은 그 말에 문득 시선을 들며,

“헤어졌어요?”

“네, 사흘 만에 갈라진 불행한 결혼이었읍니다.”

“사흘 만에……”

“용기를 내십시다! 아직도 늦지 않으니 용기를 내어 주시요!”

영심의 무척 빠른 걸음을 지운은 따라가면서 애원을 했다.

“인제 여기서 헤어져요.”

영심은 우뚝 걸음을 멈추었다.

"더 따라 나오지 마세요! 저를 정말로 위해 주신다면 여기서 조용히 헤어져 주세요."

"싫습니다! 저는 죽어도 싫습니다! 차라리 저를 이 자리에서 죽으라고 말해 주시요!"

눈물이 와락 지운의 앞을 가리웠다.

"주소와 이름을 알으켜 주고 가시요! 두 분의 결혼을 저는 조금도 방해(妨害)하지 않아요. 제가 할 수 있는 온갖 성의를 가지고 축하(祝賀)해 드리겠읍니다."

"아냐요. 저를 진정으로 위해 주신다면 그런 것은 아실 필요가 없어요. 제발 저를 이대로 돌려보내 주세요!"

영심은 울면서 그것을 애원하였다.

"정말로 안 알으켜 주신다면…… 제 이름이라도 알아 두고 가세요! 제 이름은……"

그러나 영심은 그 순간 두 손으로 자기 귀를 탁 막으며 획 돌아섰다. 그리고는 정문을 향하여 쏜살같이 뛰어나갔다.

얼빠진 사람모양, 지운은 한동안 멍하니 서서 조그맣게 사라지는 영심의 뒷모양을 바라보고 있다가

"안된다! 이대로 가 버려서는 안된다!"

영심의 자태가 정문 밖으로 다람쥐처럼 홀랑 빠져나가는 양을 보고서야 펄떡 정신이 들며 지운은 따라갔다.

"안된다! 저이를 놓쳐서는 안된다!"

지운은 외치며 정문을 향하여 무섭게 달려갔다.

오늘 이 자리에서 영심을 놓친다는 것은 지운에 있어서는 죽음 그 자체를 의미하는 것일 수밖에 없었다.

"인제 이리로 뛰어 나간 여자가 어디로 갔읍니까?"

수위기 영감에게 지운은 외치듯이 물으며 정문 밖으로 뛰쳐나갔다.

"저리로 뛰어가던데요."

영감은 어리둥절한 얼굴로 원남동 쪽을 가리켰다. 지운은 그 쪽을 향하여 한길로 뛰어나갔다.

그러나 그때는 이미 영심의 자태는 보이지 않았다. 드넓은 거리에 택시 한 대가 원남동 쪽을 향하여 스름스름 달리고 있을 따름이었다. 그 택시 안에 영심은 타고 있었다.

"앗 잠깐만 기다려요!"

지운은 따라가면서 택시를 불렀다.

뒷 유리창으로 영심의 모양이 멀리 바라다 보였기 때문이다.

그 영심이 허둥지둥 따라오는 지운을 바라보며 가슴 앞에서 가만히 합장을 했다.

전차가 한 대 우루룽 지나갔을 뿐, 자동차는 한대도 오지 않았다.

지운은 따라가면서 손을 자꾸만 흔들었다. 합장을 했던 영심의 손길도 유리창에서 나불거리며 멀리 조그맣게 사라져갔다.

"아아, 갔다! 영원히 갔다!"

차체조차 보이지 않는다. 실로 꿈과도 같은 허무한 이별이었다.

지운은 멍하니 한길에 서서 차체가 사라진 종로 시가를 바라보았다. 바라보다가 돌연 두 팔로 얼굴을 가리우고 창경원 돌담에 몸을 기대며 탁 엎디어 버렸다.

통행인이 힐끔힐끔 지운을 바라보며 지나갔다. 젊은이가 낮부터 무슨 술이냐고, 그런 얼굴을 사람들은 지어보이며 지나갔다.

한참 동안 지운은 그러고 있다가 다시금 몸을 일으켜 차가 사라진 종로 사가를 향하여 터벅터벅 걸어갔다.

아무런 생각도 없다. 허탈의 세계가 지운을 완전히 지배하고 있었다.

그날 밤 지운은 무턱대고 거리를 싸돌아다니다가 밤 늦게서야 집으로 돌아왔다. 잠은 좀처럼 이루지 못하고 꼬박 앉아서 새벽을 맞이하였다.

먼동이 훤하게 트이어 올 무렵, 지운의 가슴속에 새로운 희망이 한 줄기 스며들기 시작하였다.

"어쨌든 그 소녀는 이 서울에 살고 있다!"

과거의 그것은 생각하면 한낱 창백한 희망이요 꿈이었다. 그리고 거기에는 기적과도 같은 가능성이 있었을 뿐이었다.

그러나 지금 지운의 가슴속에 싹트기 시작한 새로운 희망에는 현실성이 농후하다. 끈기 있게 기다리기만 하면 언젠가 한 번은 만날 것이라는 확신을 지운은 갖는 것이다.

지운은 현실성 있는 희망과 확신을 가지고 다시금 원고를 쓰기 시작하였다.

"창작집 '愛人[애인]'을 빨리 세상에 내놓자!"

"분명 그이가 이 서울에 살고만 있다면 광고를 보고라도 '愛人[애인]'이 출간된 사실을 알 것이며 그것이 또한 자기 자신의 필적이고 보면 제 아무리 옛날의 열녀와 같은 굳은 지조의 소유자라 할지라도 한 권 쯤은 사 읽을 것이 아닌가!"

지운은 자기의 그 안타깝게 애타던 연모의 념을 그 여인에게 알리고 죽는 것만도 다행이라 생각하였다. 그래서 여인을 만나러 창경원 근방을 싸돌아다니는 시간을 가지고 하루라도 속히 '愛人[애인]'을 탈고하기 위하여 모든 정열을 바치기 시작하였다.

흔들리는 오색등[48)]

채정주는 석란에게서 크리스마스 카아드를 받았다. 결혼식 청첩을 받은 이후 처음으로 접하는 석란의 소식이었다. 결혼식을 거행한 날 밤 동래로 신혼여행을 떠났다는 말은 풍문에 듣고 있었으나 그 후의 소식은 정주는 통 모르고 있었다.

석란은 학교에도 나오지 않았다. 대개가 그렇듯이 결혼을 하고 났으니 석란도 학교를 집어치우려는지도 모를 일이라고, 석란의 그 왕성한 현실주의적인 의욕을 정주는 내심 얕잡아 보고 있는 참에 크리스마스 카아드가 날아왔다.

카아드에는,

"정주 언니, 보고 싶어서 죽을 지경이예요. 내일 명동

---

48) 흔들리는 五色燈

B다방에서 언니를 기다리겠어요. 언니는 화가 나서 와주지 않련는지 모르지만 나는 열두 시부터 쭉 기다리고 있을 테야요. 언니와 단 둘이서 크리스마스를 축복하고 싶어요. 꼭 와요. 꼭."

그런 말이 적혀 있었다.

석란이가 갑자기 자기를 보고 싶어하는 심경의 변화가 다소 기이하기는 했으나 정주에게는 석란을 만나고 싶은 의욕이 별반 들지 않았다.

석란의 그 개방적인 다변은 지운과의 신혼생활을 익살 맞게 보고함으로써 정주의 자존심만 건드려 줄 것이 분명했다. 뿐만 아니다. 이날 저녁은 유민호의 집에서 인숙이와 함께 가정적인 단란한 만찬회가 열리기로 되어 있었기 때문에 공연히 석란에게 붙잡혀 상처 받은 자기의 마음을 건드리고 싶지는 정녕 않았다.

오늘 저녁의 만찬회는 성탄제 축하라는 명목하에 유민호가 특별히 채정주를 위해서 여는 잔치였다. 그리고 이 만찬회는 유민호에게 있어서 채정주의 의사를 최후적으로 타진하는 기회가 될 것이며 따라서 채정주로서도 유민호의 성실한 구혼에 대하여 그 이상 더 끌어 나갈 수 없는 막다른 골목을 의미하고 있었다.

"제 애정의 방향이 이미 뚜렷해진 이상 나는 도저히

결혼식을 그대로 진행시킬 수가 없었읍니다. 나는 용기를 냈읍니다. 나는 오늘 나의 결혼을 손수 파괴시키고 왔읍니다."

오영심과의 결혼이 틀어진 날 저녁, 유민호는 그러면서 오영심의 손가락에 끼워졌던 약혼반지와 두 개의 순금 목걸이를 정주 앞에 조용히 내보였다.

"채 선생이 만일 이렇듯 절실한 제 생각을 끝끝내 물리친다면…… 그리고 그것은 제게 대한 애정의 결핍을 말하는 것이니까 어쩔 수 없는 일이지만 저는 일생을 두고 다시는 결혼할 생각은 안하겠읍니다. 제게 대한 채 선생의 애정이 움틀 때까지 저로서는 그 저 조용히 기다리고 있을 수밖에 별도리가 없으니까요."

그러면서 유민호는 끝끝내 대답이 없는 채정주 앞에서 약혼반지와 두 개의 목걸이를 케이스에 넣어 테이블 설합에다 간직하고 쇠를 잠갔다.

"이 설합을 제가 다시금 열게 되는 날을 저는 조용히 기다리겠읍니다."

채정주의 마음의 동요를 면밀히 계산하며 유민호는 한 달 이내에는 이 설합이 반드시 열릴 것이라고 굳게 믿고 있었다.

사실 유민호의 계산대로 정주의 마음은 무섭게 흔들리

고 있었다. 자기를 위하여 사흘 후에 박두한 결혼식을 파괴한 사나이의 심정이 정주에게는 그지없이 송구하고 믿음직했다.

그 인간적인 신뢰감만이 오늘의 채정주의 자존심을 구제할 오직 하나의 길이었다. 인간적인 성실의 발판이 없는 단순한 애정의 취약성(脆弱性)을 뼈아프게 느끼고 있었기 때문에 유민호와의 결혼은 이미 결정적인 것으로 정주는 생각하고 있는 것이다.

어쨌든 거리가 걷고 싶어서 집을 나선 것은 정오가 거의 가까운 무렵이었다. 크리스마스래서 번화할 줄 알았던 거리가 여느 때보다 도리어 한산하다.

집을 나설 때까지도 석란과는 만나지 않을 작정이었던 정주였다. 그러던 것이 역 앞으로 해서 남대문을 지날 무렵에 정주는 후딱 석란을 만나도 무방하다는 생각이 들었다.

그것은 분명히 유민호라는 하나의 발판이 정주의 마음 속에서 정주를 굳세게 붙들고 있다는 데서부터 생긴 심경의 변화일런지도 모른다. 그러니까 지운에게서 받은 마음의 상처가 차차 아물어 가 있다는 증거 같기도 했다.

석란의 입으로부터 신혼생활에 대한 보고를 한번 들어봐도 무방할 것 같은 안정된 심경이 점점 되어 가고 있는 것이다.

그래서 정주는 명동 입구로 자연스럽게 발을 들여 놓았다. B다방은 시공관 좀 못 미친 곳에 있었다.

이층으로 올라서면서 정주는 석란의 얼굴을 찾았다. 들창가에서 청년 하나와 마주 앉아있던 석란이 냉큼 몸을 일으키며,

"언니!"

하고 정주를 불렀다.

정주의 곤색 외투에 비해서 무척 화려한 짙은 밤색 오우버를 석란은 입고 있었다.

"아이, 언니가 어쩌면 와 주셨네!"

석란은 정주의 손길을 한 번 꼭 쥐어 보며,

"난 정말 안 올 줄 알았어."

어린애처럼 어리광을 석란은 부렸다.

"여전히 석란은 귀엽지!"

마음에 여유가 생긴 탓인지, 정주는 석란의 어리광을 그대로 받아주며 석란의 옆에 가만히 앉았다. 맞은편에 앉아 있는 청년이 빙글빙글 웃었다.

"미스터 박, 인제 자리 좀 내 줘요."

"예?"

박준모는 어리둥절한 표정을 지었다.

"기다리던 사람이 왔으니 자리 좀 비켜 달라는 말이예요."

"허어, 이건 상당한 푸대접인걸!"

박준모는 히쭉거리며 그냥 버티고 앉아 있었다.

"괜찮습니다."

정주는 송구스러워 그런 말을 했다.

"아냐요, 언니 이 청년 보기에는 한국서 제 일류급의 신사 같지만 알고 보면 악인이라고요. 그러니까 언니도 주의해요."

무슨 영문인지, 정주는 물론 알 수가 없다.

"허어, 악인……"

박준모는 일부러 표정을 크게 써 보았다.

"동래 온천에서 만난 청년인데, 오늘 또 우연히 여기서 만났어요. 나를 보고 자기 애인이라는 거예요. 후훗……"

석란은 한두 번 쿡쿡 웃고 나서,

"다소 뻔뻔하고 싱거운 데가 있기는 하지만 춤은 곧잘 추어요. 이 청년 때문에 내 결혼은 깨끗이 노우로 돌아갔지요."

말귀를 알아듣고 정주는 그저 미소만 지었다.

"지운 선생의 충고가, 이 청년은 악인이라고요."

"이 청년에게 대항해 나가기에는 내 인생이 다소 어리

다고요."

"무슨 소리야."

"언니, 인제 다 이야기할께…… 나 언니를 붙들고 한 번 실컷[49] 울어 보고 싶어요."

그러면서 이번에는 좀 날카로운 어조로 쏘아붙였다.

"미스터 박? 일어나지 않음 우리가 갈 테야요."

석란은 정주의 팔을 끼고 홀랑 자리서 몸을 일으켰다.

"허어, 이건 다소 하무한 감이 없지 않은 걸!"

이런 여성을 경험하는 것은 박준모로서도 이번이 처음이다. 그래도 그만한 관계가 있고 보면 다소의 미련 같은 것을 남겨 놓는 것이 보통일 텐데.

박준모의 경험이 울상을 짓는 것이다.

"아직도 내 수련이 부족한 모양인가?"

닭 쫓던 강아지 모양으로 충계를 내려가는 석란의 뒷모양을 박준모는 멍하니 바라보았다.

석란은 정주를 데리고 시공관 옆 자기 집으로 돌아왔다. 영업장소와는 검은 널판자 담장으로 막아 놓은 석란의 온돌방에서 석란과 정주는 점심식사를 하고 있었다. 마담 로우즈가 특별히 차려다 준 크리스마스 오찬이었다.

---

49) 실컷

"왜 한 번도 놀러오지 않고…… 석란이가 얼마나 정주를 보고 싶어 했기에……"

마담로우즈는 팔소매를 걷어붙이고 정주에게 이것저것을 자꾸만 권했다.

"어머니는 어서 나가 주세요. 손님들이 기다리고 있을 텐데……"

담장 너머 마담의 방에서도 연회가 벌어져 있었다. 이제부터 시작해서 밤새도록 노는 판이라고 마담은 유쾌히 웃어댔다.

"마담, 어디 갔소?"

손님들의 목소리가 담장 너머로 날아왔다.

"어서 가 보세요."

석란은 몰아치는 듯이 어머니를 쫓았다.

"그럼 많이 먹고 많이 놀다 가요."

마담은 이윽고 사라졌다.

"그런데 말이야."

어머니가 사라지자 석란은 정주를 쳐다보며,

"언니, 그 후 누구 좋은 사람 생겼소?"

새우튀김을 집다가 정주는 돌이돌이를 하며 조용히 웃었다.

"지운 선생을 지금도 생각하슈?"

정주는 또 돌이돌이를 했다.

석란은 잠자코 젓가락만 놀리다가,

"지운 선생은 나보다도 언니를 좋아했을 거야. 언니 지금이라도 지운 선생과 결혼할 생각 없수?"

"어마?"

정주는 놀라며 석란을 바라보았다. 이전에도 석란은 뜻밖의 이야기를 곧잘 했었다. 그렇지만 오늘의 이 한 마디는……

"무슨 뜻이야, 석란?"

"나 결혼 생활을 중지했어요."

"결혼 생활을 중지하다니 무슨 말이야."

"그만 두었어요."

"그만 두었다고? 아니, 결혼한 게 언젠데?"

"사흘 만에 이혼했어요."

"어마나?……"

벌렸던 입이 좀처럼 닫혀지지가 않는다.

석란은 거기서 지난 일을 쭉 이야기하고 나서,

"문제는 아까 그 청년에게 재수 없이 걸려든 내게 있지만요. 아무리 사과를 해도 들어 주지 않아요. 결국 서로가 다 애정이 탐탁하지 못했던 탓인가 봐요."

정주는 이야기를 들으면서 마음이 자꾸만 설레어 견딜

수가 없었다. 예상했던 일이기는 하지만 너무나 빨리 온 두 사람의 불행이었다.

"석란도 철없는 노릇을……"

"나도 그렇게 생각하지만…… 결국 언니의 손에서 지운 선생을 빼앗은 내가 잘못이에요. 별반 이렇다 할 굳센 애정도 없으면서…… 언니, 용서해요!"

석란은 젓가락을 놓고 정주의 품으로 자꾸 기어 들어왔다.

정주의 가슴에 얼굴을 부비며,

"나는 이제 결혼은 하지 않아요. 결혼을 한다는 건…… 결혼을 한다는 건 여성의 불행을 의미하는 거예요. 나는 언니의 품 안이 제일 좋아! 남자들은 건방져요. 쓸데없는 우월감을 가지고 있지요. 남성들 앞에서 여성들은 열등감(劣等感)을 가져야 할 이유는 조금도 없잖아요? 그 열등감을 가져 주지 않는다고 그것이 남자들에게는 불만인가 봐요. 누구가 그런 결혼을 해 준대요?"

석란은 몸부림을 치며 운다.

석란의 고백을 듣고 있는 정주는 지난날 지운과 최후의 작별을 하던 남대문통의 저녁 무렵을 생각하고 있었다.

'……내가 결혼을 한다면 실은 정주 씨와 할 생각으로……' 있었다는 지운의 한 마디를 정주는 골똘히 회상하고 있었다. 자기의 자존심을 문질러준 사나이라고 생각만 해도 불쾌하기 짝이 없었던 지운이었다.

그 지운이가 지금 정주의 마음속에서 차츰차츰 애정의 심볼인 양 소생하고 있었다.

"언니, 나 자꾸만 울고 싶어요. 언니 품 안이 제일 좋아!"

정주는 흐느끼는 석란의 어깨를 가만히 쓰다듬어 주며,

"그랬음 됐지, 울긴 왜?"

"자꾸만 슬퍼요. 난 이제 처녀가 아냐요. 그것이 자꾸만 슬퍼요. 내가 지녔던 모든 긍지는 이미 없어지고 말았어요. 임지운이가 뭐가 그리 잘났기에 아주 뻗대는 거예요. 내 실수에 대한 남성들의 비판이 지나치게 가혹하다는 말이예요. 나를 용서 못 하겠다는 임지운의 감정은 임지운 개인을 떠난 뭇 남성들의 감정을 대변하는 거지요. 그것이 분해요. 내 행동에 대한 형벌이 너무 가혹해요."

뭐라고 말을 하여 석란의 비애를 위로해 주고 싶었으나 정주는 적당한 말을 고르지 못했다. 남녀의 확집(確執)에서 궁극의 피해를 받는 것은 여성들이라고, 그 점만은 정주도 수긍하지 않을 수 없었다.

"뭐니 뭐니 해도 결국은 애정 문제일 거야. 둘이가 다 애정의 끄나풀이 박약했던 탓이야?"

"언니!"

"응?"

"이제도 늦지 않아요. 지운 선생을 한 번 만나 보세요. 언니가 그런 실수를 했다면 지운선생은 용서 했을는지 몰라요."

"아니야!"

정주는 또 돌이돌이를 하며.

"만나 볼 필요는 인제 없어졌어."

"그만큼 착실한 사람도 쉽지 않아요. 언니 꼭 한 번 만나 봐요. 만나서 불행했던 결혼을 언니가 좀 위로해 드려요."

정주는 쓸쓸히 미소를 지으며,

"어린애 같은 소리는 그만해요."

"어른들은 별것 있어요? 연애니 결혼이니 하고들 굉장한 것처럼 떠들어대지만…… 결국은 소꿉장난이지 뭐예요? 뭐가 신비로워요?"

결혼이라는 하나의 인간 행동에 대한 자기류의 감상을 석란은 지금까지 하고 있는 것이다.

"시인이나 소설가들이 공연히 미화해서 하는 말들이지 결혼이라는 인간행동처럼 추하고 살풍경한 것은 없을 거예요. 그게 사랑이예요? 그게 행복이예요?"

인간의 한낱 당연한 절차에서 지나지 못하는 결혼에

대하여 지나치게 시적(詩的) 표현을 꾀하여 준 문학자에게 석란은 지금 항의를 제출하고 있는 것이다.

"석란은 결혼에 실패를 했으니까, 그런 말을 하는 거겠지."

"성공을 했담 그 이상 뭐가 있다는 말이에요?"

정주는 경험이 없기에 대답을 못했다. 그 이상의 무엇이 정주에게는 꼭 있을 것만 같았다. 그러면서도 한 편 정주는 석란의 말처럼 그것은 뭇미 혼처녀가 지닌 아름다운 환영인지도 모를 일이라고, 석란의 경험을 소중히 여겨보기도 했다.

유민호와 마담로우즈와의 관계는 그 후에도 쭉 계속되어 왔다. 정주가 석란의 이혼담을 듣고 있는 동안 유민호는 마담의 방에 있었다. 그러나 행인지 불행인지, 유민호와 정주는 서로 대면하는 챤스를 갖지 못한 채 그날 저녁의 만찬회에 참석하는 몸이 되었다.

웃방 양실에 식탁은 준비되어 있었다. 하얀 상보를 씌운 식탁 한가운데 앉은뱅이 매화 화분이 연분홍 꽃을 다닥다닥 붙이고 있었다.

이날 저녁의 요리는 유민호가 특별히 아는 그릴에서 쿡 한 사람을 불러다가 채린50) 호화판의 양식이었다. 크리스마스에는 칠면조를 먹어야 한대서 미군 부대로 들어

가는 놈을 쿡이 가로채 왔다고 했다.

식탁 옆에는 크리스마스 츄리가 흰 솜을 담뿍 이고 있었다. 그 위에다 오색이 찬란한 조그만 전등을 주룽 주룽 달아 놓았다. 이것은 어제 저녁 인숙을 데리고 정주가 손수 꾸며놓은 크리스마스 데코레이션이다.

오일 스토오브가 한 편에서 이글이글 불 길을 먹음고[51] 있었다. 인숙은 좋아라고 손벽을 치며 정주 옆에 앉아서 이것저것 요리에다 손을 댔다.

정주와 마주앉은 유민호는 특별히 주문해 온 칠면조니 많이 자시라고 점잖게 권하면서

"오늘이야말로 가정적인 단란이 얼마나 행복한가를 깨달을 수가 있읍니다. 채 선생, 많이 자시고 즐겁게 놀아 주시요."

"네, 많이 먹어요."

정주는 식사를 하면서 쭉 지운의 생각만 하고 있었다. 오늘 석란만 만나지 않았던들 유민호의 호의를 좀 더 탐탁하게 받았을는지 몰랐다고 멀지 않아 튀어나올 유민호의 최후의 다짐을 정주는 갈팡질팡하는 불안정한 심정으로 기다리고 있었다.

---

50) 차린
51) 머금고

유민호는 맥주와 위스키를 섞어서 마시며,

"채 선생이 인숙의 엄마가 되어 주셔서 매일처럼 이렇게 단란한 식사를 할 수 있다면."

나올 말이 마침내 튀어나왔다.

"오늘은 저로 하여금 저 굳게 잠근 설합을 열게 해 주시요."

상당히 오랜 시일을 끌어 온 문제이기에 어쨌든 응분의 대답은 있어야만 하겠다고 정주는 시선을 들고 얼굴을 붉히며,

"저도 그 문제에 대해서는 많이 생각해 보았어요. 제게는 분에 넘친 호의라고……"

대답을 하면서도 정주는 연방 지운을 생각하고 있었다. 온갖 자존심을 버리고 지운을 찾아만 가면 될 것이 아니냐고, 자기의 대답 하나로서 일생의 운명이 결정될 것을 생각하니 무섭기 짝이 없다.

"무슨 말씀을……"

유민호는 거의 낙착점에 도달한 사실을 재빠르게 눈치 채고 끝끝내 점잖게 대해 온 자기 자신을 내심 칭찬하고 있었다.

정주는 기를 쓰고 자기의 망설임에 최후의 종지부를 찍기 위하여 대담하게 얼굴을 들고 유민호를 빤히 쳐다보

았다. 믿음직한 얼굴이었다.

그러나 아까 오전 중까지도 성실의 발판이 없는 애정의 취약성을 생각하던 정주가 이 순간에 있어서는 그와 정반대의 것을 생각하고 있었다. 애정의 발판이 없는 성실이 과연 자기의 결혼 생활을 성공적으로 이끌어 나갈 수가 있을 것이냐 하는 문제였다. 그리고 석란과 지운선생의 경우가 바로 그것을 증명해 주고 있는 것 같았다.

"선생님. 조금만 더 기다려 주세요."

"조금이라고……"

"한 시간 동안만……"

그 한 시간 동안에 정주는 자기의 운명에 대한 최후의 심판을 내릴 작정이었다.

최후의 순간까지 감정의 흐름을 극력 배척하고 있는 채정주를 눈앞에 바라보며 일찌기[52] 경험하지 못한 냉철한 계산가(計算家)라고, 유민호는 한 걸음 더 떠서 정주의 계산을 계산하고 있었다.

레코오드는 '다뉴브 강의 물결'이었다.

크리스마스 선물로 사다 준 커다란 불란서 인형을 안고 인순은 미닫이를 활짝 열어젖힌 온돌방에서 축음기를 틀

---

52) 일찍이

고 있었다.

약속했던 한 시간은 이미 지나고 있었다.

식사를 마치고 유민호와 정주는 소파에 앉아서 차를 마시고 있었다.

정주는 차를 마시면서 마음의 키를 잡지 못한 채 초조한 기분으로 가만히 앉아 있었다. 임지운과 유민호를 정주는 골똘히 저울질 하고 있었다. 애정과 성실 이 두 개의 요소가 여성들의 결혼 생활에 있어서 어떠한 역할을 하고 있는지 정주의 무경험은 좀처럼 단정을 내리지 못하고 있는 것이다.

"정주 씨가 무엇을 생각하고 있는지는 모르지만 생각이 너무 지나친다는 것은 그리 좋은 일은 아니지요."

정주는 찻잔을 들며 가만히 웃었다.

"여자들은 옷감을 뜰 때 너무 고르다가 뒤 고르는 수가 많다지만……"

정주의 마음속을 빤히 들여다보는 것 같은 한 마디를 유민호는 했다.

순간, 크리스마스 츄리를 장식한 다섯 가지의 아롱진 색등(色燈)이 파도 속의 해초(海草)인양 정주의 시야에서 무섭게 흔들리고 있었다.

"아, 인숙이가 조는 군요."

그 해초와도 같이 흔들리는 마음의 동요를 숨기기 위하여 정주는 얼른 일어서서 아랫목으로 내려갔다.

자리를 깔고 피곤으로 말미암아 졸고 있는 인숙을 안아다가 눕혔다. 눕히면서 정주는 어쨌든 그이는 내 자존심을 문질러 준 사나이가 아니냐고 애정의 끄나풀을 자존심의 칼날로써 끊어버리고 있었다.

인숙을 눕히고 있는 동안, 유민호는 테이블로 가서 오랫동안 잠가 두었던 설합을 열고 순금 목걸이와 다이야반지가 들은 두 개의 케이스를 꺼내 들었다.

그 이상 정주의 대답을 기다릴 필요를 유민호는 느끼질 않았다. 지나치게 점잖다가는 기회를 놓지는 수가 많다. 익을 대로 익었으니까 적당히 밀고 나가는 힘이 남성에게는 필요한 것이다. 그것을 또한 여성들 편에서도 은근히 기다리고 있는 것이라고 유민호의 풍부한 경험이 자신을 가지는 것이었다.

"이건 정주 씨에게 드리는 크리스마스 프레젠트."

정주와 나란히 소파에 걸터앉으면서 한 캐럿 반의 다이야 반지를 케이스에서 꺼냈다.

레코오드는 멎고 방안은 갑자기 조용해졌다.

"정주 씨, 그 손을 제게 주시요."

유민호는 정주의 왼편 손을 집어다가 자기 무릎 위에

소중히 올려놓았다.

빨강이, 오렌지, 노랑이, 파랑이, 초록빛…… 오색의 장식등이 또 한 번 정주의 눈앞에서 격렬히 흔들리었다. 그 흔들리는 조그만 불빛을 무심하게 세어 보고 있는 동안 왼쪽 손 장지에 약혼반지는 이미 끼워지고 있었다.

끼워진 손등에 유민호의 입술이 왔다.

"영원히 갔다!"

자기 가슴속에 꽃 피어 있던 임지운은 인제 영원히 사라져 간 것이라고, 그것을 마음속으로 장송(葬送)하고 있는데 순금 목걸이가 다시금 턱 밑에서 채워졌다.

유민호는 가만히 정주의 상반신을 끌어당겨 품에 안았다.

도깨비불인 양 크리스마스 츄리의 오색 등이 우쭐우쭐 정주의 눈앞에서 또 한 차례 춤을 추었다.

유민호의 품 안에서 정주는 보살과도 같이 표정이 없는 얼굴을 하고 그 자리에 가만히 앉아 있었다.

"정주 씨는 제 행복의 심볼이었지요."

최상급의 사랑의 말이 지극히 엄숙한 토음을 지니고 유민호의 입으로부터 흘러나왔다. 그러나 그 엄숙성과는 정반대의 헤실픈 유민호의 얼굴이 정주의 어깨 위에서 희쭉 하고 웃고 있었다.

이처럼 참된 행복이 바로 제 옆에 있는 줄은 모르고 하마트면[53] 불행한 결혼을 할 뻔한 내 운명을 생각할 때, 유민호의 호흡이 차차 거세졌다. 유민호의 입김이 정주의 목덜미에서 점점 더워왔다.

　"인숙의 어머니를 그처럼 생각하신다면서······"

　정주는 비로소 입을 열었다.

　"아, 그건······ 그건 정주 씨를 만나기 전까지의 일이고······ 정주 씨를 만나고 난 후부터는 곱게 잊어버릴 수 있는 인숙이 엄마였지요."

　정주는 다시 입을 열지 않았다.

　정주의 어깨 위에서 유민호의 얼굴이 계속적으로 희쭉희쭉 웃으면서 하등의 반항도 없고 반응도 보이지 않는 정주의 부동자세를 문득 생각했다.

　차다. 대단히 차다. 이미 약혼반지를 낀 이상 다소의 반응은 있을 줄로 믿었던 유민호의 경험이 당황을 하며, 그 원인이 어디 있는지는 알 수 없으나 그 차거움을 녹여버릴 자신이 자기에게는 충분히 있다고 생각하는 것이다.

　그때, 정주는 자기 목덜미에 유민호의 젖어 있는 입술을 느끼고 몸부림을 쳤다.

---

53) 하마터면

"인제 그러지 마세요."

말과 함께 정주의 상반신이 조용한 항거를 꾀했다.

"정주 씨!"

유민호의 얼굴이 정주의 눈앞에서 입술과 함께 희번득거리고 있었다.

"약혼을 했는데…… 내 애정을 못 받을 리가 없지 않아요?"

남성의 완력이 이처럼도 완강한 줄은 정녕 모르고 있던 정주였다. 유민호는 마침내 점잖음의 가면을 대담하게 벗어버리고 있었다.

그 돌연하고도 대담무쌍한 변모가 정주는 갑자기 무서워졌다. 애정보다도 성실의 발판위에서 취해 온 오늘의 행동이었기에,

"결혼할 때까지…… 결혼할 때까지"

를 정주는 조용히 애소하였다.

그러나 오영심에게 손을 덴 유민호로서는 그런 위장한 태세만을 취할 수는 없었다.

정주의 반항이 앞에 놓인 소탁자를 찻종지와 함께 방바닥에 쓰러뜨렸다.

쓰러지는 소리에 인숙이가 반짝 눈을 떴다.

"아빠, 선생님을 왜 때려요?"

험상 굳게 희번득거리던 유민호의 얼굴이 홱 돌아서며 정주의 허리에서 유민호의 팔힘이 쑤욱 빠져나갔다.

어린애처럼 울상을 짓고 있는 유민호의 얼굴을 정주는 적지 않게 미안한 생각으로 바라보며 소파에서 일어났다.

"용서하세요."

"아, 아닙니다. 정주 씨의 행복을 위해서 나는…… 나는 무엇이든지 할 수가 있지요."

미닫이를 닫치지 않았던 것이 유민호에게는 천추의 한 이었다.

"고맙습니다. 인제 저는 돌아가야겠어요. 돌아가서 아버지께 말씀드려야 겠어요."

"암 드려야지요. 결혼식은 빨리하는 것이 좋겠지요. 새 달 초순 경에……"

"네, 그런 말도 전하겠어요. 제 말이라면 아버지도 기쁜 마음으로 승낙해 주실 거예요."

인숙의 볼에다 입을 맞추고 정주는 총총히 유민호의 집을 나섰다.

"올해는 어째서 이처럼 성적이 나쁠까……"

오륙 일만 지나면 액년은 간다.

"신년에는 복이 오겠지!"

찻종지 하나가 깨져 나갔다. 쓰러진 소탁자를 바로 세

워놓고 푸르럭거리는 손길로 남은 찻종지에다 캐나디안
위스키를 유민호는 팔팔팔팔 부었다.

비극의 문[54]

　지운이가 '愛人[애인]'을 탈고하여 출판사에 넘긴 것은 신년 초순이었다. 출판사에서는 곧 조판에 착수하는 한편 장정에 대한 의논을 작자에게 해 왔을 때, 미술에도 다분히 취미를 갖고 있는 지운은 손수 장정을 꾸며 보겠다고 했다.

　자기의 피와 영혼이 우주적인 고독과 정열 속에서 연소(燃燒)되어 있는 처녀 출판인 만큼 창작집 '愛人[애인]'에 대한 애착은 이루 형언할 수가 없었다. 이 '愛人[애인]'의 출판이야말로 문학적으로나 현실적으로나 지운에게 있어서는 하나의 새로운 생명체의 부활을 의미하고 있는 것이다. 온갖 희망을 이 처녀 출판 하나에다 걸고 있는 지운이었다.

---

54) 悲劇의 門

장정 구상에 그는 꼬박 사흘 동안을 생각하였다. '愛人[애인]'의 제자는 물론 그 소녀의 필적을 그대로 축소하여 쓰기로 했다. 표지는 춘당지 연못가에 벚나무와 벤치 하나를 배치해 놓은 삼색판으로 동양화의 경지를 나타낸 수채화였다. 내도(內圖)에는 펜화로 해군복의 소녀의 상반신을 그렸다.

고상한 분위기가 잘 나타나 있다고 출판사 측에서도 좋아했다.

커다란 사명 하나를 다한 것 같아서 인제는 오로지 천명을 기다리면 되는 것이라고, 지운은 다시금 창경원을 찾기 시작하였다. 그러나 그렇게 헤어진 그 여인이 창경원에 다시 나타나리라고는 물론 생각하지 않았다. 다만 가만히 집 안에 들어 배겨 있을 수가 지운에게는 도저히 없었다.

신년에 잡혀 들면서부터 눈이 한두 차례 왔다. 서울을 포옹하고 있는 주변의 산봉우리가 하얗게 백설을 이고 있었다. 예년보다 따스한 겨울이라고는 하지만 삭풍이 몸에 거칠었다 '愛人[애인]'의 교정을 보면서 지운은 차거운 손가락을 여러 번 꺾었다. 십 년을 기다리던 해군복의 소녀와 창경원에서 다시 만났다가 본의 아닌 작별을 하는 데서 작품 '愛人[애인]'은 끝나는 것이었다.

"이건 분명 네 이야기 같은데……"

교정을 보고난 원고를 틈틈히 읽고 있던 어머니가 어떤 날 지운에게 물었다. 지운은 대답 대신 미소만 지었다. 어머니의 눈에는 눈물을 먹음고 있었다.

"어쩐지 네 행동이 수상하더니만……"

아들의 우울하던 소년 시절을 회상하며 지운의 그 지극한 연모의 정이 눈물겨워 어머니는 견딜 수가 없다.

"어머니, 아무런 이유도 없지요. 설사 어머니가 아신대도 어쩔 수 없는 일이니까, 가만히 내버려 두시면 돼요."

어머니가 캐묻는 말에 소년 임지운은 단지 그 한마디 대답으로서 온갖 비애를 자기 혼자의 가슴 깊이 파묻어 왔었다. 어머니는 지금 그러한 아들을 회상하고 있는 것이다.

"그래, 그이를 네가 만났었다는 말이지?"

"네, 지난 크리스마스 날 만났어요."

"어쩌면……?"

지운의 그것보다 못지않게 어머니의 감동은 컸다.

"이대로냐? 바로 이 소설대로 헤어졌느냐?"

"네."

"어머나! 그 색시야말로…… 그 색시야말로……"

어머니는 눈물을 흘리며,

"이즈음 세상에서는 보기 드문 훌륭한 여자다! 그렇지만 어쩌면 운명이 그처럼도 기구하다는 말이냐!"

"그렇지만 어머니, 새로운 희망이 제게는 생겼답니다. 그이가 살아 있다는 것만도……"

"그 여자의 말과 같이 그건 불행한 희망이다. 그럴 수만 있다면 그 불행한 희망을 포기하는 것이 너 자신을 위해서도 또 그 색시들 위해서도 좋을 거다."

"어머니, 저는…… 저는 도저히 희망을 포기할 수가 없읍니다. 그이가 누군지, 이름이라도 알 수 있다면…… 저는 일생을 두고 이름만이라도 불러보면서 살지요."

"아아, 이를 어쩌면 좋다는 말이냐!"

아들의 심정이 그지없이 가여워 어머니는 마침내 흐느껴 울기 시작하였다.

그날 밤 부인은 지운의 그 너무나 서글픈 심정을 임교수에게 쭉 이야기하고 나서,

"모두가 다 당신의 탓이지요. 아름다운 연애니 진실한 사랑이니 하고, 당신이 지나치게 성실한 교훈을 한 탓이예요. 여자관계들 좀 더 재치 있게 처리하도록 교훈을 못 시킨 당신에게 죄가 있어요."

"음.."

임 교수는 깊은 신음 소리들 내며 담배만 퍽퍽 피웠다.

"저처럼 심각하게만 생각하다가는 인제 꼭 건강을 해치고 누울 거예요."

"하는 수 없는 노릇이지, 어떻거겠소? 교단에서 하는 이야기와 집에서 하는 이야기를 가려서 할 수 없는 노릇이 아니요?"

임 교수의 생각은 확고부동한 그것이었다. 그러나 지난번 '연애 강좌' 때, 복도들 걸으면서 교무과장과 나눈 한 마디가 불쑥 생각키웠다.

"연애 문제들 처리하는 데 있어서 재치도 없고 또 자존심도 내세우지 않는 학생.. 대단히 위험하지요. 잘하면 사랑의 순교자가 되지만 잘못하면 일생을 망칠는지도 모르니까요. 그런 학생에게는 내 강의가 다소 지나친 영향을 줄는지도 모르지요. 그런 의미에 있어서 젊은 학생들 앞에 나서서 뭐라고 떠들기가 점점 더 무서워집니다."

그러한 우려가 자기 아들 지운에게 왔다. 그러나 부인처럼 임 교수는 떠들어 대지는 않았다.

"좀 더 두고 봅시다."

"두고는 보지만두…… 원채 얘가……"

아들의 성미들 누구보다도 잘 알고 있는 부인으로서는 이 사건으로 말미암아 꼭 무슨 불행한 일이 일어날 것만 같아서 좀처럼 마음이 놓이지가 않았다.

마음이 놓이지 않는 것은 임 교수도 마찬가지였다. 성실하면서도 아들에게 예술가적인 꼬융한 일면을 다분히 지니고 있는 것이다. 그러한 일면이 임 교수 내외에게는 자꾸만 마음에 걸리기 시작했다.

"석란과의 결혼 생활만 원만히 갔던들……"

지운의 마음을 돌이킬 수도 없을 것이라고 부인은 별의별 생각을 다 해보는 것이다.

"색시 편에서는 멀지 않아서 결혼을 하는 몸이라는데…… 그렇게 되면 지운이만이 가엾어지지요. 아마도 지운은 일생 결혼할 생각은 안 할 거예요."

"세월이 흐르면 마음도 흐르는 거요. 지나치게 걱정할 필요는 없소. 좀 더 두고 봅시다."

"그렇다면 좋지만두……"

"그 애가 석란과 결혼할 생각을 한 것도 결국은 세월과 함께 마음이 흘러간 증거니까요"

"글쎄 그렇다면야 오죽 좋아요."

"어쨌던 당신이 잘 보살펴 보구려."

지운의 감정이 어떻게 돌아가고 있는지 결국은 임 교수도 적지 않게 걱정을 하고 있는 것만은 사실이었다. 이상과 현실의 괴리(乖離)에서 오는 공백지대(空白地帶)에 임 교수는 지금 서 있는 것이다.

삼대독자 외아들에게 무슨 불행이 있기를 원하는 어버이는 물론 있을 수 없는 일이기는 하지만 지운의 연애가 진실로 아름답고 성실한 것이라면 그것만을 참되게 완성시키는 것도 인생의 커다란 사업이라고 생각하였다.

고행승(苦行僧)의 고난을 지닌 고독과 허무에의 처참한 투쟁 속에서만 인간은 참되게 성장할 수 있는 것이며 인격의 완성을 기할 수 있는 것이라고.

부인과는 정반대의 생각을 임 교수는 하여 보는 것이다.

일선에서 돌아온 허정욱이가 사흘 후에 거행될 결혼식 때문에 임 교수를 방문한 것은 정월 중순이었다. 주례 청탁을 임 교수는 쾌히 승낙하고 그날은 가족 전부가 참석하겠다는 호의까지 보였다. 오진국 씨의 정중한 편지를 허정욱은 갖고 왔다.

결혼식은 오후 두 시, 운현궁 예식장에서 거행되었다. 날씨는 푸근했으나 함박눈이 소복소복 내리고 있었다.

정오들 조금 지난 무렵에 허 중령의 운전수가 지이프차로 오진국 씨들 모시고 안국동 임학준 교수들 방문하였다. 오진국 씨와 임학준 교수의 초대면이 거기서 버러졌다.55)

---

55) 벌어졌다

"벌써부터 찾아뵈었을[56] 것을 자유롭지 못한 몸이라, 서신으로만 실례하였읍니다. 관용이 계시다면 행이올씨다."

한복에 회색 두루마기를 오진국 씨는 입고 있었다.

"천만의 말씀을…… 보잘것없는 인간을 이처럼 찾아 주신 것만도 분에 넘치는 영광입니다. 따님의 경사들 진심으로 축복하여 마지않습니다."

한학자와 철학자는 정중한 인사들 바꾸며 임 교수의 서재로 되어 있는 건넌방에 마주앉는 몸이 되었다. 철학 서적을 비롯한 임 교수의 장서가 우선 오진국 씨의 마음에 들었다.

"이처럼 훌륭하신 학자의 주례라면 배운 것 없이 자란 아이기는 하지만 장래가 길이 빛날 것으로 믿습니다."

"원 별 말씀을……"

부인이 들고 들어온 차를 권하며,

"제 내자[57]올씨다. 따님이 어찌나 신통한지, 내자는 침이 마르도록 칭찬이 자자하지요."

부인도 인사를 하고 나서,

"어쩌면 따님이 그처럼도 얌전할까요. 배운 것이 없다

---

56) 찾아뵈었을

57) 남 앞에서 자기의 아내를 이르는 말

고 하시지만 모두가 다 가정교육이 올바른 탓이겠지요. 한 번 보아서 그처럼 눈에 드는 색시가 쉽지 않는 노릇인데……"

"원 지나친 말씀이지요. 어미 없는 애라, 보고 자란 것이 어디 있읍니까? 차후에라도 부인께서 많은 지도가 계시기만 바랄 뿐이지요."

"제가 무슨 아는 것이 있읍니까만…… 그렇치만도 그런 며느리를 한 번 맞아 보고 죽었으면 한이 없겠읍니다."

"하하하…… 과분한 말씀이지요. 듣자니 아드님은 무슨 문학을 하는 분이라지요?"

"그렇답니다."

"집의 아이가 하는 말이 아드님의 글을 감명 깊이 읽은 적이 있다고 하면서 뭔지 모르게 문학하는 분을 대단히 숭배하고 있답니다. 그 애도 영문과들 나온 만큼 그 방면에는 다소의 관심 같은 것을 갖고 있는 모양이지만…… 아드님은 어디 나갔는가요?"

"네, 볼일이 있다고 잠깐…… 인제 곧 돌아 올 겁니다. 허 중령과는 지면이 있는 사이라, 돌아오는 대로 저와 같이 식장으로 가겠읍니다."

"그럼 임 선생은 수고스럽지만 저와 먼저 가 보시지요. 부인께서도 아드님과 함께 꼭 참석해 주셔야겠읍니다."

"네, 꼭 가겠읍니다. 아이, 신부가 오늘은 얼마나 이뻐질까."

부인은 정말 면사포들 쓴 영심이가 한 번 보고 싶은 것이다.

오진국 씨와 임 교수는 먼저 지이프차로 떠나고 부인은 아들이 돌아오기를 기다리며 간단한 화장을 했다.

눈은 그냥 내리고 있었다.

결혼식장 입구 상부에 '행복의 문'이라고 씌인 현판이 가로 걸려 있었다. 식장은 태반 허정욱의 친구들로 가득 차 있었다. 모두가 다 군인이었다.

오진국 씨의 편지에서는 월남해 온 제자가 몇 사람 참석했을 뿐, 반드시 축사를 해야만 하겠다던 유민호는 청첩을 내지 않은 탓으로 소식을 모르고 있는지 보이지 않았다.

영심이와 약혼이 해소된 후, 유민호는 뻔뻔스럽게도 오진국 씨들 한번 찾아와서 경제적인 원조들 그냥 계속하겠다는 말을 했을 때 오진국 씨는, 나를 어떻게 보고 하는 말이냐고 지금까지 받아 온 혜택만도 갚을 길이 묘연하다 하여 그것을 강경히 거절하였던 것이다. 그 후로는 통 발길을 끊은 유민호였다.

화환과 화분이 적당히 식장을 장식하고 있었다. 단상에

오른 임 교수 앞에 두 사람의 후행을 동반하고 신랑이 입장을 하였다. 예복이 어울리지 않으리만큼 허정욱의 얼굴은 까맣게 타 있었다. 군모들 썼던 탓으로 이마 절반이 희끄무레 타다 남아 있었다. 한 일 자로 다문 입이 굳세인 의지력을 군중으로 하여금 느끼게 하였다.

오진국 씨는 맨 앞 줄에 앉아서 사위의 그 남성다운 늠름한 자태들 유민호와 비교해 보면서 내심 무척 탐탁하게 생각하고 있었다.

"신부의 입장이 있겠읍니다."

사회를 하는 젊은 군인 하나가 군대식 어조로 결혼식에는 다소 어울리지 않는 목소리를 냈다.

"콰앙.."

유랑한 웨딩 마아치가 식장의 다소 어수선하던 분위기를 엄숙하게 제압하면서 흘러나왔다.

행복의 문은 마침내 열렸다.

꽃바구니를 든 어린 소녀 둘이 고속도 필름처럼 쓰러질 것 같은 느린 동작으로 앞장을 서서 걸어 들어왔다. 그 뒤로 두 사람의 후행에게 면사포 꼬리를 가볍게 잡힌 채 신부 오영심이가 입장을 하였다.

"허어, 상당한 미인인 걸!"

헤실픈 군인 하나가 옆에 앉은 동료의 옆구리를 쿡 찔

렸다.

가벼운 흥분과 함께 일시 어수선해진 장내 여기저기서 신부의 어여쁨을 칭송하는 부인네들의 속삭임이 흘러나왔다.

소그듬이 눈을 내려 뜬 신부의 속눈썹이 유달리 길다.

임지운이가 어머니를 모시고 식장으로 들어선 것은 바로 그때였다.

지운은 들어서면서 입구에 걸려 있는 '행복의 문'의 현판을 쳐다보았다.

누구나가 다 한 번씩은 들어서 볼 수 있는 문이었다. 그러나 누구나가 다 그 '행복의 문'으로 나오지는 못했을 것이라고, 자기의 불행했던 결혼을 돌이켜보며 지운은 어머니와 함께 맨 뒷 줄에 공손히 걸터앉았다.

신부의 입장이 끝나자 웨딩 마아치는 멎었다. 임 교수의 주례의 말이 시작되었다. 군중은 조용히 귀들 기울이고 있었다.

임 교수의 이야기가 계속되는 동안, 임 교수 부인은 어서 어서 신부가 좀 돌아서 주었으면 했다.

"신부가 어떻게 얌전한지, 어서 네게 좀 보여주면 좋겠다."

어머니는 ●들58)의 귀밑에다 가만히 속삭이었다.

"그러셔요?……"

"석란이와는 정 반대의 타이프야. 고전미(古典美)가 있고 예의범절이 깍듯하고……"

"그저 어머니와 꼭같은 타이프인 모양이군."

"애두……"

삼십 년 전의 자기 모습을 회상하며 어머니는 불현듯 얼굴을 붉혔다.

임 교수의 씹는 듯한 한 마디가 성실과 진리의 발판을 확고히 지니고 엄숙히 흘러나오고 있었다.

보통 주례들처럼 지나치게 아름다운 말이라든가 허식에 가까운 과장된 언사는 일체 사용하지 않았다. 임 교수 자신이 그렇게 행동할 수 있는 이야기만을 그는 했다. 그는 다음과 같은 한 마디로서 자기의 이야기의 결론을 맺었다.

"……이리하여 결혼은 우리 인간이 누구나가 다 경험할 수 있는 인생의 한 아름다운 절차인 동시에 그것은 또한 전체 인간이 전대(前代)에서 물려받은 인류의사(代類意思[대류의사])를 후손 만대에 계승시키는 사명을 지닌, 인생 최대의 엄숙한 사업이라고 생각합니다. 따라서 결혼이

---

58) 아들

라는 절차로서 이룩되는 두 분의 가정은 아름다운 애정의 교환소인 동시에 뭇 현실적인 계루(繫累)에 대응하여 공동책임체(共同責任體)로서의 성실한 행동이 요청되는 사무처리 장소라는 것을 잊어서는 아니 됩니다."

임 교수는 거기서 잠깐 말을 끊고 신랑 신부의 얼굴을 한 번 내려다보고 나서,

"연애는 일 대 일(一對一)의 관계에서 출발하고 일대 일의 관계에서 끝나기 때문에 단순한 애정만으로써도 충분히 성립될 수가 있는 것이지만 결혼은 그렇지가 않습니다. 처음에는 일 대 일에서 출발하는 결혼이지만 십 년 삼십 년, 오십 년 후에 두 분의 결혼 생활이 끝날 무렵까지에는 실로 수많은 계루 관계가 생기는 것입니다. 애정의 결정인 귀여운 자녀 문제, 또한 오늘날처럼 가족 제도가 아직 꼬리를 물고 있는 우리 사회에서는 양편 가정의 배후 관계 등…… 실로 단순한 애정만으로써는 감당해 나가지 못할 현실적이요 실무적인 책임의 소재가 추궁되는 것입니다. 감미롭고 화려한 연애. 감정 대신에 좀 더 뿌리가 깊은 굳건한 부부애. 어떠한 폭풍우가 밀려닥치더라도 끄떡도 하지 않는 저 송죽의 절개를 가지고 인생 칠십 년을 무사히 항해하여 나가기 바라며 이만 그치겠읍니다."

임 교수는 가볍게 머리를 숙였다.

"아버지는 지금 주례를 하신 게 아니고 '결혼 강좌'를 개강하고 계신 거예요."

지운은 웃으며 어머니 귀에 가만히 속삭이었다.

"얘두 참……"

어머니도 웃었다.

그러나 사람들은 조금도 지리한 감을 느끼지 않았다. 무엇인가 얻는 바가 있는 것 같았다. 더구나 오진국 씨는 한 마디 한 마디를 마음속으로 수긍하면서 서양학을 전공하는 임 교수의 이야기에서 동양학적인 많은 대목을 발견하고 절실한 동감을 하고 있는 것이다.

"인제부터 신랑 신부의 서약의 말이 있겠읍니다."

사회자의 한 마디가 또 군대식으로 튀어나왔다.

"신앙과 성실을 가지고 두 분을 백년해로를 서약할 수 있겠읍니까?"

임 교수의 물음이 떨어지자 신랑과 신부는 가벼운 묵례와 함께 후행한 사람이 꺼내 주는 '서약의 말'을 적은 두루마리를 둘이서 같이 펼쳐 들고 읽기 시작하였다.

여유와 자신을 가진 허정욱의 목소리에 비해 오영심의 가는 음성은 어쩐지 자꾸만 떨고 있었다.

서약의 말

저희들은 지금 결혼의 예식을 거행합니다.

인생과 생활에 대한 이상을 같이 하는 공동 책임체로서 애정과 이해와 성실을 가지고 해로동혈 (偕老同穴)의 굳은 신념을 주례 선생님 앞에서 서약하옵니다.

一九四五[일구사오]년 一[일]월 十六[십육]일

남편 허 정 욱

아내 오 영 심

신랑 신부의 '서약의 말'이 끝나자 군인들 사이에서 한 바탕 박수 소리가 터져 나왔다.

허물없는 친구들의 악이 없는 야유도 한두 마디 튀어 나왔다.

그 소란한 분위기를 억압하며 사회자의 목소리가 또 흘러나왔다.

"신랑 신부의 예물 교환이 있겠습니다."

임 교수의 지시로 신랑과 신부가 몸을 조금 돌이켜 가지고 마주서서 상례를 했다."

"아이, 고놈의 면사포가 가리워서……"

지운의 모자가 앉아 있는 위치는 신부가 서 있는 쪽이어 서 마주 선 신부의 옆얼굴 태반을 면사포가 가리우고 있

었다. 그것이 임 교수 부인에게는 불만인 것이다,

그러나 설사 면사포가 없었다고 하더라고 짙은 화장을 한 신부의 옆얼굴에서 이십 일 전 창경원에서 한 번 본 그 여인의 모습을 쉽사리 찾아보기에는 맨 뒤에 앉은 지운으로서는 거리가 다소 지나치게 멀었다.

결혼반지를 끼워 주고 신랑은 신부와 함께 다시금 주례를 향하여 돌아섰다.

주례가 또 한 차례 간단한 성례(成禮)의 말을 한 후에 식순은 축사로 들어갔다. 신랑의 선배인 모 중장이 지명을 받고 나가고 교훈조로 축사를 했다.

그 다음으로는 모 대령이 나갔고 세 번째에 지운의 이름이 지명되었다.

"신랑의 친구요 신진 작가로서 명성이 높은 임지운 씨의 축사가 있겠읍니다."

지운은 머리를 긁으면서 얼른 일어서지를 못했다. 이야기가 서투를 뿐만 아니라, 지운은 축사라는 것을 본래부터 싫어했다. 축사인 이상 다소는 과장을 해서 말을 해야겠는데 그것이 지운의 성미로서는 어딘가 천박하고 들뜬 찬사와 같아서 싫었다.

"얘, 어서 나가려므나!"

어머니가 아들의 옆구리를 쿡 찔렀다.

"어머니, 야단났읍니다."

박수 소리가 멎지를 않아 지운은 하는 수 없이 일어섰다. 얼굴을 붉히면서 지운은 단상으로 올라갔다.

맨 처음에 나간 중장은 주례 옆까지 걸어가서 축사를 했다. 그러나 그 다음에 나간 대령은 다소 사양을 하는 빛으로 단 한 편 귀에 올라서자 끄떡 절을 하고 축사를 했다. 그래서 지운도 대령의 본을 따라 단 한 편 귀에 올라서서 비스듬한 위치에 서 있는 신랑과 신부에게 우선 가벼운 묵례를 했다.

화환과 탁자에 놓인 생화 사이로 고개를 숙인 신부와 신랑이 퍼뜩 보였으나 면사포가 신부의 얼굴 절반을 이마에서부터 가리워주고 있었다. 빨간 입술과 지분으로 하얗게 날을 세운 코만이 지운의 시야에 뛰어 들어왔을 따름이었다.

지운은 군중을 향하여, 두 분의 경사스러운 화촉의 전을 진심으로 축하한다는 말과 일선에서 허 중령을 만났던 말, 그리고 허 중령이 신부를 얼마나 진실하게 사랑하고 있었던가를 이야기 한 후에 다음과 같은 한 마디로서 축사를 마쳤다.

"……오늘 제가 이 빛나는 자리에 참석할 수 있는 영광을 가진 것은 물론 두 분의 다행한 화혼을 축복하려는 심정도 절실한 바 있기 때문이지만…… 아까 신랑 신부가 합성으로서 낭독한 '서약의 말'을 이 귀로 분명히 들은 하나의 증인이 되고 싶은 심정도 또한 절실했기 때문이었읍니다. '행복의 문'을 들어서기는 쉬웠읍니다. 그러나 금후 오십여 년에 걸치는 우리 인생에 종지부를 찍는 순간, 다시금 그 '행복의 문'을 통과하여 나오려면 한 사람의 아내로서의 성실과 한 사람의 남편으로서의 그것이 절대적으로 요청되지 않을 수 없읍니다. 두 분이 만일 오늘 낭독한 '서약의 말'을 후일에 이르러 배반한다면 저는 이 두 귀로 그것을 분명히 들은 한 사람의 증인으로서 여기 모이신 여러 증인들과 함께 신 앞에 민주고발(民主告發)을 제기하겠읍니다."

　지운의 말이 심각하면서도 다소 유우머스러한 분위기를 지니고 있었기 때문에 유쾌해진 군인들이 손벽을 치며,
　"옳소, 우리들도 증인이 될 테니 한 목 끼웁시다!"
했다.
　그러나 그때는 이미 비극은 일어나고 있었다. 비틀비틀 쓰러질 것 같은 신부의 몸을 옆에 섰던 후행한 사람이 당황한 표정으로 꽉 부여잡고 있었다.

단심동심[59]

신진 작가 임지운의 축사가 있다는 사회자의 말에 영심은 가벼운 호기심을 느끼며 소그듬히 고개를 숙이고 있었다. 언젠가 자기가 들어 앉아 본 임지운의 방안 풍경을 영심은 불현듯 연상했다.

입만 벌리면 이상이니 진리니 하고 인생의 가장 고귀한 것을 찾아헤매인다는 임 교수 부인의 한 마디를 후딱 생각하며 뜸뜸히[60] 흘러나오는 임지운의 이야기에 골돌히 귀를 기울이고 있었다.

처음에는 무심히 들어 넘긴 지운의 음성이었다. 그러나 한 마디 한 마디 이야기가 거듭됨을 따라, 그것이 결코 처음 듣는 음성이 아님을 영심은 발견하였다.

"어디서 들었을까?"

---

59) 丹心童心
60) 틈틈히

어디선가 꼭 들은 적이 있는 음성임에는 틀림없었으나 기억은 좀처럼 간단히 튀어나와 주지를 않았다.

　지극히 인상이 깊은 음성이었다. 더구나 그 뜸뜸히 흘러나오는 한 구절 한 구절이 부드럽게 젖어 있는 것 같은 한 마디 한 마디가……?

　영심은 조금 고개를 들어 화환과 탁자 사이로 비스듬히 올려다보이는 임지운의 하반신을 힐끔 바라다보았다. 꺼먼 구두에 곤색 양복 바지였다. 자색 구두가 흔한 이즈음이라 꺼먼 구두를 신고 있던 인물 하나가 후딱 영심의 기억을 자극하였다. 이십 일 전 창경원에서 만났던 그이도 꺼먼 구두를 신고 있었다.

　순간, 영심의 기억이 별안간 새롭혀지며 그 젖은 듯이 흘러나오는 음성의 주인공을 힐끔 쳐다보았다. 영심은 흙 하고 숨을 들이키었다. 들이킨 호흡이 조절을 잃고 심장의 고동이 뚝 멎어 버렸다. 핏기가 가시고 종이장처럼 얼굴이 새하얘지며 생화를 올려놓은 탁자와 화려한 화환이 푸로펠라처럼 영심의 눈앞에서 무서운 속력을 가지고 빙글빙글 돌다가 마침내 암흑으로 획 변색을 했다.

　옆에 섰던 후행의 손길을 꽉 부여잡고 영심은 기를 썼다.

　"아, 신부가…… 신부가 현기증을……"

　쓰러지려는 영심의 몸을 두 손으로 부축을 하며 후행이

신랑을 쳐다보았다.

지운은 단을 내려 자기 좌석으로 돌아오고 있었다. 신랑이 신부를 부축했다. 신부의 바로 뒤에 앉았던 오진국 씨가 일어섰다. 그러나 다리의 자유를 잃은 몸이라, 뛰어나가지는 못하고 그대로 벙벙히 서만 있었다.

장내가 일시 소란해졌다. 그러나 신부는 다시금 자세를 바로 잡았다.

"인제, 인제 괜찮아요."

후행에게 팔 한 쪽을 붙잡힌 채 신부는 주례 앞에 다시 꼬딱 서는 데 성공하였다.

임 교수가 사회자에게 뭐라고 귀속말을 했다. 사회자는 수긍을 하며

"축사하실 분이 많으실 줄 믿습니다. 그러나 신부의 건강이 다소 우려됨으로 이상으로서 축사는 끝막기로 하겠읍니다."

뒤이어 임 교수의 간단한 인사의 말이 있고 피로연에는 한 분도 빠짐없이 참석해 달라는 사회자의 말이 있은 후 웨딩마아치와 함께 신랑 신부는 퇴장을 시작했다.

포오즈만이 아니라, 신랑은 신부의 팔을 꽉 부축하고 칠색의 테이프 밑을 천천히 걸어나오고 있었다.

그러나 제이의 비극이 이번에는 임지운 편에서 일어나

고 있었다.

　자기의 눈앞으로 한 걸음 한 걸음 걸어나오고 있는 신부의 얼굴을 정면으로 바라보는 순간, 신부에게서 일어 난 것과 꼭 같은 현상이 지운의 심신을 습격하고 있었다.

　"애야! 애야!"

　아들의 팔목을 부여잡으며 아들의 몸무게를 감당하지 못하고 임 교수 부인은 지운과 함께 걸상에 다시금 펄썩 주저앉았다.

　신랑 신부의 퇴장이 완전히 끝날 때까지 지운 모자는 손님들이 거지반 흩어진 식장 맨 뒤에 그대로 앉아 있었다.

　이렇듯 혹심한 타격을 준 원인이 무엇인가를 이미 짐작하고 있었다.

　"얘, 저 이가…… 저 이가…… 그 이냐?"

　아들의 해말쑥한 얼굴을 들여다보면서 어머니는 놀라 물었다.

　그러나 지운은 대답을 않고 신부가 사라진 문 쪽을 멍하니 바라보고 있었다. 완전히 얼이 빠져 있었다. 사람이 미쳐 나가는 것이 바로 이런 순간인 양 싶어서 어머니는 무섭다. 그래서 창황이 아들의 팔을 흔들며,

　"애야, 말을 해라! 어머니에게는 이야기를 해야 한다.

저 색시가 그 색시냐?······"

지운은 여전히 문 쪽만 골똘히 바라보며 고개를 끄덕끄덕했다.

"어쩌면?"

아들보다 못지않게 어머니의 타격도 컸다.

"이런 기구하고도 악착스런 일이······"

어머니는 가슴이 아파 견딜 수가 없다. 허탈의 지경에서 멍하니 앉아 있는 아들의 등만 자꾸 어루만지고 있었다.

그러는데 일단 퇴장했던 신랑 신부가 사진사를 앞세우고 다시 들어왔다.

신부는 이미 완전히 정신을 가다듬고 있는 것 같았다.

창경원에서 만나던 때보다 갑절이나 더 예뻐진 신부의 모습이었다. 주례를 중심으로 한 가족사진을 우선 그들은 찍었다.

손님들은 피로연으로 모두 다 밀려가고 식장에는 지운 모자를 합하여 십여 명의 인척들이 서성거리고 있었다.

신랑 신부 둘이만이 이윽고 사진사 앞에 섰다. 사진사가 포오즈를 고치고 있는 동안, 정면을 향하고 있던 신부의 시선이 멀리 뒷줄 임 교수 부인 옆에 묵묵히 앉아 있는 지운의 모습을 마침내 붙들었다.

사진사의 어깨 위에서 두 줄기의 시선과 시선이 무섭게 부딪쳐 버렸다. 순간 오들오들 떨고 있던 신부의 눈동자가 얼른 방향을 고치며 우수의 빛이 후딱 얼굴을 덮었다.

　"어머니!"

　어머니에게 잡힌 채 떨고 있는 손길에 지운은 힘을 주며,

　"천사 같지요?"

했다.

　어머니는 대답을 못하고 자꾸만 뜨거워 오는 눈시울을 꼭꼭 누르고 있었다.

　"천사 같으믄[61] 뭘 하니?"

　어머니의 목소리가 울먹울먹 눈물을 먹음고 있었다.

　"인제 이름을 알았으니까, 저는 행복해요."

　"모르고 있는 편이 차라리 났었지……"

　"오영심! 이름두 이쁘지요?"

　"이쁘믄 뭘하니? 남의 사람이 됐는데……"

　어머니는 마침내 손수건으로 두 눈을 덮었다.

　"얘, 인제 나가자."

　자꾸만 솟구어 나오는 눈물을 처치할 바가 없어 어머니는 아들을 재촉했다.

---

61) 같으면

"조금만 더 앉아 있어요."

일어서려는 어머니의 치마 귀를 지운은 어린애처럼 잡아당겼다.

"어머니, 사진 한 장 꼭 얻어 주세요."

"아버지께 한 장 보내 주겠지."

사람이 없으면 흐느껴 울고 싶은 어머니의 딱하디 딱한 심정이었다.

"얘 누가 볼라 눈물을 씻어라."

지운의 눈꼬리에 매어 달린 맑은 물방울을 보고 어머니는 얼른 자기 손수건을 아들의 손에 쥐어 주었다.

이윽고 사진이 끝나고 지운이가 눈물을 걷우었을 때, 허정욱은 성큼성큼 지운 모자의 앞으로 걸어 왔다.

"임형, 좋은 축사를 해 주어서 감사하오."

"그러면서 커다란 손길을 지운의 앞에 내밀었다.

"축하합니다."

어머니와 함께 의자에서 일어서며 지운은 허 영욱의 내밀은 손을 잡았다.

"사모님, 어려운 길을 와 주셔서 고맙습니다."

허정욱 또 임 교수 부인에게 인사를 하고 자기 등뒤에 소그듬이 서 있는 영심을 돌아다보며 말했다.

"사모님이 오셨소. 인사를 하시요."

고개를 조금 들다가 말며 영심은 정중히 허리를 굽혔다.

"어쩌면 천사같이 이쁘담!"

긴 말을 이어나갈 기력이 부인에게는 없다. 다소 빨개진 눈을 감추기 위해서 부인은 연방 외면을 했다.

"그리고 이 분이 늘 말하던 임지운 씨, 신 앞에 민주고발을 하시겠다는 분이요. 인사를 하시요."

순간, 영심의 전신이 보르르 경련을 일으켰다. 태연하려고 노력을 하면 할수록 몸의 중심이 자꾸만 이그러진다. 소그듬이 숙였던 고개를 그대로 조금 더 숙여 영심은 가까스로 인사를 했다.

"축하합니다."

지운의 음성은 떨고 있었다. 쓸어질까 싶어서 어머니가 아들의 팔고비를 몰래 부축했다. 고개를 숙인 신부의 모습을 지운의 두 눈동자가 무섭게 핥고 있었다.

임 교수와 오진국 씨가 걸어왔다. 임 교수의 소개로 지운은 오진국 씨에게도 인사를 했다.

"임 선생의 가족이 총 출동을 하셨다는 것은 참으로 영광스러운 일이요."

오진국 씨는 진심으로 만족해하며 식장을 나서서 임 교수와 함께 차를 타고 피로연으로 달려갔다.

"얘, 우리는 그만 집으로 돌아가자."

사람이 흩어진 식장밖에 눈은 그냥 내리고 있었다. 끊어진 칠색 테이프가 함박눈 속에서 서글프게 흩어져 있었다.

지운 모자는 눈을 맞으면서 자동차가 사라진 방향을 향하여 쓸쓸히 거닐고 있었다. 그 방향에 자기 집이 있는 안국동 앞 거리가 멀리 바라다 보였다.

"어머니, 눈이 오는군요."

어머니와 나란히 걸어가며 지운은 그런 말을 불쑥 했다.

"얘두! 벌써부터 오는 눈인데……"

지운 모자가 집을 나설 무렵부터 내리던 눈이었다.

"어머니, 집으로 돌아가세요?"

"그럼 피로연엔 가서 뭘 하니."

지운은 대답을 하지 않고 묵묵히 걸었다. 그러한 아들의 심정을 어머니는 알고도 남아서

"사람이란 다 팔자가 있는 건데…… 아무리 좋아도 연분이 없으면……"

어머니는 콧물을 또 마셨다.

"어머니 걱정 마세요."

지운은 갑자기 명랑한 표정을 지어 보이며 어머니의 팔 하나를 연인들처럼 꼈다.

"울지 마세요. 사람들이 봐요."

"흥, 네가 도리어 나를 위로하는구나!"

"어머니, 며느리 맞고 싶으시지요?"

"석란이 같은 애는 싫어."

"오영심 같은 며느림 되죠?"

"흥, 네가 나를 웃기려는구나!"

"어머니!"

"응?……"

"이왕 나왔던 길이니, 피로연에 잠깐만…… 잠깐만 가볼까요?"

대답 대신 어머니는 아들의 얼굴을 후딱 쳐다보았다. 아들의 얼굴이 싱긋이 웃으면서 내려다보고 있었다.

"내 소견으론 그만 두는 편이 좋을 성싶은데……"

"그러니까 잠깐만 말이예요."

"흐응.. ―"

애처로운 듯이 어머니는 미소를 지으며,

"그럼 그러지. 그렇지만……"

"괜찮아요. 멀리서 한 번 바라만 보고 돌아와요."

"바라 봐서는 뭘 하니?"

"뭘 할 거는 없지만…… 바라만 보는 거야 뭐 어때요?"

"그럼 잠깐 다녀가자."

모자는 외인 쪽 길로 꺾어져 파고다공원 옆에 있는 피로연석을 향하여 걸어 들어갔다.

피로연은 공원 옆 모 그릴 이층에서 열렸다. 지운 모자가 도착했을 때는 피로연은 이미 한창 진행되고 있었다.

군인 하나가 노래를 부르고 있었다. 맨 뒤 식탁에 앉으려는 지운 모자를 신랑인 허정욱이가 바라보고 앞으로 나오라고 손짓을 했다. 사회자가 성큼성큼 걸어와서 지운의 모자를 끌다시피 하여 앞으로 인도했다.

신랑과 신부를 중심으로 하여 남녀 후행들과 주례인 임 교수 오진국 씨 그리고 영심의 할머니가 마주 앉아 있었다. 그 마주 앉게 된 중앙에 자리가 둘 비어 있었다. 지운 모자를 위하여 신랑이 특별히 남겨 놓은 좌석이었다.

지운은 신랑과 마주 앉았고 어머니는 신부와 마주 앉는 몸이 되었다.

"사모님, 어딜 가셨댔서요?"

허정욱은 손수 요리 접시를 지운 모자 앞으로 옮겨 놓았다.

"그저 잠깐…… 눈이 하두 소담스럽게 와서……"

"아 그럼 걸어오셨군요."

어머니는 쓸쓸히 웃었다. 아무것도 모르는 임 교수는 오진국 씨와 화락한 담소를 바꾸면서 잔을 나누고 있었다.

"자아, 임형 한 잔…… 어째 원기가 없어 보이는데……"

허정욱은 잔을 들어 지운에게 권하며 근심스런 표정을 지었다.

"아, 신열이 좀 나서……"

"감기가 아닌가? 그렇지만 한 잔 들면 괜찮을 거요."

지운은 잔을 받아만 놓고 자기 잔을 허정욱에게 권했다.

"그럴 수야 있겠소? 임형이 축하주를 안드는데 내가 어떻게……"

그래서 지운은 허정욱과 함께 잔을 들었다.

손벽 소리가 요란히 나며 또 다른 군인이 노래를 불렀다. 장내가 다소 소란해졌다.

"신부도 좀 들어야지."

임 교수 부인이 영심의 얼굴을 빤히 들여다보며 포오크를 쥐어 주었다. 영심은 얼굴을 붉히며 고개를 가만히 들었다. 고개를 든 영심의 시야의 지운 모자의 모습이 휘익 하고 뛰어 들어왔다.

우수에 찬 지운의 모습이었다. 절망과 희망이 한데 얼버무려진 오뇌의 눈동자를 영심은 보았다. 영심의 심신이 후다닥 놀라며 폭풍과 같은 경련이 왔다. 너무나 가까운 곳에 초록별의 모습은 있었다. 동시에 그것은 또한 너무도 먼 거리를 의미하고 있는 것이다.

이 불행을 모면하기 위한 창경원에서의 작별이었는

데…… 어이하여 운명은 이 자리에 초록별의 모습을 배치하지 않아서는 아니 되었던고?……

인간의 노력에는 한도가 있다. 그 한도 안에서 인간의 역사는 만들어졌다.

그 한도를 넘어선 곳에 신의 역사가 존재하는 것이다.

영심은 노력을 했다. 그리고 그 노력이 영심으로 하여금 보람을 잃게 한다면 그것은 이미 인간의 죄는 아닐 것이다. 폭풍과 같은 몸서림 속에서 영심은 자기 운명의 극치를 후딱 생각했다.

운명의 극치를 생각하는 마음은 지운에게도 있었다. 어떠한 삶의 길도 생각할 수 없는 막다른 골목에 지운의 감정은 지금 서 있는 것이다. 진실하고 아름다운 사랑을 추구하여 마지않는 단심(丹心)의 불길 속에서 작가 임지운의 감정을 동심(童心)처럼 순수해지고 있었다.

사회자의 입으로부터 임지운의 축하의 노래가 요청된 것은 바로 그때였다.

"저는 노래는 할 줄 모릅니다."

그러나 취기가 한창인 군인들의 손벽 소리는 멈춰주지 않았다.

"애는 정말 노래는 못한답니다."

어머니가 보다 못해 아들을 위하여 변명을 했다. 이 아들의 입에서 어떻게 축하의 노래가 나올 것이냐고, 어머니는 자꾸만 떠들어대는 군인들이 그지없이 미워졌다. 목을 놓아 울고 싶었다.

그때 지운이가 조용히 일어섰다. 노래는 무슨 노래냐고 어머니가 겁을 집어 먹고 아들의 손길을 와락 부여잡으며 후딱 쳐다보는데 지운의 목소리가 무심히 흘러나왔다.

"달아 달아 밝은 달아…… 이태백이 놀던 달아…… 저기 저기 저 달 속에…… 계수나무 박혔으니…… 옥도끼로 찍어 내고…… 금도끼로 다듬어서…… 초가삼간 집을 짓고…… 우리 벗님 모셔다가 천년 만년 살고지고…… 천년 만년 살고지고……"

우뢰[62] 같은 박수 소리와 함께 어머니가 탁 치마귀로 얼굴을 가리웠다.

---

62) 우레

출판기념회[63]

서울 거리에 혹한이 왔다. 삼한 사온의 습성을 무시하고 정월 하순이 되면서부터 모진 삭풍과 함께 추위는 점점 매서워졌다. 꽁꽁 얼어붙은 눈길이 녹을 사이가 좀처럼 없었다.

지운의 창작집 '愛人[애인]'이 출간된 것은 정월 하순의 일이었다.

그 동안 지운은 쭉 자리에 누워서 아버지에게 보내온 결혼사진만 들여다보고 있었다. 중병환자처럼 살이 쭉 빠져 버린 얼굴에 두 눈동자만 유난히 빛나고 있었다.

잠을 이루지 못하여 신경이 극도로 쇠약해졌다. 수면제라도 먹고 잠을 자야만 하지 않겠느냐고 어머니는 손수 수면제를 사 갖고 왔으나 지운은 어머니의 심정이 측은해

---

63) 出版記念會

서 먹는 척만 했을 뿐, 한 봉도 그것을 복용하지는 않았다.

건강에 대한 우려 같은 것은 이미 털끝만큼도 없다. 인간의 육체가 정신적인 고통으로 말미암아 얼마만큼의 손상을 힘입을 수 있는지 지운은 지금 자기 자신의 육체를 그러한 실험대 위에 올려놓고 그것을 측량하는 한 사람의 과학자가 되어 있는 것이다.

세수도 하지 않고 수염도 깍지 않았다. 거울을 가끔 들고 광대뼈가 차츰 더 두드러져가고 있는 자기의 창백한 모습을 들여다 볼 적마다 지운은 일종의 행복감을 느끼는 것이다. 자기의 육체를 학대하는 이외에 지운에게는 취할 길이 이미 두절되고 말았다.

"나는 인제 무엇을 할 것인가?"

그는 때때로 이러한 질문을 신에게 하였다. 지운은 교인이 아니었으나 인간의 노력으로서는 어쩔 수 없는 막다른 골목에 부닥쳤을 때, 그는 곧잘 신을 찾았다.

그러나 신은 그에게 아무런 대답도 하지 않았다. 대답을 하지 않는 것이 신의 대답인지도 모른다고 지운은 나날이 수척해 가는 자기의 육체만을 말끄러미 들여다보고 있는 것이다.

"꼭 한 번만……"

지운의 유일한 소원은 꼭 한 번만 오영심을 만나서 한두 시간 동안을 아무런 말도 바꾸지 않고 한 자리에 가만히 앉아 있어 보고 싶은 것이다. 새가 날면 새를 같이 바라보고 하늘에 별이 있으면 별을 같이 쳐다보면 되는 것이다. 그 이상의 욕망을 지운은 갖지 않고 있었다.

세속적인 온갖 욕망을 포기할 수 있는 맑은 심경 속에서 지운의 영혼은 지금 성스러울 만큼 곱게 승화(昇華)되고 있었다. 아름다운 신비를 오영심에 남겨 놓음으로서만 자기의 사랑은 영원히 살 수 있는 것이라고 지운은 그것을 굳게 믿고 있었다.

"신이 인간을 만든 것이 아니라. 인간이 신을 만든 것이라고 생각합니다."

어느 날 밤 지운은 아버지에게 그런 말을 했다. 임 교수는 잠자코 있었다.

어머니도 잠자코 있었다.

"저는 언제나 그 누구에게도 제 갈 바를 묻지 않겠읍니다. 저 자신이 신이요 조물주라고, 믿고 저는 꼭 한 번만 오영심을 만나겠읍니다."

"글쎄 남의 사람을 만나서는 뭘 하니……?"

"아무것도 할 것은 없읍니다. 그저 한 번 만나보는 것입니다."

"그렇게 되면 더욱 더 불행해질 것이고, 괴로움만 커질 것이 아니냐?"

"불행이고 괴로움이고…… 그런 세속적인 것이 문제가 아닙니다. 불행을 우려하고 괴로움을 피한다는 그 태도조차 저는 불순하다고 생각하지요. 저는 지금 성스러울 만큼 맑은 심경을 지닌 한 생명체의 영혼을 문제 삼고 있는 것입니다."

"인간성의 귀중함을 문제 삼고 있는 것이예요."

"그렇지만 남의 눈이 있지 않냐? 영심을 사랑한 것은 네가 먼저지만, 어쨌든 지금은 남의 사람인데……"

"그 사람의 눈을 만든 것은 누구입니까? 도덕률이 인간을 지배하는 것은 그 인간의 행동이 사악(邪惡)을 의미할 때뿐이지요. 어머니, 제 행동이 과연 하나의 사악을 의미한다고 생각하십니까? 오늘날 사람의 눈을 만든 것은 바로 우리의 선조인 인간이었습니다. 저는 참된 인간성의 옹호를 위하여 과거의 조잡하고 관념적인 사람의 눈에 항거해야만 하겠습니다. 오영심은 자기 남편을 사랑하고 있지 않습니다. 다만 오영심은 낡은 윤리의 제물이 되어 있을 따름이니까요."

임 교수는 일종의 전율을 전신에 느끼며 끝끝내 입을 다물고 있었다.

애정과 이해와 성실을 가지고 백년 해로의 서약을 신랑

신부에게 시킨 임 교수였다. 그리고 그 서약이 배반당할 때 신 앞에 민주고발을 제기하겠다던 임지운이었다.

바로 그 임 교수의 아들인 임지운이가 참된 인간성의 옹호를 위하여 잘못하면 오영심의 가정을 파괴할는지도 모르는 행동을 감히 취하려드는 것이다. 임 교수는 일종의 전율을 느꼈다. 참되고 아름다운 사랑의 순교자가 되려는 아들의 행동에서 전율을 느낀다는 것은 확실히 자기모순을 의미하고 있었다.

세상의 부모들은 자기 자녀에게 곧잘 교훈을 한다. 참되라, 성실하라, 좋은 일을 해라, 아름다와야 한다. 그러나 그 참되고 성실하고 좋고 아름다움이 실천되기 위해서는 온갖 현실적인 불행을 각오하지 않고서는 결국에 있어서 한낱 공염불을 의미하고 있는 것이다.

임 교수가 느낀 전율 속에 피의 아우성이 있었다. 임 교수에게 있어서도 피는 물보다 진했던 것이다. 피가 물보다 진한 이상 인류의 이상은 영원히 한낱 이상태로서의 존재 가치밖에는 없다. 과거의 수천 년에 걸친 지성(知의 역사는 피의 비극으로 性)부터 인류를 구제하려고 노력을 했다. 그러나 피는 어느 시대 어느 지역을 막론하고 물보다 진했다. 이리하여 이루어진 인류의 역사는 동시에 피의 역사를 의미했었고 에고(個我[개아])의 역사로서 구성

되었다.

해방 이후의 민족적 혼란과 육·이오 동란으로 말미암아 민족상쟁의 참극은 우리 민족으로부터 비아(非我)의 정신을 송두리째 뽑아 놓았다. 부모들은 이미 진선미에의 교훈보다도 먼저 재치 있는 처세술을 자녀에게 교훈하였다. 오늘의 임 교수의 전율 속에서 임 교수는 자신의 타락을 확실히 발견하였다. 과거 이 석란을 통하여 인생의 청춘을 순간적이나마 상상했던 자기 자신에서도 역시 임 교수는 에고의 비극을 자각하였다.

임 교수는 차차 자신을 잃기 시작했다. 마담로우즈의 생활태도를 일시적이나마 마음 한편 구석으로 허용했던 자기 자신에서도 또한 철학의 타락을 자인하였다.

"나는 도저히 학생들 앞에 나서서 떠들 자격이 없어졌다!"

교육이 지식의 산매를 의미하고 있지 않는 이상 임 교수는 불원간 학교를 사직할 결심을 하고 있었다.

'愛人[애인]'의 출판기념회가 사흘 후로 결정된 어느 날, 책 한 권을 보자기에 싸가지고 지운은 명륜동 영심의 집을 찾아갔다.

오진국 씨의 자유롭지 못한 몸이 영심을 필요로 했을 뿐만 아니라, 곧 일선으로 나갈 허 중령이었기 때문에 당분간 한 집에서 지나기로 되어 있었다.

허 중령은 외출하고 없었다. 영심이가 아버지와 함께 지운을 맞이했다. 지운의 이 돌연한 출현에 영심은 적지 않게 놀란 모양이었으나 당황한 빛은 조금도 보이지 않았다. 눈에 띠일 만큼 파리한 얼굴을 영심은 하고 있었다.

자기보다 못지않은 고민이 영심에게도 있은 것이 분명했다.

"어디 편치 않은가? 얼굴이 몹시 수척했는데……"

인사를 하고 마주 앉았을 때 오진국 씨가 그런 말을 했다.

"별반 편찮은 데는 없읍니다."

"그렇다면 좋지만…… 춘부장도 안녕하시고……"

"네."

지운은 자기가 지금 무슨 커다란 죄악을 범하고 있는 것만 같아서 자꾸만 마음이 떨렸다. 오진국 씨 옆에 조용히 꿇어앉아 있는 영심을 바라보기가 어쩐지 무섭다.

이러한 의구심은 집을 나설 때부터 품고 있었다. 단지 한 번 만나만 보는 것이 무슨 죄악이냐고 참된, 인간성을 옹호하기 위하여 조잡한 윤리에 항거하겠다던 저번날 밤의 지운의 논리는 결국에 있어서 지운의 살은 되지 못하고 있었던 것이다. 삼십 대가 지닌 습성이 그대로 지운의 행동을 죄악시하고 있는 데는 지운 자신 놀라지 않을 수 없었다.

"이것은 제 처녀창작집입니다. 변변치 못한 책이지만 허형에게 드릴려고 왔읍니다."

지운은 보자기를 끌러 '愛人[애인]'을 내 놓았다.

연못가에 벚나무와 벤치를 배치해 놓은 표지 그림만 보고도 영심은 그것이 자기네들에 관한 이야기임을 직감했다. 더구나 제자로 되어 있는 '愛人[애인]'의 두 글자가 자기 자신의 글씨임을 보았을 때 영심은 어두운 표정과 함께 불현듯 시선을 들어 지운의 수척한 모습을 쳐다 보았다.

두 눈동자만이 유난히 빛나고 있는 지운의 얼굴이 그 무엇을 열심히 애원하고 있었다. 순간 저번 피로연 석상에서 순간 느낀 운명의 극치가 다시금 영심의 의식에 왔다. 그것은 '죽음'이었다.

파란 하늘에 흰 구름이 한 조각 떠 있는 지면에 허정욱과 오영심의 이름이 나란히 씌어져 있었다.

"훌륭한 책을 내셨오."

그러면서 오진국 씨가 또 한 장을 들쳤다. 내도가 나왔다. 해군복의 소녀의 상반신이 펜으로 그려져 있었다.

또 한 장을 들쳤다. 차례가 나왔다. '愛人[애인]' 외에 여섯 편의 단편이 수록되어 있었다.

영심은 아버지 옆에서 그것을 말끄러미 들여다보고 있었다.

또 한 장을 들쳤다. 본문이 시작되기 바로 전면에 다음과 같은 글이 푸로로그(序詞[서사])로 적혀 있었다.

사랑(戀情[연정])은 永遠[영원]한 幻影[환영] 속에서만 아름답게 살아 있다.

永遠[영원]한 神祕[신비]는 永遠[영원]한 사랑을 約束[약속]한다.

"음 ──"

오진국 씨는 한참 동안 들여다보다가,

"무슨 뜻으로 말한지는 잘 모르지만 현대 남녀들이 바꾸는 애정의 풍습에 항거하는 말이 아니요?"

지운은 그저 미소만 지었다.

"남녀의 애정에서 이처럼 맑은 심경을 가질 수 있다는 것은 힘든 일일 텐데…… 우러러 보오."

오진국 씨는 진심으로부터 우러나오는 감동의 말과 함께 거기 끼워져 있는 흰 봉투를 집었다. 출판기념회의 초청장이 봉투에는 들어 있었다.

"나는 가지 못하지만 애들은 꼭 참석을 할 거요, 축하하여 마지않소."

할머니가 깎아 온 사과 한쪽을 들고 나서 지운은 이윽고 몸을 일으켰다.

"정욱은 이 며칠 동안 국방부에 볼 일이 좀 있어서 나가는 모양인데…… 돌아오면 영심이가 잘 전언을 할 거요."

"안녕히 계십시요."

"춘부장의 바둑수가 상당하신 모양인데, 술이나 한 병 받아 놓고 한 번 모셔봐야겠소. 돌아가거든 이 말도 좀 전해 주시요."

"알아 모셨읍니다."

영심이가 현관 밖까지 따라나왔다.

"안녕히……."

말끝을 맺지 못하는 인사를 영심은 했다.

"영심 씨, 잠깐만……"

현관 밖이자 정학원 마당이다. 눈이 하얗게 얼어붙어 있었다.

"내일 오정에 창경원에서 기다리겠읍니다. 한 번만…… 최후로 한 번만 저를 만나 주세요."

영심은 빤히 지운의 얼굴을 바라보며 괴로운 듯이 대답을 했다.

"아무 말 마시고 그냥 돌아가세요."

"그냥 돌아갈 수가 제게는 없읍니다. 영심 씨가 와 주시지 않으면 오실 때까지 저는 매일이라도 기다리겠읍니다."

"저는…… 저는 이미 자유로운 몸이 아닙니다."

"잘 알고 있읍니다. 그러니까 저는 지금 영심 씨를 어떻게 하겠다는 게 아닙니다. 한두 시간 그저 영심 씨 옆에 있어 보고 싶을 따름이지요. 연못에 얼음이 얼었읍니다. 학생이 스케팅을 하지요."

"허 중령은 지운 씨를 인간적으로 존경하고 있지요."

"그것도 알고 있읍니다. 그렇지만 사람에게 존경을 받는 대가로서 이 마음을 무시할 수는 없읍니다. 저는 기다리겠읍니다. 한 달이고 일 년이고 저는 연못가에서 있겠읍니다!"

지운은 휙 돌아서서 드넓고 삭막한 경학원 마당을 쏜살같이 사라져갔다.

"아아——"

영심은 순간 눈을 감고 현관 문기둥에 몸을 기댔다.

영심이가 '愛人[애인]'을 마지막까지 읽고 난 것은 거의 저녁 무렵이 가까웠을 때였다. 석양 햇발이 이층 영심의 방을 다양하게 밝혀 주고 있었다.

구공탄 난로 위에서 주전자가 끓고 있었다.

오랫동안 방바닥에 엎디어서 영심은 울고 있었다. 십 년 간에 걸친 지운의 연정이 한 구절 한 구절 영심의 마음을 긁어 내고 있었다.

석란과의 결혼을 기록한 구절 가운데 다음과 같은 한 마디가 있었다.

"……나의 영혼의 방랑은 한 사람의 여성을 희생시켰다. 이 결혼의 불행은 그 여인에게 원인이 있는 것이 아니고 나 자신의 병든 영혼에 있었다.

……그 여인은 자기의 육체를 바치어 애욕의 지식을 나에게 제공했다. 나는 그 여인을 발판으로 하여 작가적인 수양을 쌓은 계산이 된다. 에고이스트!…… 애정의 반주를 상실한 애욕의 솔로(獨奏[독주])에서 나는 사막을 보았다. 열광(熱狂)의 고독과 서글픈 감정만이 도사리고 있는 삭막한 사막지대!…… 가도 가도 오아시스는 보이지 않았다……"

이 참회의 대목에서 영심은 문득 자기의 결혼 생활을 회상했다. 가도 가도 오아시스는 영심에게도 보이지 않았다.

"과학의 논리가 무시되는 곳에 애정의 참다운 자태는 깃들여 있는지 모른다. 그 신비로움에는 동기도 이유도 없다. 원인도 결과도 없다. 오직 있는 것은 미지의 세계에 대한 환영뿐이다. 이 환영을 죽음의 순간까지 깨뜨리지 않고 붙들어 나가는 노력만이 사랑의 영원성을 약속할 것이다."

이것은 석란과의 결혼이 파탄된 이후에 있어서의 지운의 심경이었다. 그리고 이러한 심경은 영심의 편에서 더 절실히 느끼고 있었다.

그러나 지운은 또 한 편 좀 더 현실적인 사랑의 고백도 하고 있었다.

"천체(天體)의 추락과 우주의 붕괴를 남겨 놓고 그 여인은 사라졌다."

창경원에서 오영심을 놓쳐 버린 직후의 소감이었다. 그저 서로가 이 서울 어느 구석에 살고 있다는 사실만을 행복하게 생각하면서 살겠다는 오영심의 아름다운 꿈에 대한 항거의 외침이었다.

"내일 그이는 창경원에서 기다리겠다고 했다. 한 달이고 일 년이고……"

그이를 만나보고 싶은 일념은 지운 이상으로 영심에게도 절실했다. 만나서 할 이야기라고는 하나도 없다. 지운이가 그러한 것처럼 영심도 그저 그의 옆에 있어 보고 싶을 따름이었다.

그러나 오진국 씨의 딸이요, 성실한 남편 허 중령의 아내로서는 도저히 지운을 만나러 갈 수 있는 오영심은 못되었다. 영심의 생리는 이미 그러한 습성에 젖을 대로 젖어 있었다. 만나서 말 한 마디 바꾸지 않고 그대로 헤어져 돌아온 대도 그것도 확실히 남편의 성실한 애정을 배반하는 밀회(密會)를 의미하는 것이다.

　　저녁에 허 중령이 돌아왔다. 증정 받은 책을 남편에게 내 보이며 영심은 여느 때와 다름없이 저녁상을 보아가지고 들어왔다.

　　"허어, 임형의 책이…… 출판기념회는 꼭 갑시다."

　　소탈한 허 중령은 진심으로 '愛人[애인]'의 출간을 기뻐했다. 남편이 기뻐하면 기뻐할수록 영심은 마음으로 자꾸만 죄를 짓고 있었다.

　　그날 밤, 허 중령은 '愛人[애인]'을 읽고 나서 자기대로의 감상을 간단히 말했다.

　　"어려워서 잘 이해가 가지 않는 대목도 다소 있지만 내가 당신을 생각하던 심정과 같은 데가 있어서 눈물이 나오. 당신이 유민호와 결혼을 하고 내가 이 소설의 주인공처럼 됐다면……"

　　"그렇게 됐다면 어떻게 하셨겠어요?"

　　영심은 조용히 물었다.

"자아, 어떻게 했을까?……"

허 중령은 잠깐 생각을 하며,

"나는 군인이어서 문사들처럼 감정이 섬세하지 못하니까, 이렇고 저렇고 여러 말이 있을 것 같지가 않소. 단념하면 깨끗이 단념하고 그렇지 않으면 내가 한 것처럼 그놈의 결혼을 파괴시킬 수밖에……"

영심은 가만히 웃었다.

"그렇지만 임형은 유하면서도 대단히 뾰족한 데가 있어서 간단히 단념하지 못할 거요. 이것이 사실이면 비극인걸!"

지나가는 말처럼 허 중령은 말했다.

이튿날 지운은 창경원으로 갔다. 그러나 영심은 나타나지 않았다. 다음날도 갔다. 다음날도 영심은 오지 않았다. 그리고 그 다음날이 바로 '愛人[애인]'의 출판기념회가 있는 날이었다.

기념회는 오후 다섯 시부터 소공동 모 다방에서 열기로 되어 있었다. 이날도 지운은 오경 때부터 창경원을 찾았다. 눈이 쌓인 벤치가 지운의 마음처럼 외롭다. 스케팅에 흥겨운 남녀 학생의 발랄한 모습이 전설처럼 지운의 감정에는 창백하다. 앞날의 운명이 미지수(未知數)인 그들의 어림을 꿈결처럼 지운은 선망했다.

"오영심과 임지운은 오늘날, 무엇 때문에 이처럼 연옥(煉獄)의 고민 속을 헤매이지 않아서는 아니 되는 것일까?……"

이유는 극히 단순했다. 그 단순한 것이 인간을 이처럼 학대할 수 있다는 사실을 새삼스럽게 지운은 놀라고 있는 것이다.

"우주가 있기 때문에 내가 있는 것이 아니고, 내가 있기 때문에 우주가 존재하는 것이다. 나 자신이 우주의 창조자요 조물주인 것이다."

그러한 임지운의 존재 가치가 사상(思想)의 여인 오영심을 마음대로 만날 수조차 없다는 사실이 자꾸만 가소로워지는 것이다.

운명의 극치를 생각하고 유명(幽明)의 한계선에서 삶보다 죽음을 더 골똘히 기원했던 지나간 두 주일 동안의 악몽으로부터 다시금 벗어나 보려고 발버둥을 쳤다.

이날도 영심은 종시 나타나지 않았다. 지운은 영심을 점점 원망하기 시작하였다.

그날 저녁, 출판 기념회는 성황을 이루웠다.[64] 선배 친지들의 축사와 찬사가 많았으나 지운은 조금도 기쁘

---

64) 이루었다.

지 않았다. 문학적인 의미에 있어서의 찬사가 많으면 많을수록 지운은 현실에서의 패배를 한층 더 깊이 맛보고 있었다.

절망의 심연(深淵) 속에서 지운의 영혼은 울고 있었다.

인편을 통하여 석란에게서 축사가 왔다.

"……'愛人[애인]'의 출간을 축하합니다. 끝끝내 나를 용서해 주지 않는 심정을 이해할 수가 있는 것을 다행으로 생각해요. 그것을 단지 남성의 횡포라고 생각한데 내 오해가 있었던 것 같아요. 작품 속에서 나를 조금도 원망하지 않은 지운 씨가 차차 고마워져요. 지운 씨가 나를 희생시킴으로서 작가적인 성장을 보았다면 나는 또 그것으로서 인생의 성장을 지금 보고 있다고 생각하지요. 지운 씨가 에고이스트인 것과 마찬가지로 나도 에고이스트예요. 오늘의 인간에서 에고를 빼 버리면 남은 것은 백치의 공백(空白)! 그 해군복의 소녀가 누군지는 모르지만 그리고 무척 알고도 싶지만 설사 애정의 반주를 지닌 애욕일지라도 결국에 가서는 열광의 고독과 서글픔이 도사리고 있는 사막을 발견할 것이라고, 이 한 마디는 마담로우즈의 애욕의 철학을 잠시 빌려 온 말이지만 작가적 수양을 위하여 마담로우즈가 특별히 적어 보내라기에 적는 것이고 내 지식은 물론 아니지요. 애정 애정하고 애정의 가치를 실제 이상으로 몽상하고 있는데 작가 임지운의 비극이 있는 것이라고 마담로우즈는 무척 동정하고 있지만 생각컨대 마담의 이러한 지식은 그 방면의 사범인 유민호 변호사에게서 교양을 받은 철학이 아닐까 합니다.

지운 씨가 민주주의에 식상(食傷)을 받은 것과 동등한 정도에서 나는 '愛人(애인)'을 읽고 그만 애정이라는 말에 체해버리고 말았지요. 입만 벌리면 미주주의요 하고 떠들어 대는 것이 우리 민족의 비극이라면 그와 마찬가지 정도에서 입만 벌리면 애정이니 사랑이니 하고 떠들어대는 오늘의 우리 민족에게도 그만한 정도의 비극은 있을 거예요.

애정에 체하여 귀중한 몸 손상치 마시기를 진심으로 원하며 여권 운동자의 대변인인 이석란은 올림——"

삼 부의 성의와 칠 부의 야욕을 내포한 글이었다. 지운은 자기의 순정이 모욕을 받은 것 같아서 불쾌하였다.

채정주가 꽃다발을 안고 회장 안으로 조용히 들어선 것은 바로 그때였다.

기다리는 오영심은 오지 않고 뜻하지 않는 채정주가 나타났다.

맨 뒷자리에 정주는 외투를 벗고 가만히 앉았다. 앉았던 꽃다발을 외투 위에 올려놓고 시선을 들어 멀리 지운을 바라보았다.

생각만 하여도 불유쾌한 존재였던 임지운이었다. 그 임지운을 위하여 정주는 온 것이다. 그 뾰족했던 자존심을 무마할이만큼[65] 마음의 여유가 생겼는지 모른다.

"……다소 생각하는 바가 있어 결혼을 안할 셈으로 있었지요."

최후의 작별에서 지운은 그런 말을 했었다. 그 이유를 정주는 '愛人[애인]'을 읽고 나서야 비로소 알았다. 정주의 차거움이 질투를 느끼기 전에 먼저 지운의 심정에 이해가 갔다. 불쾌하던 감정이 점점 희미해지면서 어쨌든 석란이보다도 자기와의 결혼을 좀 더 깊이 생각했던 사나이에게 꽃다발 하나를 드리고 싶었다.

"이 꽃다발을 드려야겠는데요."

문 옆에서 손님 접대를 하는 젊은이에게 정주는 가만히 물어 보았다.

"네, 잠깐만 기다려 주세요. 축사가 끝나는 대로……"
아까 한 차례 꽃다발 증정이 있었다.

"누구시지요?"

"채정주라고 불러요."

---

65) 무마하리만큼

젊은이는 사회자 옆으로 걸어가서 귓속말을 전했다. 박수 소리가 나며 어떤 중견 측 소설가의 축사가 끝났다.

"축사를 잠깐 중지하고 꽃다발 증정이 있겠습니다. 증정하시는 분은 채 정주양입니다."

박수 소리와 함께 정주는 꽃다발을 안고 조용히 걸어나갔다. 지운이가 일어섰다. 일어서서 다가오는 정주의 차거운 얼굴을 물끄러미 바라보았다.

이 여성에게는 어른다운 데가 있는 것이라고, 감동이 상실된 표정 밑에 흐림 없는 냉철한 애정이 흐르고 있는 것 같았다. 그러한 인간성의 온기(溫氣)가 절망의 심연에서 방황하고 있는 지운의 오뇌를 모성애처럼 감싸주는 것 같았다.

이 석란의 들뜬 오만 같은 것은 추호도 없다. 채정주에게 오만이 있다면 그것은 빙하(氷河)의 침묵과도 같은 오만이었다.

"진심으로 축하드립니다. 인간적으로나 문학적으로나 선생님의 꾸준한 정진이 계시기 바랍니다."

절을 하고 꽃다발을 증정하면서 조용한 어조로 정주는 말했다.

"감사합니다. 정주 씨가 와 주신 것은 뜻밖입니다."

동백꽃에 사철나무를 섞은 꽃다발이었다.

박수 소리를 들으면서 정주는 되돌아 나왔다. 지운 선생은 역시 자기에게 대해서 미안한 생각을 갖고 있는 것이라고, 그 간단한 대화에서 정주는 그것을 느꼈다.

그러나 그것은 어디까지나 지운 선생의 인간적인 온기일 뿐, 십 년에 걸친 그의 병든 영혼을 생각할 때, 유민호와의 약혼을 정주는 마음속으로 잘 했다고 믿기워졌다.

젊은 시인 하나가 또 일어서서 축하 시를 낭독하기 시작했다.

정주는 갑자기 석란이가 보고 싶어져서 외투를 집어들고 일어서려는데 문이 열리며 동부인을 한 군인 하나가 나타났다.

"아, 저이는……?"

문 옆에 앉았던 정주는 동백꽃에다 진홍색 월계꽃 두 송이와 아스파라가스를 섞은 꽃다발을 안고 들어서는 부인의 모습이 눈에 익다.

임 교수의 '연애 강좌'에서 진실하고 아름다운 연애를 질문한 자주치마의 학생이었다. 우수에 찬 얼굴에 긴 살눈썹이 인상적인 여인이었다.

접대하는 젊은이가 인도하는 대로 허정욱 내외는 중간쯤 되는 비인 좌석으로 가서 착석하였다.

지운의 얼굴이 갑자기 생기를 띠어 왔다. 지운은 조금

몸을 일으켜 허정욱 내외에게 목례를 했다.

"늦어서 미안합니다."

군대식 경례와 함께 허정욱의 쾌활한 목소리가 굴러나왔다.

지운은 멀리 미소를 지어 보였다.

집을 나오는 최후의 순간까지 영심은 갈팡질팡하고 있었다. 자기의 힘으로서는 어쩔 도리가 없다. 운명의 명령과도 같았다.

사흘 동안을 꼬박 창경원에서 기다리고 있었을 지운을 생각하면 영심은 그저 죽고만 싶었다. 그 길 이외에 자기에게는 손가락 하나 자기 의사로서 움직일 힘이 없었기에 이상더 운명에 항거하기를 포기했다.

피치 못할 용무가 있었다고 하며 허정욱이가 손수 동백꽃에다 아스파라가스와 사철나무를 섞은 꽃다발을 사 갖고 돌아온 것은 여섯시가 넘어서였다. 부랴부랴 저녁을 먹고 어서어서 옷을 갈아입으라고 재촉을 해왔을 때, 영심은 머리가 아파서 자기는 그만두겠다고 했다.

사내가 어떻게 꽃다발을 안고 나가서 증정하느냐고, 몰아치듯이 영심을 끌어내다가 무슨 물건처럼 지이프차에 허 중령은 실었다. 운명에의 항거를 영심은 포기하고 남편의 옆에서 꽃다발을 안은 채 가만히 눈을 감아 버렸다.

지이프차는 무섭게 달렸다. 총알처럼 흐르는 창밖의 밤 거리가 영심의 조그만 항거를 비웃고 있었다. 폭풍 속을 떠나가려는 일엽편주(一葉片舟)와도 같이 무력한 자기 자신을 문득 느끼며 운명에의 굴복 속에서 자기를 가까스로 오영심은 붙들고 있었다.

종로 네거리 꽃집 앞에서 차를 멈추고 새빨간 월계 두 송이를 더 사서 꽃다발에 섞었다 동백꽃만은 뭣하다 하여 이것은 순전히 영심의 의견으로서 취해진 행동이었다.

달 속의 계수를 찍어 초가삼간 지어 놓고 벗님을 모셔다 가 천년 만년 살고 싶어 하는 임지운에게 월계꽃을 영심은 갑자기 증정하고 싶었던 것이다.

그리고 그것은 오영심이가 자기의 마음을 현실화 시킨 최초의 행동이었다.

영심은 죄에의 의식을 분명히 느꼈다. 남편의 시선이 비로소 영심은 무서워졌다.

비평가 한 사람이 일어섰다. 그는 우선 이 작품에서 주인공들의 영혼의 신음 소리를 거스럼[66] 없이 들었다는 이야기를 전제 한 후에,

"이 영혼의 신음과 오열은 새로운 모에랄의 진통(陣痛)

---

66) 거슬림

을 의미했읍니다. 참된 것(眞[진])과 좋은 것(善[선])의 상극(相劀)에서 새로운 질서는 움트는 것입니다. 진리는 새로운 질서의 모체(母體)가 되는 것입니다. 그러나 작가 임지운과 행동인 임지운 사이에 가로 놓여 있는 현실은 예상 이외로 완강하고 높습니다. 주인공이 과연 그 성벽을 잘 넘을 것이냐, 그렇지 않으면 그 성벽 위에서 떨어쳐 버릴 것이냐?…… 이것은 금후 임지운에게 있어서의 인생의 과제인 동시에 그의 문학적 생명을 좌우하는 중요한 포인트를 의미하는 것입니다."

비평가는 앉았다.

영심은 일종의 전율을 느꼈다. 좋은 것보다도 참된 것이 탐구되는 이 모임의 분위기가 영심의 연약한 마음속에 그 무슨 용기 같은 것을 넣어주는 것 같았다. 영심의 방황하던 감정이 차차 침착하게 가라앉기 시작했다. 세속적인 온갖 현상이 암흑의 장막 속으로 사라져 버린 밤중, 홀로 책상머리에 일어나 앉아서 독서를 하던 때와 꼭같은 맑은 심정이 되어 가고 있었다.

"나는 문학에는 전연 문외한이지만……"

허정욱이가 자청을 해서 일어섰다. 실은 지운이도 허중령의 감상을 듣고 싶었으나 그러한 자기의 심정이 어딘가 잔인한 것 같아서 단념을 하고 있던 참이었다.

"그러나 때로는 우리 같은 문외한의 감상도 필요할 줄로 믿습니다."

거기서 허정욱은 문외한다운 장식 없는 솔직한 감상을 이것 저것 이야기한 후에,

"나는 이 작품을 읽고 다소 비현실적인 느낌을 가졌읍니다. 최후의 장면만 하더라도 창경원에서 십 년 만에 다시 만난 여주인공이 과연 그렇게 해서 헤어질 수 있느냐 하는 문제입니다. 이름도 주소도 묻지 말고 이대로 헤어지자. 그리고 그러는 것이 오히려 행복할 것이라는 여주인 공의 심정은 이해할 수 있지만 오늘날처럼 험악하고 야박한 세상에, 모두가 다 양공주의 동족만 같이 보이는 오늘의 여성 가운데 그러한 사람이 있을 것 같지가 정녕 않아 보인다는 말입니다……"

허정욱은 위스키티이를 한 모금 꿀꺽 들이키고 나서 다시 계속하였다.

"지금으로부터 십 년 전에 있어서의 우리네의 환경으로서는 이 소설의 주인공인 소년들처럼 연애를 확실히 하나의 죄악감을 가지고 생각했읍니다. 나도 그랬으니까요. 그러나 그 후 십 년의 성장이 있었을 뿐 아니라, 십 년에 걸친 연정을 품고 온 여주인공이, 연애를 죄악시 한다는 것은 고사하고 연애를 무슨 자랑거리처럼 생각하는 오늘

의 이 천박하고 부패한 세상에서 그렇게도 얌전히 헤어질 수가 있을까요? 있다면 그 여성이야말로 지상의 천사일 것이고 그 여성의 남편이 될 사람이야말로 온 세상을 차지한 이상의 행운아가 될 것입니다."

허 중령의 그 소박한 감상담에 사람들은 악의 없는 미소를 지었다.

영심은 현기증을 느꼈다. 온 세상을 차지한 이상의 행복감을 이 남편은 가질 수가 있는 것이다. 월계 두 송이를 더 사서 섞은 자기의 행동이 뉘우쳐지며 그 무슨 용기 같은 것을 얻고 맑게 가라앉았던 심정에 다시금 파도는 일기 시작하였다.

"인제 어떤 비평가 한 분은 참된 것과 좋은 것의 상극에서 새로운 도덕이 싹튼다고 하였지만 과연 어떤 것이 참되고 어떤 것이 참되지 않는가에 대해서는 각기 그 기준이 다르다고 생각합니다. 그분은 주인공들의 연애를 완성시키는 것을 참되다고 보고서 하는 말 같았읍니다만 진실은 하나가 아니고 두 개도 될 수 있고 열 개 스무 개도 될 수 있다고 생각합니다. 만일 이 작품의 여주인공과 같은 인물이 실제로 있다고 보는 경우에 있어서 그렇게 몰인정하게 헤어져 버린 여주인공에게도 참된 것은 있다고 봅니다. 아니 그것이야말로 진실로 참된 것입니다. 그 여인의 몰인정을 다만 낡은 도덕의 희생이라고 보는 것 같습니다만 그러나 나는 그렇게 만은 보지 않습니다. 그 것은 도덕 이전의 문제인 개인의 자유의사에서 출발한 약속의 문제입니다. 만일 진실을 위하여 개인의 약속이 번번히[67) 무시당해도 무방한다면 그 진실은 이미 인간 생활에 불필요한 것이 될 뿐 아니라, 백해무익의 것이 될 수밖에 없을 것입니다. 참된 것과 좋은 것이 서로 합치 되는 때 진실의 가치는 발휘된다고 나는 생각합니다. 문 학 작품이 때때로 인간생활에 구열(龜裂)을 만들고 인류 의 친화성(親呼性)을 약화시키는 폐단이 있다고 보는 내 생각을 진실의 탐구자로서 자처하는 여러분은 비웃을는 지 모르겠습니다만 나는 그 대신 인간의 친화성을 파괴하 는 이단자(異端者)로서 여러분을 규정짓지 않을 수 없읍 니다.”

일개 문외한인 군인의 말이라서 처음에는 유쾌한 표정 으로 귀를 기울이고 있었던 문인들이었다. 그러나 이야기 가 여기까지 도달하고 보면 문제는 결코 단순한 그것이 아니었다.

“예술가는 자기의 감정을 소중히 한다는 말을 들었지만

---

67) 번번이

참된 것은 자기감정에의 영합(迎合)에만 있는 것이 아니라, 이성에의 복종에도 있읍니다.

이 작품의 여주인공은 감정의 진실을 포기하고 이성의 진실을 택했을 따름입니다. 감정의 진실이 새로운 도덕, 새로운 질서를 만든다는 것은 허망에 가까운 자아도취의 공상입니다. 그것은 도덕이나 질서를 만들기 전에 인류의 사희성과 친화성을 파괴함으로써 제각기 국경(國境)을 가진 삼십 억 개의 세계의 난립(亂立)을 볼 것입니다. 남주인공은 그렇게 해서 헤어져 간 여주인공과 그 이상 접근하지 말고 그대로 내버려 두는데서만 자기 자신과 함께 상대편 여인을 참되게 살릴 수 있다고 나는 생각하는 것입니다. 그것은 또한 개인과 더불어 인류 전체를 구제하는 유일한 길이라고 믿어 마지않습니다."

비평가의 결론과는 정반대의 결론을 허 중령은 지었다.

허 중령 이야기의 요지는 결국에 있어서 예술이라든가 문학이라든가는 인간생활에 필요한 정도에서만 존재의 가치를 인정한다는 것이었다. 예술을 위한 예술, 문학을 위한 문학이란 인간 생활과 유리된 자아도취의 생산물일 뿐더러, 그것이 또한 인류의 친화를 방해하여 인간으로 하여금 에고 대(對) 에고의 대립 상태를 조정하는 것과 같은 폐단을 갖게 한다면 그러한 예술, 그러한 문학은 인간 생활에 있어서 불필요할 뿐 아니라, 도리어 해독을 가져온다는 것이었다.

먼저 축사를 한 그 비평가가 허 중령의 말에 반박을 하려고 다시금 일어서는 것을 사회자가 조용히 막으며,

"이 자리는 토론회가 아닙니다. 제각기 자기의 감상을 이야기하는 자리입니다. 시간도 없고 하니 허 중령 내외분의 꽃다발 증정을 마지막으로 폐회를 하겠읍니다."

비평가는 다시금 착석을 했다.

"그러나 사회자로서 한마디 하고 싶은 말이 있읍니다. 비평가 S씨의 이야기와 허 중령의 이야기에서 나는 하나의 문학 작품을 대하는 독자의 눈을 분명히 보았읍니다. 문단인의 눈을 S씨가 대표했고 일반인의 눈을 허 중령이 대표했읍니다. 문학인의 손으로서 제작된 하나의 작품은 좋건 싫건 이 두 종류의 눈동자 앞에 내던져지는 숙명을 지니고 있는 것입니다 작자의 마음대로 어느 한 편도 눈을 가리워 버릴 수는 없는 노릇입니다. 따라서 독자는 자기대로의 비평을 할 권리를 갖고 있는 것입니다. 그리고 바로 거기에 문학 작품이 지닌 사회성을 우리는 발견할 수가 있다고 봅니다. 나는 오늘밤, 일반인의 눈을 대표하는 허 중령의 이야기 가운데서 문학 작품이 인간 생활에 구열을 가져온다는 말을 듣고 나 자신 미처 자각하지

못했던 중요한 문제가 제기되었다고 생각했읍니다. 그리고 그 중요성은 문학인에게 있어서는 진실의 탐구로서 옹호를 받고 있는 대신에 일반인에게 있어서는 개아(個我)의 확대적 노출로 말미암은 인간 대 인간의 조화와 융합과 친화와 단결과…… 기타 사회생활에 불가결한 온갖 협조 정신의 붕괴를 의미했읍니다.

그것은 인간의 윤리와 사회적 질서의 파괴적 존재로서 일반인에게는 이단시(異端視)되고 있다는 것입니다. 작품 '愛人[애인]'에 대한 S씨와 허 중령의 정반대의 비판 기준이 바로 그것을 여실히 말하고 있는 것으로서 대단히 흥미 있는 중요문제라고 생각했읍니다. 행동인 임지운과 작가 임지운—

— 이 두 개의 임지운이 과연 어떤 종류의 협조와 타협을 볼 것인가?……

이 문제는 문학적으로나 인간적으로나 앞날의 임지운에게 있어서 지극히 흥미로운 명제(命題)가 아닐 수 없다고 생각하며…… 다음은 허 중령 내외분의 꽃다발 증정이 있은 후, 오늘의 주인공인 임지운 씨의 간단한 답사로써 폐회하기로 하겠읍니다."

박수 소리와 함께 영심은 조용히 일어섰다. 분홍색 양단 저고리에 곤색 비로드 긴 치마를 영심은 입고 있었다.

새빨간 월계꽃 두 송이가 영심의 분홍저고리와 담농(淡濃)의 회화적인 조화를 잘 이루고 있었다.

"나도 그런 꽃다발을 한 번 받아 보고 싶은데."

"자네도 빨리 책을 내게나."

"책을 내도 줄 사람이 없어서……"

취기가 돈 사람들의 헤실픈 말이 영심의 등 뒤에서 들려왔다.

지운은 일어서서 영심을 물끄러미 바라보았다. 고개를 소그듬이 숙인 채 영심은 걸어왔다. 지운의 식탁 앞에서 걸음을 멈추며 고개를 가만히 들고 영심은 지운을 바라보았다.

태연할 수 있는 것은 얼굴들뿐이고 네 개의 눈동자와 두 개의 심장은 꽃다발에 섞여 있는 아스파라가스와도 같이 오들 오들 떨고 있었다.

영심은 공손히 절을 했다. 대단히 공손한 절이었다. 지운도 똑같이 맞절을 하며 영심이가 드리는 꽃다발에 손이가 닿는 순간, 꽃다발이 휘청하고 흔들리며 동백꽃 한 송이가 식탁위에 떨어져 내렸다. 영심의 자세가 중심을 잃고 있었던 것이다.

그처럼 마음을 단단히 먹고 걸어온 영심의 두 다리였다.

일단 들었던 고개를 다시금 가만히 숙이며 꽃다발을

지운의 앞에 내밀었을 때, 다리의 힘이 갑자기 쑥 빠져나가면서 휘청하고 영심의 몸은 중심을 상실했다.

그러나 동백꽃 한 송이만을 떨어뜨리는 것으로서 다시금 자세를 바로 잡은 자기 자신을 영심은 무척 다행으로 생각했다.

"감사합니다!"

굵고 낮은, 젖어 있는 음성을 지운은 조용히 냈다.

영심은 절을 하고 가까스로 자기 좌석으로 돌아가는데 성공하였다. 손벽소리가 영심의 귀에는 꿈결처럼 멀다. 감각을 통 잃어버린 것 같은 오관이었다.

"안색이 나쁜데?……"

핼쑥해진 영심의 얼굴을 바라보며 허 중령은 걱정스럽게 물었다.

"아냐요. 현기증이 조금……"

그러는데 지운이가 일어서서 간단한 답사를 하기 시작했다.

그는 귀중한 시간을 할애하여 이처럼 먼 길에 참석해 주고 많은 찬사를 준 데 대하여 감사의 뜻을 표한다는 말을 한 후에 다음과 같은 한 마디로서 답사를 마치었다.

"아까 허 중령의 질문도 있는 것 같고 해서 잠깐 대답하겠읍니다만 '愛人[애인]'은 순전히 작가의 생활기록입니다. 이것을 집필할 때, 나는 하나의 문학작품을 제작한다는 의식은 추호도 갖지 못했습니다. 다만 작자의 생활체험을 분명히 묘사해 보고 싶었을 따름입니다. 그것과 아울러 또 하나 다른 동기가 있었습니다. 지금은 이 책이 하나의 작품으로서 세상에 나왔지만 실은 이 책의 독자로서 나는 단 한 사람만을 염두에 두고 집필했습니다. 그것은 그렇게 하여 창경원에서 헤어진 이 책의 여주인공이었읍니다. '愛人[애인]'의 독자는 그 여인 단 한사람이면 나에게는 만족했읍니다. 그러니까 내 작품 속에 다소 현실성이 희박한 대목이 있다고 치더라도 그것은 이미 하나의 생활 기록으로서 현실화 하고 있는 것입니다. 허 중령은 창경원에서 그렇게 몰인정한 이별을 한 여주인공이 오늘의 이 천박한 세상에는 있을 수 없을 것이라고 말했지만…… 있읍니다!"

영심은 머리를 폭 숙이고 있었다. 한 번도 얼굴을 들지 않았다.

"그 아무런 것도 진실한 사랑 위에 위치할 만한 존재 가치는 갖고 있지 못하다고 나는 생각합니다. 지성이 인류의 앞날을 구할는지 모르나 진실의 발판을 상실한 인류의 행복은 이미 행복이 아니고 비극일 것입니다. 세상에는 두 가의 소리가 있읍니다. 하나는 입의 소리요 하나는 마음의 소리입니다. 마음의 소리를 대변하는 것이 문학의 영역이고 입의 소리를 대변하는 것이 정치요 교육이요 도덕이요 친화요 협조요 타협입니다. 입의 소리가 외관상 제아무리 인간 생활에 평온과 친화와 행복을 가져온다고 하더라도 마음의 소리 앞에는 한낱 허위의 평온이요 탈을 쓴 친화요 허수아비의 행복밖에는 아니 될 것입니다. 여주인과 결혼을 한 남편이 제아무리 성실히 아내를 사랑한다손 치더라도 자기 아내의 마음의 소리를 듣는다면 그 허수아비의 평온과 행복 속에 태연히 앉아 있지는 못할 것입니다. 이 작품의 남주인공은 진실을 위하여 자기의 구원의 애인인 여주인공을 그 허수아비의 평온으로부터 구출해 내어야 될 것이라고 생각합니다.”

“하하하…… 임형, 그런 배덕자(背德者)와 같은 말은 그만하시요. 아, 하하하……”

허정욱은 쾌활하게 웃었다. 그러나 지운은 이미 웃음을 웃지 못하고 있었다.

“도덕을 위하여 배진자(背眞者)가 되는 것보다는 진실을 위하여 배덕자가 되기를 주인공은 원하고 있읍니다!”

“아, 하하하…… 정면충돌(衝突)인 걸! 하하하……”

허정욱은 웃어댔고 임지운은 앉았다. 출판기념회는 끝났다.

채정주는 기념회 광경을 석란에게 보고하기 위하여 전찻길을 건너 명동으로 들어갔고 허정욱 내외의 지이프차까지 전송하면서 지운은 언제까지나 창경원에서 기다리겠노라고, 허 중령이 변소에 간 틈을 타서 영심에게 말했다.

그러나 영심은 아무런 대답도 하지 않았다.

아담과 이브의 결혼[68]

정주가 '명동 식도락'을 찾아갔을 때, 석란도 외출하고 없고 마담로우즈도 보이지 않았다. 하는 수 없이 정주는 간단한 글월을 남겨놓고 돌아왔다. 글월에는―

"지운 선생의 '愛人[애인]' 출판기념회의 광경을 보고 하(려) 왔었지만 네가 없어서 섭섭히 돌아간다. 흥미 있는 화제가 무척 많았어. 작품에 대한 정반대의 두 가지 비평, 임 교수의 '연애강좌'에 출석했던 자주 치마의 꽃다발 증정 등 내일은 내 생일 유민호 변호사가 저녁을 한턱 한대나. 그래서 석란과 함께 저녁을 얻어먹을 작정. 장소와 시간은 내일 다시 연락할 테야. 채정주―"

그보다 조금 전부터 석란은 박준모와 함께 엘씨아이 홀에서 춤을 추고 있었다.

---

68) 아담과 이브의 結婚

박준모는 석란을 자기 애인이라고 부르면서 '식도락' 뒷문을 자주 드나들었다. 그러나 석란은 자기가 필요할 때만 박준모를 만났고 필요가 없을 때는 문밖에서 돌려보냈다. 석란이가 박준모를 필요로 하는 것은 춤을 출 때뿐이었다.

박준모와 춤을 추면서도 석란은 가끔 감정의 공허를 느끼는 것이다. 이것이 요즈음에 와서는 차차 심해가는 경향을 보이고 있었다. 그럴 때마다 석란은 지운과의 초야 하룻밤을 곧잘 생각했다.

그것이 사랑이냐고, 육체의 학대만을 확대하여 생각하던 애욕 행동의 살 풍경에서 석란은 이따금 애정의 자태 같은 것을 발견하는 것 같았다. 그것은 일종의 역(逆) 코오스를 의미하고 있었다. 애정에서 애욕으로 발전한 정상적인 과정이 아니고 애욕에서 애정의 발아(發芽)를 석란은 발견한 것 같았다. 때때로 지운의 품 안이 그리워지는 것이었다. 그것은 확실히 남녀 동권에 대한 이 석란의 논리를 무시하는 그리움이었다.

그러나 이 역 코오스를 밟는 애정의 자태는 비단 이 석란에게만 보이는 현상은 아니었다. 오늘의 모든 화류계 여성들이 밟는 과정인 동시에 우리의 선조인 어머니나 할머니 들이 봉건적인 낡은 결혼 형태에서 발견한 애정도 역시 그러한 코오스를 밟았던 것이라고 석란은 현명하게도 자기 자신의 애정의 발아를 설명해 보는 것이다.

그러나 그렇게 해서 발아를 본 애정이 한낱 폭발물 같은 위험성을 내포하고 있는 사실까지를 깨달을 만큼 석란은 현명하지 못하였다. 이미 봉건적인 사상을 벗어나고 있는 이석란의 자유사상은 그렇게 해서 발견한 애정에 화류여성들의 그 것과 같은 돌발성을 부여할는지도 모를 일이었다.

춤을 출 때만 필요한 박준모라고, 관념적으로만 규정을 지어 놓은 석란의 척도(尺度)가 언제 어느 때 삐뚜러질는지,[69] 석란은 그것을 깨닫지 못하고 있다는 것이다.

"석란 씨는 내 인격을 무시하고 있는 것 같지만 남녀의 정이란 인격에서 생기는 것이 아니지요."

탱고를 추면서 박준모는 유혹을 한다.

"무엇에서 생겨요?"

"접촉에서 생기지요?"

"노우!"

석란은 그것을 노골적으로 부정했다.

"노우가 아닙니다. 석란 씨는 춤 출 때만 나를 필요를

---

69) 삐뚤어질런지

한다고 하지만 그것은 내가 춤을 잘 추어서만이 아니고 결국은 내 품안이 그리 싫지 않다는 증거지요."

"흥— 누구가……"

"석란 씨가 자기감정을 속이기는 쉽지만 이 박준모를 속일 수 없는 것이요. 자기감정에 충실합시다. 석란 씨는 이미 자유로운 몸이니까요."

"유혹이 그럴 듯해요."

"그럴 듯한 유혹에 이미 석란 씨는 걸려 있는 것입니다."

"절대로 노우!"

"부정의 말이 지나치게 강하다는 것은 마음이 그만큼 약화했다는 증거랍니다."

"뻔뻔이스트!"

"그것도 다 민주주의 덕택이지요. 민주주의의 실천자가 되기 위해서는 뻔뻔해야만 된답니다. 수백만 수천만의 돈을 뿌려 가면서 자기 자신을 선전하는 국회의원 입후보 자들을 못 보십니까? 자기선전 없이 당선한 국회의원을 보셨읍니까? 연애나 결혼도 결국은 마찬가지예요. 체면 만 지키다가는 일생 동안 여자의 손가락 하나 만져 못보 고 죽지요."

그러는데 유민호가 마담로우즈를 동반하고 홀안으로 들어섰다.

어디서 마시고 놀았는지 모르지만 유민호와 마담로우즈는 둘이가 다 얼굴이 붉그래하다.

밴드가 멎었다. 박준모와 함께 식탁으로 걸어가다가 석란은 어머니를 유민호 옆에서 발견했다.

"어머니!"

양미를 조금 찌푸리며 석란은 마담을 불렀다.

"너 또 여기 와 있었구나."

어색한 표정은 마담에게도 있었다.

"말로만 듣던 석란 양을 인제야 보았군요."

유민호가 웃으면서 다가왔다.

"왜 말로만 들어요! 저번 차 안에서 인사하지 않았어요?"

석란은 토라진 대답을 했다.

"아, 참 그랬군요!"

사진에서 본 석란에게서 차 안에서 인사한 석란을 연상한 것은 극히 최근의 일이었다.

"이처럼 예쁘고 똑똑한 따님을 두어서 마담은 행복하겠소."

색의 눈초리로 유민호는 석란의 얼굴을 대담하게 바라보았다. 그러한 유민호의 눈초리를 마담과 박준모는 똑같은 입장에서 발견하고 있었다.

"눈 좀 바로 떠 봐요."

"아, 참 석란 양은 마담의 따님이시지. 혈통 관계 깜박 깜박 잊어먹는 버릇이 내게는 있어서……"

"그 버릇 좀 고쳐요."

그것은 마담이 아니고 석란이었다.

"허어, 역시 그 어머니에게 그 따님이었군. 총명한 현대 여성이야! 이분은 석란 양의 애인……?"

유민호는 박준모를 가리키며 물었다.

"그렇습니다. 석란 씨의 애인 박준모올씨다."

소개의 말이 필요가 없었다. 박준모는 자진하여 자기소 개를 명확히 했다. 석란이가 쿡쿡 웃었다.

"아, 그렇습니까. 유민호입니다."

유민호는 정중한 인사를 한 후에 마담을 가리키며,

"인사를 하시지요. 석란 양의 어머니되시는 분입니다."

"그렇습니까. 동시에 유 선생의 애인이시군요."

그러면서 박준모는 표정 하나 움직이지 않고 인사를 했다. 마담과 석란이가 동시에 쿡하고 웃었다.

"그저 술 친구쯤으로 알아 두시는 것이 간편하겠지요."

"그렇습니다. 간편하다는 것은 대단히 좋은 일이지요. 현대적 스피이드가 있어서요. 아메리카 영화적이고 비행 접시의 스릴이 있으니까요."

"허어. 그만하면 박형도 수양을 많이 쌓았군요."

"웬걸요. 유선생에게는 연조가 있을 테니까."

말로는 박준모를 당해내지 못할 우려가 다분히 있다.

"헤실픈 말들은 그만하고 춤이나 어서 추어요."

밴드가 시작되는 것을 보고 마담은 말하고 나서 석란을 향하여 낮으막한[70] 소리로,

"너 주의해라. 저런 녀석한테 걸려들었다간 재미없다!"

박준모를 두고 하는 말이다.

"어머닌 제 걱정이나 톡톡히 해요."

그리고는,

"흥!"

하고 콧방구[71]를 치며 박준모와 함께 스텝을 밟았다.

유민호는 마담과 춤을 추면서도 연방 석란 쪽을 돌아다보다.

"인제 눈동자가 삐뚤어질라."

그러면서 마담은 올려놓았던 손으로 유민호의 어깨를 힘껏 꼬집어 주었다.

"개운한 걸! 남자에게 육체적 고통을 주기에는 여성의 손가락이 지나치게 예쁘고 날씬해요. 그것이 조물주의

---

70) 나즈막한

71) 콧방귀

269

뜻이고 보면 그 손으로는 아예 밥도 짓지 말고 빨래도 하지 말고 오직 한 가지 애무용으로 사용하도록 명심해요."

"감사합니다, 애욕의 철학자!"

"석란 양은 춤이 멋진 걸! 다음엔 내가 붙들어야지."

"안돼, 안돼!"

"두 가지 다……"

"암만 봐도 괜찮아. 암사슴의 뒷다리처럼 쭉쭉 뻗었는 걸!"

"자아, 내 다리는 어때?"

"무 다리, 수통다리, 코끼리다리……"

"요것이?……"

"아야얏……"

곡이 또 불루우스로 바뀌었다. 유민호는 마담의 충고를 무시하고 석란을 붙드는 데 성공하였다. 비교적 순순히 붙들리운 석란이기도 했다. 하는 수 없이 딸 대신 어머니를 안은 박준모였고 하는 수 없이 딸의 애인 박준모에게 안기울 마담로우즈였다.

"마담, 잘 추십니다."

석란의 나릇나릇한 몸매에 비하여 사십 대 여성의 성숙한 풍만감을 손길에 느끼며 박준모는 말했다.

"몸이 둔할 거야."

술 냄새가 마담의 입에서 풍기어 나왔다.

"몸이 너무 가벼우면 매력이 없지요. 무거우면서도 가볍게 가벼우면서도 무겁게…… 옳지 옳지!"

"오호호, 오호호……"

"뭐가 우스워요?"

"우스운 것이 있대요."

"뭔대……?"

박준모의 말씨가 차차 조잡해졌다. 그것은 석란의 어머니로서의 존경의 념을 대담하게 포기하고 한 사람의 여성으로서 대한다는 선전 포고를 의미하고 있었다.

"옛날 같으면 죽일 년, 죽일 놈 하고 떠들어 댈 거 아냐……?"

"뭐가요……?"

"딸과 어머니가 같은 사내의 품에 안긴다는 것."

낡은 것과 새로운 것에 대한 윤리의 개프(間隔[간격])가 엔간한 마담에게도 마음의 간지러움을 주는 모양이었다.

"시대가 다르지 않습니까?"

조잡해졌던 말씨가 다시금 근엄해지며 박준모는 시치미를 딱 떼고,

"그래서 자유 민주주의가 좋다는 거지요. 딸의 자유를

어머니가 어떻걸 수는 없는 것과 마찬가지로 어머니의 자유를 딸이 또한 어쩌지 못하는데 현대적 성격이 있는 것이니까요."

"그래도 딸의 어머니고 어머니의 딸이지, 시대가 개명을 했다고 핏줄기가 끊어지지는 않을 거 아냐?"

"핏줄기를 생각한다는 그 자체가 이미 낡아빠진 것이라니까요. 혈통을 기초로 한 과거의 봉건적 사상이 우리의 조상들을 얼마나 불행하게 만들었는지 생각해 보세요. 핏줄기는 다만 과학적인 흐름(流[류])만을 의미하는 것이지, 그것으로서 개인의 자유가 속박 받을 필요는 조금도 없지요. 그러한 속박을 꾸며 놓은 것이 바로 우리의 조상이니까요. 그 조상의 후손인 우리들이 그러한 고루한 속박을 거부함으로써 개인의 자유를 옹호하겠다는 것이 뭐가 나쁩니까?"

"아이구 머리가 아파. 어쨌든 서먹서먹한 것 만은 사실이야. 호호홋……"

생리와 윤리의 교차점에서 마담로우즈의 웃음은 또 간지럽게 흘러나왔다.

"마담에게 내가 톡톡히 교육을 시켜야겠읍니다. 그러한 어색한 웃음소리가 흘러나오지 않도록……"

그러면서 박준모는 휘익하고 리버스턴의 스텝을 밟으

며 백 록크의 자세를 짙으게 취했다.

"아주 멋지네요."

"이래두 웃을래?"

박준모의 어조가 또 조잡해졌다. 그 조잡한 말씨에 모를 내지 않았다.

웃음도 이젠 웃지 않았다. 마담의 머리에서 윤리는 완전히 사라지고 있었다.

"록크가 제일 좋아."

웃음 대신에 그런 말이 가늘게 흘러나왔다. 그래서 이번에는 크로샷세로 전통적인 로크를 박준모는 다시 거듭하며

"저런 놈팽이[72]는 떼버리고 인제부터는 나하고만 춤을 추어요."

"어린 것이 유혹이 상당하네요."

"마담에게 유혹이 없어지는 순간, 마담의 가치는 똥값이 되지요."

"어마, 말버릇도……?"

"석란을 내게 주어요."

"안돼! 약혼자가 있다면서 무슨 말이야?"

---

72) 놈팡이

"파혼을 하면 되지 않아요?"

"안돼! 절대로 안돼!"

그러고 나서 마담은,

"흥, 석란이가 말을 잘 안 듣는 모양이지? 누구의 딸이라구……"

"그러니까 마담의 충고(忠告)가 필요하다는 건데……"

"어머니가 무슨 상관이야? 어머니는 어머니고 딸은 딸이라면서……"

박준모는 마침내 말문이 막혀 버렸다.

"서양 사람들은 참으로 좋은 것을 생각해 냈지요."

유민호는 또 유민호대로 석란을 다루고 있었다.

"뭐가요?"

"땐사 말입니다."

"땐사가 뭐 어쨌대요?"

"처음 보는 여자도 이처럼 안고 춤까지 추며 돌아갈 수가 있으니까요."

"흥."

석란은 대답 대신 코웃음을 했다.

"확실히 서양 사람들은 동양 사람들보다 음흉하지요."

"뭐가요?"

"사교적 예의의 탈을 쓰고 남녀의 육체적 접근을 교묘

히 꾀하고 있으니까요."

"그건 유사장의 생각이 야비하고 불순한 탓이예요. 사교 땐스의 근본적 정신은 율동의 쾌락에 있는 거리까요."

"그럴까요?"

석란의 어깨 위에서 유민호의 얼굴이 빙글빙글 웃으며

"그럼 왜. 땐스는 혼자 추지 못하고 둘이서 춥니까?"

"혼자서 추는 단조로움보다도 둘이서 추면 율동의 조화가 생기지 않아요?"

"율동의 조화는 동성 간에도 생길 텐데 왜 이성간에만 추어집니까?"

석란은 대답을 하지 못했다. 석란 자신도 어렴풋이 생각하고 있던 오늘의 사교춤의 숨은 비밀 같은 것을 유민호는 지금 대담하게 폭로하고 있는 것 같았다.

"사교는 동성 간에도 있을 법한데 이성간에만 있어야 한다는 이유를 나는 잘 모르고 있지요. 암만 해도 서양 사람은 음흉한 것 같아요."

그 음흉한 감정이 유민호에게는 확실히 있는 것이다. 야비건 불순이건, 어떠한 모욕적인 언사로 표현이 된다손 치더라도 율동에의 매력보다도 이성에의 매력이 앞장을 선다. 그것을 야비니 불순이니 하는 말로서 사교 땐스를 저스티화이(正當化[정당화])하고 있는 땐스 선생이나 땐스 교본의 편찬자뿐일 것이라고 유민호는 거스름 없이 생각하는 것이었다.

"그래서 유사장도 지금 서양 사람의 음흉한 생각을 갖고 추는 거예요."

"말하자면 그렇지요. 율동보다도 석란 양의 이 발란한 사지가 더 한층 매력이 있읍니다."

"아이, 웃기네요. 체면은 다 어디다 내 동댕이 했어요?"

"체면······체면이 무엇입니까?"

"어머니에 대한 체면 쫌 있을 거 아냐요?"

"체면은 행동으로 지키는 것이고 나는 지금 마음의 고백을 하고 있답니다. 내가 석란 양에게 고백을 하고 있답니다. 어떻거면 내가 석란 양의 마음을 움직일 수가 있을는지 그 방법을 좀 가르쳐 주시요."

"짐승 같은 말은 작작 해요."

"인간의 본질은 결국에 있어서 짐승이지요. 나도 짐승이고 석란 양도 짐승이고······"

"생각하는 짐승이라는 걸 잊지 마세요."

"그놈의 생각이 때때로 희미해지는 군요. 더구나 석란 양과 같이 젊고 예쁜 여성을 보는 때는······"

"정주 언니 잘 있어요."

"예, 누구?······"

"채정주 언니 말이예요."

"아, 정주 씨를 아십니까."

"아는 게 뭐예요? 둘도 없는 언닌데……"

유민호의 얼굴이 갑자기 흐려지며 경계의 눈초리가 번쩍 빛났다.

"참 결혼을 한다던 그 오영심이라는 여자와는 왜 그만두었어요? 자동차 안에서 임 교수에게 주례까지 부탁해 놓고……"

지운의 이야기로서 유민호의 결혼이 파탄된 경위를 석란은 죄 알고 있으면서도 물은 것이다.

"아, 아…… 그건……"

유민호는 허둥지둥 하며,

"그만뒀읍니다."

"글쎄 왜 그만 두었나 말이예요."

"사정이 좀 있어서요."

"얌전한 사람이던데…… 채운 거 아냐요?"

"채워요?"

"짐승 같은 생각을 가끔 하니까……"

"차버린 것은 이 편이지요."

"그래요?……"

"원래 애정이 없던 약혼 이었지요."

"짐승에게도 애정 유무의 구별이 있었나요?"

"정주 씨와는 요즘에도 만나십니까"

"가끔……"

"내게 대한 무슨 이야기는 없었읍니까?"

"별로……"

"내가 식도락에 가끔 오는 사실을 정주 씨가 아는가
요?"

"그런 추잡한 이야기는 어머니의 명예를 위해서도 할
필요 없잖아요?"

"아, 그렇습니까!"

유민호가 안도의 가슴을 내려 쓰는데 춤은 또 한 차례
끝났다.

몇 차례 춤을 추고 난 네 사람은 한 식탁에 둘러앉아서
맥주를 마시기 시작하였다. 유민호의 권에 못 이겨 석란
도 한두 잔 받았다.

석란과 정주의 사이를 안 유민호는 아까처럼 노골적인
유혹된 말을 피하고 점잖은 신사로서의 호의와 견식을
은근히 보이고 있었다. 조급히 굴 필요는 조금도 없다.
호의만 끈기 있게 보여 주면 그 호의의 대가가 언젠가
한 번은 자기에게 되돌아온다는 것이 유민호의 방법론이
었다.

그와는 반대의 방법론을 박준모는 갖고 있었다. 그것은 속결 속단주의였다. 처음 동래 온천에서 생각하던 것과는 다소 예상이 어그러져 의외로 깔끔한 석란이었기 때문에 속결주의를 실행에 옮기지 못하고 있는 형편이었지만 지금 대각선으로 마주 앉아 있는 마담로우즈쯤은 단 이십사 시간의 여유조차 필요치 않았다. 그래서 깔끔한 석란은 당분간 제쳐놓고 박준모의 눈동자는 연방 마담의 시선만 붙들고 있었다.

　유민호와 박준모 그것은 오늘날 이 거리에서 악의 즐거움을 사냥하는 두 개의 타이프를 의미하고 있었다. 유민호의 계획성을 지닌 기회주의와 박준모의 뻔뻔스런 바아바리즘(**野蠻主義**[야만주의])은 좋은 콘트라스트를 형성하고 있는 것이다.

　그러나 악의 즐거움에 대한 유혹은 정도의 차이는 있을망정 석란 모녀도 알고 있었다.

　어머니의 정부로서 석란은 유민호를 미워하고 있었다. 그러나 그러한 증오감과는 별개로 자기에 대하여 무관심을 가져주는 유민호가 싫지는 않았다. 그러한 심리의 발전 과정은 한 걸음 더 나가서 연애라는 관념을 초월하여 자기의 가치에 대한 찬미자를 반지나 핸드백과 같은 한낱 액세서리(**附帶裝飾物**[부대장식물])로서 몸치장을 하고 싶었다. 그래서 어머니의 눈초리를 무시하고 맥주를 권해오는 유민호 변호사에게 석란은 유혹적인 웃음을 쿡쿡 웃었다 그리고 그런 것을 또한 애정의 도발이라 착각하는데 남성들의 오산이 있을지도 모를 일이었다.

박준모의 유혹에 대하여는 마담의 심리에도 비슷한 데가 있었다. 핏줄기의 윤리가 아무리 낡아 빠진 봉건적 유산이라고는 하여도 그리고 아무리 타락한 한낱 술집 마담이라고는 하여도 핏줄기의 속박을 박준모나 유민호처럼 무시하지 못하는데 오늘의 한국 여성들의 정조관념은 있는 것이다.

그러기 때문에 마담로우즈의 요염한 모습과 유발적인 짙은 눈꼬리 웃음을 애욕의 선물이라고 박준모가 생각한 것은 전혀 착각이었다. 마담 역시 박준모라는 하나의 데코레이션(裝飾[장식])이 필요했을 따름이었다.

남성의 애정과 남성의 애욕이 쌍둥이처럼 얼굴이 똑같은 데서 여성의 비극은 탄생하는 것이라고 유민호는 지난날 부산 대청동에서 김옥영에게 설교를 했다. 그리고 그것과 꼭 같은 위치에서 남성들에 대한 여성의 호의가 애정이나 장신구(裝身具)에 대한 욕망이냐? 꼭같은 모습을 하고 나타나는 그 쌍둥이의 얼굴에서 남성의 비극은 또한 탄생했다.

"남자들은 어쩌면 모두가 다 똑같은 짐승들이야!"

박준모의 눈동자에서 마담은 짐승을 발견하고 웃음을 섞어 가면서 그런 말을 했다.

"여자들은 모두가 다 뱀이지요."

자기더러 어머니에 대한 체면을 세우라던 석란이가 우발적인 웃음을 쿡쿡 웃는 모양을 보고 유민호는 거기서 뱀의 생태(生態)를 본 것 같았다.

그것은 확실히 석란의 깔끔한 성미로서는 애정이나 또는 애욕의 발판을 갖추고 나온 웃음 같지는 않았기 때문이다. 무엇인지는 잘 모르지만 계산된 의미가 거기에 있는 것 같았다.

"뱀?…… 어째서 여성들이 뱀이예요?"

토라진 어조로 석란은 날쌔게 대들어 왔다.

"유선생, 답변을 잘 해야 겠읍니다. 잘못하면 마담과 석란 씨만이 사람 노릇을 하고 우리 둘이는 곰이나 돼지급으로 자천을 당할 테니까요."

"박형, 염려 마시요. 뱀도 짐승의 한 종류고 보면 좌천을 당해도 같이 당하게 되겠지요."

"마음이 든든합니다."

일동은 웃었다.

"여자가 온순한 양이람 또 모르지만 어째서 뱀이 돼야

한다는 말이예요?"

석란은 연거퍼[73) 따져왔다.

유민호는 석란의 얼굴을 핥는 듯이 바라보며 빙글빙글 웃고 있다가,

"나도 처음에는 온순한 양쯤으로 생각하고 있었답니다. 그러나 다소 경험을 쌓고 보니 뱀이드군요."

"참 어이없는 이예요."

"남성에게 수성(獸性)이 있다면 여성에게는 사성(蛇性)이지요. 이 수성과 사성은 오랜 역사에 걸쳐서 투쟁을 해 왔읍니다. 우리의 조상인 아담과 이브의 시대부터 그러했으니까요."

"아담과 이브가 뭐 어쨌다는 말이에요."

"아담과 이브가 결혼을 했다는 말입니다."

"애정이 있으니까 결혼을 했겠지요."

"그렇지가 않습니다. 아담과 이브의 결혼을 애정의 결합이라고 보는 것은 석란 양과 같은 애숭이[74)나, 그렇지 않으면 세상의 철부지 순정파들뿐이지요."

"무슨 뜻이예요?"

"나는 그처럼 달콤하게만 보지는 않습니다."

---

73) 연거푸
74) 애송이

"어떻게 보세요."

"아담에게는 애정보다 더 절실한 욕망이 있었으니까요."

"그게 뭔대요?"

"소위 곰이나 돼지 같은 수성이었지요."

"어머나?……"

"놀랄 필요는 조금도 없읍니다. 우리들에게 짐승이라는 렛델을 붙인 것이 누구신데요?"

"짓사이!(참 내)……"

"그런데 이브에게도 애정 같은 건 문제도 되지 않을 만큼 절박한 욕망이 있었답니다."

"그게 소위 사성이예요?"

"말하자면 그렇지요. 아담은 힘이 세고 이브는 힘이 약했읍니다. 아담의 절실한 욕망은 이브의 정복에 있었지만 힘이 약한 이브의 절박한 소원은 신변 보호와 방어에 있었읍니다. 호랑이나 사자 같은 맹수의 습격도 무서웠지만 잘못 반항하다가는 맹수는 고사하고 아담에게 매맞아 죽을 것만 같았지요."

"후후훗……"

아담과 석란은 동시에 웃음을 깨물었다.

"눈으로 보고 온 것 같으네요."

"보고 온 것 이상이지요. 지혜의 과실이라 하여 아담과 이브가 깨물어 먹은 한 알의 사과에다 오늘의 인간의 온갖 죄원(罪源)을 돌려보내고 있지만, 배가 고파서 씹어 먹은 사과에 무슨 죄가 있읍니까?"

"하하하하……"

박준모는 유쾌히 웃었다.

"남녀 간에 생기는 온갖 비극은 아담과 이브 자신들이 지닌 수성과 사성에 있는 것입니다."

"그래 뭐가 이브의 사성이란 말이예요?"

"이브의 계산을 말하는 것입니다. 타협을 말하는 것입니다. 약빠름을 말하는 것입니다. 아담의 위협을 무마하는 동시에 맹수의 습격으로부터 자신을 보호하려는 계산 밑에서 취해진 신변 보장책이 애정이라는 탈을 쓰고 아담의 수성과 타협을 한 것이 바로 그들의 결혼이었다는 말입니다."

"일리가 있기는 있다 얘."

아담로우즈가 우선 찬의를 표하며,

"사랑이니 애정이니 하지만 그런 것보다도 남자의 보호를 받고 싶어하는 생각이 여자들의 결혼 심리에는 중요한 자리를 차지하고 있는 거다. 과부 설움은 과부가 안다는 격으로 내가 현재 그러니까 말이다."

"남자에게 무슨 보호를 받아요? 있는 건 오만뿐이지 뭐예요?"

말로는 그러면서도 남성의 보호가 결핍되어 있는 자신의 허술함이 석란으로 하여금 지운을 후딱 생각하게 하였다. 애정이고 사랑이고 아무것도 없어도 임지운이라는 담벼락만 있으면 이처럼 마음속이 허술하지는 않을 것 같았다.

"애정의 가면을 쓴 남성의 야욕이 폭로 될 때 여성들은 그 남자를 짐승 같은 놈이라고 욕을 했고 애정의 탈을 쓴 여성의 물욕이나 보호책이 탄로날 때, 남성들은 그 여자를 뱀 같은 계집이라고 분노 하지요."

"유선생, 남성의 약점을 너무 폭로하는 건 좀 재미가 없을 것 같은 데요."

"박형 걱정마시요. 이처럼 툭 터 놓고 이야기하는데 또한 색다른 매력을 여성들은 느끼는 수가 있으니까요. 끈기 있게 그때를 한 번 기다려 봅시다요."

"아이구, 목이 말라요."

"마담, 인제 저와 단둘이서만 춤을 추러 와요."

홀을 나서서 네 사람이 밖으로 나오면서 박준모는 몰래 마담에게 속삭여 보았다. 마담의 반응을 정확하게 시험해 보고 싶은 것이다.

마담은 힐끔 눈을 흘기고 나서,

"춤 쯤 무방하지만…… 석란에게 손을 댔다가는 죽을 줄 알아! 석란을 불행하게 만든 것이 누군데?……"

"석란 씨는 깔끔해서 당분간 희망 포기입니다."

유민호는 또 유민호대로 석란과 함께 앞장을 서서 나오며,

"언제 조용히 석란 양을 한 번 모시겠읍니다."

채정주와의 관계가 탄로날 것이 무서워서 어쨌든 석란의 호의만은 사 두어야만 했다.

"정주 언니도 가끔 조용히 모셨겠군요?"

빈 틈 없는 대답을 석란은 곧잘 한다. 영심이나 정주와는 다소 다른 데가 있는 석란이라고 유민호는 마음의 허리띠를 조심스럽게 잘라매며,

"그 분은 원체 착실한 사람이어서……"

"석란 양처럼 후랍바가 아니어서 어지간히 힘들 거예요."

"무슨 말을 석란 양은……"

"그렇지만 다소 위험해요."

"뭐가요?"

"호랑이 굴 속에 태연하게 앉아 있는 정주 언니 말예요."

"입버릇이 대단히 곱군요."

"누구의 따님이라구 입버릇이 밉겠어요."

"인제 내가 결혼을 하게 되면 석란 양과 할 수밖에……"

"스탕달리앙은 우리 한국에서는 인기가 없답니다."

"뭐요?"

"스탕달 신봉자 말이예요. 법률 책만 읽으셨군."

"그 스탈달리앙이 어쨌다는 말입니까?"

"그런 연애 쾌락 주의자, 근친혼(近親婚)의 긍정자는 인기가 없다는 말이예요."

"음─."

"보세요, 한국의 남성들의 얼굴을! 모두가 다 공자님의 수제자 같이 점잖은 걸요. 매 맞아 죽기가 싫음 아예 그런 말은 입밖에 내지 않는 것이 좋을 거예요."

명동까지 차로 모셔다 주겠다는 유민호의 말을 사양하고 석란 모녀는 밤거리를 걷기로 했다.

"석란 씨, 내일 또 모시러 가겠읍니다."

헤어질 무렵에 박준모는 그런 말을 했다.

"당분간 니이드날(필요 없어) ─"

"이이구 추워!"

엄동설한이라 날씨도 찼지만 석란의 대답은 한층 더 차갑다. 박준모는 부르르 몸을 떨어 보였다.

"그리고 유 사장도 아담이즘만 발휘하지 마시고 좀 근신하세요."

했다.

"아, 하하핫……"

유민호의 웃음소리를 차 안에 남겨 놓고 석란 모녀는 홀가분히 사라졌다.

향락의 뒤에 오는 삭막한 공허가 두 여인의 마음속에 똑같이 깃들기 시작하였다. 그것은 확실히 자유의 공허를 의미하고 있었다.

그처럼 귀중하던 자유가 이처럼도 인간에게 공허감을 줄 줄은 통 몰랐다.

이 어머니와 이 딸은 둘이가 다 남성의 오만과 횡포로부터 벗어나온 자유의 향락자였다. 그러한 자유의 몸이 자유의 행복보다도 그 어떤 속박의 행복을 마음 한 편 구석으로 그리워하고 있는 것이다.

"어머니!"

진고개 입구를 지나면서 석란은 어머니를 불렀다.

"응 유 변호사와 결혼해 버림 어때요?"

"누가!"

어머니는 일소에 붙이는 것과 같은 코 웃음을 했지만 유민호만 그 생각이 되어 준다면 더할 나위 없이 마담로우즈는 만족한 것이다.

"그렇지만 여자의 불안정한 자유처럼 허무한 것은 없을 것 같아요. 여자란 역시 자유보다도 탐탁한 속박 속에서 참다운 행복을 발견하는 동물이 아냐요? 이브의 타협처럼……"

"그럴는지도 모르지. 네 아버지 살아 계실 때는 그놈의 난봉이 밉기는 했으나 이즈음처럼 마음이 허술하지는 않았으니까……"

"뜨내기 애정은 모르지만 여자의 참다운 애정은 역시 남자의 탐탁한 속박과 보호에서부터 생기는 게 아냐요?"

"지운일 생각하니?……"

"누가!"

어머니와 똑같은 심정으로 꼭같은 대답을 석란은 했다.

불운의 변[75]

    이튿날, 유민호는 정주의 생일을 축하하기 위하여 약속한 네 시에 을지로 아서원으로 갔다. 정주는 아직 오지 않았다. 학교에서 늦어지는지도 몰랐다. 오늘 아침 전화로 예약해 놓고 제일 조용하고도 깊숙한 방으로 유민호는 들어가서 정주가 나타나기를 기다리고 있었다. 결혼식 날짜를 오늘은 확정지을 셈으로 유민호는 있는 것이다.

    삼십 분 쯤 지나서 정주는 나타났다. 그러나 정주는 혼자가 아니었다. 정주의 어깨 뒤로 석란의 얼굴이 해죽 웃으면서 방으로 들어섰다. 유민호는 가슴이 덜컥하고 내려앉았다.

    "불청객인데 괜찮겠어요?"

    외투를 벗어 걸고 정주와 나란히 앉으며 석란은 웃었다.

---

75) 不運의 辯

"무슨 소리를…… 그렇지 않아도 석란 양을 한 번 모시려던 참인데, 잘됐읍니다."

"글쎄 잘됐음 좋지만…… 난 또 유사장은 젊은 여성을 모실 때는 따로 따로 모시는 줄로 알고서……"

"하하핫…… 여전히 석란 양은 매운 소리만 하시는군요."

"아직은 덜 매울 거예요."

"에?……"

유민호는 후딱 정주의 얼굴에 시선을 재빨리 던지고 나서,

"그보다 더 매웠다간 혓바닥이 다 떨어져 나갑니다."

"혓바닥이 떨어져나가는 것쯤 문제도 안 되지요. 심장이 덜컹덜컹 소리가 날 지경일 텐데요."

"…………?"

유민호는 얼떨떨해졌다. 서투른 대답을 하다가 뒷다리를 잡히는 것보다는 침묵을 지키는 편이 오히려 났다.

"마담로우즈와는 언제 쯤 결혼식을 거행하세요?"

"예, 뭐요?"

"아이, 유사장도 건망증이야! '식도락'의 마담 장미 부인을 벌써 잊어 먹으셨어요?"

"무슨…… 석란 양은 무슨 그런 말을……"

유민호의 얼굴이 붉으락 푸르락이다. 도대체 어찌 된 셈이냐고, 들어서기가 바쁘게 매운 소리만 쏘아붙이는 석란의 의도가 무엇인지를 유민호는 아직도 채 모르고 있었다.

"오영심이란 여자는 유 사장 편에서 차 버렸다죠?"

"에…… 뭐요? ……"

기관총처럼 터져나오는 석란의 이야기를 어지간한 유민호로서도 막아낼 겨를이 없었다.

"그렇지만 나는 그 반대로 듣고 있지요. 정주 언니를 줄려고 약혼반지를 도루 찾아 왔다지만, 소용없이 된 반지를 정주 언니에게 물려 준 게 아냐요?"

이미 석란의 의도는 명백해졌다. 어젯밤까지도 무관심하던 석란이가 이처럼 갑자기 관심을 가지게 된 동기를 유민호는 재빨리 깨달아 보는 것이다.

정주와 약혼 관계를 오늘이야 비로소 안 석란임에 틀림없었다.

정주는 아무 말도 없이 차가운 표정으로 조용히 앉아 있었다. 유민호의 정확성을 띤 추측과 같이 석란을 데리러갔던 정주는 오늘이야 비로소 유민호와의 약혼 관계를 이야기했던 것이다.

"언니를 단념하세요."

"무슨 말이요?"

유민호는 비로서 적의를 품은 어조를 썼다.

"유사장에게는 마담로우즈 쯤이 어울린다는 말이예요."

"석란 양이 무슨 상관이요?"

유민호의 어조에는 노기가 풍기기 시작했다.

"어머니의 애인이고 보니 내 아버지 벌이 돼서 하는 소리예요."

"내가 언제 어머니의 애인이었다는 말이요?"

"어머니의 방을 제 방처럼 드나드는 양반에게 그런 말 쯤 쓰는 게 서툴렀다는 말이예요?"

호되게 날카로운 한 마디가 석란의 입술을 튀어 나왔다.

"………"

유민호가 정신을 차리지 못한 채 멍하니 앉아 있는데 석란은 자기 핸드빽을 열고 반지와 목걸이가 들어 있는 케이스 두 개를 꺼내 조용히 내 놓으며,

"확실히 반환했읍니다. 생각이 계시거든 오늘밤 마담로우즈에게나 갖고 가서 선물하시는 게 좋을 거예요. 마담은 확실히 유사장과 결혼하고 싶어 하니까요. 자, 언니, 인제 가요!"

석란은 정주의 팔을 잡아 일으켰다.

"여러 가지로 신세를 졌읍니다."

정중한 인사를 하고 정주는 일어섰다.

"아, 채 선생, 인숙이가 불쌍합니다."

"돈만 있음 가정교사 쯤 얼마든지 있을 거예요."

그것은 정주를 몰아치듯이 앞세우고 나가는 석란의 대답이었다.

"그 방정맞은 년만 나타나 주지 않았던들……"

회오리바람처럼 나타나서 독수리처럼 정주를 채가지고 간 석란이었다. 실로 어처구니없는 노릇이다.

너무나 돌연한 일이었기에 유민호의 그 천변 만태의 능란한 변설을 논할 여지가 없었던 사실을 생각하고 하도 어이가 없어서,

"허허!"

하고 유민호는 웃어 버리고 말았다. 그리고 그처럼 한 번 웃어보고 나니, 마음이 저으기 거뜬해지는 것 같아서 이번에는 의식적으로 소리를 높여 방이 떠나갈 지경으로,

"하하하핫……"

하고 통쾌한 웃음을 유민호는 웃었다.

"채정주의 몸뚱아리에는 금부치가 붙었나 은부치가 붙었나?…… 으아, 핫핫핫……"

그러는데 문이 열리면서 요리가 들어왔다.

"얘이, 이 놈들아, 그 많은 요리를 나 혼자서 어떻게 먹으라는 말이냐? 눈깔이 바로 백혔으면 기생들을 빨랑빨랑 왜 못 불러 오는 거야?"

호통을 하는 바람에,

"네, 네…… 기생 몇이나 부를까요?"

"한 서너 다아스 불러 와."

"세 사람?……"

"이 놈아, 한 다아스는 열두 명이다."

어리둥절해서 서 있는 보이에게,

"빨랑빨랑 못 불러와?……"

"네네——"

이윽고 사무실에 대기하고 있던 접대부들이 대여섯 명 우루루 몰려들었다.

"어째 이리 모두가 다 박색들뿐이야?"

자기를 중심으로 삥 둘러앉은 접대부의 얼굴을 유민호는 훑어보았다.

"아이구, 영감, 말 버릇도 곱다. 어서 술이나 들라요."

유민호는 술을 쭉 들고 나서,

"너 대동강 물 먹구 뼈다구가 굵었구나."

"아즈반두 평양이로구만."

"너두 삼팔따라지구나. 불쌍하다. 얘, 한 잔 받아라."

"거저 우리 오라반 무던하디."

평양 내기는 술을 들었다.

"나도 한 잔 줘 보소고레. 그 형님만 고향 친굽네까?"

맞은편에 앉아 있던 둥글 납작한 얼굴이 샘을 했다.

"너도 대동강 물이가?"

"련광뎡(練光亭)바우 아래서 배꼽 내놓구 먹 감으면서 요만큼 컸는데, 이거 왜 그럽네까?"

"예따, 그래라."

유민호는 찻종지에다 술을 부어 주며,

"배꼽 내놓구 먹 감다 죽은 귀신아, 어서 먹구 물러가라."

그래서 한 바탕 꽃웃음이 피었다.

"나두 한 잔 주우다."

옆에 앉은 두드라진[76) 광대뼈가 불쑥 손을 내밀었다.

"이건 또 뭐야?"

유민호는 시선을 돌리며,

"너두 삼팔따라지야?"

"삼팔따라지가 앙이믄 이런 노릇 앙이 하겠수다."

"아이구, 그러다 보니, 함경도 물장수 딸이로구나."

---

76) 두드러진

"그렇까나 미즈 쇼오바이로 나선 거 앙이요?"

"어쩨 이리 이북내기가 많아?"

"여기 또 하나 있쉐다."

광대뼈 옆에서 곱살한 얼굴 하나가 나적이를 집어 유민호의 접시에다 덜어주며 하는 소리다.

"너두 경제리 출신이가?"

경제리는 평양의 기생촌이다.

"진남포 뱃놈의 딸이웨다."

"그만 했으면 조상들이 모두 상당하다."

"아이구, 아즈반, 말씀 좀 그만두라구요. 이남 내기의 조상들은 모두 다 항랑 할아버지에 안잠자긴 줄은 왜 모릅네까?"

"아이, 어쩌면……"

서울내기인 코끼리 눈이 옆에 앉은 삼십 대의 노틀을 돌아다보며,

"언니, 정말 이북내기들 수선을 떠는 덴 골치가 아파서 못 살겠어요."

하고 응원을 청했다.

"얘, 이북내기 욕하지 말아. 무섭더라 무서워!"

일동이 하하 웃는 데 배꼽을 내놓고 멱 감던 친구가 홀랑 나서며,

"잘들 놀아 먹어다! 쾨쾨하게들 좀 그러디 말아 얘, 노린내 나구 메스꿈이 나서 골치를 앓는 건 누군데 그러니?"

"아, 하하하…… 하하하하……"

웃음의 폭발이 터지는데 유민호는 노틀을 향하여 물었다.

"할머니는 경상도 문둥이요?"

"영감, 대접에 치어 사람 다치겠군요. 수째 송장이라고 불러 주시우. 고향은 절라두 강주땅이지만 그저 충청두라고 그래 두지요."

"송장 할머니, 대꾸가 그럴 듯하오."

그래서 또 유쾌히들 웃어댔다.

이 술잔 저 술잔을 받는 동안에 유민호는 상당히 취했다. 채정주의 몸뚱어리에는 금부치가 붙었느냐고, 일단은 무시를 하여 본 유민호였지만 취기가 깊어 감에 따라 상상의 정욕은 한층 더 강렬해 갔다.

그렇다고 수두룩히 둘러앉은 여인들 가운데서 어느 얼굴 하나를 골라 볼 생각은 이상하게도 없었다.

"인제 다 나가라! 보기 싫다."

혀 꼬부라진 소리로 유민호는 호통을 했다.

"아이, 영감두…… 손님을 청해 놓고 무슨 망녕이슈?"

노틀 할머니가 있는 애교를 다 부리며 하는 말이다.

"손님?…… 그렇다. 너희들은 훌륭한 손님들이다. 자아, 어서 나가! 이북내기, 이남내기 다 필요 없다!"

거나한 얼굴로 유민호는 파리를 좇 듯이 손짓을 했다.

"아이구, 아즈반, 왜 이럽네까?"

뱃놈의 딸이 유민호의 손목을 잡고 만류하였다.

"뱃놈의 딸두 나가구 물장수 딸두 나가구…… 똥파리 쉬쉬, 모조리 나가라!"

유민호는 자꾸만 화가 났다.

"정주도 갔고 영심이도 갔다. 똥파리 쉬쉬, 모조리 가라!"

그러는데 발딱 일어선 것이 배꼽 내 놓고 먹 감던 친구가

"이거 왜 그러는 거야? 누굴 보구 똥파리 쉬쉬야?"

딱 버티고 내쏘는 소리였다.

"너 보구 그랬다. 나가라면 나가지, 무슨 잔 수작이야?"

그러면서 거나한 눈을 유민호는 들었다.

"자식 덜났다! 돈 몇 푼 가졌다고 대가리 짓이야?"

"무엇이, 이년아!"

주먹을 쥐고 일어서려는 유민호를 서울내기가 부여잡았다.

"이년아?…… 누굴 보고 하는 수작이야? 주먹만 들면

꼼쩍도[77] 못하는 너의 집 부엌 귀신더러 하는 입버릇이야. 애, 술두 낟알 물이야. 처먹을 대로 처먹었으면 가만히 돌아가 자라 애!"

"이 년 봐라?"

벌떡 일어서는데,

"아이, 글쎄 영감, 취하셨어요."

서울내기가 일어서지 못하게 유민호의 허리를 꼭 껴안았다.

"어디 일어나서 사람 좀 때려 봐라! 내 몸에 손가락 하나만 댔다간 네 모가지는 당장에 떨어진다. 뭐나 해쳐먹구 사는지 모르지만 쩡쩡 울리는 양반들이 내 뒤에는 수두룩하다[78] 애."

"허어?⋯⋯"

유민호는 저으기 감심한다는 표정으로,

"그런 훌륭한 양반들이 너를 위해서 내 목을 벤다?⋯⋯ 그처럼 한가한 양반들이야?⋯⋯ 세상 꼴 잘 돼 나간다!"

"잘 돼 나가는 꼬락서니가 보고 싶거든 네 그림자나 들여다보고 앉아 있어라 애!"

그 한 마디를 최후로 접대부들이 우루루 밀려나갔다.

---

77) 꼼짝도

78) 수두룩하다.

서울내기가 혼자 남아서,

"영감, 취해서 어떻게 돌아가세요?"

정말로 혼자서는 돌아가기가 힘든 유민호의 취한 몸뚱이었다.

"애 내버려 둬라 애, 넌 또 왜 그러니 같이 가고 싶어서 그러니?"

평양 내기가 나가면서 비꼬는 말이다.

"아이, 언니두! 딱하니까 그러는 거지, 뭐예요?"

하는 수 없이 서울내기도 물러 나왔다.

"똥파리 쉬쉬, 잘들 없어졌다!"

방 한가운데 번뜻 누워서 오랫동안 유민호는 팔짓 손짓을 하고 있었다.

유민호가 오늘밤처럼 취해 본 기억은 근래에 드물다. 영심에게 실패하고 정주를 놓친 것이 역시 마음의 타격을 주었던 모양이었다.

유민호는 벌떡 일어나서 복도로 나섰다. 변소를 향하여 비틀비틀 걸어갔다. 한참 후에 다시 변소에서 나와서 방으로 휘청휘청 돌아오는데,

"아빠!"

하고 부르며 유민호는 앞으로 마주 걸어오는 사내 아이 하나가 있었다.

"아, 인국이가 아니냐?……"

인숙이의 동생, 올해 여섯 살 먹은 인국(仁國)이가 삽살 강아지모양 유민호의 팔목에 매어 달렸다.

"엄마는?"

"저기…… 저 방에 있어."

"엄마 혼자서?……"

"아니, 아저씨 하구 같이 왔어."

"아저씨?……"

"우리 하구 같이 사는 아저씨 말이야."

"음——"

유민호의 표정이 갑자기 무서워졌다.

유민호는 인국을 데리고 자기 방으로 들어왔다. 무릎 위에 올려 앉히고 한 번 힘껏 껴안아 본 후에,

"너 더 먹으렴."

"많이 먹었어."

인국은 자기 배를 쓸어 보이며,

"인숙 누나 안 왔나?"

"안왔다. 그런데 너 어디루 이사 갔니?"

"돈암동으로 이사 갔지."

"같이 사는 아저씨 너를 귀여79)하드냐?"

"응, 무척……"

그 '무척'이라는 한 마디가 유민호에게는 도리어 불쾌했다.

인국을 그처럼 귀여워⁷⁹⁾ 한다는 인국의 엄마는 말할 필요도 없기 때문이다.

유민호는 갑자기 인국의 엄마가 보고 싶었다. 접대부들보다는 역시 인국의 엄마가 매력이 있다. 정주에게서 불태우던 상념의 불길이 그대로 고스란히 인국의 엄마로 옮아져 갔다.

"가서 엄마 좀 불러온."

"그래, 그래!"

인국은 홀랑 일어서서 복도로 뛰어나갔다. 유민호는 술을 마시며 인국 엄마가 들어오기를 초조하게 기다리고 있었다.

원체 싫어서 내보낸 인국 엄마는 아니었다. 유민호의 방탕에 인국 엄마가 제 발로 나가버린 것이다. 나간 후에도 유민호는 창신동 집을 곧잘 찾았다.

"아저씨가 가면 안 된다구, 그래서 엄마 안 온대."

한참 만에 인국이가 돌아와서 하는 말이다. 이것 저것 합쳐진 오늘 저녁의 울분이 유민호의 술 취한 감정을 야만인처럼 자극을 했다.

"자식이 뭣 때문에 큰 소리야?"

아빠의 한 마디가 무서워져서 인국은 가만히 유민호의 무릎에서 내려앉았다.

"아빠가 오라는데 아저씨가 무슨 잔소리냐고 가서 그래."

인국 엄마의 소유권이 아직도 자기에게 있는 것 같은 생각을 유민호는 법률가답지도 않게 갖고 있는 것이다.

나갔던 인국이도 돌아오지 않고 인국 엄마도 나타나지 않았다. 그러나 한참 만에 마흔 살쯤 되어 보이는 신사 한 사람이 인국의 손목을 잡고 방으로 들어섰다.

유민호보다 못지않게 불쾌한 얼굴을 신사는 하고 있었다.

"인국 엄마를 찾는 것이 노형이요?"

그 어조가 대단히 침착하다. 정능 계곡에서 석란과 더불어 포옹의 윤리를 토론하던 신사였다.

"그렇소."

까치다리를 하고 식탁 앞에 앉은 그대로의 자세로 유민호는 대답했다. 취기에 붉을 대로 붉어진 유민호의 얼굴이었으나 신사는 술 한 방울 입에 대지 않은 모양이었다.

"인국 엄마에게 할 이야기가 있다면 내가 대신 들으려

왔소."

"당신은 누구이기에 인국 엄마를 대표할 수가 있다는 말이요?"

"나는 인국 엄마의 남편 되는 사람이요."

"인국이가 분명히 내 아들이고 보면 인국 엄마의 남편이 따로 있을 수는 없을 것 같으오."

"노형이 법률가랬지요?"

"그렇소."

"악덕 법률가로군!"

"어쨌다고?……"

유민호가 벌떡 일어섰다.

"남의 아내가 되는 사람을 강탈한 당신이 도리어 나를 악덕자로 불러?"

이렇게까지 해서 인국 엄마를 소유할 생각은 꿈에도 없었던 유민호였다.

아니, 소유라기보다는 일시적인 점유욕(占有慾)이라고 유민호는 법률적인 어휘를 지금 이 순간에도 생각하고 있는 것이지만 취중에 울분까지 쌓였던 참이라 사태가 이렇듯 벌어져 놓고 보니 유민호의 총명으로서 더 움칠80)래야 움칠 도리가 없다.

"내가 노형의 아내를 강탈했어?"

신사가 어이가 없다는 듯이.

"허허…… 인국아, 네 아버지되는 양반이 이렇게도 훌륭한 분인 줄은 정말 몰랐다."

신사는 진정으로 불쌍하다는 듯이 인국이를 꼭 껴안아 주었다.

신사—— 이름은 황일봉(黃一鳳)이라고 가진, 역시 이북내기인 삼팔따라지다. 일제 말기 원산 모 여중학교 교원으로 있다가 해방을 맞이했고 해방 후에는 사상이 좋지 못하다하여 학교에서 쫓겨나와 사소한 밑천으로 제과업을 경영하고 있었다.

남한의 자유가 하도 그리워 꿈길에도 종로 네 거리에서 있는 단청(丹靑)의 종각을 여러 번 보았고 종각을 바라보면 천국에 나온 듯 가슴이 울렁거리고 숨결이 가빠지곤 했다. 그러는데 일사 후퇴가 왔다. 데리고 떠난 아내와 열 살 먹은 사내아이는 일선을 지날 때 유탄에 맞아 쓰러졌다. 시체조차 변변히 거두지 못하고 구렁지 속에다 누인 후 흙 몇 덩어리를 덮어 놓고 솔나무 가지로 무덤을 쌓았다. 장천 근방에서 생긴 일이었다.

부산 국제 시장에서 판자집 하나를 빌려 가지고 막 과자

---

80) 움츠리다의 준말

나부랭이를 만들어 파는 동안, 고향 유지들이 황씨의 인격을 존경하여 재단 법인을 만들어 순전히 피난민의 자재만을 상대로 한 야간 중학교를 용두산 기슭에다 세워 놓고 황일봉 씨를 교장으로 추대하였다. 그 야간 중학이 환도와 함께 서울로 옮겨 온 것이다.

창신동에 거주하는 학부형 하나가 인국 엄마의 고된 신세와 얌전함을 눈여겨보고 황교장의 배필로서 알선 했을 때 꿈에 그리던 자유 천지에 온 것만 해도 황송한 일인데 처자를 그 지경으로 만들어 놓고 어찌 나 혼자만의 안 일을 추구할 수 있느냐고, 제삼 거절하는 것을 유지들이 나서서 마침내 성사를 시키는 데 성공했던 것이다.

그러한 황교장이며 그렇게 해서 정식으로 황교장의 아내가 된 인국 엄마였다. 그리고 그러한 인국 엄마를 만취가 된 유민호는 탐을 내고 있는 것이다.

"당신이 인국을 그처럼 사랑하오?"

황교장이 껴안는 양을 거나한 눈초리로 바라보면서 유민호는 비웃었다.

"적어도 노형보다는 내가 인국을 사랑할 거요."

사실 황교장은 월남 도중에 한길 가에서 쓰러진 자기 아들을 생각할 때마다 인국이가 귀여워지는 것이다.

"당신의 직업이 무엇인지는 모르지만도 위선자와 같은

말은 그만 둬요."

"위선자가 아니요. 오늘이 무슨 날인지나 노형은 알고 있소?"

"오늘?…… 오늘은 나에게 있어서 만사가 다 불운(不運)한 날일 뿐이요!"

허무하게 살아진 채정주를 생각하고 배꼽을 내놓고 떡 감던 계집애를 유민호는 생각하고 있는 말이었다.

"무엇이 불운한지는 모르지만 오늘은 인국의 생일이요."

"응?…… 생일?……"

채정주의 생일만을 생각하고 있던 유민호였다.

"술이 취한 모양이니 돌아가시요. 그리고 다시는 인국 엄마를 괴롭히지 마시요."

그러면서 돌아서 나가는 황교장의 팔을 부여잡고 유민호는 휙 잡아챘다.

황교장에게 손목을 잡히웠던 인국이가 먼저 펄썩 쓰러졌다.

"남의 유부녀를 간통한 자가 도리어 설교를 해? 나쁜 놈 같으니!"

그 말에 황교장이 휙 돌아섰다. 인국이가 발딱 일어서서 복도를 뛰어나갔다.

"엄마, 엄마!"

인국은 긴 복도를 뛰어 가면서 엄마를 불렀다. 엄마가 문을 방싯하니 열고 복도를 내다보고 있었다.

"인국아, 왜 그러냐?"

"아빠하구 아저씨하구, 쌈 해!"

그러는데 멀리서 툭하는 소리가 나며 식탁이 쓰러지는 소리도 났다.

"어머나, 저 일을?……"

부인의 안색이 획 어두워지며 인국의 조그만 몸뚱어리를 오그라지도록 꼭 껴안았다.

누가 누구를 치는 소리인지 알 수가 없다. 유민호도 그렇고 황 일봉도 그렇고 둘이다 완력을 사용할 위인들은 아니었다. 그러나 그러한 위인들이 지금 완력을 사용하고 있는 것이 분명했다.

인국 엄마는 비로소 남성들의 세계를 눈앞에 보는 것 같아서 치를 부르르 떨었다. 한 사람의 여성과 두 사람의 남성—— 거기에는 이미 정글 속의 맹수들의 세계 이외에는 아무것도 존재하지 않았다. 문학적인 온갖 교양이 가치를 상실하는 순간이 그곳에는 있었다.

인국의 손목을 부여잡고 부인은 유민호의 방으로 달려갔다. 보이들도 달려갔다. 사무실에서 대기하고 있던 아까 그 아가씨들도 뛰어갔다.

"엄마, 아빠가 죽었어!"

인국이가 외쳤다.

양복저고리의 주머니 하나가 너들너들 찢어져 나간 황일봉 씨가 돌부처처럼 문 안에 우뚝 서 있었고 쓰러진 식탁 옆에 유민호가 길게 자빠져 있었다. 코피를 푸푸 뱉으며 허공을 향하여 손짓을 연방했다.

"……웅, 웅…… 어쨌든 운이 나쁜 날이라니까…… 사람에게는 운이라는 것이 확실히 있기는 있거든 유민호의 실력 부족과는 딴 문제라니까…… 웅, 웅…… 경숙이! 경숙은 어딜갔어? 내가 매 맞는 걸 보고도 가만 있어?…… 나쁜 년 같으니라구!"

아가씨들이 쿡쿡 웃었다. 완전히 정신이 몽롱해진 유민호였다.

보이들이 들어가서 종이를 뭉쳐 유민호의 코구멍을 막았다.

"아빠가 죽은 건 아니지?"

인국이가 또 엄마의 손목을 흔들면서 물어왔을 때 경숙(京淑)은 인국의 손을 놓고 보이들 뒤로 걸어 들어가는데 황교장이 조용이 막았다.

"내버려 두시요. 쓰러지면서 식탁을 떠받았을 뿐이요. 인국아, 이리 온!"

황교장은 인국과 경숙을 앞세우고 복도로 걸어 나왔다.

"오래간만에 사람의 몸에 손을 대 보았소. 서너대 얻어맞고 한 대 응수한 것이 원체 취한 몸이라, 쓰러지면서 코를 다친 모양이요. 작자가 법률가답게 내일 아침 시청호적과로 가서 우리들의 호적 관계를 조사해야겠다고요."

그러는데 또 유민호의 혀 꼬부라진 말소리가 들려 나왔다.

"……경숙이! 내 사랑 하는 경숙은 어딜 갔어? 인국아, 엄마 데려온! 그 놈이 제아무리 훌륭한 도덕가래도 소용없어! 내 품 안이 제일이야, 내 품안이…… 너는 그 놈에게 감사는 할런지 몰라도 나를 잊지는 못한다. 못해!

나가 난봉을 피운다고 홀랑 그 놈에게 옮아 앉아 봤댔자 허수아비다, 허수아비야!…… 너는 내 조강지처가 아니냐? 아무리 밉고 못나고 바람을 피우는 남편이라도…… 계집이란 처녀를 받쳤던 남편은 영영 잊지 못하는 생리 조직을 가진 동물이라는 걸 알아야만 한다. 백번 천번 시집을 가 봐도 소용없다, 소용없어! 응, 응……"

취중에도 유민호의 애욕의 철학은 뚜렷한 바가 있는 것이라고, 얄밉기 짝이 없기는 하지만 코피를 자기 손으로 닦어 주지 못하고 나온 것이 경숙의 마음에는 알끈

했다.

황교장은 자기 방으로 들어가서 모자를 쓰고 외투를 입고 나왔다. 계산을 하고 요정을 나서면서 인국의 머리를 쓸어 보며,

"자유라는 것이 좋긴 좋지요. 한길 가에서 부둥켜안고 돌아가는 패덕의 젊은이가 있는가 하면……"

정능 계곡에서의 경험을 말하고 있는 것이다.

"유민호와 같은 작자가 활개를 치며 돌아다니는 자유도 또한 있으니까요."

그러나 황교장의 이 탄식의 소리는 경숙의 귀에 그다지 신통하게는 들리지 않았다. 자기를 영영 잊지 못하리라는 유민호의 호통이 경숙에게는 좀 더 절실하게 느껴지는 것이었다. 그것이 소위 미운정인지도 몰랐다.

"허수아비…… 허수아비……"

돌아오는 길에 경숙은 쭉 그 한 마디 말을 마음속으로 되풀이하여 보며 황교장의 그 덕망 있는 모습을 때때로 쳐다보았다.

밀회[81]

　매일처럼 창경원 연못가에서 기다리고 있을 지운을 생각하면 하루하루 자기의 목숨이 줄어드는 것 같은 심신의 수척을 영심은 보는 것이다. 잠을 이루지 못하고 꼬박꼬박 영심은 밤을 새웠다. 신경은 차차 예민해지고 안색은 창백해 갔다. 바늘방석에 앉은 사람처럼 비참한 삶을 간신히 유지하였다.

　어쨌던[82] 한 번 만나는 봐야겠다고 생각은 하면서도 영심에게 있어서는 밤의 생각과 낮의 생각이 판이하게 달랐다. 아무것도 보이지 않는 캄캄한 밤에는 그처럼 순수하게 불태우던 연모의 정도 일단 아침을 맞이하여 눈부신 태양을 바라보게 되면 한낱 전설이나 신화인양 희미해진다. 그 눈부신 햇볕 속에 현실은 도사리고 있는 것이다.

---

81) 密會
82) 어쨌든

그 현실 속에 아버지 오진국 씨의 근엄한 얼굴이 있었다. 남편 허정욱의 성실한 얼굴이 있었다. 그러한 얼굴들이 영심의 순수한 연모의 정을 쇠사슬로 자꾸만 칭칭 감아 놓고 얽어 놓는다. 그 얽어매어 놓은 쇠사슬에서 영심은 몸부림을 치며 벗어나 보려고 하였다.

그 쇠사슬을 끊어 버리기에는 영심의 힘이 모자랐다. 그러다가 마침내 오정의 사이렌이 나고 한 시, 두 시, 세 시, 네 시…… 이렇게 시간이 경과하게 되면,

"아아, 오늘도 그이는 기다림에 지친 몸으로 터벅터벅 돌아가겠지!"

부엌 구석이나 이층 자기 방에서나 사람의 눈이 없는 데를 찾아다니면서 영심은 조용히 울었다.

영심은 출판기념회 때의 광경을 곧잘 생각했다. 비평가의 축사와 임지운의 답사와 그리고 남편의 감상담을 생각했다. 밤에는 주로 비평가와 지운의 논리에서 영심은 진실을 발견했고 낮에는 주로 남편의 논리에서 참됨을 발견했다.

"여주인공은 감정의 진실을 버리고 지성의 진실을 택했읍니다."

남편 허 중령의 논리의 중점은 거기 있었다. 감정의 진실만을 진실이라고 보는 소아적인 예술가들을 허 중령은

공박하고 인류와 더불어 개인을 구제할 수 있는 좀 더 커다란 지성의 진실에서 대아(大我)를 찾아야만 한다고 하였다. 자기 자신의 감정에 충실하려는 소아의 세계와 자기감정의 희생을 요청하는 대아의 세계— 이 두 개의 세계는 예술가와 경륜가(經倫家)의 사상적인 대립을 결과적으로 가져왔다. 영심은 지금 이 두 개의 세계에서 빈사의 고민을 고민하고 있었다.

임지운이나 허 중령처럼 인생관의 뿌리가 깊이 박혀져 있는 사람들에게는 이미 고민의 대상은 단지 수단과 방법뿐이었지만 그러나 오영심은 그렇지가 못했다. 서로 상극되는 이 두 개의 세계 중에서 어느 편이 그 가치 기준에서 좀 더 높은 자리에 위치하고 있어야 하는지가 절실히 알고 싶어졌다.

"죽는다는 것은 그리 힘든 일이 아니지요."

지나간 날 창경원에서, 지운이와 헤어질 때 한 영심의 말이었다. 그리고 오늘 이 경우에 있어서 자기감정에 충실할 수 있다는 것은 영심에게 있어서는 오히려 용이한 일이었다. 거기에는 실로 감미롭고도 강렬한 매력이 있기 때문이다.

"그러나 죽는 것보다도 더 힘든 일……"

거기에 허 중령의 세계가 있었고 허 중령의 세계의 발판이 되어 있는 인류 삼십 억의 대중의 지시를 받고 있는 이상향(理想鄕)이 있는 것이다.

"그이를 만나자!"

영심은 시계를 들여다보며 옷을 갈아입었다. 이것은 오영심의 낮의 생각이었다. 영심의 밤의 생각은 순전히 지운이가 그리워서 만나보고 싶어했을 따름이었지만……그것은 출판기념회가 있은 지 나흘째 잡히는 어떤 눈 내리는 날의 일이었다.

허 중령은 오늘도 국방부에 나가고 없었다.

아버지와 할머니에게는 거리에 좀 나갔다가 오겠다는 말을 남겨놓고 영심은 눈 오는 경학원 마당으로 나섰다.

영심은 다소 마음이 용기를 얻고 있었다. 이때까지는 지운이가 하도 보고 싶어서 지운과 만날 생각만 해도 그것은 불순한 밀회와 같아 세상이 갑자기 좁아지면서 아버지와 남편의 얼굴이 휘익 하고 영심의 눈앞에 확대되어 오곤 하였다. 그리고 그러한 연정만 가지고 만난다는 것은 자기들 세 사람의 운명의 관(棺)에 최후의 못질을 하는 것 같아서 무섭다기보다도 그만한 마음의 준비가 결정적으로 장만되어야만 했었다.

그러나 오늘 이처럼 지운을 만나러 나서는 행동의 추진력은 소위 불순한 밀회를 위한 데 있는 것이 아니고 인생관의 피력에 있다는 마음의 발판을 영심은 얻고 있는 것이다.

"나는 그이가 보고 싶어서 가는 것이 아니야! 내 생각을 말하러 가는 거야!"

영심은 마음속으로 그 한 마디를 자꾸만 되풀이 하며 걸었다. 전찻길에 나설 때까지는 실로 수십 번이나 되풀이하여 본 영심이었다.

"되풀이가 너무 지나치다."

영심은 후딱 자기 마음속의 비밀이 탄로 난 것처럼 얼굴을 붉혔다.

"아니야! 절대로 밀회는 아니야!"

어쨌든 자기는 지운을 만나러 가는 뚜렷한 이유가 있는 것이라고, 영심은 홱홱 두어 번 머리를 흔들었다. 흔드는 퍼어머에서 쌓였던 눈이 사방으로 흩어졌다.

"─스케트 합니다─"

창경원밖 기둥에 먹 글씨가 붙어 있는 것을 보고야 비로소 자기가 꿈길에서만 생각하던 대담한 행동을 취하고 있었다는 자각이 명백히 왔다.

표를 사는데 정오의 사이렌이 뚜우 하고 부렀다.[83] 눈

---

83) 불었다.

을 털면서 영심은 안으로 들어섰다. 중학생 서너 명이 스케트를 들고 영심의 앞을 우쭐대며 걸어가고 있었다.

두 치는 넉넉히 쌓인 눈길을 영심의 연못을 향하여 조용히 걸어 들어갔다.

죄 의식을 분명히 느꼈으나 얼마 전처럼 그것을 중대히 취급하기를 영심은 거부했다. 용건이 있어서 찾아 온 자기였기에… 바람은 없다. 소복소복 내리는 눈발 속에서 학생들은 까마귀 떼처럼 미친 짓을 하고 있었다.

벚나무 밑 벤치는 비어 있었다. 그리고 걸어가서 한참 동안 두리번거렸으나 지운은 보이지 않았다. 못가에 우두커니 서서 또 한참 기다리고 있었는데,

"이, 영심 씨!"

등 뒤에서 지운이가 나타났다. 지금 막 들어오는 길이었다.

"와 주셔서…… 감사합니다!"

어린애처럼 지운은 기뻐했다. 모자는 없이 외투 깃을 지운은 세우고 있었다.

"여러 날…… 여러 날 기다리셨지요?"

그처럼 창백하던 영심의 얼굴이 확 붉어지며 시선이 툭 떨어졌다.

"네…… 그렇지만 언젠가 한번은 꼭 와 주실줄로 믿

고…… 저어, 어디 좀 앉으실 데가 있으면 좋겠는데요.”

겨울철이라서 원내의 매점은 모두 폐쇄되어 있었다.

“괜찮아요. 눈이…… 눈이 와서 오히려 좋아요.”

눈을 좋아 하는 마음은 지운에게도 있었다.

“그럼 저리…… 좀 걸어 보실까요?”

하얗게 눈을 인 머리를 지운은 손으로 쓰러 올렸다.

“네―”

둘이는 눈을 맞으며 유원지 옆길로 나란히 걸어갔다.

“제 책 읽어 보셨읍니까?”

“네―”

그리고는 뚝 대화가 끊어진 채 식물원을 바라보며 묵묵히 둘이는 걸어갔다.

구분을 읽고 하므륵 하니 하늘과 땅은 뭉그러져 있었다. 소녀 시절에 본 어느 북구(北歐)의 그림엽서를 영심은 문득 생각했다. 그 옆에서도 하얗게 눈을 이고 걸어가는 젊은 농부 부부가 있었다.

“상아(象牙)의 주렴(珠簾)!”

그런 표현 하나가 영심에게 왔다. 그 겹겹이 쌓인 흰 구슬발을 헤치며 둘이는 말없이 걸었다.

영심은 지운을 쳐다보았다. 지운도 영심을 바라보았다. 줄기를 이루운 눈송이가 얼굴에 내려앉기가 바쁘게 녹아

버린다. 지운은 웃었다. 영심도 따라서 조용히 웃었다.

조화를 이루운 두 개의 감정이 그 조용한 웃음 속에서 완전히 용해되고 있었다. 온갖 질곡과 기반을 망각한 순간이 두 사람에게 온 것이다.

"얼굴이 젖었읍니다. 이걸루…… 이걸루 씻으세요."

지운은 그러면서 외투 주머니에 손을 쑥 쓸어넣었다가 다시 뺐다. 다시 뺀 손길에서 희고 푸른 손수건 두개가 잡히어 나왔다.

"아, 이건……"

하나는 흰 수건이었고 하나는 한 쪽이 타다 남은 푸른 손수건이었다. 지운은 부드럽게 웃으며 푸른 손수건을 집어 다시 주머니에 넣어 두려는데 영심의 손길이 백어 (白魚)의 연동(●動)[84]을 지니고 조용히 뻗어 왔다.

"잠깐만 빌려 주세요."

푸른 손수건을 영심은 집어 들고 펼쳐 보았다. 타다 남은 언저리가 지도의 구획선처럼 불규칙했다. 손때가 까맣게 묻어 있었다. 영심의 호흡이 가빠지며, 그 가빠지는 호흡을 감추려는 것처럼 손수건으로 얼굴을 덮어 물기를 꼭꼭 찍어 냈다.

---

84) 蠕動

"제가 빨아다 드렸으면 좋겠지만……"

그러나 그러려면 다시 만나야 할 것이 무서워서 영심은 손수건을 접어서 도로 내주었다.

"아닙니다. 일부러 빨지 않고 그대로 둔 것입니다."

"그러세요?"

"빨면…… 빨면 그 소녀의 향기가 없어질 테니까요."

영심은 말없이 웃었다. 지운도 웃었다. 둘이는 또 묵묵히 눈 속을 걸었다.

"제 짧은 경험으로 볼 때, 연심(戀心)은 동심(童心)이라고 생각했읍니다."

"알아들을 것 같아요."

"제 나이가 벌써 삼십의 고개를 넘었는데…… 영심 씨를 생각할 때는 꼭 철부지 어린애가 되어 버리지요. 모든 것이 아름답고 모든 것이 신비롭고…… 그 아름다움과 신비로움 속에서 애정의 샘물은 끊임없이 흘렀지요."

자기가 할 말을 지운이가 대변해 주고 있는 것이라고 영심은 그저 표현을 잃은 절실한 동감 속에서 우수수 몸서리만 치고 있었다.

"'愛人[애인]'을 읽고 저는 무척 울었어요."

"고맙습니다, 영심 씨!"

"제 마음과 너무도 꼭 같아서요."

식물원 앞까지 둘이는 왔다. 유리가 조각조각 깨져나간 식물원 안이 도깨비당처럼 어수선하다.

여기까지 오는 동안 영심은 허 중령을 한두 번 생각했으나 영심의 이 절실한 감정이 허 중령의 존재를 오랫동안 영심의 기억 속에 남겨 두지를 않았다.

"눈이 참 잘 오지요?"

영심의 이 한 마디는 결코 자연의 어여쁨만을 칭송하는 말이 아니었다. 겹겹이 쌓인 이 구슬발의 두꺼운 장막이 밤에 있어서 의 암흑의 그것처럼 영심의 감정을 순수하게 길러 주고 있었기 때문이다.

외계(外界)와 완전히 절연을 시켜 주고 있는 이 눈의 장막 속에서 영심은 현실 도피를 원하고 있는지도 몰랐다.

"참 잘 오는군요. 영심 씨는 눈을 좋아하십니까?"

"네, 무척…… 지운 씨는?"

"저도 무척……"

둘이는 후딱 걸음을 멈추고 마주 쳐다보며 또 웃었다.

"제가 생각하던 영심 씨와 조금도 다름없는 영심 씨예요."

"지운 씨도 역시 조금도 다름없는……"

비로소 영심은 대담하게 시선을 들어 지운의 모습을 정면으로 빤히 쳐다보았다.

소리 없이 눈은 소복소복 그냥 내리기만 했다.

눈의 장막 속에서 둘이는 한참 마주 서 있었다. 외계와는 완전히 인연을 끊어 버린 아득한 장막 속이었다. 두 사람의 머리에도 어깨에도 눈은 담뿍담뿍 쌓이어 있었다.

말의 기능을 잃어버린 사람 모양 두 쌍의 동공이 쳐다보고 내려다보는 그대로의 자세를 오랫동안 유지하고 있었다.

식물원 앞마당에서의 일이었다.

지운은 그때 인간적인, 너무나 인간적인 위기 같은 것을 후딱 전신에 느끼고 당황한 정으로 시선을 휙 돌리며,

"저리로 가서 좀 앉을까요?"

했다.

"네―"

지운의 그 당황한 표정이 무엇을 의미하는지를 깨닫지 못한 채 영심은 지운의 뒤를 조용히 따라갔다.

비원 담장 밑에 커다란 노가지 나무 한 그루가 쓰러져 있었다. 성큼성큼 지운은 걸어가서 눈을 털고 둘이가 앉을 만한 자리를 쓰러진 나무 위에 장만했다.

지운과 영심은 나란히 걸터앉았다. 말은 여전히 없었다. 할 말 또한 없다.

자기네의 심경을 표현하기에는 어휘의 부족이 왔다. 차라리 입을 다물고 그윽한 심경 속에 고요히 잠겨 있음만

같지 못했다. 둘이가 다 서로의 존재를 자기 옆에 느끼는 것으로 행복했다.

"영심 씨는 내 신앙의 대상이었읍니다."

지운이가 이 한 마디를 꺼낸 데는 이유가 있었다.

"나는 신도는 아닙니다만 지금까지 쭉 영심 씨는 하나의 신앙의 대상으로서 내 마음속에 살아 있었답니다."

"그런 종류의 마음의 초록별은 제게도 있었읍니다."

"사랑은 신앙이라고 생각했읍니다."

"그런 생각은 저도 절실히 해 보았어요."

"지난 오랜 시일에 걸친 나의 절실한 기원 하나가 있었읍니다."

"……?"

영심은 가만히 귀를 기울이었다.

"그것은 영심 씨 앞에 경건한 마음으로 무릎을 꿇고 영심 씨의 옷깃에 입술을 데 보고 싶은 성스러운 욕구였읍니다."

"아아-."

영심은 불현 듯 시선을 들며 가느다란 신음을 했다.

"그러나 이처럼 몇 차례 만나 뵈는 동안에 신앙의 대상으로만 영심 씨를 생각하기에는 제가 지니고 있는 종교적 감정의 부족을 느꼈읍니다."

조금 전에 느낀 인간적인 위기를 지운은 말하고 있는 것이다. 그리고 정도의 차이는 있을망정 영심 역시 그것을 확실히 느끼고 있으면서도,

"싸워 주셔야겠어요."

했다.

"자신이 없습니다."

"자신을 가져 주셔야지요. 저도 싸우고 있는 것이니까요."

　있는 것과 있어야 하는 문제가 비로소 충돌을 가져왔다.

"사랑을 신앙에까지 이끌어 올릴 자신도 없거니와 또한 싸워야만 할 이유조차 나는 모르고 있습니다."

"불행한 말씀이라고 생각합니다."

"행복과 불행의 기준을 말씀해 주십시요."

　오뇌에 서린 얼굴을 지운은 들었다.

"지난 십 년 동안 신앙의 대상이 되었던 영심 씨가 결혼을 하는 사실을 나는 보았습니다. 그것을 보고 나서부터는 신앙의 대상만으로서 영심 씨를 생각하기에는 제가 지닌 지성의 까다로움이 머리를 들었읍니다. 영심 씨가 결혼만 하지 않았던들 혹시 제 애정은 신앙을 의미했을런지 몰랐지요."

　영심은 오랫동안 잠자코 있었다. 털어놓고 보면 지운의

말대로 신앙으로서의 사랑을 유지하기에는 너무나 인간적인 오예(汚穢)를 지닌 몸이었다.

"제가 오늘 이처럼 지운 씨를 만나 뵈러 온 것은……"

인간적인 애정의 경사(傾斜)를 영심은 호되게 채찍질하며,

"……사람의 눈을 속이는 무슨 불순한 동기에서 온 것은 아니예요."

지운은 안색을 가다듬었다. 그 불순한 동기에서 와 주기를 지운은 바랬기 때문이다. 다만 그것을 불순하다고 생각하기를 지운은 거부했을 따름이다.

"그 점 지운 씨가 저를 오해 하신다면 슬퍼요."

그러한 대의명분을 내세우지 않고는 영심은 이 자리에 그냥 앉아 배길 수가 도저히 없다.

"어쨌든 와 주신 것만이 제게는 고맙지요. 저는 이처럼 영심 씨 옆에 앉아 있기만 하면 행복하니까요."

영심은 괴롭다. 가만히 눈을 감고 자기의 갈 바를 하늘에 조용히 빌었다.

"저희들의 갈 길은 두 길밖에 없다고 저는 생각하고 왔어요. 될 수만 있으면 그 두 길 중에의 하나를 취해 주십사고…… 그래서 온 거예요."

눈을 그냥 감은 채였다.

"영심 씨는 지금 거짓말을 하고 있읍니다. 영심 씨는 저를 만나보고 싶어서 오신 것입니다. 제가 영심 씨를 만나보고 싶어하는 심정과 꼭 같은 심정에서 와 주신 겁니다. 인간 위에 만일 신이 계시다면 나는 온갖 성실과 진실을 가지고 이 한 마디를 신 앞에 고발할 용기가 있읍니다! 영심 씨 제발 진실을 말해 주시요!"

"아아, 지운 씨는 지운 씨는 무슨 그런 불순한 말씀을……"

영심은 감았던 눈을 후딱 뜨며,

"저는 인제 가야겠어요! 지운 씨가 그렇게 오해를 하신다면 저는…… 저는 이 이상 더 이 자리에 머물러 있을 수가 없어요. 그것은 정말 좋지 못한 생각이예요."

"아, 벌써 가시면 안됩니다. 조금만 더 이야기를 하시다 가셔요! 오해입니다! 제가 분명 오해를 한 것 같습니다."

지운은 애원을 하며 영심을 막았다.

"어서 그 두 길이 무엇인지, 제게 아르켜 주십시요."

영심은 다소 침착해지며,

"진실의 불행을 지운 씨는 조금도 생각해 주시지 않고 진실의 가치만을 높이 평가하는 것이 슬퍼요."

"영심 씨! 너무 슬퍼하지 마시요. 영심 씨가 슬프면 저도 슬프지요. 영심 씨는 제 몸과 마음의 연장이니까요."

지운의 목소리가 영심의 귓전에서 갑자기 울먹울먹했다. 그러나 영심은 다시금 눈을 꼭 감고 그 편을 돌아다보지 않았다. 임지운은 영심에게 있어서도 영육(靈肉)의 연장을 의미하고 있었다.

"저희들이 걸어야 할 두 가지 길……"

영심의 음성도 차차 젖어가고 있었다.

"신앙의 대상이 되기에는 제 몸과 마음은 이미 탁해 있지만…… 그렇지만 서로가 다 마음을 깨끗이 닦아서 그 길을 밟음으로서 저희들의 앞길을 개척할 수밖에 없다는 것이 제 생각의 하나지요."

지운은 무서운 얼굴을 하고 묵묵히 영심의 옆얼굴을 물끄러미 바라만 보았다.

"지운 씨가 그래만 주신다면 오늘부터라도 저는 신앙생활로 들어가겠어요. 교인이 아니라도 신앙심만 있으면 된다지만…… 역시 하나의 형식 문제가 인간의 감정에 존엄성을 부여할 테니까요. 본질적으로는 그러한 형식이 필요 없겠지만……"

"형식의 속박을 필요로 해야만 하는 영심 씨의 신앙심을 나는 대단히 위태롭다고 보지요. 관념적으로는 사랑의 신앙을 말하고 있지만…… 그러나 그러한 속박 없이는 영심 씨의 감정을 유지해 나가지 못한다는 증거니까요.

그것은 동시에 영심 씨에 대한 제 감정을 거기까지 이끌어 갈 자신이 없다는 제 말을 그대로 승인하는 증거이기도 하지요. 내가 자신이 없는 것처럼 영심 씨도 자신이 없는 것입니다. 그것을 종교라는 형식으로서 속박을 해 보았댔자 저희들의 애정이 하나의 성애(聖愛)로서 변질하지는 않을 것이니까요."

"그러니까 노력하자는 것이지요. 처음에는 저희들의 감정이 갑자기 변질하지는 못하겠지만 오랜 시일을 두고 반복되는 엄숙한 형식은 인간 심리에 신비로운 감정을 줄 것만 같아요. 꼭같은 것의 수없는 반복─그것은 처음에는 일종의 속박을 의미하는 것으로서 고통을 줄런지 모르지요. 그렇지만 이윽고 그것이 고통으로서 느껴지지 않고 즐거움으로서 받아들일 수 있는 경지에 도달할 것만 같아요. 그리고 그 즐거움의 경지는 꼭같은 것의 수없는 반복에서 생긴 선물이라고 생각하지요. 형식이 없는 신앙심도 물론 있을 수는 있지만 그것은 결국 부동적(浮動的)인 인간성의 약점을 드러낼 거라고, 그래서 역시 형식이 필요하다고…… 이건 집의 아버지께서 항상 말씀하시는 수도(修道)의 교훈이었지요."

말은 조용했지만 영심의 마음은 울고 있었다. 자꾸만 쓰러지려는 마음의 자세를 영심은 가까스로 붙들며,

"아버지는 바둑을 두실 때, 방을 깨끗이 치우고 바둑판 앞에 꿇어앉지요. 그러한 기도 정신과 꼭같은 것이 종교의 정신이라고요."

"자신은 없지만…… 영심 씨가 진정으로 그렇게 하기를 원 하신다면…… 그런데 다른 또 하나의 길은 무엇입니까? 그것을 제게 알으켜주십시요!"

"또 하나의 길 ― 그것은 허 중령의 길이예요. 대아(大我)의 정신을 가져주시는 거예요. 사람의 눈이 무서워서가 아니고…… 윤리의 속박을 의미하는 것이 아니고…… 인류를 소아(小我)의 연장이라고 생각해 주시는 거예요."

지금까지 영심은 그 누구와 더불어 인생을 말하고 이상을 말하고 문학을 말하고 진실을 말해본 경험이 통 없었다. 허 중령도 그렇고 유민호도 그렇고 영심의 세계와는 동떨어져 있기 때문이었다. 있다면 오직 한 분 아버지가 계셨지만 아버지의 인생철학은 이미 굳을 대로 굳어져 있기 때문에 영심의 그것처럼 탄력성을 지니고 있지 못했다. 진실보다도 대의명분에서 아버지는 사셨다.

그러한 영심이가 오늘 비로소 이야기의 상대자를 발견한 것이다. 그것만으로도 오영심의 생활 내용은 풍부해진 셈이었다.

그렇건만 영심은 무한히 슬프고 안타깝고 괴롭기만 하

다. 이야기의 상대자로서 임지운을 발견한 것은 천행에 가까운 일이기는 하지만, 하고 싶은 이야기를 다 하지 못하고 이야기를 골라 가면서 해야만 하는 오늘의 운명이 그지없이 서글퍼지는 것이다.

"개체는 죽어 없어지지만 인류는 영원히 살아있지요. 다른 사람 속에서 자기를 발견하는 사고 방법을 가져 주셔야겠어요. 모든 생활체에는 개체의 보존과 종족(種族)의 보존을 사명으로 하는 두개의 욕망이 있다고요. 개체는 멸해도 종족은 보존되지요. 이러한 생물학적인 사고 방법을 우리는 철학적인 의미에서 가져야 하겠어요. 이 세상에서 가장 위대한 사랑은 대아를 위하여 소아를 희생하는 정신이래야만 할 거예요. 그리스도의 사랑을 생각해 주세요. 석가모니의 사랑을 생각해 주세요. 잔다르크의 사랑을 생각해 주세요. 헤엄도 칠 줄 모르는 어머니가 아들을 구하려고 물로 뛰어 들어가는 사랑을 생각해 주세요. 민족을 위하고 국가를 위하여 피를 흘리는 병사들의 사랑을 생각해 주세요."

영심은 울고 있었다.

"자기 이외의 그 누구를 위해서 희생하는 사랑이야 말로 참 되고 위대한 사랑이지요. 지운 씨가 만일 저를 참되게 생각해 주신다면 지운 씨의 소아를 버려주세요. 그것은 결코 속되 도덕률의 지배가 아니고 자아 확장(自我擴張)을 의미하는 인격 완성의 길이라고…… 이것은 임 교수의 철학적 이론이랍니다."

영심은 손수건으로 눈물을 씻었다. 지운도 울고 있었다. 신앙을 말하고 대아를 논하여 두 사람의 운명을 개척해 보려는 영심의 그 극심한 노력이 지운은 눈물겨워 견딜 수가 없었다.

"영심 씨의 이야기는 잘 알았읍니다. 실은 나 역시 그것을 곰곰히 생각해 보았지요. 두 분의 행복을 고요히 빌면서 살아 나갈 수 있는 삶을 살아 보려고 무한히 노력했읍니다. 그렇지만 내 인격이 모자라서 그런지는 모르지만 아무리 그래 보려고 애를 써도 되지가 않는 걸 어떻겝니까? 자꾸만 영심 씨 옆에 있고 싶고 자꾸만 영심 씨와 이야기 하고 싶고 영심 씨가 내 우주고 영심 씨가 내 생명이고 영심 씨 손가락에서 피가 흐르면 내 손가락이 아플 것만 같아요."

"아아……"

영심은 두 손으로 얼굴을 탁 가리우며,

"제가 할 말을 지운 씨는 혼자서만 자꾸 하시는 것이 슬퍼요. 나이는 제가 분명 아래인데 제 입으로 어른다운 이야기만 해야 하는 것이 슬퍼요. 지운 씨!"

얼굴을 들고 영심은 지운을 쳐다보았다.

"지운 씨도 어른이 되어 주세요. 저도 이처럼 어른이 되었는데……"

"되지요, 되요! 영심 씨가 되라면 무엇인들 못되겠어요. 어른도 되고…… 베드로도 되고…… 석가모니도 되고…… 공자님도 되지요, 되지요!"

지운은 돌연 영심의 손길 하나를 부여잡고 머리를 푹 수그리며 손등에 이마를 가만히 갖다 댔다. 눈물이 철철 손등을 적시었다.

"아아, 지운 씨는……"

영심은 가느다랗게 외치며 남은 한 손으로 자기의 얼굴을 탁 가리워 버렸다.

그 해군복의 소녀만 만나면 그 발 밑에 경건한 마음으로 꿇어앉아서 그 성스러운 옷깃에 입술을 대 보겠움치다다 던 지운의 절실하던 기원이 마침내 이루어진 것이다. 꿇어앉는 대신에 나란히 걸터앉았고 옷깃 대신에 손길을 붙잡았고 입술 대신에 이마를 가만히 손등에 갖다 댔다. 그리고는 울었다.

"영심 씨는 제게 있어서 성녀 마리아였읍니다."

그러한 성스럽고 신비로운 감정이 확실히 왔다. 사랑은 신앙 같았다. 모든 것을 주고 싶었다. 목숨도 주고 싶었다. 자기가 지니고 있는 가치 있는 온갖 것을 흠연히 주고 싶었다. 하물며 그러한 성스러운 영심의 욕구하는 바를 왜 들어 주지 못하겠느냐고, 지운은 어른도 되고 싶고 공자님도 되고 싶었다.

그러나 자기의 말과 관념대로 영심을 끝끝내 성녀로서 대하기에는 지운이가 지닌 현대식 감각과 의식의 항거가 왔다. 영심의 부드러운 성스러운 신비와 함께 감각의 신비를 거스름 없이 느꼈다. 그 성스러운 신비는 지운에게 인간적인 애정의 의의(意義)를 속삭여 주는 것 같았다.

그리고 그것은 각기 성질을 달리하는 상극적인 신비감이었다. 끝끝내 성스러울 수 있을 것 같으면서도 끝끝내 성스러울 수 없는 두 개의 대결을 의미하고 있었다. 신앙이 되기에는 영심의 손길이 너무나 감각적인 아름다움을 지운에게 주고 있었다. 손길과 손길 사이에 피의 순환을 지운은 느꼈다. 이 피의 순환과 아울러 감각의 아름다움을 지운의 편에서 느끼고 있는 한, 영심은 결국 지운에게 있어서 성녀는 될 수 없는 것이다.

영심의 손길을 잡고 지운은 오랫동안 이마를 대고 있었다. 사모한다는 것은 접근을 의미하는 것일까? 접근은 소유의 직전을 의미한다. 그렇다면 사랑은 소유를 의미하는 것인가? 주는 것이 사랑이라고 말한 사람도 있다. 그러나 소유할 것을 목적으로 하는 의식에서 주는 것이 아닐까? 그리스도의 사랑도 석가모니의 사랑도 잔다르크의 사랑도 인류의 복지와 사해(四海)의 평화와 조국의 수호에서 오는 행복감을 소유하려는 목적의식에서 주어진 사랑이 아닐 것인가! 다만 그것이 소아의 소유를 초극한 대아의 소유정신에서 출발했기 때문에 위대한 사랑이 되었을 뿐, 사랑의 본질에는 다름이 없을 것이라고, 지운은 소유가 사랑의 유일한 속성(屬性)으로 생각하는데 털끝만한 위구심도 품지 않았다.

"영심 씨가 참으로 원한다면 나는 무엇이든지 하겠읍니다."

이것은 절실한 지운의 심정이었다. 조그마한 감정의 허위도 없다. 그러나 일견 주는 것 같은 이 사랑의 말 속에는 그것을 의식하건 의식하지 못하건 간에 하나의 목적의식이 확실히 숨어 있는 것이다.

그것은 영심의 육체적 소유를 의미해도 좋았고 정신적인 소유를 의미해도 좋았다. 어쨌든 그렇게 함으로써 임지운은 오영심에게 행복감을 소유할 수가 있었기 때문이다.

소유의 관념이 없는 곳에 애착은 있을 수 없다. 애착이 없는 곳에 애정의 발아(發芽)도 또한 있을 수 없다.

"정말로 그렇다면 지운 씨, 다시는 저를 만나려고 생각하지 마세요. 그것이 제 소원이에요."

한 손으로 얼굴을 가리고 영심은 자꾸만 운다.

"아닙니다! 그것은 거짓 소원입니다! 영심 씨가 지금 그처럼 슬피 울고 있는 것은 저와 만나고 싶어하는 충분한 증거가 아닙니까? 그것이 마음대로 되지 않아서 우는 것이지요."

"아아, 지운 씨는 어린애 같은 말을……"

어린애가 되어서는 아니 된다는 영심 자신이 철부지 어린애가 되어 버리는 순간이 마침내 왔다.

얼굴을 가리웠던 한편 쪽 손길이 지남철에 끌리는 쇠붙이 모양 저절로 뻗어가며 자기 손등에 이마를 대고 있는 지운의 머리에서 한 무더기 쌓인 눈을 조용히 털어주었다. 쓰다듬어 주기도 했다. 허세는 갔다. 어른도 없고 신앙도 없다.

허세는 갔다. 질곡도 갔다. 있는 것은 다만 하나의 인간적인 절절한 접근에의 욕구였다. 인자스러운 어머니는 귀여운 어린애의 머리를 곧잘 쓰다듬어 준다. 그러한 감정이 영심에게 절실히 온 것이다. 자못 그 어린애가 삼십대의 이성이었을 따름이었다.

"인제 그만 우세요."

자기도 울면서 하는 영심의 말이었다. 지운은 손길을 놓고 얼굴을 들었다.

눈은 그냥 내리고 있었다. 눈물인지 눈(雪[설])물인지, 둘이의 얼굴은 흠빡85) 젖어 있었다. 영심의 얼굴에서 화장이 죄 벗겨졌다.

영심은 손수건으로 얼굴의 지분을 닦아냈다. 핏기 없는 흰 피부가 알은알은86) 들여다보일 것 같다.

"어떻거면 좋습니까?"

연못가를 향하여 걸어 내려가면서 지운은 물었다.

"어떻거면 좋다고…… 그건 제가 다 말씀 드렸는데……"

외투 밑으로 드러난 영심의 자주 치마가 흠빡 젖어 있었다.

스케트를 타던 학생들이 하나 둘 사라졌다. 예상 밖으로 눈이 내려 지칠 수가 없다.

"그렇지만 대아적 정신이라든가 신앙생활이라든가…… 그렇게 함으로써 영심 씨를 단념할 자신은 정말 제게는 없습니다."

"단념이라고 생각하시는 것이 아니고…… 그렇게 하는 것이 애정의 자세라고 생각하셔야지요."

---

85) 흠뻑
86) 아른아른

"그것을 애정의 자세라고 생각하기에는 제 소피즘(詭辯學[궤변학])의 부족을 느끼지요. 그것은 애정의 소유가 불가능한 경우에 취해지는 현실 도피일 따름이니까요. 영심 씨는 저더러 그리스도나 석가모니 잔다르크의 위대한 사회애(社會愛)를 생각하라고 하셨지만, 그리고 그것은 인류나 민족이라는 하나의 커다란 덩어리인 매스(集團[집단])를 대상으로 하고 있기 때문에 대아의 정신을 발휘할 수도 있겠지만요. 그러나 남녀의 애정의 대상은 오직 한 사람의 육체와 영혼입니다. 그 단 하나의 영육을 소유하느냐 못하느냐에 문제는 국한되어 있지요. 연애에 있어서의 대아의 정신이란 있을 수조차 없는 일이지만 설사 그런 것이 있다고 하여도 그것은 오로지 단념의 자세일 뿐입니다. 그것을 도리어 훌륭한 사랑이라고 말하는 것은 오직 소피스트들뿐이지요. 그렇게 해서 인간 생활의 갈등을 방지하고 사회의 질서를 유지하는 경륜가의 설교일 따름입니다."

영심은 긴 한숨을 내쉬었다.

"그럼 어떻게 해야만 좋을까요? 죽음의 길 밖에 더 있겠어요?⋯⋯"

영심은 진정으로 죽고 싶었다. 죽어 버리면 만사가 다 해결되는 것이다.

"죽는다는 것은 쉬운 일이라고 영심 씨는 말했읍니다. 죽음보다 힘든 일이지만 우리는… 우리는 그것을 해야만 하지요!"

"그것이…… 그것이 무엇인가요?"

"오직 진실을 위하여 용감히 걸어 나가는 길입니다!"

"진실…… 진실……"

잠고대처럼 영심은 중얼거렸다.

"진실이란 무엇인가요?"

걸음을 멈추고 영심은 빤히 지운을 쳐다보며 또 한숨을 지었다.

"영심 씨의 그 한숨 소리입니다!"

"…………?"

"영심 씨의 눈물입니다."

"…………?"

"영심 씨의 그 지극한 오뇌의 얼굴이 바로 진실 그 자체입니다!"

"아아, 저는…… 저는……"

영심은 다시 걸음을 옮기며,

"저는…… 저는……"

"용기를 내십시다! 진실 앞에는 아무 것도 없읍니다. 있다면 그것은 군더더기요, 장식이요, 부대물로서의 존재

가치밖에 없읍니다! 영심 씨에게 있어서는 그것은 죽음보다 더 힘든 일이겠지만…… 사랑은 죽음보다 더 세야만 하지오!"

못을 지나 정문을 멀리 바라보는 지점까지 둘이는 왔다.

"인제…… 저는 가야겠어요!"

"영심 씨, 내일 한 번 더 와 주세요!"

"안되겠어요. 오늘과 똑같은 이야기의 되풀이겠지요."

"그 똑같은 이야기를 되풀이하는 것만도 저는 행복합니다! 내일만…… 내일 하루만 그리고는 영영 만나지 않겠어요!"

"내일이 되면 또 내일이 오지요."

"아닙니다! 신명께 맹세를 하겠읍니다. 내일 하루만…… 올오늘, 저는 열심히 도를 닦고 수양을 쌓아 가지고 오겠읍니다. 그래서 영심 씨가 되라는 성인군자가 되어 가지고 오겠읍니다!"

고뇌에 찬 미소 하나를 영심은 쓸쓸히 웃으며,

"정말 내일 하루만이예요! 그리고 정말로 어른이 돼 주세요!"

"되구 말구요! 되겠읍니다!"

정문을 향하여 둘이는 묵묵히 걸어 나갔다.

이별의 곡[87]

영심은 집으로 돌아오자 옷을 아갈 입을 생각도 없이 외투만 벗어 걸고는 이층 자기 방으로 올라가자 책상머리에 탁 엎드려 버리고 말았다. 그리고는 소리를 내어 오랫동안 흐느껴 울고 있었다.

하고 싶은 말은 한 마디도 못하고 온 자신이 자꾸만 서글퍼졌다. 자기는 왜 어른다운 이야기만 그처럼 기를 쓰고 늘어놓고 왔느냐고, 그 마음의 초록별이 자기에게 있어서 어떠한 존재였더냐고, 잔인하리만큼 표독한 자기의 그 가지가지의 말들이 그지없이 얄밉고 한없이 영심은 원망스러웠다.

"대아가 뭐냐! 신앙생활이 뭐냐?"

있는 것은 오직 그리움뿐이었다. 별도 좋고 태양도 좋

---

87) 離別의 曲

고 꽃도 좋다. 그 별과 그 태양과 그 꽃이 내게 좋아야만 나도 좋은 것이다.

"아아, 어린애의 철부지를 지닌 그 눈물겨운 애정의 말들……"

자기 옆에 그저 앉아만 있으면 무한히 행복하다는 지운의 그 어리디 어린 말들이 영심의 영혼을 무섭게 흔들기 시작하였다.

"나는 영원히 내가 하고 싶은 말들을 그의 앞에서 할 수 없는 불구자가 되려는가?"

그리움과 안타까움이 영심의 심신을 폭풍처럼 습격해 왔다.

"별이어, 대답하소! 태양이여, 대답하소!"

그러나 하늘과 땅은 아무런 계시도 보여주지 않았다. 그것이 하늘의 오직 하나인 사연인양 눈만 자꾸 내려 퍼붓고 있었다.

"저처럼 무심한 하늘도 뜻만 있으면……"

그 눈의 한 송이가 땅을 그리워하는 하늘의 사람의 편지와도 같다고, 영원히 자기 가슴속에 파묻어 두어야만 하는 가지가지의 말들이 이윽고 검푸르게 이끼가 끼고 녹이 쓸 것이 무한히 슬펐다.

"지운, 지운, 임지운……"

마음속으로 지운의 이름을 애달프게 부르고 있는데 아 랫층으로부터 아버지의 목소리가 굴러 올라 왔다.

"영심아."

"네?"

영심은 후딱 눈물어린 얼굴을 들었다.

"너 무엇하니?"

"아, 아무것도 안해요."

"그럼 내려와서 바둑이나 한 판 두어볼까?"

바둑을 둘 겨를이 어디 있느냐고 아버지의 그 무심한 생념이 다소 한스럽기는 하였으나 얼마나 갑갑했으면 하 는 생각이 문득 들어,

"네. 인제 옷 갈아입고 곧 내려가겠어요. 조금만 기다려 주세요."

옷을 갈아입고 얼굴을 고치고 아버지 방으로 내려갔다. 아버지는 벌써 바둑판을 깨끗이 닦아놓고 단정히 앉아서 기다리고 있었다.

"영심 선생이 요지음[88] 수가 좀 약해진 것 같던데…… 여섯 목만 놓아 보는 것이 어떻소?"

"다섯 목만 놓겠습니다."

---

88) 요즈음

네 목을 놓던 영심이었다. 그 영심이가 결혼식을 지나고 나서부터는 수가 판연히 약해졌다. 그 원인을 오진국 씨는 결혼 생활에 있다고 보는 것이었다.

바둑을 두는 동안 영심은 애써 얼굴을 폈으나 마음의 오뇌를 숨길 수가 도저히 없다. 때때로 시선을 들어 아버지의 그 근엄한 얼굴을 죄인처럼 후딱 쳐다보곤 하였다. 삼강오륜(三綱五倫)의 가르침과 부창부수(夫唱婦隨)에 일부종사(一夫從事)의 길을 영심은 이 아버지에게 배우고 자랐다. 그러한 영심이가 오늘 아버지와 남편의 눈을 속이고 남편 아닌 딴 사나이에게 손길을 잡히었을 뿐 아니라 순전히 자기 자신의 의사로 그 사나이의 머리를 쓰다듬어 주었다. 그것은 이미 간부와 간부의 밀회를 의미하는 간음의 행동 이외의 아무것도 아니다.

영심의 바둑은 자꾸만 어지러워졌다. 뜻하지 않은 실패를 영심은 되풀이하고 있었다.

"난심(亂心)은 필패(必敗)라고 했소. 영심 선생 오늘은 다소 마음이 거치른[89] 모양인데 어떻게 된 노릇인가요?"

오진국 씨는 그러면서 영심을 바라보았다. 영심은 당황히 마음을 가다듬으며,

---

89) 거칠은

"역발산(力拔山) 기개세(氣蓋世)하던 항우장사 초패왕도 운이 없으면 패어오강(敗於烏江)이라고, 인간의 운명을 소중히 할 것을 가르치신 것은 어느 분이신데요?"

기를 쓰고 하는 영심의 대꾸였다.

"좋은 말씀이요. 운명을 안다는 것은 천명을 받음이요, 천명을 받을 줄 안다는 것은 인간 수업의 최대 이상이지요. 우혜, 우혜여(虞兮虞兮[노혜노혜]), 그대를 어이 하리! 오호(嗚呼[명호])라! 오호라!"

무심 중 흘러나온 아버지의 이 최후의 영탄에서 영심은 불현 듯 지운을 생각했다.

한고조(漢高祖) 패공(沛公)과 형(가)을 다루어 오강에서 패전한 항우 초패왕이 총희(寵姬)우미인(虞美人)을 부여안고 차마 죽지 못해서 부른 애달픈 연가(戀歌)의 한 구절이다.

"우여, 우여, 그대를 어이 하리!"

지운, 지운, 지운! ― 지운의 이름을 수없이 불러 보며 애달퍼하는 자기 심정과도 흡사한 것이라고 아버지는 마치 자기의 가슴속을 들여다보는 것 같아서 영심은 무섭다. 차마 혼자 죽지 못해하는 초패왕의 그 다급한 안타까움이 영심은 저의 일만 같았다.

바둑은 두 판으로 끝을 막았다. 두 번 다 참패를 한 영심

을 향하여,

"마음이 다소 평화롭지를 못한 것 같으오. 이 삼일 수양하면 평온이 오겠지요."

그런 말을 하면서 오진국 씨는 딸의 얼굴에서 무엇인가 심상치 않은 우수의 빛을 물끄러미 골라본다. 결혼 생활이 순조롭지 못한 탓인가? 희노애락의 빛을 가볍게 안색에 나타내는 것은 여자의 부덕(不德)을 말하는 것이라고, 그러한 아버지의 교훈을 영심은 어려서부터 받고 자란 몸이다.

"아니예요. 아버지의 수가 갑자기 느신 탓이예요."

영심은 바둑판을 치우면서 그렇게 말하여 아버지의 근심을 덜어 드렸다.

"음, 말인즉 그럴 듯하지만 그것은 부당한 말이다. 갑자기 줄 수는 있지만 갑자기 늘 수 없는 것이 바둑의 길이다. 그리고 그것은 뭇 수도(修道)의 길에도 통하는 것인데……"

"아버지의 말씀대로 수양을 하겠읍니다. 그리고 오늘의 참패를 반드시 돌려 드리겠어요."

"좋은 말이야, 자기 자신에 이기(克己[극기])는 길만이 오직 하나인 수도의 길이니까…… 올라가 쉬어라."

"네, 그럼……"

영심은 다시 이층으로 물러나 왔다. 물러 나오면서 영심은 자기 자신에 이기는 길을 결정적으로 택하고 있었다.

내일 최후로 지운을 만나 모든 것을 결정적으로 청산할 것을 마음 깊이 영심은 각오하였다. 그리고 내일 밤으로 자기의 불미로웠던 행동을 남편과 아버지 앞에 깨끗이 아룀으로써 속죄의 뜻을 표하려 하였다. 그렇게 하지 않고는 이 아버지와 이 남편의 옆에서 단 하루의 삶도 유지할 수가 도저히 없다.

그날 밤, 영심은 곤히 잠든 남편의 머리맡에 꿇어 앉아 가만히 머리를 숙이고 마음속으로 맹세를 하였다.

"제 마음은 약했읍니다. 제게 힘을 주시요. 저는 내일 반드시 이기고 돌아오겠읍니다."

밤사이에 눈은 멎었다. 영심은 잠을 이루지 못한 채 아침을 맞이하였다.

하늘은 화난 사람처럼 얼굴을 찌푸리고 있었다. 흐린 날씨였으나 추위는 그리 맵지 않았다.

영심의 굳은 결심이 한결 마음을 거뜬하게 하였다. 늦조반을 먹고 남편은 또 외출을 하였다. 후방 전근이 마음대로 되지 않는다고 했다. 열한 시 반에 영심은 집을 나섰다. 어제 눈에 치마와 버선이 젖어서 하는 수 없이 양장을 하고 나섰다.

영심이가 집을 나선지 오 분도 못되어 유민호의 자동차가 영심의 집 앞에서 멈추었다. 오 분 차이로 유민호와 대면하지 않게 된 것은 영심에게 있어서 우선은 다행한 일이었다.

오늘따라 영심은 경학원 마당으로 해서 명륜동 전차 정류장으로 나가는 길을 버리고 창경원 담장 밑 지름길을 택했기 때문에 유민호의 눈에는 다행히도 띠이지 않았던 것이다.

유민호는 양과자 한 상자를 들고 안으로 들어갔다.

오진국 씨가 유민호를 맞이하였으나 들어오라는 말은 통 하지 않았다. 과자를 내놓고 마루 아래 선 채 유민호는 인사를 하였다.

"영심 씨가 결혼을 하셨다고요. 청첩이 없어서 통 모르고 있었읍니다."

오진국 씨는 잠자코 있었다.

"허형은 후방으로 전근이 되었읍니까? 국방부 총무국에 자주 나온다는 소문을 들었읍니다만……"

"전근은 아직 되지 않았지만……"

"영심 씨는 어디 나가셨는가요?"

"인제 방금 나갔네. 경학원 마당에서 보았을 텐데……"

"아, 그렇습니까! 실은 결혼식에도 참석을 못했고……

다소 송구스러워 제 성의만을 표하고 싶어요……"

유민호는 외투 안주머니에서 금일봉을 공손히 내놓았다. 일금 이십만 환의 보증수표가 들어 있는 봉투인 줄은 오진국 씨는 물론 알 길이 없었다.

"감사하네만 이미 지나간 일이니 넣어 두게."

"무슨 말씀을 선생님은…… 제가 미리 좀 알았으면 다소의 힘이 되어 드렸을 것을…"

"자네에게 축하금을 받아도 좋을 그런 결혼식이 못되니까……"

그렇게 굳이 사양을 하다가 오진국 씨는 그러한 자기가 너무 소심한 위인같이 생각키워서 문득 봉투를 집어 알맹이를 꺼내 보았다.

이십 만환, 오진국 씨는 다시 수표를 봉투에 넣어서 유민호 손에 가만히 집어 주며,

"기천환, 이라면 모르지만 이건 분명 축하금이 아니고 이 오진국을 저울질해 보는 금액이야! 가지고 가게!"

"선생님, 제 성의를 왜 그처럼 오해를 하십니까?"

"어서 가지고 가게. 자네의 신세는 이미 많이 지고 있는 몸이야. 그것만도 마음의 짐이 되어 있는데……"

그러면서 오진국 씨는 제 손으로 문을 닫아 버렸다. 그 닫아 버린 창문을 유민호의 눈초리가 무섭게 쏘아보고

있었다.

"그럼 선생님, 물러가겠읍니다."

그러나 방안에서는 대답이 없다.

오늘 유민호가 오진국 씨를 찾은 것은 별다른 깊은 의미가 있어서 취해진 행동은 아니었다. 저번에도 한 번 경제적 원조를 하겠노라고 찾아 온 유민호였다. 그러나 이 경우에 있어서 그러한 경제적 원조를 쾌히 받을 오진국 씨가 아님을 유민호는 너무나 잘 알고 있는 것이다. 그리고 그것을 너무나 잘 알고 있기 때문에 실속으로는 조금도 손해를 보지 않고 체면은 체면대로 채울 수 있는 이러한 행동을 가끔 가다가 한 번씩 취해 보는데 입맛을 붙이고 있는 것이다. 그것은 분명 오진국 씨의 마음을 저울질해 보는 한낱 낚시질과도 같은 도락이었다. 미끼를 던져서 안 물리면 안 물리는 대로 손해는 없는 노릇이었고 물리면 물리는 대로 유민호에게는 재미가 있는 것이다.

"고기가 상당히 완고해 놔서……"

차를 타고 명륜동 전차 정류장으로 빠져 나오면서 유민호는 유쾌히 중얼거렸다.

"영심의 얼굴이라도 한 번 보고 나왔으면 수지는 맞을 텐데……"

눈 깜빡할 사이에 채정주를 잃어버린 유민호였고 인국

엄마마저 놓쳐 버린 유민호였기 때문에 어지간한 유민호도 요지음에 와서는 마음속이 다소 비어 있는 것만은 사실이었다. 그래서 오랜 만에 영심의 얼굴이라도 한 번 바라보고 왔으면 소비된 가솔린 대금만한 가치는 충분히 있을 것이라고 생각한 것이다.

마담로우즈도 인제는 냄새가 났다. 그것은 저번 날 저녁 석란의 입으로부터 마담이 자기와 결혼하고 싶어한다는 한 마디를 들었을 순간부터였다. 임신한 타이피스트 박 미경의 처소를 찾을 만한 성의도 또한 없다. 부산 본점 서무 주임의 아내는 두 번도 만나 보기가 싫었다. 그래서 유민호는 어제 부산 대청동으로 김옥영에게 전보를 쳤다. 하루바삐 서울로 올라와서 살자는 전보였다. 김옥영만은 아직도 유민호가 입맛을 붙이고 있는 것이다.

삼 년에 걸친 김옥영과의 동서생활에서 유민호는 싫증보다도 도리어 니코친의 매력을 느끼고 있는 것이다.

"천하일품이야!"

김옥영의 육체를 불현 듯 연상하며 창경원 담장을 끼고 대학병원 시체실 앞까지 다달았을 때였다.

"아, 저건 영심이……"

유민호는 소리를 내어 외쳤다.

영심이가 걸어가고 있었다. 시계를 들여다보며 창경원

문을 향하여 영심은 걸어 들어가고 있었다.

"영심이가 스케팅을 시작했는가?"

남녀 중학생 서넛이 스케트를 들고 메고 영심의 뒤로 따라 들어가서 표를 산다. 그러나 영심은 스케트를 들지 않았다.

"가솔린 값은 충분히 됐다!"

서서히 몰고 있던 차를 유민호는 멈추었다. 그리고는 핸들에다 자물쇠를 채우고 차에서 내렸다.

어제와 꼭 같은 코오스를 둘이는 걷고 있었다. 지운이가 먼저 와서 기다리고 있었다.

눈을 쓸어 낸 스케트장은 활발히 움직이고 있었다. 유민호는 얼음 위로 내려가서 학생들 속으로 자기 몸을 감추어 버렸다. 둘이가 걷는 코오스는 결국 이 연못을 중심으로 삥돌아나오게 된 길이어서 학생들의 주위를 빙빙 돌기만 하면 둘이의 행동을 빤히 올려다 볼 수 있는 유민호의 위치였다.

사나이의 모습에 낯이 익다. 그러나 그것이 언젠가 마담로우즈의 방에서 본, 정능 계곡을 배경으로 한 석란의 사진 속의 인물인 임지운인 줄로 알기에는 거리가 너무 멀었다.

"어쨌든 흥미꺼리인 걸!"

가솔린 값 쯤의 문제가 아니었다. 고급차 한 대 쯤은 손쉽게 내던져 손에 넣기 힘든 흥미꺼리라고 유민호는 지금 망원경의 필요성을 절실히 느끼고 있는 것이다.

　"사람은 두고 봐야만 알 일이야!"

　다른 사람은 몰라도 오영심이가 이럴 줄은 실로 천만 외의 일이었다. 여자를 가리켜 신비로운 동물이라고 간파한 것이 누군지는 몰라도 선각자임에는 틀림없다고 자기의 여성관이 아직 여물지 못했던 것을 유민호는 지금 보충하고 있는 것이다.

　"확실히 여자는 사성(蛇性)의 동물이야!"

　자기의 지론을 한 번 더 확인하며 마음의 허리띠를 유민호는 졸라매는 것이다.

　식물원 앞으로 해서 둘이는 수정각 뒷길을 삥 돌고 있었다. 어제 걸터앉았던 노가지나무 옆을 그대로 지나쳐 연못가 오솔길을 둘이는 걸어 내려왔다. 사람의 발자욱은 하나도 없는 새 눈길이었다. 왜 그처럼 눈길을 걸어야만 하는지, 더욱 더 유민호에게는 흥미꺼리가 아닐 수 없었다.

　이윽고 둘이는 못을 삥 돌아 근정전 뒷길로 걸어 올라갔다.

　"……그러니까 오늘을 마지막으로 영원히 헤어진다는

말이지요?"

"네, 그럴 수밖에……"

깊은 한숨 소리가 둘이의 입으로부터 흘러나왔다.

"어른이 돼 가지고 오신다고…… 어저께 그처럼 굳은 약속을 하셨는데……"

"되겠읍니다! 영심 씨의 소원이 진정으로 그러시다면 어른이 되지요!"

지운은 눈물을 글썽글썽하며,

"영심 씨의 마음을 움직이기에는 제 힘이 모자라지요. 성실한 진실이면 움직여 주실 줄로 믿었던 영심 씨였읍니다."

"지운 씨, 너무 슬퍼하지 마세요. 제 마음을 못 알아주실 지운 씨가 아니실 텐데……"

영심이도 운다.

"알지요! 잘 알고 있지요!"

"그러시담…… 그러시담 제 청 들어주세요!"

"듣겠읍니다. 다시는…… 다시는 어리광을 부려서 영심 씨를 괴롭히지 않겠읍니다!"

근정전 뒷뜰에 눈을 하얗게 인 오충탑이 한 기둥 서 있었다.

"탑 곱지요?"

영심의 외로운 마음이 자연을 그리워했다.

"곱군요."

실감을 상실한 대답을 지운은 했다.

"그렇지만 제게는 인제 아무런 것도 고운 것이 없어졌읍니다. 모두가 다 보기 싫어졌지요. 영심 씨를 잃어버린 탓이 무어가 그리 고울까요. 꽃도 미워지고 새도 미워지고 마음의 오아시스이던 창경원 연못도 인제는 미워졌읍니다."

손등으로 눈물을 어린애처럼 씻으며,

"생각하면 영심 씨는 저보다도 더 괴로우실 줄 알아요. 나는 지금 영심 씨 한 사람만을 그리워하면 되지만…… 영심 씨에게는 허 중령이 있으니까요."

"아아, 그런 줄을…… 아시면서……"

와락 눈물이 솟구쳐 나와 영심은 앞을 볼 수가 없다.

"그러니까 인제 영 만나지 않겠읍니다. 영심 씨, 그럼 되지요?"

어린애를 달래듯이 지운은 기웃하고 영심의 얼굴을 들여다보았다.

"그럼…… 그럼 되지요."

영심은 마침내 두 손으로 얼굴을 가리고 걸었다.

발길을 덮는 눈길이었다. 눈 속에 파묻힌 돌 하나를 밟고 영심의 하이힐이 퉁그러졌다. 팔 하나를 붙들고 균형을 잃은 영심의 몸을 지운은 부축했다.

"영심 씨, 인제 울지 말아요."

영심의 팔을 부축하고 지운은 걸었다.

"저도 인제 울지 않겠읍니다."

영심을 위로하는 편에 지운은 이미 서 있었다. 위치가 바뀌어진 것이다.

"나보다도 나이가 어린 영심 씨를 이 이상 더 괴롭힌다는 건 확실히 죄악이지요."

울지 말라면 더 울고 싶다. 영심은 마침내 걸음을 멈추고 흐느끼는 얼굴로 지운을 쳐다보았다.

그것은 근정전을 조금 지나친 쓸쓸한 숲새였다. 가지마다 눈을 하얗게 인 이름 모를 나무들이 둘이의 주위에는 있었다.

"몸 조심하셔서…… 좋은 글 많이 써 주세요."

영심은 좌악좌악 운다.

"영심 씨가 읽어만…… 읽어만 주신다면…… 그것으로 저는 행복을 삼겠읍니다."

영심의 팔 하나를 부축했던 지운은 남은 손으로 영심의 남은 손길을 가만히 쥐어 보며,

"영심 씨의 말대로 저는 노력을 하겠읍니다. 노력을 해

서 '愛人[애인]'의 후편을 쓰겠읍니다. 만나지는 못하지만…… 저는 항상 영심 씨 옆에 앉아 있는 것처럼 생각하면서 살겠읍니다."

"……고 고마워요, 지운 씨!"

영심의 자세가 앞으로 쓰러져 오는 것과 지운의 몸이 맞받아 끌리워나간[90] 것은 거의 동시의 일이었다.

영심의 어깨 위●서[91] 지운은 울었고 지운의 품속에서 영심은 흐느꼈다.

무섭게 흐느꼈다. 그 울음과 그 흐느낌 속에서 둘이는 똑같이 새로운 또 하나의 죄악을 창조하고 있다는 느낌을 절실히 느꼈다. 죄를 범하지 않기 위한 오늘의 이 서글픈 이별이건만…… 이 이별이 두 사람에게 지금 새로운 죄를 창조해 주고 있는 것 같았다.

"죄악이다. 죄악이다! 이렇게 해서 지금 우리가 헤어진다는 것은 확실히 죄악입니다."

지운은 잠고대[92]처럼 중얼거렸다.

"지운 씨!"

지운의 품속에서 영심의 억압된 목소리가 흐느낌과 함

---

90) 끌리어나간

91) 위에서

92) 잠꼬대

께 솟구쳐 나왔다.

"노력을 하다가…… 노력할 대로 노력을 해서 정말로 어쩔 수 없을 때는……"

영심은 또 한참 느껴 울다가

"지금까지는 어디서 사는 누군지도 몰랐기 때문에 그랬었지만…… 지금은, 지금은…… 제 노력이 정말로 끊어질 때…… 저는 지운 씨를 찾아갈 테에요……"

"아아, 영심, 영심!"

"그러니까 지운 씨도 이상 더 노력이 불가능할 때는 언제든지 언제든지 저를 찾아 주세요."

"아아, 영심! 내 생명이요 내 우주인 오영심이다!"

줄기찬 외침과 함께 지운은 무섭게 몸부림을 쳤다.

영심은 마침내 애정의 자세를 드러내고야 말았다. 어제처럼 말을 골라서 할 이유가 영심에게는 이미 없다. 지운의 품에서 이윽고 영심은 가만히 빠져 나오며,

"지운 씨, 알으셨죠?"

"알았읍니다!"

"그때까지 서로 노력을 하는 거에요."

"알았읍니다!"

영심은 가만히 얼굴을 쳐들고 나서,

"인제 나가요."

둘이는 눈물을 거두고 근정전 앞뜰로 묵묵히 나섰다. 돌다리를 건널 때 영심은 문득 생각이 난 듯이

"혹시…… 혹시 저희들에게 무슨 불행이 있어서…… 죽음이 올 때는…… 그때는 한 번 만나보고 싶어요."

"………?"

지운은 후딱 영심의 안색을 살펴보았다. 죽음에 대한 그러한 의구심은 둘이 다 상대편에서 느끼고 있었다.

"영심, 내가 살아 있는 동안……은 무슨 이상한 생각을 해서는 안돼요!"

"아니예요. 말하자면 그렇다는 증거예요."

둘이는 묵묵히 창경원을 나섰다.

"인제 가세요."

"영심 씨가 먼저 가세요."

"저는 여기 좀 서 있겠어요."

"아닙니다. 제가 여기 서 있겠읍니다."

영심이가 마침내 졌다. 지운을 빤히 쳐다보며,

"그럼 지운 씨, 영원히 안녕히……"

그리고는 한 번 더 다사로운 눈인사를 영심은 하고 나서 홱 돌아서갔다.

한 번도 뒤는 돌아보지 않고 밑 눈길을 빠른 걸음걸이로 사라져갔다.

무서운 얼굴을 하고 지운은 오랫동안 창경원 앞 한길에 우두머니 서 있었다. 입술이 삐쭉삐쭉 이그러지며 눈물이 스루루 두 볼을 미끄러져 내렸다.

굽은 장갑을 끼고 영심의 뒷모습이 사라지려는 무렵에 신사 하나가 창경원 문을 나섰다. 멍하니 서 있는 지운과 조그맣게 담장 밑을 돌아가는 영심의 뒷모양을 번갈아 바라보며 이윽고 멈추어 놓았던 차를 운전하여 곧장 원남 동 쪽으로 천천히 달려갔다.

지운은 그 자리에 우두커니 서서 영심이가 사라진 쪽을 오랫동안 바라보고 있었다. 그리고는 이윽고 발꿈치를 돌려 원남동 정류장까지 터벅터벅 걸어오는데 우루루 전 차가 들어 닿았다.

목적 없는 전차를 꿈결처럼 지운은 탔다. 지구의 넓이 만큼 전차가 달려 주었으면 했다. 그러나 을지로 사가에 서 전차는 부득부득 지운을 한길가에 부려 놓았다. 갈 데는 없다. 지운은 무턱대고 걸어갔다. 어디를 걷는지 지 운은 몰랐다. 이처럼 외로운 길을 왜 혼자서 걸어야만 하느냐고 지운은 영심이가 자꾸만 원망스러워졌다. 영심 이와 함께 활개를 치며 이 거리를 걸어볼 기회는 영영 오지 않을 것이다.

왼쪽 편 국도극장에서 사람들이 밀려나오고 있었다. 아

무런 근심 걱정도 없이 영화 구경을 다니는 군중이 지운은 부럽기 한이 없다.

"아, 선생님!"

여성의 목소리 하나가 등 뒤에서 들려왔다. 비교적 밝은 목소리였다.

돌아다보니 석란이었다. 석란의 옆에 정주도 서 있었다. 정주는 말이 없이 공손히 인사만 했다.

"구경 오셨댔어요?"

석란이가 따라오며 명랑한 표정을 하고 물었다.

"아니요."

지운은 물끄러미 두 여성의 얼굴을 바라보았다. 어디서 한두 번 인사 쯤 한 사람을 바라보는 것 같은 지운의 흐린 표정이었다.

"정주 언니가 하도 고독해 해서 제가 극장구경 데리고 왔어요."

"석란이도……"

정주는 곱게 석란을 흘겼다.

"선생님."

"네."

"아니, 선생님도, 대답이 왜 그처럼 고루해요?"

석란은 여전히 명랑하다.

"선생님, 저희들에게 차 한 잔 사주실 친절, 베풀어 주시겠어요?"

"사 드리지요."

셋은 다방을 찾아 걸어갔다.

"원기가 통 없어 보이는데, 어디 편찮으세요?"

"아니요."

"오랜만에 만났는데, 조금만 명랑하세요."

지운은 대답을 않고 묵묵히 걸었다.

"선생님이 그처럼 무뚝뚝하시면 저희들이 무슨 죄나 진 것 같잖아요?"

정주가 옆에서 조용히 웃었다. 지운을 대신하여 웃어 주는 웃음 같았다.

"창경원에서 헤어진 애인, 아직 못 찾으셨어요?"

"………"

"아이, 석란이도!"

정주가 옆구리를 콕 질렀다.

"그럼 어때?"

정주를 석란은 반박하고 나서,

"아직도 못 찾으셨담 저희들이 협력해서 찾아 드리고 싶어서 그러는 거예요."

"………"

지운은 그냥 걷기만 했다.

이윽고 조그만 다방 하나를 한길가에 발견하고 셋은 안으로 들어갔다. 지운을 위하여 석란은 위스키 티이를 청했고 자기네들은 홍차를 주문했다.

두 여성 앞에 지운은 우두커니 앉아 있었다. 앉아 있다가 문득 생각이 난 듯 꾸뻑 고개를 숙이며 말했다.

"정주 씨 출판기념회에 와 주셔서 감사합니다."

정주는 다소 얼굴을 붉히고 있었다.

"저는 그 대신 축사를 보내 드렸어요."

석란이가 옆에서 일부러 샘을 내보였다.

"감사합니다."

지운은 또 석란에게 고개를 숙였다.

차가 왔다. 지운은 위스키 티이를 절반이나 훌훌 마셨다. 목이 갈하다.

"정주 언니의 보고를 들음 암만해도 그 무슨 중령부인이 애인같이 생각된다구요."

"애두 참……"

정주가 또 얼굴을 붉히며 석란을 막았다.

"………"

지운이 후딱 시선을 들었다.

"여성들은 육감이 빠르답니다. 더구나 정주언니처럼 선

363

생님을 아직도 열심히 생각하고 있는 여성에게는……"

"석란이가 자꾸만 그런 말만 하면 난 갈 테야!"

일어나는 정주를 석란은 부득부득 끌어 앉혔다.

그러나 표정이나 말처럼 석란의 마음은 밝지는 못했다. 어쨌든 단 하룻동안이나마 부부가 아니었더냐고, 모든 것을 주고받은 둘이의 비밀이 전설처럼 희미했고 어제처럼 생생했다. 그 생생하면서도 지극히 희미한 기억의 틈사리를 타고 한 오락 신비로움 같은 것이 석란에게 왔다. 다사로운 신비감이었다.

석란은 갑자기 울고 싶어졌다. 그러나 그러한 울음이 자신의 발랄한 포오즈와는 어울리지가 않았기에 울음은 석란의 가슴속에서만 서글픈 소리를 내고 있는 것이다.

"저도 그 여자 한 번 봤어요. 언젠가 임 교수와 같이 타고 온 차 안에서…… 얌전한 사람이던데요."

"오해를 하지 마시요. 그 이는 남의 부인입니다."

지운은 비로소 변명을 했다.

"글쎄 오해람 다행이지만요."

"석란인 알지도 못하고……"

그 책임이 자기에게 있는 것 같아서 정주는 질색을 했다.

"석란 씨!"

지운은 이윽고 표정을 가다듬었다.

"네-?"

"저는 석란 씨에게 인간적인 죄를 지었읍니다. 용서를 바랍니다!"

한참 동안 석란은 잠자코 앉아 있었다.

"죄는 제가 지은 계산이 아니었어요?"

"아닙니다. 모두가 제 불찰이었읍니다."

"그렇다면 계산이 약간 틀려진 게 아냐요?"

"보상할 수만 있으면 그럴 생각으로 있지만…… 현재의 저로는 보상할 방도가 전연 없읍니다. 다만 석란 씨의 행복을 진심으로 빌 따름입니다."

"빌어 주지 않는 것보다는 났겠지만…… 구태여 힘든 일 안하셔도 괜찮아요."

석란은 쓸쓸히 웃으며,

"그보다도 집에 가끔 오셔서 생선 요리나 좀 하세요. 소설이나 써 가지고야 제 돈 내고 요리집에 가겠어요?"

참으로 좋은 말을 석란은 했다고, 지운은 그 한 마디가 자기의 구미에는 딱 들어맞는 것이다.

"정주 언니도 가끔 오지요. 셋이서 맛있는 음식 채려 놓고 우리 한 번 하하 웃어 봐요."

"석란 고맙소!"

석란의 그 재치 있는 인사가 지운에게는 진정 고마왔다.

"그러다가 좋은 신랑감이라도 있음 저 중신 좀 들어 주세요. 선생님이 중신을 드신다면 나 무조건 승낙할 테야요."

지운은 비로소 가느다란 미소를 입가에 지었다.

이런 것이 다 석란의 좋은 점이라고, 지운은 애써 석란 에게 좋은 점만을 바라보고 있었다.

"허술한 자유보다도 탐탁한 속박이 갑자기 좋아졌어요."

그러한 석란의 성장을 지운은 저으기 놀라고 있는 것이다.

다방을 나서서 셋은 묵묵히 을지로 입구까지 걸어왔다. 석란과 정주는 명동 쪽으로 가야만 한다.

"선생님, 어디로 가시는 길이었어요?"

"그저…… 저기 좀……"

"무척 쓸쓸해 보이셔. 저희들 세 사람 중에서 선생님이 제일 고독해 보이셔. 웬일일까요?"

그러면서 석란은 손을 내밀었다.

"악수하고 헤어져요."

지운은 가만히 석란의 손을 잡았다.

"생선 요리와 정주 언니와 그리고 석란이와…… 저의 집에 오시기만 하면 이 세 가지 언제든지 준비되어 있지요. 쓸쓸해서 정말로 견디지 못하시면 오세요. 다소의 위안이 되실는지 몰라요."

"고맙소!"

석란은 악수를 풀며,

"정주 언니와도 악수를 하셔야지."

정주의 손 하나를 석란은 끌어당겨 지운의 손길에 쥐어 주었다.

"제일 쓸쓸한 사람이 선생님이라면 그 다음으로 쓸쓸한 사람은 정주 언닐 거예요. 그런 줄 알고 악수하셔요."

석란은 옆에서 주석을 달았다.

"정주 씨의 행복을 진심으로 빕니다."

"고맙습니다! 선생님도……"

정주는 고개를 숙였다.

"인제 됐어요. 악수가 너무 길다는 건 한국인의 상식 부족을 말하는 거니까요."

최후까지 석란은 마음의 울음은 보이지 않았다.

"안녕히……"

"안녕히……"

둘이는 명동으로 걸어 들어갔다. 여나믄93) 걸음도 채

---

93) 여나믄: 열이 조금 넘는 수, 또는 그런 수의

못 가서 석란은 홱 돌아서면서 손을 흔들어 보였다.

"바이 바이! 미스터 지운!"

허수아비처럼 지운은 한길 한 복판에 멍하니 서 있었다.

화염 속에서[94)]

그날 밤, 허정욱은 술이 잔뜩 취해 가지고 돌아 왔다. 취기가 있을 때는 장인 오진국 씨의 방에는 얼씬도 않고 이층으로 올라가 버리는 허정욱이었다. 장인이라는 생각보다도 은사라는 관념이 허정욱에게는 한 층 더 강렬히 작용하고 있었다.

영심은 아버지에게서 들은 대로 이십 만환의 축하금을 갖고 왔더라는 유민호의 이야기를 전했을 때,

"어디까지나 엉큼한 작자야! 누구의 마음을 떠 보려는 심산인지는 모르지만……"

그러면서 유민호를 그대로 돌려보낸 장인을 우러러보며,

"선생님이 어떤 분이시라고……"

허정욱은 여전히 오진국 씨를 선생님이라고 부르고 있

는 것이다.

영심은 남편의 자리를 깔아 주며 모든 것을 성실한 남편에게 고백을 하여 남과 아울러 자기 자신에게 거짓 없는 인생의 자세를 취하고자 결심은 하였으나 막상 입을 열어 이야기를 하기가 영심은 무섭다. 아무런 것도 모르는 이 남편에게 격분과 절망을 줄 생각을 하니 가슴이 설레이어 영심은 좀처럼 입을 열 수가 없다.

진실의 불행을 영심은 여기서도 한 번 더 절실히 느끼는 것이었다.

자기만 입을 다물고 있으면 이 남편의 마음은 영원히 평온할 것이 아니냐고, 허위의 효용(效用)이 인간의 행복과 이처럼 밀접한 관련성을 지니고 있을 줄은 정말 몰랐다.

어젯밤 영심이가 신명께 맹세한 것처럼 어쨌든 자기는 오늘 이기고 돌아왔다. 자기 자신에 이기는 길만이 인간 수업의 최고 이상자라는 아버지의 교훈을 충실히 이행하고 돌아온 것이다. 이미 지운과는 영원한 이별을 짓고 온 영심이었다. 다시는 그러한 불미로운 행동이 자기에게는 있을 수 없다. 말로는 비록 둘이의 노력이 불가능할 때는 찾아오고 찾아가자고 했다. 그러나 영심에게 있어서 노력의 불가능이란 죽기 전에는 있을 수 없는 일이었다.

영심이가 이처럼 망설이고 있는데 드르렁 드르렁 코를 고는 소리가 났다.

취기가 있으면 곧 잠이 들어 버리는 남편이었다.

"내일 밤……"

내일 밤으로 어쨌든 영심은 자기의 고백을 연기할 수밖에 없이 되었다.

그러나 내일 밤이 와도 진실의 불행과 허위의 행복 속에서 자기의 거취는 오늘밤과 마찬가지로 망설일 것만 같았다. 모든 것을 숨김없이 이야기하여 남편의 벌을 받기는 쉬웠다. 그 남편이 받는 불행한 충격이 영심은 무서운 것이다.

"어떻거면 좋아……"

이러한 난관이 자기 앞길에 가로 놓여 있을 줄을 미처 생각하지 못하고 있던 영심이었다. 모든 것을 고백만 하면 될 줄 알았던 단순한 생각이 비로소 눈을 부비는 것이다.

영심은 이윽고 남편의 잠자리에 손질을 하고 조용히 몸을 일으키었다. 영심은 우선 아버지에게 모든 것을 있는 대로 이야기하여 자기 거취에 대한 모든 적절한 지도를 받기로 결심을 했다.

할머니는 아랫방에서 이미 잠이 들어 있었고 아버지는

전등 밑에서 주역(周易)을 펼쳐들고 있었다.

"아버지, 아직 안 주무셔요?"

영심은 들어가서 아버지 앞에 공손히 꿇어앉았다.

"응——"

책에서 시선을 들며,

"영심 선생이 아마도 어제의 복수전을 하러 온 모양 같은데……"

아버지는 주역을 문갑 위에 올려놓았다. 바둑을 두자면 어린애처럼 기뻐하시는 아버지였다.

"아니예요, 아버지."

영심은 잠시 시선을 둘 곳을 찾지 못하고 망설이다가,

"마음이 너무 어지러워서……"

영심은 고개를 가만히 숙였다.

"응?"

마음이 너무 고르지 못한 영심인 줄은 오진국 씨도 이미 짐작하고 있었다.

그러나 영심이가 이처럼 어두운 표정으로 아버지 방을 찾아온 것은 오늘이 처음이다.

"무슨 걱정되는 일이라도 생겼니?"

오진국 씨는 애정을 가지고 물었다.

"네, 아버지 앞에 죄를 지었읍니다!"

"죄?"

"네, 죄를 짓고…… 저 혼자의 힘으로는 감당해 나가지 못할 일을 저질렀읍니다.[95]"

"무슨 말인고…… 찬찬히 이야기를 해 보아라."

오진국 씨는 안색을 가다듬었다.

영심의 긴 이야기를 오진국 씨는 끝까지 침묵으로 듣고 있었다. 태산이 무너져도 동하지 않은 오진국 씨의 태도였다. 불혹(不惑)을 지나 이미 천명을 받든 오진국 씨의 귀는 사리에 닿기만 하면 거역하지 않으려는 이순(耳順)의 연륜을 바라보고 있었다.

"숨김없이 잘 말해 주었다!"

그러나 오진국 씨의 음성은 떨고 있었다. 그 목소리의 떨림을 딸에게 보인 것이 다소 마음에 걸려 오진국 씨는 오랫동안 입을 다물고 있었다.

"장해! 영심은 과연 내 딸이다!"

그러면서 오진국 씨는 눈을 지긋이 감아 버렸다. 벽에 등을 기대고 또 한참 동안 침묵을 지키고 있었다. 무릎을 짚은 오진국 씨의 한쪽 주먹이 가느다랗게 떨고 있었다.

"음, 바로 임 교수 아들이…… 그 소설책의 주인공이

---

95) 저질렀습니다.

바로 너희들이었다는 말이겠다!"

신음과 영탄이한데 얼버무려진 비장한 목소리였다.

"일부종사의 미덕을 가르쳐 주신 할머니에게 뵈일 낯이 없고…… 삼강오륜의 길을 깨우쳐 주신 아버지 앞에 죄를 지었읍니다!"

영심은 고개를 푹 숙이고 조용히 울었다.

"너의 그 극심한 마음고생이 측은하다만…… 네게 한 가지 잘못이 있다.

너는 끝끝내 지운을 만나지 않았어야만 하는 것이다. 동기는 여하튼 만나서는 아니 되었다."

"제 마음이 약했읍니다. 그렇지만 제가 만나러 갔던 동기대로 오늘 깨끗이 헤어져 왔읍니다."

"용해! 그러나 가지 않았어야 했다! 나쁜 놈 같으니라구…… 제 입으로 축사까지 해 준 친구의 부인을 꾀어내려고 이렇궁 저렇궁……"

꾹 참고 있던 오진국 씨의 분노가 조금씩 머리를 들기 시작하였다.

"열 번 찍어서 꺾히지[96] 않는 나무가 없다고, 꺾히는[97] 편보다도 꺾는 편에 죄는 있는 거다. 임 교수를 내가 만나

---

96) 꺾이지
97) 꺾이는

마! 글을 쓴다기에 선비로 알았더니 유부녀를 꾀어내는 패륜의 자식 같으니……"

분에 격하기 시작하면 걷잡을 수 없는 아버지였다.

"아버지, 이왕 무사히 지내버린 일입니다. 그대로 내버려 두는 것이……"

일을 더 크게 만들지 않기를 영심은 진심으로 원했다.

"아니다. 이대로 내버려 두었다가는 그 녀석이 또 너를 꾀어낼 것이 분명해. 임 교수가 마다하면 내가 대신 교훈을 시키고 오마! 너희들의 심정을 내가 못 알아보는 바는 아니야. 그렇지만 어쨌든 친구의 부인이 아니야?

사내대장부가 정에 못 이겨 인간의 의리를 못 알아본다면 개 돼지보다 나은 게 무어야? 임 교수는 지금까지 아들에게 무엇을 가르쳤는고?"

오진국 씨의 주먹이 차차 더 폭 넓게 떨리고 있었다.

"네 남편에게는 아무런 말도 마라! 네 뜻이 이미 그처럼 훌륭한 이상, 허군의 마음을 건드릴 필요는 없다. 고래로[98] 부도(婦道)라는 것은 남편의 심뇌를 덜어 남편으로 하여금 뜻한 바를 잘 받드는 데 있는 것이다. 잘못 건드려서 쓸데없는 오해를 사는 것보다는 그대로 덮어두고 자기

---

98) 옛부터

의 실행(失行)을 보상하는 길을 취해야만 할 것이다. 알겠
니?"

"네, 알아들었읍니다."

"임 교수가 학교에서 돌아오는 건 내일 몇 시 쯤 인고?"

"저녁 무렵이면 댁에 계실 거예요."

"음, 내일 저녁 내가 다녀오마. 네 남편에게는 그저 인
사차로 간다고 그래 두어라."

"네."

"음, 글을 쓴다는 놈이 남의 유부녀를 꾀어내? 간사한
놈 같으니……"

그것만이 오진국 씨는 분하다.

"이후에라도 만일 그 놈이 또다시 그런 꾀임 수를 쓸
때는 내게 꼭 알려다오. 내가 다시 가마!"

"………"

"알아듣겠니?"

"네, 알아들었읍니다."

"분한 노릇이다! 네가 꾀임에 넘어 창경원에 가지만 않
았던들 임 교수의 자녀 교육을 한번 보기 좋게 비웃어
주고 오는 것을…… 네가 그만 따라가 버렸으니 내 체면
이 서지를 않는구나!"

그것이 또 오진국 씨는 분했다.

"네가 다시 그 놈을 만난다면, 그때는 너는 이 아비와 함께 죽어야 할 줄만 알아!"

"아버지, 안심하셔요!"

영심은 공손히 아버지의 뜻을 받들었다.

아버지의 말씀대로 허위의 평온으로 문제를 해결하고 영심은 다시 이층으로 올라왔다. 남편의 잠은 골아 떨어져 있었다.

영심은 책상머리에 앉기가 바쁘게 걱정이 또 하나 생겼다. 그것은 지운의 죽음이었다.

"잘못하면 그이는 죽을런지도 모른다."

그러한 예감은 벌써부터 있었다. 그래서 오늘 헤어질 무렵에 영심은, 혹시 죽는 일이 있을 때는 한 번 만나보고 싶다는 의사를 완곡히 표시해 둔 것이었다.

지운의 죽음에 대한 영심의 위구심은 차차 더 커져만 갔다. 진실의 불행 속에서 참다운 행복을 찾아 헤매는 지운의 인생관은 허위의 평온을 끝끝내 고집한 영심을 위하여 전적으로 양보를 하였다. 그리고 그러한 비장한 양보의 배후에는 영육의 완전한 포기로서 자기 자신을 고뇌로부터 구출할 생각이 숨어 있는지 모를 일이 아닌가 하고, 영심의 조바심은 밤하늘의 어두움과 더불어 자꾸만 확대되어 갔다.

새벽녘에 잠깐 눈을 붙인 꿈속에서 영심은 독약을 마시고 쓰러진 지운의 시체를 부여안고 가슴 아프게 흐느껴 울다가 깨어났다.

늦조반을 먹고 허정욱은 운전수와 같이 오늘도 또 외출을 했다.

"오늘은 일선에 잠깐 다녀오겠소. 휴가가 끝나는 대로 국방부로 전임이 될런지 모르겠기에 잠깐 다녀와야겠소."

그런 말을 남겨 놓고 허정욱은 집을 나섰다.

허 중령이 지이프차에 올라타는데, 덕흥상사의 사원 한 사람이 편지를 갖고 왔다.

"저 허 중령이신가요?"

젊은 사원은 편지를 들고 안으로 들어가려다가 말고 지이프차에 올라탄 허정욱에게 물었다.

"그렇읍니다. 내가 허정욱이요."

"아, 저 유민호 사장의 편지를 갖고 왔읍니다."

"편지?"

허정욱은 봉투를 받아 들고,

"회답을 받아 오라는 거요?"

"아닙니다. 전하기만 하면 된다고요?"

젊은 사원은 다시 돌아서갔다. 지이프차도 출발 했다.

달리는 차 안에서 허정욱은 편지를 뜯었다.

"축사?"

허 중령의 표정이 후딱 어두워졌다.

편지 맨 첫머리에 조금 큰 글자로 '축사'라고 써 있었다.

"동창생에게 청첩장 한 장 보내지 않는 군의 그 두터운 우정을 감사히 생각하며 늦게나마 군의 결혼을 위하여 축사 한 마디 드리는 바이네.――"

이러한 서두로서 편지는 시작되어 있었다. 실은 어제 다소의 축하금을 쌓아 가지고 인사를 갔었다는 이야기, 신랑도 신부도 외출하고 없어서 섭섭히 돌아왔다는 이야기, 축하금을 물리치신 오 선생님은 역시 출중한 인격자라는 이야기, 돌아오는 길에 창경원 앞에서 신부를 보았다는 이야기, 그리고는 다소 고상하지 못한 취미이기는 하지만 창경원으로 영심의 뒤를 따라 들어가서 어떤 사나이와 밀회를 하는 광경을 보았다는 이야기, 근정전 뒷뜰에서 포옹을 하며 울더라는 이야기를 쭉 느려놓은 후에,

"……기는 놈이 있으면 나는 놈이 있다는, 내 손에서 영심을 빼앗아간 허정욱 위에 나는 놈이 또 하나 있었다는 말이네. 이처럼 행복스런 결혼 생활을 어찌 축복하지 않고 견딜 수가 있겠느냐 말이야. 그래서 감히 서투른 붓을 들고 두어 마디 축하의 말을 쓰는 것이지만 여자란

실로 앙큼한 동물이라고, 학덕이 겸비한 인격자 오진국 선생의 따님이요 용감무쌍, 정의를 보고 눈을 감지 못하는 성실한 인간 허정욱 중령의 부인이신 오영심이가 결혼한 지 달포도 못되어 남편 아닌 딴 사나이의 품에 안겼다는 사실은 실로 한낮 허황한 꿈이 아니기에 늦게나마 축하하는 바이네. 가도 가도 모를 것은 애욕의 길이었던가? 기지도 날지도 못하는 유민호는 쓴 ——"

와들 와들 떨고 있는 허 중령의 커다란 손이 독수리처럼 편지를 구겨쥐며,

"스톱!"

하고 외쳤다.

"차를 돌려라!"

미아리 고개 위에서의 일이었다.

차는 미아리 고개를 화살같이 되돌아 내려오고 있었다. 얼룩얼룩 눈이 녹다 남은 비탈길이었다.

구겨쥐었던 편지를 잠바 주머니에 쓰러넣은 허 중령의 떨리는 손길이 그대로 조금 더 뻗어 내려가자 허리에 찬 권총 케이스를 꽉 부여잡았다. 허 중령의 그 불길과도 같은 감정의 무더기는 질풍처럼 달리는 지이프차의 속력과 더불어 차츰 더 강렬히 타오르고 있었다.

허정욱은 행동의 인간이었다. 오랫동안 생각할 필요는

조금도 없다. 죽느냐 사느냐의 두 길밖에는 있을 수 없다. 그것은 마치 비 오듯이 퍼붓는 총탄 속에서 적군과 마주 선 찰나와 똑같은 심정이었다. 적을 쓰러뜨리지 못하면 자기는 죽는 것이다.

허 중령은 편지 도중에서 그 창경원의 사나이가 임지운인 줄을 이미 짐작하고 있었다. 무심히 지나쳐 버린 대목 대목이 후딱후딱 허 중령의 머리를 스치고 지나갔다. 결혼식장에서의 영심의 현기증, 피로연 석상에서의 임지운의 동심에 어린 노래, 임 교수 부인의 눈물 젖은 얼굴, 출판 기념회에서의 영심의 꽃다발 증정 광경 등등…… 유민호의 축사는 결코 허위의 그것이 아니었다. 이를테면 임지운과 오영심은 (愛人[애인]) 후편의 소재를 만들고 있는 것이다.

허 중령은 자기 총탄에 쓰러지는 임지운과 오영심을 통쾌하게 상상하고 있었다. 자기의 이 감정의 무더기를 무마할 길은 오직 그것 하나밖에 없었다.

"간부와 간부!"

눈자욱에 불길이 튄다. 차는 동소문 고개를 넘고 있었다. 혜화동 로타리를 지났다. 명륜동입구를 들어섰다. 돌다리를 건너 경학원 앞마당으로 들어서자 무엇을 생각했는지 허 중령은 갑자기,

"스톱!"

하고 차를 멈추었다.

"십 분 동안만 여기서 쉬고 돌아가자. 담배 한 대만 피울 동안⋯⋯"

"네."

운전수인 젊은 호위 군인은 길을 비껴[99] 하얗게 눈을 인 솔밭 속으로 차를 가져다 세웠다.

허 중령은 담배를 피워 물었다. 이 감정의 무더기를 그대로 지니고 영심의 앞에 나서기가 갑자기 무서워졌기 때문이다. 허 중령은 눈을 지긋이 감은 채 무서운 얼굴을 하고 있었다.

"됐다! 이제 들어가자."

"네."

차는 이윽고 대문 밖에서 멈추고 허 중령은 내렸다.

"곧 떠날 테니 차를 돌려놓고 기다려."

"네."

허 중령은 성큼성큼 안으로 들어갔다. 오진국 씨는 낮잠이 들어 있었고 할머니는 온돌방에서 돋보기를 쓰고 바느질을 하고 있었다.

---

99) 비켜

이층으로 올라갔다. 다리미질을 하고 앉아 있었던 영심이가 시선을 들었다. 남편의 무서운 얼굴이 자기를 물끄러미 내려다보고 있었다.

"왜 안 가셔요?"

대답이 없다. 영심은 후딱 불안해졌다. 다리미를 놓고,

"연대에 다녀오신다더니……"

"…………"

"왜 그러세요?"

"똑똑히 대답해 주시요!"

비로소 남편은 입을 열었다.

"네?"

영심의 표정이 갑자기 어두워졌다.

"간단히 묻겠소. 간단히 대답을 해 주시요."

"갑자기 무슨…… 무슨 말씀을……"

"어제 창경원에 갔었소?"

"아——"

영심은 눈앞이 아찔해졌다. 이미 모든 것은 결정적인 판국에 온 것이다.

남편이 그것을 어떻게 알았는지 모르지만 허위의 평온은 이미 깨져 나가고 있었다.

"네, 갔었읍니다."

한편 손으로 방바닥을 짚고 영심은 쓰러지려는 상반신을 가까스로 붙들었다.

"임지운을 만났었소?"

"네…… 만났읍니다."

"만나서 무엇을 했는지 묻지 않겠소. 내 입으로 차마 그것을 물을 수 없소."

영심은 고개를 푹 수그리며 떨리는 목소리로,

"저는 숨기지 않겠읍니다. 무엇이든 물어 주셔요."

"하나만 더 물으면 되오. 몇 번이나 만났소?"

"그저께와 어제…… 두 번 만났읍니다. 그렇지만 어제로서 최후의 작별을 하고 왔읍니다."

"만났다는 그 사실만이 내게는 중요하오! 이것을 읽어 보시오."

구겨 넣었던 유민호의 축사를 영심 앞에 홱 내던지고 바람처럼 휙 허 중령은 아래로 뛰어 내려갔다.

"아, 잠깐만……"

영심이가 따라 나왔을 때는 이미 남편을 실은 차는 달리고 있었다.

"다행이다. 담배를 한 대 피우고 들어간 보람은 확실히 있었다. 영심의 몸에 손질 하나 대지 않고 나올 수 있는 것은 확실히 그 한 꼬치의 담배의 혜택이었다."

허 중령은 와들와들 치를 떨고 있었다.

"어디로 갈까요?"

전찻길까지 나왔을 때, 운전수는 물었다.

"남대문 통……"

차는 종로를 향하여 달리기 시작하였다. 허정욱은 담배를 피우며 이 화염과도 같은 감정의 덩어리를 무마하기 위해서는 무슨 커다란 파괴 하나가 자기의 손으로 이루워져야만[100] 하였다. 그 파괴의 대상으로 유민호와 임지운의 모습이 자꾸만 떠올랐다.

유민호의 축사대로, 적어도 학덕이 겸비한 인격자 오진국 선생의 딸이요. 허 중령의 아내가 딴 사나이와 눈을 마추고[101] 있다는 그 사실만이 허정욱은 분한 것이다.

유민호만 없애 버리면 이러한 추문(醜聲)이 이상 더 퍼지지 않을 것이다.

유민호의 입을 허 중령은 영영 막아 버려야만 하였다.

오로지 그래서 달려가는 허정욱이었다.

십 분 후, 지이프차는 덕흥상사 앞에서 허정욱을 내려 놓았다. 허정욱은 잠바의 깃을 세우고 안으로 들어갔다.

유민호는 사장실에 있었다. 정중한 인사를 유민호는 하

---

100) 이루어져야만

101) 맞추고

였으나 입가에는 한 줄기 비웃음이 노골 적으로 떠올라 있었다. 그 승리자와도 같은 비웃음을 바라보자 허정욱은 다짜고짜로 허리에 찬 권총을 꺼냈다.

"앗…… 허, 허군……"

사무탁자 앞에서 유민호는 후닥닥 몸을 일으켰다. 얼굴이 종이장처럼 해 말쑥해졌다.

"위, 위험하네, 위험해!"

총구멍을 비끼노라고 유민호는 두 손바닥으로 총뿌리 앞을 연방 막으며,

"말로…… 말로 하세! 그런 건…… 그런 건 넣어두고 ……"

사장실로 들어서서 아직껏 한 마디도 입을 열지 않은 허정욱이기에 유민호는 그 무서운 표정만을 상대로 할 수밖에 도리가 없다.

"떠들지 말아, 떠들면 빨리 죽는다!"

"아아, 떠들지 않을 테니…… 그것만은 좀 넣어 둬!"

유민호는 새파래져서 부들부들 떨고 있었다.

"창경원에 들어가서 편지 속에 있는 광경을 본 것은 너 혼자냐?"

"아, 나 혼자다."

"편지를 갖고 온 젊은 사원이 편지의 내용을 알고 있는

가?”

“모, 모른다.”

“너 이외에 그런 사실을 알고 있는 사람은 없는가?”

“없다! 누구 보고도 나는 이야기하지 않았다.”

“사실인가?”

“사실이다.”

“그렇다면 너 하나만 죽으면 되는 거다!”

“아아, 허군! 무슨…… 무슨…… 소리를?”

“보잘것없는 몸이지만 허정욱 중령의 명예와 오진국 선생의 체면을 보존하기 위해서 너는 죽어 다오!”

허 중령의 총뿌리가 휙 들리며 정확한 조준으로 유민호의 가슴을 겨누었다.

“오오, 허군……”

총뿌리를 피하여 유민호는 방바닥에 넙적 엎드려 버렸다. 두 손으로 얼굴을 가리고 가리운 손길을 펴 합장을 했다.

“절대로…… 절대로 입 밖에 내지 않을 테니…… 살려 주게. 나를 쏘면 자네도 죽을 것이 아닌가?”

“나는 이미 죽음을 각오한 사람이다.”

“오오, 정욱군! 군과 내가 무슨 원수를 져서 이래야만 하는가? 자네의 명예와 오 선생님의 체면을 위하여 영원히, 영원히 비밀(祕密)은 지킬 테니."

허정욱은 물끄러미 유민호를 내려다보고 서 있었다.

진정으로 허정욱은 살고 싶지 않은 것이다. 이 불명예와 영심의 사랑을 이미 잃어버린 허무 속에서 어찌 다시금 삶의 길을 택할 수 있으랴.

"나만 입을 닫치고 있으면 문제는 간단하지 않은가? 이처럼 살고 싶어하는 유민호 하나 죽였댓자……"

그러면서 유민호는 네 발 걸음으로 벌벌 기어 오자 허정욱의 두 다리를 껴안고 얼굴을 부볐다.

그 순간 허정욱은 무기를, 거두고 휙 돌아서서 총총히 사장실을 나섰다.

"안국동, 임지운의 집으로!"

지이프차에 올라타며 허정욱은 외쳤다.

안국동을 향하여 차를 모는 동안 허정욱은 여러 번 허리에 찬 무기를 어루만져 보았다. 이번에야 말로 그 무기가 사용될런지 모를 일이라고, 자기의 절실한 감정의 무더기가 그 조그만 화염(火焰)과 함께 튀어나갈 것만 같았다.

이유여하가 허정욱에게는 이미 문제가 아니었다. 친구의 아내를 꾀어내다가 품에 안았다는 그 패덕의 행동이 문제였다. 자기가 참으로 정의를 보고 눈을 감지 못하는 위인일진대 '문답무용(問答無用)'의 한 마디로서 자기의 정의감을 행동화하면 그만이었다.

안국동 네거리에서 차는 곧장 골목 안으로 기어 들어갔다. 이윽고 지운의 집 대문 밖에서 차는 멈추고 허정욱은 내렸다. 대문을 향하여 뚜벅뚜벅 허정욱은 걸어 들어갔다.

걸어 들어가던 허정욱은 그 순간 무엇을 생각했는지, 대문 앞에서 걸음을 멈추고 우뚝 섰다. 눈을 감았다. 그리고는 심호흡을 두 번 했다. 그리고도 또 대문은 열지 않고 잠시 서 있던 허정욱이가 휙 돌아서 나오면서 허리에 찼던 권총을 케이스와 함께 떼어 운전수에게 내 주며,

"맡아 두어."

"네?"

젊은 군인은 수상히 여기며 권총을 받아 자기 왼편 허리에 찼다. 호위병을 겸임하고 있는 이 운전수도 자기 오른편 허리에 똑같은 권총의 필요는 느끼지 않고 있었다.

허정욱은 이윽고 대문을 열고 안으로 들어갔다.

이날, 집에는 지운과 복순이가 있었다. 오늘은 휴강인 임 교수는 목욕을 하러 갔고 임 교수 부인은 서대문 친정편 일가댁을 찾아가고 없었다.

지운은 자기 방으로 허정욱을 맞아 들였다. 허정욱은 자기의 감정을 그대로 표시하는 무서운 얼굴로 지운과

마주 앉았다.

허정욱의 표정에서 지운은 이미 모든 것을 짐작하고 있었다.

"내가 찾아 온 이유를 임형은 아마도 모를 것이요."

그 말에 지운은 조용히 머리를 들어 허정욱을 정면으로 쳐다보았다.

"알 것 같습니다. 영심 씨가 이야기를 한 것이겠지요."

"아내의 입에서 들은 것은 아니요. 임형과 내 아내의 밀회 광경을 본 사람이 있소."

"아, 그렇습니까!"

지운은 이미 떠들지 않았다. 창백한 얼굴에 가느다란 홍조가 한 줄기 떠올랐을 뿐이었다.

"창경원에서 두 번 만났다지요?"

"그렇습니다. 그러나 어제 헤어질 때는 영원히 만나지 않기로 하고 헤어졌읍니다."

"나는 지금까지 임형을 인간적으로 존경하고 있었소."

"나도 허형을 존경하고 있었읍니다."

"오영심은 허정욱의 아내요."

"나도 그것을 잘 알고 있읍니다."

"나는 아내를 사랑하고 있소."

"그것도 잘 알고 있읍니다."

이런 쓸데없는 이야기를 느려놓으려고 온 허정욱은 분명 아니었다.

그러게 지운의 그 온순한 태도에 접하는 순간, 어쨌든 일단은 사리를 가려 놓아둘 생각이 허정욱에게는 들었다.

"최후의 작별을 했다고 하지만 그것은 아내에 대한 임형의 사랑을 포기했다는 것을 의미하는 말이요!"

"사랑은 노력으로서 포기할 수는 없는 것이라고 생각합니다. 다만 이상 더 만나지 않겠다는 것뿐이지요."

그 순간, 허정욱의 표정이 그 무엇을 최후적으로 결정짓는 것 같은 움직임을 보이고 있었다.

"한 여자를 두 사나이가 사랑할 수 없는 것이 현실이라고는 생각하지 않소?"

"나도 그렇게 생각하지요."

"그렇다면 두 사람 중에 하나는 이 세상에서 없어져야 할 것이요."

"나도 그렇게 생각합니다."

"임형과 나와, 어느 편이 없어져야 한다고 생각하오!"

"솔직히 대답해서 허형이 없어져 주었으면……하고 생각하지요."

"무엇이?"

허정욱의 손길이 휙 하고 허리로 갔다. 만일 그 손길

이 무기가 잡혔던들 사건은 간단히 처리가 되었을런지 몰랐다.

그러나 허정욱의 손길에 무기는 잡히지 않았다. 자기감정의 무질서한 폭발을 사전에 경계했던 자기의 행동이 지금에 와서는 도리어 뉘우쳐졌다.

"철썩…… 철썩……"

무기를 잡지 못한 허정욱의 커다란 손길이 미친 낫(鎌)처럼 지운의 뺨을 무섭게 내갈기고 있었다.

"어마나? 저 일을……"

댓돌 아래서 엿듣고 섰던 복순이가 철썩철썩 매를 얻어맞고 있는 사람이 지운임을 알아보고 방문 밖에서 공둥공둥 뛰었다.

허 중령의 그 호된 군대식 기압을 지운은 조용히 받고 있었다.

"남의 유부녀를 꾀어 낸 작자가 도리어 권리를 주장해?"

허정욱은 손길을 거두며 휙 자리를 박차고 일어났다.

거칠 대로 거칠어진 허정욱의 어조였다.

"영심 씨는 허형보다도 나를 사랑하고 있으니까요. 사랑하는 사람들에게는 그것을 요구할 권리가 있다고 생각합니다."

지운은 조용히 시선을 들었다. 창백한 얼굴에는 울긋불긋 손가락 자리가 지렁이처럼 뻗어 있었다.

"아니다! 영심은 나를 사랑하고 있는 것이다. 그러기 때문에 영심은 너를 버리고 나를 택한 것이다. 영심의 이성은 나를 사랑했다."

"영심 씨의 감정은 나를 사랑하고 있지요. 감정을 상실한 애정이란 있을 수 없는 일이니까요. 허형은 결국 영심 씨의 허수아비만을 소유하고 있는 것입니다. 사랑하는 사람을 사랑하는 사람에게 돌려보내 주시요. 그런 의미에 있어서 두 사람 중에 하나가 없어져야만 하는 때는 허형이 없어져 주기를 나는 바랍니다."

허정욱은 전신을 와들와들 떨고 있었다. 아내를 유인해 낸 간부가 남편더러 없어져 달라는 것이다.

허 중령의 의분은 이미 절정에 달해 있었다.

"나의 정의감은 당장이라도 군을 없애 버리고, 싶지만……"

허정욱의 음성이 무섭게 떨고 있었다.

"나는 신사다! 공평한 승부로서 두 사람 중의 하나가 없어질 방도를 취하기로 하마!"

"무슨 뜻이요?"

"결투를 하자! 이것은 허정욱의 군인 정신이 발휘하는

최대의 자비심이다!"

지운은 물끄러미 허 중령을 쳐다보다가,

"그것은 무의미한 행동이요. 결투의 필요성을 나는 느끼지 않았오."

"승부에 자신이 없다는 뜻인가?"

"아니요! 중세기와 같은 봉건적 사회에서는 결투로서 한 여성의 운명을 좌우할 수도 있었지만 오늘은 시대가 다르오. 체면이라든가 명예를 위해서 귀중한 생명을 빼앗기도 싫고 바치기도 싫소."

"비겁한 위인이다!"

그 말에 지운도 훌쩍 자리에서 일어서며 허정욱과 딱 마주섰다.

"그 말을 취소하시요!"

"취소 못하겠다! 비겁한 인간을 비겁하다고 말한 것은 당연한 일이다."

"비겁해서 결투를 피하는 것이 아니다. 결투로서 오영심의 운명이 좌우된다는 것은 비극을 의미하는 것이기 때문이다."

"얘이, 사내답지 못한 자식아!"

허 중령의 손길이 철썩하고 갔다.

"글 쓰는 자식들은 모두가 너 같은 겁쟁이냐…… 문학

이니 예술이니 하며 남의 집 유부녀의 엉덩이나 살살 따라다니는 썩어빠진 연체동물(軟體動物)들아!"

"말을 삼가라!"

지운의 얼굴에는 비로소 대항의 굳은 의지가 알알이 떠오르고 있었다.

"도리어 내가 말을 삼가? 너희들의 그 지지리 못난 문약(文弱)이 오늘의 민족정기(民族正氣)를 요모양으로 약화시킨 줄을 알아야 해! 목숨이 아까우면 아깝다고 솔직히 말하는 것이 너희들의 슬로오건인 진실일 것이 아닌가?"

지운의 대항 의식이 극도로 앙양해 있었다. 그러나 그것을 표시하는 지운의 어조는 이미 침착해졌다.

"결코 비겁하지 않다는 증거를 보여 주면 될 것이 아닌가?"

"결투를 하겠다는 말이냐?"

"그렇다! 허정욱과 더불어 임지운은 당당히 싸워야만 할 것을 결심했다."

"무기는 무엇에 자신이 있는가?"

"권총에는 자신이 있다!"

권총은 쥐어도 보지 못한 지운이었다.

"그럼 나가자!"

허정욱은 문을 박차듯이 열고 앞장을 서서 대문 밖으로

나갔다.

지운은 조용히 넥타이를 매고 옷을 갈아입었다. 죽음을 절실히 원하고 있던 지운이었다.

"아이구, 어딜 가세요?"

복순이가 따라 나오면서 지운의 손길을 잡고 공둥공둥 뛰면서 울어댔다.

지운은 복순의 얼굴을 물끄러미 들여다보며 머리를 한 번 쓰다듬어 주고 나서,

"아버지와 어머니가 돌아오시거든 전해다오. 지운은 절대로 비겁한 인간은 아니었다고."

그리고는 홱 돌아서서 성큼성큼 걸어나가자 지이프차에 올라탔다. 차는 달렸다.

결투기[102]

목욕을 갔던 임학준 교수가 돌아온 것은 지이프차가 떠난 지 십 분도 못 되어서다. 복순에게서 사정을 듣고 임 교수는 곧 옷을 갈아입었다. 그리고는 안국동 네거리로 뛰어나와 택시 한 대를 불러 탔다.

어디로 가는지 알 수가 없다.

임 교수는 우선 명륜동 오진국 씨를 찾을 수밖에 없었다.

전번 영심의 결혼식날, 피로연을 마치고 명륜동으로 가서 오진국 씨와 저녁 무렵까지 술을 나눈 적이 있기 때문에 다행히 집은 알고 있었다.

허 중령에게 숱한 매를 얻어맞고 결투가 무엇인지 모르지만 권총으로 결투를 한다고 밖으로 나갔다는 말을 복순은 했다.

---

102) 決鬪記

그러나 임 교수는 차를 몰면서 자기 아들이 최후로 남겨 놓고 간 한 마디가 눈물겨울이만큼[103] 비장했다.

"아버지와 어머니에게 말해다오. 지운은 결코 비겁한 인간은 아니었다고—"

자꾸만 뜨거워 오는 눈시울을 임 교수는 어찌할 도리가 없었다. 생전 만져 보지도 못한 권총으로 결투를 하러 떠난 아들의 심정이 애처롭기 그지없다.

"용하다! 내 아들 용하다!"

그러다가도 임 교수는 후딱 정신을 차리며,

"안된다! 지운아, 죽어서는 안된다!"

삼대독자가 마침내 아름답고 진실한 연애를 위하여 최후의 길을 떠난 것이다. 그리고 오늘 자기 아들에게 이러한 죽음의 길을 가르쳐 준 것은 오로지 임 교수 자신의 책임이었다. 진실하라, 아름다워라, 참되라 하고 임 교수는 철이 들기 시작할 무렵부터 자기 아들 지운을 교육시켜온 것이다.

"왜 좀 더 재치 있는 삶의 방도를 못 가르쳤던고……"

임 교수는 후회가 났다. 그렇지 않아도 늙어가면서 마음이 차차 약해지는 임 교수였다. 눈물이 자꾸만 흘러나

---

103) 눈물겨우리만큼

왔다.

"제 어미가 이 일을 알면 기절을 할 텐데……"

이상과 현실의 상극면에서 철학자 임학준 교수는 몸부림을 쳤다.

"총두 쏠 줄 모르는 애가……"

허 중령의 탄환에 이미 피를 뿜으면서 쓰러졌을런지도 모르는 아들의 비장한 모습을 임 교수는 불현 듯 머리에 그림 그리고 있었다.

"지운아, 용하다!…… 그렇지만 제발 죽지는 말아다오!"

그것이 얼마나 모순된 기원인지를 뻔히 알면서도 임 교수는 그 한 마디를 마음속으로 수없이 부르짖고 있었다.

차가 명륜동에 도착했을 때, 오진국 씨도 차비를 채리고[104] 임 교수를 만나러 안국동으로 떠나려는 참이었다. 허정욱이 영심의 앞에 내던지고 나간 유민호의 편지를 오진국 씨는 이미 읽고 있었다.

"마침 잘 오셨소. 그렇지 않아도 임 선생님을 좀 만나뵈려 가려던 참이요."

오진국 씨는 몸이 와들와들 떨고 있었다.

---

104) 하고

"미처 찾아뵙지 못해서 송구스럽습니다."

임 교수는 정중히 인사를 하고 마주 앉았다. 영심은 미닫이를 닫은 아랫방에서 할머니 옆에 머리를 숙이고 가만히 앉아 있었다.

"이런 사실을 임 선생이 아시는지 어쩐지는 모르겠소만…… 다른 아이라면 또한 모르되 적어도 임 선생의 아드님이고 보면 보고 들은 것만도……"

원체 성미가 급한 위인이라 앞뒤를 재어서 이야기할 여유가 마음에 없다.

"실은 그 일 때문에 이처럼 오 선생을 뵈러 온 것입니다."

임 교수는 어디까지나 정중했다.

"임 선생의 아드님이기에 나도 믿은 것이요. 그렇거늘, 책을 갖고 온답시고 찾아와서는 친구의 아내 되는 이를 꾀임수로 넘겨 가지고…… 대관절 임 선생은 무엇을 아드님에게 가르쳤다는 말이요? 이 귀로 분명히 듣고 싶소!"

"…………"

꾸중을 듣는 소학생처럼 임 교수는 공손히 머리를 숙이고 있을 뿐, 대답을 하지 못했다.

"공맹(孔孟)의 가르치심은 두말할 필요도 없거니와 예수나 석가가 다 똑같은 수범(垂範)을 창생(蒼生)을 위해서 하셨소. 그처럼 절조를 지키려고 노력한 내 딸년이었소. 그것을 종시 감언이설(甘言利說)로 꾀어내다가……

이것을 보시요! 이러한 패륜 탕자(悖倫蕩子)로 만들기 위하여 아드님을 하육시킨 임 선생은 필연코 아니었을 것이라고 믿으오."

그러면서 오진국 씨는 부들부들 떠는 손으로 유민호의 편지를 임 교수 앞에 휙 내던져 주었다.

임 교수는 묵묵히 편지를 읽기 시작하였다.

"임 선생은 이 일을 대관절 어떻게 생각하시요?"

편지를 끝까지 읽고 난 임 교수를 향하여 오진국 씨는 대들어 물어왔다.

"오 선생님께 뵈일 낯이 없읍니다. 모두가 다 불초 임학준의 가르침이 부족한 탓이올시다. 관용이 계시기만 바라 마지않습니다."

임 교수는 머리를 숙여 예의범절을 깍듯이 채렸다.

"용서 여부가 문제가 아니요. 그 애의 남편이 이미 이 사실을 알았소. 이 일을 어떻게 처리해야만 임 선생의 마음은 흡족하겠소."

"실은 그 일 때문에 부랴부랴 달려 왔읍니다. 허군은 집으로 찾아와서 내 아들을 끌고 어디론가 나갔읍니다. 내가 목욕을 잠깐 다녀 온 틈에 일어난 일이지요. 집에 있는 계집애의 말을 들으면 권총으로 결투를 할 셈으로 어디론가 갔다는 것입니다.”

“결투라고요?”

그 한 마디에는 오진국 씨의 안색도 어지럽게 변했다.

“그렇습니다. 생사를 다투는 싸움이 벌어진 것입니다.”

“오오, 일은 마침내 커질 대로 커지고 말았소!”

오진국 씨는 탁 무릎을 치며 비장한 음성으로 탄식을 하였다.

“그러나 오 선생님, 제 이야기를 들어 보십시요. 여기에 한 가지 비장한 사실이 있습니다.”

“어서 이야기를 하시요.”

“결투를 승낙하고 따라나간 내 아들로 말하면 아직껏 권총이라고는 손에 잡아보지도 못한 아이올시다. 그 애는 이미 죽음을 각오하고 나갔다는 사실입니다.”

그 순간, 오진국 씨는 또 한 번 무릎을 딱 치며,

“아, 안됐소! 빨리 그들을 찾아야만 하겠오!”

그렇게 외치며 오진국 씨는 몸을 일으키려다가 자유롭지 못한 몸이라 다시금 펄썩 주저앉고 말았다.

“영심아! 영심은 어디 있느냐?”

오진국 씨는 커다란 소리로 딸을 불렀다.

그때, 미닫이가 홱 열리면서 영심이 대신 할머니가 대

답을 했다.

"영심이가…… 영심이가 정신을 잃었구나!"

영심은 새하얀 얼굴을 하고 할머니의 팔에 안기워 있었다.

"얘야, 영심아 영심아!"

할머니는 영심의 어깨를 연거퍼 흔들어 대며 영심을 자꾸만 불렀다. 임 교수는 뛰어가고 오진국 씨는 네 발 걸음으로 성큼성큼 기어갔다.

"술이 있거든 빨리……"

임 교수는 오진국 씨가 먹다 남은 소주를 공기에 따라 영심의 입에다 부어 넣었다. 그리고는 식모더러 물수건을 가져 오래서 영심의 얼굴과 머리를 식혔다.

한참 만에 영심은 헛소리를 했다.

"죽기 전에…… 죽기 전에 한 번 만나 본다지 않았어요?"

딸의 싸늘한 손길을 부여잡고 오진국 씨는 멍하니 임 교수의 얼굴을 바라보았다. 임 교수는 양미를 찌푸리며 깨어나는 영심의 무심한 모습을 열심히 들여다보고 있었다.

영심의 그 헛소리를 듣는 순간, 임 교수의 교육을 책망하던 오진국 씨 자신의 자세 교육이 후딱 머리에 왔다. 사나이의 꾀임에 넘어간 줄로만 믿고 있던 자기 딸이었다.

그 자기 딸의 입으로부터 흘러나온 이 절실한 이 한 마디를 듣는 순간, 오진국 씨는 자기가 지금까지 굳세게 지니고 오던 인생관의 붕괴를 느끼고 눈앞이 캄캄해졌다.

영심은 이윽고 눈을 떴다. 그러나 어지러움이 심하여 일어나 앉을 수가 없다.

"자아, 그럼 오 선생 저는 좀 나가봐야 겠습니다. 그들을 찾아봐야 겠습니다."

임 교수는 훌쩍 일어나서 나왔다.

"선생님, 저두…… 저두 나가 보겠어요."

그렇게 외치면서 영심은 일어섰다.

"안되오! 좀 더 진정하신 후에……"

영심은 일어서다가 다시 주저앉았고 임 교수는 부리나케 오진국 씨의 집을 뛰쳐나왔다.

외국 소설이나 영화 같은 데서는 결투의 장면을 읽기도 하고 보기도 했지만 실제로 결투의 광경을 본적은 허정욱 자신도 물론 없었다. 그러나 결투의 정신만은 전적으로 찬양하고 있는 허 중령이었다.

사나이와 사나이의 최후의 대결은 생명을 내걸은 결투에 있을 수밖에 별다른 해결책이 없었기 때문이었다.

지운도 소년 시절에는 그렇게 생각하고 있었다.

그러나 소년 시절을 벗어나면서부터 결투의 무의미를 깨닫기 시작하였다.

결투로서 최후의 체면을 세운 시대는 이미 아니었기 때문이다.

오늘날 세계 각국이 결투를 하나의 범죄로서 규정한 것도 오로지 그 때문이었다.

더구나 오늘 두 사람의, 결투로서 오영심의 운명을 결정짓는다는 것은 확실히 비극이 아닐 수 없었다. 그것은 기사도(騎士道)가 곧 정의를 의미했던 낡은 도덕일 따름이다.

그러나 지운은 그것을 승낙하였다. 결투로서 오영심의 운명을 결정짓는 것이 아니고 지운 자신의 운명을 결정지으려는 비장한 생각에서였다.

두 사람을 실은 지이프차는 안국동 네거리로 빠져나왔다.

"창경원으로 장소를 정하는 것이 어떻소?"

허정욱은 물었다.

"아무런 곳이나 좋습니다."

지운은 대답하였다.

차는 일로 창경원으로 달려갔다.

"외국의 낡은 풍속인 결투에 대한 지식이 나에게는 없소. 입회인(立會人) 같은 것을 세웠다지만……"

"그때의 법률이 결투를 허용했었으니까 입회인을 세울 수도 있었겠지만…… 오늘날에는 살인 방조죄에 걸리지요. 그런 의미에서도 창경원은 적당한 장소가 못될 것입니다. 결투에 이겨 봤댔자 살인범으로 곧 체포가 될 테니까요."

"산으로 가요."

"그렇지요. 깊숙한 산골짜기 같은 데가 좋겠지요."

이리하여 차는 창경원 앞을 그대로 지나 동소문 고개를 넘었다.

"성북동으로 들어가!"

삼선교에서 차는 왼쪽 편으로 꺾어져 성북동 막바지를 향하여 개천가를 곧장 기어 올라갔다.

올라가는 동안 지운은 가만히 눈을 감고 있었다. 영심의 소녀 시절의 해군복이 눈시울 속에 조용히 앉아 있었다.

오늘의 자기의 운명이 십 년 전 그때부터 이미 결정되어 있었던 것만 같았다. '愛人[애인]'의 후편을 써 놓지 못하고 죽는 것이 약간 한스럽기도 했지만 이처럼 영심의 남편 되는 사람의 손에 걸려서 쓰러지는 편이 제 손으로 목숨을 끊는 것보다는 다소 도의적인 죽음 같기도 해서 세속적인 부채를 갚는 것 같기도 했다.

서로가 죽을 때는 한 번 만나보고 싶다는 영심의 최후의 한 마디가 무척 마음속에 아쉬워 왔으나 그럴 겨를이 허용될 수 있는 허 중령의 옆얼굴이 못 되었다.

의분과 증오의 감정이 폭포수처럼 쏟아져 흐를 것만 같은 무서운 옆얼굴이었다. 싸움터에서의 전투심리가 그대로 아로새겨져 있는 결사적인 푸로필이었다. 진정으로 단념할 수 없는 단념을 지운은 하는 수밖에 없었다.

"스톱!"

이상 더 올라갈 수 없는 계곡 막바지에서 차는 멈추었다.

"김 중사!"

허 중령은 차안에 그대로 버티고 앉아서 호위병인 운전수를 엄숙한 어조로 불렀다.

"총을 이리 줘."

"네."

왼쪽 편 허리에서 허 중령의 권총을 호위병은 내주었다.

"자네 것도 마저 이리 줘."

"네."

젊은 군인은 의아스런 표정으로 오른쪽 허리에서 또 하나를 내주었다.

"상관의 명령이다! 이제부터 하는 내 명령에 절대 복종을 맹세하라!"

조그만 반항이라도 있었다가는 권총뿌리로 내려갈길 것만 같은 무서운 표정이었다.

"네 복종하겠읍니다!"

호위병은 얼굴이 새파래졌다.

"군이 오늘 보고 듣고 한 사실을 당장에 잊어버려라!"

"네……"

"군이 오늘 보고 들은 사실은 영원한 비밀이다!"

"네, 네-"

운전대에 앉아 있는 그대로의 자세로 젊은 호위병은 차렷을 했다.

허 중령은 뒤이어 다시금 정확성을 띠인 명령을 운전수에게 했다.

"이 차는 남대문 덕흥상사를 떠난 후 어디로 갔는가?"

"안국동 임 교수의 댁으로 갔읍니다."

"아니다!"

"네!……"

"덕흥상사를 출발한 이 차는 아무 데도 들리지 않고 곧장 일선 연대로 간 것이다. 알겠나!"

"네, 알겠읍니다!"

젊은 군인도 그 무엇을 짐작하고 있었다.

"우리 두 사람은 여기서 잠깐 내린다. 요지음 이 산에 꿩이 많다는 말을 듣고 꿩 사냥을 가는 것이다."

"네, 네."

"총소리가 들린 후, 삼십 분 이내에 두 사람중에 한 사람이 내려올 것이다."

"네―"

"만일 내려온 사람이 여기 있는 임형인 경우에는…… 명륜동 사모님한테로 정중히 모셔다 드려라."

"네―"

"한 주일 후, 내 휴가가 끝나서 행방이 문제되는 경우에는 오늘 덕흥상사를 떠나 일선으로 가는 도중, 삼선교에서 이유 없이 내렸다고만 하라. 그리고 반대로 내가 내려오는 경우에는 아까 말한 것처럼 곧장 일선으로 간 것으로 되어 있는 것이다."

"네."

"혹시 우리 두 사람이 다 내려오지 않는 경우에는 모든 것을 사실대로 말해도 무방하다. 알겠나?"

"알겠읍니다!"

"군의 총명만이 군의 생명을 보장할 것이다!"

"네!"

젊은 군인의 얼굴은 해말쑥하니 핏기를 잃고 있었다.

"김 중사는 잠깐 내려. 우리는 할 이야기가 있으니까―"

"네."

운전수는 뛰어내려 저만치서 기다리고 서 있었다.

"서로의 신변을 보장하기 위하여 오늘의 결과가 자살이라는 유서를 쓰기로 합시다."

"좋습니다."

둘이는 각기 주머니에서 묵묵히 수첩을 꺼내들었다. 그리고는 둘이가 다 잠시 그 무엇을 골똘히 생각하다가 유서를 쓰기 시작하였다.

"공평을 기하기 위하여 유서의 내용을 서로 보이기로 합시다."

"그럽시다."

먼저 허정욱이가 자기의 수첩을 지운에게 펼쳐보였다.

　一九五四[일구오사]년 二[이]월 三[삼]일, 스스로 목숨을 끊는 직전의 허정욱은 씀

　도의는 완전히 허무러지고,[105] 있는 것은 오직 난무하는 본능일 뿐이다. 자유민주주의가 본능의 난무를 옹호하는 주

---

105) 허물어지고,

의 주장일진대 차라리 그것은 우리 한국 민족에게 부여되지 않음만 같지 못하다. 한 민족의 정기를 위하여 나는 반생을 싸워 왔다. 그러나 아아, 본능의 옹호자들은 진실이라는 이름을 빌어 작게는 한 가정, 한 민족을 파괴하고 크게는 전 세계 전 일류를 좀 먹고 있다. 감미로운 것을 즐기는 자에게는 반드시 멸망이 오는 것이다. 아아 성심성의, 내가 사랑하여 온 아내 영심! 그대는 마침내 본능주의자에 제물이 되려는가? 너무도 서글프고 원망스럽다!……

"잘 읽었읍니다."
그러면서 지운은 다음 자기 수첩을 허 중령에게 내보였다.

내마음의 고향이던 영심 씨!
죽기 전에 한 번 만나 뵙지 못하고 가는 이 몸, 무한히 안타깝습니다. 작품세계에서는 진실을 위하여 그처럼 용감했던 저도 현실에서는 역시 약한 사람 가운데의 하나로서 죽는 길을 택했읍니다. 노력을 하다가 진정으로 그것이 불가능할 때는 언제든지 찾아오고 찾아가자던 영심 씨의 한 마디를 주옥처럼 소중히 알고 저는 먼저 갑니다. 제게 있어서 노력은 이미 불가능을 의미했읍니다.

끝으로 몸 조심하셔서 허 중령의 심뇌를 덜어드리기 바라며 아직 하직하지 못하고 나온 제 아버지와 어머님께 저를 대신하여 위로의 말씀 전해주시기 비오며……

　　　　　　　　　　　－九五四[일구오사]년 二[이]월 三[삼]일
　　　　　　　　　　　　　　　　－임지운은 경건히 올림

"좋소. 자아 내립시다."

수첩을 도로 지운에게 내주고 허정욱은 차에서 뛰어내렸다. 지운도 내렸다. 운전수는 대신 차에 올랐다. 둘이는 묵묵히 눈이 쌓인 계곡을 끼고 올라갔다. 한참 걸어 올라가다가 앞장을 선 허 중령이 왼쪽 편 산비탈을 기어올라가기 시작하였다. 눈길이 미끄러워 두 사람은 연방 쓰러지면서 올라갔다. 소나무 가지를 붙잡고 올라갔다.

"노력이 불가능할 때는 언제든지 찾아오고 찾아가자."

허 중령의 심뇌를 덜어 주라는 말은 나쁘지 않았으나 영심의 입에서 이와 같은 말이 흘러 나왔다는 사실을 생각할 때, 허정욱의 피가 글자 그대로 와글와글 끓었다.

둘이가 한참 위로 올라가는데 비교적 평탄한 넓이를 가진 언덕 하나가 나타났다. 그 언덕으로 둘이는 미끄러지면서 올라갔다. 눈은 바람에 날아갔는지, 발목 밖에는 차지 않았다.

"여기가 좋소."

앞장을 섰던 허정욱은 걸음을 멈추었다.

날씨는 흐렸다 개었다. 하였다 엷은 구름의 장막이 하늘을 덮고 있었다.

"우리에게는 신사적인 행동이 필요하오."

걸음을 멈추며 허정욱은 말했다.

"염려 마시요."

간단한 대답을 지운은 했다.

"결투의 조건을 잘 모르니까, 우리는 우리 식으로 조건을 정합시다."

"좋습니다."

"거리는 삼십 미터로 정합니다."

어지간한 사격의 명수가 아니고서는 삼십 미터나 떨어진 곳에서 사람 하나를 쓰러뜨리기가 무척 힘든 줄을 허 중령은 알고 있었다.

"좋습니다."

지운은 간단히 그것을 승낙하였다.

"시계를 꺼내시요."

지운은 묵묵히 외투 소매를 걷어 보였다.

"끄르시요."

지운은 시계를 끌러 주었다. 허정욱도 자기 시계를 끌

렀다. 크기가 꼭 같은 동그란 스텐레스의 시계였다. 허 중령은 두 개를 한꺼번에 귀에 갖다 대고 한참 동안 초침(秒針)소리를 듣고 있다가,

"들어 보시요. 정확히 맞아 돌아갑니다."

"들을 필요가 없읍니다. 나는 허 중령의 인격을 존중하고 있읍니다."

"그러면 초침을 맞추어 놓습니다."

그러면서 허 중령은 두 개의 유리를 떼고 꼭 같은 위치에다 초침을 돌려놓았다. 그리고 또 한참 들여다보았다. 초침은 꼭 같은 위치에 서서 정확히 맞아 돌아가고 있었다. 이윽고 허 중령은 시계를 도로 내주며,

"시각을 정합시다."

"좋습니다."

"어떻게 할까요? 삼십 미터 거리에 마주 서서 초침이 영시(零時)를 가리킬 때, 손을 들어 신호를 하지요. 그리고 그 신호가 있은 지 일 분 후, 다시 말하면 그 초침이 다시 돌아와 영시를 가리키는 순간을 발사시각으로 정하면 어떨까요?"

"좋은 생각입니다."

"그러려면 우리의 인격을 내걸고 신사 조약이 필요하지요."

"그 점에 있어서는 나를 의심하지 않아도 좋을 것이요. 이 한마디는 임지운과 아울러 오영심의 명예를 위해서도 신사가 돼야만 하겠지요."

그러면서 지운은 비로소 똑바로 허정욱의 눈동자를 쏘아보았다.

최후의 대결을 의미하는 무서운 응시가 그곳에는 있었다.

"임형은 어디까지나 좋은 말만 잘하오. 대단히 좋은 말이요. 좋소! 오영심의 명예를 위하여 신사가 되시요!"

허정욱의 언성이 갑자기 높아졌다.

"된다면 되는 거요! 여러 말 할 필요는 없소!"

이미 죽음을 원한 지운이었다. 발사 시각이 와도 지운은 사격을 하지 않을 셈으로 있는 것이다. 만져도 보지 못한 무기라도 방아쇠만 잡아당기면 탄환은 나가겠지만 그러한 의욕이 지운에게는 통 없다.

아니, 설사 자기의 그 서투른 탄환이 영심의 남편을 쓰러뜨리고 영심을 소유해 봤댔자 영심에게도 자기에게도 행복은 좀처럼 올 것 같지 않았다. 뿐더러, 이렇게 해서 허 중령을 쓰러뜨리는데 지운은 조그만 흥미도 의의(意義)도 갖지 못하고 있는 것이다.

그것은 결국 무의미한 살생(殺生)이었다. 한발의 탄환

도 내보내지 않고 지운은 곱게 죽기를 진심으로 원했다.

"좋소! 그러면 다음에는 무기를 자유로히 선택하시요."

그러면서 허 중령은 케이스에서 두 자루의 권총을 꺼내들었다. 두 개가 다 꼭 같은 미군용 포오티 파이브였다.

"탄환은 세 발로 한정 합시다."

세 발을 연발하자는 것이다.

"좋습니다."

허정욱은 들어 있는 탄환을 일단 빼놓았다가 다시금 세 발씩을 각기 장진(裝塡)하였다.

"아다시피 포오티 파이브의 유효 사거리(有效射距離)는 오십 미터 내외이니까, 삼십 미터의 거리에서는 명중만 하면 소생의 희망은 절대로 없소."

"알고 있소."

사실 지운으로서는 아는 것이 하나도 없었다. 십 미터 만 떨어져 있어도 잘 맞아 주지 않는 권총의 기능조차 지운은 모르고 있는 것이다.

"자아, 마음대로 하나를 골라잡으시요."

허정욱은 권총 두 개를 지운의 앞에 내밀었다.

지운은 잠자코 하나를 잡아들었다. 예상 밖으로 무겁다.

모험 만화나 탐정소설 같은 데서는 흔히 보아온 이 무기가 이러한 운명의 과정을 거쳐서 자기 손에 들어온 사실이 다소 허황하기도 했다.

"아, 위험……"

허정욱은 휘청 몸을 비키면서 총을 든 지운의 손목을 탁 밀었다. 지운은 모르고 안전장치를 벗겨 놓은 방아쇠에 손가락을 댄 채 들여다보느라고 총을 들었던 것이나 그 총뿌리가 허 중령의 밑 배를 겨누면서 드리댔기[106) 때문이다.

"신사 조약을 잊어서는 안되오!"

허 중령의 표정에 위험심 하나가 푸뜩 떠올랐다. 지운의 감정이 언제 어떻게 삐뚤어 질런지 믿을 수가 없다.

"염려 마시요."

총뿌리를 다시 아래로 내리웠다. 자기의 서투른 솜씨를 상대자에게 보여서는 아니 되는 것이다.

허 중령의 총뿌리도 땅을 향하고 있었다.

"마지막으로 남겨 놓을 말은 없소? 남은 사람이 그 뜻을 전하기로 합시다."

허 중령은 물었다.

"벌써 유서에 썼으니까, 없소."

그러다가 불현 듯 생각이 난 듯이 지운은,

---

106) 들이댔기

"모르긴 하지만 내가 죽으면 멀지 않아서 영심 씨도 내 뒤를 따를 것만 같소. 그때는 내 무덤 옆에 영심 씨의 무덤을 나란히 묻어도 무방하도록 허형의 관대한 처분을 바랍니다."

".........."

허 중령은 이미 대답할 기력을 상실하고 있었다. 이러한 모욕적인 언사 앞에 신사다운 결투가 다 뭐냐 말이다. 방아쇠를 잡아당겨 욱하고 치미는 분노의 덩어리를 그대로 내뿜으면 그만이다.

"좋소. 나란히 묻어 드리지요!"

무서운 표정을 하고 허 중령은 입술을 꼭 깨물었다.

"감사합니다!"

지운은 손을 내밀어 최후의 악수를 청했다. 그러나 허정욱은 격분의 눈 흘김 하나로 그것을 거절 하고 한 걸음 두 걸음 뒷걸음질 치기 시작하였다.

"총뿌리를 아래로 내리우고…… 그 자리에 가만히 서 있어요."

자기 자신의 감정도 믿기 힘든 허정욱으로서는 지운의 감정을 믿을 수가 도저히 없다. 그래서 뒷걸음질로 삼십 미터를 측량하고 있는 것이다.

"염려 말고 돌아서서 가시요."

인격적인 모욕을 느끼고 지운은 말했다. 그래도 허정욱은 뒷걸음질만 눈 위에 치고 있었다. 뒷걸음질을 치면서 허정욱은 이 싸움에 있어서 자기가 완전히 졌다는 것을 점차로 느끼기 시작하였다. 지운에게는 따라 죽어 줄 오영심이가 있는 것이다. 그러나 자기에게는 그것이 없다. 호된 고독이 가슴을 쑤시기 시작했다.

이십 미터 쯤 뒷걸음 쳤을 때, 지운은 휙 뒤로 돌아서서 자기의 등골을 상대편에 내맡기면서 외쳤다.

"내 뒷통수에는 눈이 없소!"

무시당한 인격을 지운은 보충하고 있는 것이다. 그것을 보자 허정욱은 안심을 하며,

"돌아서요!"

하고 고함을 쳤다. 지운은 다시 돌아섰다. 허정욱도 돌아서며 약 삼십 미터의 지점까지 성큼성큼 걸어갔다.

하얀 눈 위에 둘이는 마주 섰다. 발목을 덮는 눈의 깊이였다.

"시계를 들여다 보시요."

지운은 왼쪽 손에 잡았던 시계를 들여다보았다. 초침이 영시를 향하여 째각째각 걸어가고 있었다.

이윽고 영시에 초침이 다달았을 때, 허정욱은 권총 든 손을 번쩍 들며,

"준비!"

하고 고함을 쳤다.

육십 초 후, 초침이 다시금 영시를 가리키는 순간이 발사 시간이다.

왼 손에 든 시계를 들여다보면서 지운은 권총을 잡은 오른 손을 들어 허정욱의 가슴팍을 향하여 곧장 총뿌리를 겨누었다. 총뿌리와 총뿌리는 마침내 삼십 미터의 간격을 두고 마주 섰다.

일 분 후에는 자기는 죽는 것이다. 지운의 눈앞에 후딱 어머니의 얼굴이 나타났다. 죽기는 오영심 때문에 죽는 지운이었지만 이상하게도 영심의 모습은 통 나타나지 않았다. 허 중령의 얼굴과 어머니의 얼굴이 겹쳐졌다. 그 겹쳐진 어머니의 가슴을 지운은 지금 노리고 있는 것이다.

아무런 생각도 없다. 그저 어머니의 얼굴이 지운의 시각에 들어 왔을 뿐이다. 어머니가 보고 싶다든가 가엾다든가 하는 의식조차 지운은 갖지 못했다. 완전한 무사무욕(無思無欲)의 순간이 온 것이다.

한편 허정욱은 지운과는 정반대로 극도로 긴장해 있었다.

그 무서운 긴장 속에서도 지운을 쓰러뜨려야만 자기가

산다는 일념만이 불붙고 있었다.

지운을 따라서 죽을 수 있다는 영심을 생각할 때, 허정욱은 뼈를 갉아내는 질투의 념과 함께 자기의 무참한 패배를 맛보고 있었다.

허정욱은 권총에 대단한 자신이 있었다. 그러한 권총의 명수의 눈에 그때 이상한 사실 하나가 문득 뛰어 들어왔다. 그것은 지운의 총뿌리가 일직선으로 자기의 가슴팍을 겨누고 있다는 사실이다.

삼십 미터나 떨어져 있는 거리에선 한 인물의 가슴을 뚫으려면 그 총뿌리가 곧장 그 인물의 가슴을 향하고 있어서는 아니 되는 것이다. 발사와 함께 총뿌리는 위로 튄다. 그 튀는 각도를 미리 계산에 넣지 않으면 총알은 허 중령의 머리 위로 날아갈 수밖에 없다.

그리고 그것을 계산에 넣은 것이 소위 조준기(照準器)였다.

"조준기 위에 허정욱을 세워 놓는 총구멍은 자연히 그의 발뿌리 앞을 향하게 되는데 지운의 총뿌리는 일직 평행선으로 허정욱의 가슴을 노리고 있는 것이다.

"조준을 맞출 줄 모르는 사람이다."

무기를 다루는 그 어색한 솜씨와 포오즈 조준을 정확히 맞출려면 한쪽 눈을 감아야 할 텐데 지운은 두 눈을 말끄러미 뜨고 있는 것이다.

허 중령의 표정이 후딱 어두워졌다. 시계를 들여다보았다. 삼십 초가 이미 지나고 있었다.

"권총에는 자신이 있다고 하지 않았는가?"

그러나 전연 무뢰한이 확실하다. 사십 초가 지났다. 허정욱의 결정적인 각오가 무섭게 흔들리었다. 그러나……

"모르는 척하고 그대로 쏘아 버리면 그만이 아닌가!"

적어도 결투의 형식을 밟은 이상, 자기의 비겁한 인간이라고 생각할 사람은 하나도 없을 것이다.

"그러나 가만 있자! 저이는 죽음을 각오하고 있는 것이 분명하다!"

시계도 들여다보지 않고 말끄러미 뜨고 있던 지운의 두 눈이 그 순간, 후딱 감기어 버렸기 때문이다.

오십 초가 되었다. 무서운 혼란이 허 중령에게 왔다, 쏘느냐, 마느냐, 쏘느냐 마느냐, 다음순간, 허 중령은,

"결투 중지! 총뿌리를 내려라!"

하고 무아몽중으로 고함을 쳤다.

지운은 후딱 눈을 뜨고 총을 내렸다. 허 중령이 성큼성큼 눈앞으로 걸어오고 있었다.

"총을, 이리 내요!"

다가서기가 바쁘게 허 중령은 지운의 손에서 무기를

빼앗듯이 받아 쥐자 케이스 속에 쏙 쓰러 넣었다.

"어찌 된 일입니까?"

어안이 벙벙해서 지운은 물었다.

"당신은 사격의 경험조차 없는 사람이요. 당신의 자살 행위를 내가 방조할 수는 없소!"

"아닙니다!"

"내려가요!"

"결투를 중지한다는 말입니까?"

"여러 말 말고 빨리 내려가요!"

무서운 기세로 튀어나오는 군대식 명령이었다. 지운은 하는 수 없이 허 중령의 그 폭넓은 완강한 어깨를 덤덤히 바라보고 미끄러운 눈길을 꿈결처럼 따라 내려갔다.

지이프차가 백 미터 밖에 바라보이는 지점까지 내려오자 허 중령은 불현듯 발걸음을 멈추었다. 그러나 뒤는 돌아보지도 않고 다시금 천천히 발을 옮기며 혼잣말처럼 중얼거렸다.

"사랑하는 사람은 사랑하는 사람에게 돌려보내 주어야만 하지요."

지운은 문득 시선을 들어 허 중령의 뒷모습을 바라보았다.

허 중령의 목소리는 떨고 있었다. 그리고 젖어 있는 것 같기도 했다.

"자못 결투의 상대자가 사격의 경험이 없었다는 것이 천추의 한일 따름이요!"

"아, 허형!"

감격의 한 마디를 지운이가 외쳤을 때는 이미 성큼성큼 절반은 달리듯이 걸어간 허 중령이 휙 하고 지이프차에 오르고 있었다.

"오늘따라 꿩은 한 마리도 보이지 않았네. 출발!"

지운을 남겨 놓은 채 차는 이윽고 질풍처럼 달려갔다.

애련무한[107]

이 실로 결투 아닌 결투의 전말은 무인 허 중령으로 하여금 완전히 그 힘을 상실하게 하였다. 연적(戀敵)의 목숨을 빼앗기 위하여 허 중령은 결투를 신청하였다. 그러나 임지운은 연적에게 목숨을 빼앗기기 위하여 그 결투를 승낙한 것이다. 그것은 이미 정신적인 면에 있어서 결투조건의 결여(缺如)를 의미하고 있었다. 허정욱이 최후의 순간에서 결투를 포기한 이유는 실로 거기 있었던 것이다.

지금에 이르러 냉정히 생각해 볼 때, 권총에 자신이 있을 만한 임지운의 경력도 또한 아닌 것 같았다.

결투를 중지한 자신의 처사를 잘했다고 생각했다. 송장을 쏘아 사람을 죽인 불명예를 하마트면 자기는 입을 뻔

---

107) 哀戀無限

했기 때문이다.

허정욱은 그 길로 곧장 명륜동으로 돌아와서 오진국 씨와 조모님 앞에 모든 것을 솔직히 이야기하고 나서,

"선생님, 오늘 이 순간부터 저는 선생님의 아들이 되기로 결심했읍니다. 할머님도 그런 줄 아시고 예전처럼 저를 친손자로 생각해 주십시오. 조모는 울고 있었고 오진국 씨는 눈을 감고 있었다."

"후방 전임을 중지하고 저는 일선으로 다시 나가겠읍니다. 험준한 산악과 광막한 평야 일선 싸움터는 제게 있어서 영원한 애인이 될 것입니다. 국가의 간성인 군인의 몸으로서 평온한 가정생활을 꿈꾸었다는 것이 애당초 주제넘은 일이었읍니다."

"군의 심정을 모르는 바는 아니지만 사위가 갑자기 아들이 되고 손자가 될 수는 없는 일이야. 적어도 내 생각으로는 그래! 인제 영심이가 돌아오면 이 아비의 생각을 잘 타이르마."

임학준 교수가 뛰쳐나간 지 얼마 만에 영심도 두 사람의 행방을 더듬을 생각으로 집을 나가고 없었다.

"아닙니다, 선생님. 영심 씨를 이상 더 건드리지 말아 주시요. 임지운은 훌륭한 사나이였읍니다. 방금도 말씀 드린 것처럼 오늘의 결투에서 저는 완전히 참패를 했읍니

다!"

허정욱의 눈에는 글썽글썽 눈물이 어리어 있었다.

"할머니!"

허정욱은 조모를 쳐다보며,

"할머니가 보고 싶으면 언제든지 뛰쳐오겠읍니다."

"여보게, 그게 무슨 말인가…… 어쨌든 영심은 오도원 선생의 손녀가 아닌가! 될 말이 아니지 될 말이 아니야!"

조모는 죽은 남편의 손녀로서 영심을 생각하고 있는 것이다.

"어쨌든 오늘은 떠나지 말고 영심이가 돌아올 때까지 기다려 주게."

"할머니의 말씀, 잘 알아 모셔요. 그렇지만 영심 씨를 만나보고 갈 생각은 조금도 없읍니다. 외출하고 없는 것을 천행으로 생각하고 저는 떠나겠읍니다."

허정욱은 그러면서 이십 만환의 저금통장을 안주머니에서 내주며,

"할머니가 갖고 계시다가 선생님을 모셔 주세요. 선생님을 모셔주세요. 선생님과 할머니가 세상을 떠나실 때까지 정신적으로나 경제적으로나 제가 꼭 모시겠읍니다."

"얘, 안된다! 그래도 영심을 한 번 만이라도 만나고 가야지 않겠니?"

할머니는 울면서 허정욱의 손을 잡았다.

"어머니, 허군을 그대로 내버려 두시요. 일선으로 간다고 영 가는 것이 아닐 겁니다. 오늘 이 자리에서 영심과 대면한다는 것은 허군의 감정으로 도리어 좋지 못한 결과를 맺을 것도 같으니까…… 절양을 하는 셈으로 당분간 영심일랑 내게 맡겨 두고 가 있는 것도 좋은 방도일 거네."

"그럼 선생님, 안녕히…… 할머니도……"

"허군, 한 마디 부탁이 있네."

"백인(百忍)은 인간 수업의 근본정신이네. 자중해주게!"

"일이 모셨읍니다!"

절을 하고 허정욱은 훌쩍 일어났다.

오영국 씨는 문을 열고 허정욱을 바랬고 조모는 대문 밖까지 따라나왔다.

"몸 조심하거라."

"할머니, 염려마시래두!"

"영심이가 돌아오면 내가 잘 타이를게."

타일러서 될 일인 줄로만 할머니가 알고 계시는 것이 허정욱은 슬펐다.

지이프차를 전송하고 조모는 이층 영심의 방으로 올라갔다.

책상 위에 흰봉투 한 장이 놓여 있었다. 무심코 조모는 그것을 들었다.

"──아버님 전 상서──"

겉에는 영심의 달필로 그렇게 적혀 있었다.

시간의 촉박을 느끼며 총총히 쓴 영심의 유서는 이러하였다.

아버님 전 상서

창졸지간에 붓을 들었삽기에 지필묵의 예의를 갖추지 못한 소녀를 꾸짖어 주시옵소서.

이러한 심정에는 결혼식 당일에도 푸뜩푸뜩 사사로 잡힌 바 있었사오나 소녀의 노력이 충분히 그것을 초극해 나갈 수 있었기에, 또한 신체발부는 수지부모(身體髮膚受之父母)여서 감히 소녀의 몸을 훼상치 않는 것을 효도의 길이라고 믿고 있었기에 그러한 운명의 극치로부터 제 자신을 붙들어 온 영심이었읍니다.

저간의 소식은 아버님께서 양해하실 것은 하시고 못 하실 것은 못 하시겠삽기에 거듭 쓰지 않으오나 사태가 여기까지 이른 오늘, 하늘을 우러러보고 땅을 처어도 오직 단신 이 한 몸 둘 곳 없삽기에 그것이 분명 아버님을 배반하는 불효의 길인 줄을 모르는 바 아니오나 감히 스스로를 훼상함으로써 죄에 죄를 거듭하는 바이옵니다. 몸이 허약하여 변변한 식찬 한 끼 올리지 못 하옵고 마음이 연약하여 부도(婦道)조차 지키지 못 하였사오니 소녀의 지은 죄 비길 데 없삽니다.

끝으로 정욱 씨에게 한 마디 올릴 말씀 있읍니다. 정욱 씨의 성실한 아내가 되고자 소녀는 제가 지닌 온갖 노력을 아끼지 않았사오나 원래 덕이 없고 마음이 약하여 노력은 마침내 보람을 이루지 못하고 말았사오니 이내 몸 슬프고도 한스럽습니다. 정욱 씨의 용서를 빌고 싶은 생각 안타깝게 마음에 사모치오나 생각이 글을 이루지 못 하여 이대로 붓을 놓습니다. 누구 하나 의지할 곳 없는 조모님과 아버님을 생각하면 죽어도 끊기지 않는 목숨이오나

아아…… 아버지…… 할머니!……

유서는 거기서 끝났다. 중도에서부터 필적은 대단히 어지러워져 있었다.

서명조차 영심은 잊어먹고 있는 것이다.

"애야, 영심아! 영심아!"

조모는 미친 듯이 부르짖으며 무턱대고 밖으로 뛰쳐나갔고 오진국 씨는 전신을 와들와들 떨며 벌떡 자리에서 일어섰다.

일어서는 기세가 너무 지나쳐 자유를 잃은 한편 쪽 다리

가 휘청하고 꺾어지며, 다시금 펄썩 주저앉았다. 두 다리가 펼쳐진 채로 오진국 씨는 멍하니 앉아 있었다.

이슬 눈물이 얼굴에 흘렀다. 부모의 마음대로 되어주지 않는 자식 하나를 오진국 씨는 눈앞에 분명히 보고 있는 것이다.

그러나 오진국 씨는 그것을 단지 영심 한 사람의 탓으로만 돌리지는 않았다.

"시대가 나쁘다! 시대가 나쁘다!"

펄썩 주저앉은 그대로의 자세로써 그 한 마디를 수없이 되풀이하며 단장(斷腸)의 눈물을 오진국 씨는 흘리고 있었다.

그지음,108) 지운은 개천을 끼고 삼선교 다릿목까지 터벅터벅 걸어나와서 전차에 올랐다. 혜화동을 거치고 명륜동을 지나서 창경원 문이 눈앞을 스치고 흐를 무렵에야 자기가 지금 전차에 타고 있다는 사실을 비로소 의식하였다.

그리고 그 순간까지 지운에게는 자기가 아직 죽지 않고 살아있다는 오직 그 한 가지 의식밖에는 아무것도 없었다.

---

108) 그즈음

얼핏 스치고 지나간 창경원 문이 지운을 불현듯 유혹했다. 원남동에서 지운은 내렸다. 창경원 문을 향하여 터벅터벅 걸어가면서 비로소 지운은 허정욱이가 남겨놓고 간 한 마디가 무심중 생각키었다.

"사랑하는 사람을 사랑하는 사람에게!"

모든 투쟁은 이미 끝났다. 올 것은 오고 갈 것은 갔다. 관념적인 조잡한 윤리는 가고 진실은 왔다. 백치의 그것과도 같은 미소 하나가 지운의 입술 위에 떠올랐다.

"두 사람 중의 하나는 없어졌다!"

진실 앞에 허정욱은 머리를 숙였다. 허정욱은 지고 지운은 이겼다. 오영심의 영혼과 육체를 완전무결하게 지운은 소유할 수 있는 몸이 마침내 된 것이다.

그렇건만 어찌된 셈인지 지운은 통 유쾌하지가 못했다. 그 백치의 미소 하나가 휙 사라진 지운의 입술 위에 웃음은 다시 떠오르지 않았다.

승리 뒤에 비애감이 왔다. 이상하게도 기쁘지가 않다. 폭력의 뒤에 오는 서글픔과 흡사한 공허감이었다.

"아, 저건 영심이가 아닌가!"

창경원을 들어서서 연못을 향하여 걸어가다가 지운은 벤치 위에 우두커니 앉아 있는 영심의 뒷모습을 확인하였다.

눈이 꽁꽁 얼어붙은 벤치 위에 영심은 앉아서 연못 위를 말끄러미 바라보고 있었다.

"어떻게 영심 씨가 여기를?"

영심의 눈앞으로 지운은 성큼성큼 걸어갔다.

"아——"

꿈에서 깨어나는 사람 모양 지운을 쳐다보며 영심은 후딱 몸을 일으켰다.

긴 치마에 고무신을 영심은 신고 있었다. 손에 들고 있던 무슨 흰 종이봉지를 영심은 외투 주머니에 얼른 집어넣으며,

"아직…… 아직 지운 씨는 살아 계셨어요?"

남편의 총탄에 이미 쓰러진 줄로만 믿고 있던 영심이었다. 그러한 영심의 눈앞에 지운이가 나타났다. 쓰러진 것은 남편인지도 모른다.

"결투를 했다지요?"

"그건 또 어떻게 아십니까?"

"임 교수가 찾아 오셨어요."

"아, 아버지가……"

복순이의 말을 듣고 달려 온 아버지임에 틀림없었다.

"허 중령이 허 중령이 죽었읍니까?"

매어 달릴 듯이 다가서며 영심은 허겁지겁 물어왔다.

"아니요."

지운은 가만히 돌이돌이를 했다.

"총도 쏠 줄 모르신다면서?"

그 말에 지운은 영심의 얼굴을 물끄러미 들여다보며 부드러운 미소 하나를 입가에 띠웠을 뿐 아무 말도 하지 않았다. 오뇌에 찬 두 눈동자가 언제까지나 영심의 얼굴을 핥는 듯이 들여다보고 서 있었다.

"어떻게 됐어요? 그이는 지금 어디 있어요?"

지운의 외투자락을 두 손으로 무섭게 잡아 흔들며 영심은 물었다.

"댁으로 돌아갔읍니다. 총을 쏠 줄 모르는 나를 발견하고 허 중령은 결투를 중지했읍니다."

그러면서 지운은 결투가 중지된 전말을 좀 더 자세히 이야기하고 나서,

"허 중령은 훌륭한 사람입니다. 나 같은 인간은 비교도 되지 않을 만큼 허 중령이야말로 대아를 위하여 소아를 희생시킨 훌륭한 인간이지요. 그이는 마침내 사랑하는 사람을 사랑하는 사람에게 돌려주었답니다."

"아아――"

지운의 외투자락을 탁 놓고 영심은 다시금 걸상에 털썩 주저앉았다. 그리고는 두 손으로 얼굴을 가리우고 무섭게

흐느꼈다.

영심의 옆에 지운은 가만히 걸터앉으며,

"울음을 그치고 빨리 댁으로 돌아가 보시오. 허 중령은 훌륭한 인간이었읍니다. 인간적인 의미에 있어서 나는 완전히 허 중령에게 진 사람입니다."

사랑의 승리는 인간적인 패배를 초래하고 있었다. 이유 모를 지운의 서글픔은 그곳에 있었던 것이다. 승리의 그늘에 비애감은 싹트는 법이다. 승리자는 반드시 행복하지만은 않았다.

"영심 씨, 이제 일어나요. 그리고 다시는 창경원을 찾아오지 마셔요. 그렇게 하기로 약속을 하고 헤어졌던 영심 씨가 아닙니까?"

흐느끼던 영심이가 차차 조용해지며,

"네 이제 가야겠어요."

두 손을 내리고 가만히 일어섰다.

"얼굴을 고치고 가셔야지."

영심은 쓸쓸히 웃으며 콤팩트를 꺼내 간단히 얼굴을 고쳤다.

"지운 씨도 인제 여기 오지 마세요."

문을 향하여 걸어나가며 영심은 말했다.

"네, 나도 인제 다시는 이곳을 찾지 않겠읍니다. 영

영……"

영심은 핼끔 지운을 쳐다보았다. '영영'이라는 그 한 마디가 오늘 허 중령의 총뿌리 앞에 조용히 나섰던 지운의 심경을 말하는 것 같아서 영심은 무섭다.

"인제 어디로 가세요?"

문을 나서서 둘이는 한 길가에 우두커니 마주 서 있었다.

갈 곳이 없다. 다만 허 중령의 관용으로 말미암아 자기의 생명이 한두 시간 더 연장되고 있는 것뿐이었다.

그것과 꼭 같은 심정에 영심도 사로잡혀 있는 것이다. 지운의 앞에서는 집으로 돌아가야겠다고 했으나 영심이야말로 갈 곳이 없는 몸이다.

아까 집을 나올 때 명륜동 약방에서 영심은 수면제 '세코날'의 치사량(致死量)을 샀다. 그것이 지금 자기 외투 주머니에 들어 있는 것이다.

"집으로 가야지요. 영심 씨도 어서 집으로 가세요."

"정말 곧장 댁으로 돌아가셔야만 해요?"

"돌아가지요. 영심 씨도 곧장 돌아가시지요?"

"그럼요."

둘이는 제각기 상대편의 거취가 무서워졌다.

상대편에 대한 불안이 자꾸만 커져갔다. 이대로 헤어졌다가는 무슨 일이 꼭 일어날 것만 같아서 두 사람은 각기 서로가 무섭다.

그러는데 원남동 쪽을 향하여 택시 한 대가 서서히 달려 오다가 두 사람 앞에서 멈추었다.

"타십시요."

조수가 권유를 해 왔다.

꼭 택시를 기다리고 서 있는 것 같은 두 사람이었기 때문이다.

두 쌍의 다리가 아무런 목적의식도 없이 저절로 움직이며 차 안으로 올라갔다. 문을 탁 닫으며,

"어디로 가실까요?"

운전수는 물었다.

둘이는 다소 당황한 표정으로 서로의 얼굴을 한번 쳐다보고 나면서,

"안국동까지……"

"명륜동까지……"

둘이의 말은 겹쳐져 나왔다.

"네?"

운전수는 얼떨떨해졌다.

"명륜동까지 가요."

"아냐요. 안국동까지 가세요."

원남동 쪽을 향하고 있던 차는 곧장 달려가기 시작하였

고 둘이는 벙어리처럼 입을 열지 않았다. 지운은 외투의 깃을 세우며 무서운 표정을 하고 창밖을 묵묵히 내다보고 있었다. 영심은 외투 주머니에서 검은 바탕에 노란 줄이 굵게 뻗은 넥카티브를 끄집어내어 펴어머 머리를 턱 밑에서 감싸맸다.

곤색 바탕에 흰 점이 알룩달룩 박힌 영심의 마후라와 좋은 대조가 되고 있었다.

이윽고 돈화문을 지나 안국동 네거리에 다다랐을 때, 자꾸만 내리라는 영심의 말을 무시하고 지운은 명령을 하듯이 강경한 어조로 차를 세웠다.

"명륜동까지 가요!"

영심은 마침내 입을 다물고 이상 더 항거하기를 포기하였다. 그러나 차가 다시금 창경원으로 되돌아 와 명륜동 입구까지 다달았을 때 영심은 펄떡 정신이 든 사람처럼,

"아, 이거 보세요. 그리로 들어가면 안돼요!"
하고 외치듯이 말했다.

"그럼 어디로 갑니까?"
운전수는 물었다.

"그냥 가세요."

"그냥 곧장 가요?"

"네, 그냥……"

차는 다시 혜화동으로 달려갔다.

상대편은 무사히 돌려보내고 자기만이 죽음의 길을 걷기 위한 노력이었다.

그러한 노력을 둘이는 꼭 같이 하고 있는 것이다.

그러나 그러한 어른다운 노력이 결국에 있어서는 그들 두 사람의 참된 애정의 소리를 대변하고 있지는 않았다. 같이 죽고 싶은 것이다. 같이 죽어 주었으면 했다. 같이 죽는 것만이 사랑의 진실인 자태 같았다.

그러나 둘이는 누구 하나 그것을 입 밖에 내지를 않고 있는 것이다.

"곧장 올라갑니까?"

동소문 고개를 올라가면서 묻는 말이었다.

"네, 그냥……"

삼선교를 지나 돈암동 종점까지 와서,

"어디서 멈출까요?"

운전수는 또 묻지 않을 수 없었다.

"그냥 가시요?"

그것은 지운이가 비로소 입을 연 무뚝뚝한 목소리였다.

"그냥이라고…… 미아리입니다."

"돈을 드리면 되지 않아요?"

"그거야 그렇지만……"

지운 또래의 운전수와 이십 전후의 조수였다.

지운은 시계를 들여다보았다. 두 시 반을 조금 넘어서고 있었다. 차는 미아리고개를 넘어 곧장 비탈길을 내려가고 있었다. 지운도 말이 없고 영심도 말이 없다. 돈만 받으면 그만인 운전수도 이상 더 목적지를 묻지 않았다.

하얀 벌판에 희미한 석양이 하얗게 내려 비치고 있었다. 공동묘지를 지나 미아리 동네 끝까지 나간 택시였다.

"멀리 더 갑니까?"

"더 가시오."

"이 길을 곧장 가면 포천이 됩니다."

"그리고는……"

"그리고는 삼팔선이지요."

지운은 불현듯 영심을 돌아다보았다. 스카프로 머리를 싸 매인 영심의 얼굴이 조용히 웃고 있었다. 지운도 따라서 웃었다. 조화를 이룬 웃음이었다.

"삼팔선……"

지운은 중얼거리며,

"가는 데까지 가시요."

그러는데 영심이가 돌연 창밖을 내다보며,

"아이, 저기 저 산 무척 예쁘지요?"

하고 어린애처럼 외쳤다.

"어느 산 말입니까?"

지운도 영심의 시선을 따라 얼굴을 돌렸다.

"저기 저 눈을 하얗게 인 산…… 봉우리 셋이 우뚝 우뚝……"

"아, 그건 삼각산이지요."

삼각산이라는 말에 영심은 갑자기 관심을 가지는 것 같은 어조로,

"저게 삼각산이어요."

"그렇답니다. 맨 가운데 있는 봉우리가 백운대(白雲臺)지요."

"백운대! 말로만 듣고 있었어요. 한 번 올라가 봤으면……"

진심으로 그것을 원하고 있는 것 같은 감동의 중얼거림이었다.

"아직 못 올라가 보셨읍니까?"

"네, 아직……"

"그럼 올라가 보시지요!"

절실한 동감이 지운에게 왔다. 두 사람에게는 비로소 뚜렷한 목적지가 생긴 것이다.

"운전수 양반, 우이동까지 가요!"

어린애처럼 신이 나서 지운은 말했다.

"아니, 이 눈길에 삼각산을 올라가셔요?"

운전수와 조수는 어안이 벙벙해서 뒤를 돌아다보았다.

"올라가는 건 우리들이고 차를 모는 건 당신이요. 청하는 대로 요금은 드리겠소."

마다하는 운전수를 지운은 돈으로 우겨댔다.

이리하여 차는 다시금 녹다 남은 눈길을 굴기 시작했다. 미친 사람이라고 운전수는 생각하면서도 돈은 귀했다. 그러나 본도를 떠나서 우이동으로 들어가는 가랑지 길은 사람의 발자욱이 몇 낱 박혀 있을 뿐 차는 새 눈길을 개척하면서 전진하지 않으면 아니 되었다.

운전수와 조수는 누차 불평을 말했으나 돈의 힘이 신통했던 탓으로 우이동 계곡 앞까지 차를 들여대는데 마침내 성공하였다.

짧은 겨울 해라, 때는 이미 저녁 무렵이 되어 있었다. 결국은 만족해서 돌아가는 운전수의 뒷모양이었다.

"아이, 참으로 경치가 좋아요! 저 웅장한 산악 좀 올려다보세요!"

실감 그대로의 감탄을 영심은 또다시 했다.

"아, 저 웅대한 봉우리……"

봄이나 여름철에는 여러 번 본 산이었다. 그러나 오늘 자기의 생명이요 우주인 오영심의 감탄을 반주로 얻은 임지운이다. 영심의 온갖 감격이 그대로 고스란히 지운의 감격을 형성하고 있었다.

적막강산, 새 소리 하나 벌레 소리 한 오락 들리지 않는 백설이 만건곤(白雪滿乾坤)한 유곡(幽谷) 속에 지금 두 사람은 서 있는 것이다.

감감히 올려다보이는 봉우리 셋 —— 눈을 소담스럽게 인 세 개의 흰 메뿌리[109]가 동양화의 웅대한 기상을 지니고 두 사람을 홀연히 내려다보고 있었다.

저물어가는 석양이 회화적인 라인라이트(線光[선광])로 봉우리 셋을 서두르고 있었다.

"올라가요."

"올라갑시다."

형언할 수 없는 신비롭고도 웅장한 산기(山氣)가 두 사람의 영혼을 불러올리고 있다.

"해가 지면 길이 험해요. 어서 올라가요."

"해가 지면 저기 저 달이 빛을 내지요."

히끄무레한 빛을 잃고 달랑달랑 매달려 있었다.

인가가 몇, 한 길가에 잠방하니 앉아 있었다. 굴뚝마다 저녁연기가 가느다랗게 내뿜고 있었다. 지금은 폐점을

---

109) 메부리

하고 있지만 제철에는 손님들에게 자자부레한 식료수를 팔고 있던 한길가 가게로 지운은 들어갔다.

"뭐 먹을 것 없읍니까?"

저녁을 짓던 오십 대의 마누라가 손을 혹혹 불면서 나타났다. 이 겨울철에 어이한 사람들인가고 의아스런 표정을 얼굴에 지으면서,

"팔다 남은 과자 부스러기나 약주 같은 건 있지만……"

"과자는 어떤 것이 있읍니까?"

"비스켓 같은 것…… 오래된 것이지만……"

"그걸 주시오. 술은?"

"국산 위스키 같은 것……"

"그걸 주시요."

비스켓 한 통과 위스키 한 병을 지운은 사들고 나왔다.

"서울로 들어가시는 길이면 바삐 걸으셔야 겠읍니다."

가게 문을 닫으며 마누라는 말했다.

"아닙니다. 백운대에 올라가는 길입니다."

"백운대라고요? 어마나?"

소스라치게 마누라는 놀란다.

"이 눈길에 백운대에 올라가십니까? 더구나 저런 아가씨가……"

지운의 말이 주인마누라에게는 통 믿기워지지 않는 모

양이다.

"저희들은 소설을 쓰는 사람입니다. 눈에 싸인 백운대를 꼭 한번만 봐 둬야만 하겠기에"

"소설…… 이야기책 말씀이예요?"

"이야기책…… 네네, 맞았읍니다."

"그럼 저 장화홍련전 같은?"

"그렇지요. 추월색(秋月色)이나 추풍감별곡(秋風感別曲) 같은 이야기책이 있지 않습니까?"

"아이, 그럼 훌륭하신 분이네요!"

신통한 사람들을 눈앞에 본다는 듯이 마누라는 눈을 크게 떴다.

영심과 지운은 조용히 웃었다.

"그렇지만 인제부터 올라가시면 밤길이 될 텐데……"

"달이 뜰 테니까 괜찮습니다."

"달이야 뜨겠지만…… 하두 미끄러워서 어떻게 올라가셔요? 한 발만 잘못 딛이면110)…… 어젯밤 바람이 불지 않았어요? 골짜기마다 세 길 네 길 눈이 쌓이어 있을 터인데요."

"한 발 잘못 딛이면 죽습니까?"

---

110) 디디면

지운과 영심은 또 마주 쳐다보며 가만히 웃었다.

"죽다마다요! 골짜기도 무섭지만 눈떼미가 가끔 떨어진 답니다. 언젠가도 꿩 사냥을 올라갔던 포수가 눈떼미가 떨어지는 바람에 골짜기로 굴러들어가서 죽은 일이 있답니다."

둘이는 또 서로의 얼굴을 문득 바라보았다. 이 눈길이 위험하면 위험할수록 자기들의 생을 처리하는데 인공적인 귀찮은 수단 하나가 덜어지는 것 같아서 오히려 쾌락을 느끼는 것이다.

자연의 의욕 속에 인간의 운명을 맡기는 길── 그것만이 현재에 있어서의 그들의 심정에는 가장 어울리는 오직 하나의 길이었다.

그러나 그것은 제각기 혼자서 품고 있는 심정의 일치일 뿐, 그것을 감히 입 밖에 내어 상대편의 의사를 타진해 보려고 하지는 않았다.

"아주머니, 염려 마시요. 저희들은 산악회(山岳會) 회원이랍니다. 오늘은 이처럼 평복을 하고 왔지만 등산에는 자신이 있답니다."

"그렇지만 이 저문 날씨에……"

참 이상도 한 사람들이라고, 마누라는 두 사람의 표정에서 그 무슨 불길한 것을 심중에 느끼면서,

"더군다나 저 아가씨는 고무신을 신고 미끄러워 어떻게 올라가십니까?"

그때, 지운은 비로소 그 점에 생각이 미친 듯이,

"참, 무슨 노끈 같은 것이 있으면 조금 빌려주시요. 신이 벗겨지면 안될 테니까."

"노끈이야 있지만도……"

마누라는 다시 가게로 들어가서 먼지가 허옇게 내려앉은 건설 담배 상자 속에서 올망졸망한 노끈 뭉치를 몇 날 집어 주며,

"생각해 보시고 내일 아침 올라가시지. 여기서 하룻밤 묵어서……"

"하하, 아주머니가 암만해도 걱정이 되시는 모양인데……"

미소를 띄고 있는 영심의 시선과 눈을 한 번 맞추고 나서,

"아주머니가 정이 저희들을 염려해 주신다면 이렇게 좀 해 주실까요?"

지운은 마누라에게 봉투 한 장을 빌렸다. 거기다가 명륜동 주소에 영심의 이름과 안국동 주소에 자기 이름을 나란히 지운은 썼다. 그리고는 수첩을 한 장 뜯어서 다음과 같이 간단한 한 마디를 적었다.

"——춘삼월 눈 녹을 무렵에 삼각산 계곡을 더듬어 보시면 혹시 저희들 두 사람을 발견 할 수 있을지 모르겠습니다. 지운과 영심 올림——"

쓰고 나서 지운은 종이 조각을 영심에게 보이며,

"다소 위험하다니까 준비로 이렇게 한자 적어서두는 것이 어떨까요?"

영심은 읽고 나서 지운을 빤히 쳐다보며 가벼운 미소와 함께 고개를 가만히 끄덕끄덕 했다.

지운은 봉함을 하고 나서,

"등산에는 자신이 있는 저희들이지만요. 또 운이 나빠서 어떻게 될런지, 사람의 일이란 알 수 있읍니까. 내일 중으로 저희들이 내려오지 않는 경우에는 귀찮으시겠지만 서울 가는 인편에 부탁을 해서 우체통에 좀 넣어주시도록……"

그러면서 지운은 봉투와 함께 수고한다는 의미로 주머니에 남은 돈 삼천 환을 털어서 마누라에게 내주었다.

"편지는 붙여 드리지만 이렇게 많은 돈을 주시면 어떻거세요?"

사양하는 마누라의 손을 지운은 막으며,

"애들에게 연필이나 사 주시요."

마누라는 송구해 하며,

"중간 쯤 올라가면 도성사(道成寺)라는 절이 있는데……
거기서 밤 쉬임[111]을 하시게 되면 천만 다행이지만도……"

소년 시절, 해군복의 소녀를 절절히 그리며 산으로 들로 무턱대고 싸돌아다닐 무렵, 도성사에는 지운도 한두 번 들른 적이 있었다.

"그렇지만 이 미끄러운 눈길에 암만 생각해두 거기까지 올라갈 수가 없을 것 같은데요."

"괜찮습니다. 염려해 주시는 것은 감사하지만."

지운과 영심은 공손히 인사를 하고 가게 앞을 떠났다. 일단 안으로 들어갔던 마누라가 작년 가을에 팔다 남은 껌 세 개와 초콜렛 다섯 개를 들고 따라나와서 가만히 영심의 외투 주머니에다 넣어 주었다.

"감사합니다. 아주머니!"

사양 없이 영심은 받았다.

"글쎄 이 저문 눈길에……"

암만 생각해도 수상하다는 표정을 노골적으로 지으며 개천 가 새 눈길을 조그맣게 사라져 가는 두 사람의 까만 그림자를 마당 한가운데 우두커니 서서 언제까지나 마누라는 바라보고 있었다.

---

111) 쉼

해는 이미 삼각산 봉우리를 넘어선지 한참 산 그늘의 어둠이 너무도 빨리 황혼을 재촉하는 삭막한 계곡길이다.

바람은 없으나 설곡(雪谷)의 기온은 대단히 차다.

"영심 씨, 춥지 않습니까?"

"아니요."

길도 고르지 못하지만 어디가 길이고 어디가 도랑인지 알 수가 없다. 짐승의 발자욱 하나 보이지 않는 하얀 눈 위를 어쨌든 골짜기를 끼고 올라갈 수밖에 없었다.

둘이다 깡그리 잠을 못 이룬 지난 밤은 모진 바람이 불고 있었다. 그 모진 바람에 불리고 불려 눈은 되는 대로 이리 저리 깊은 데를 찾아서 몰리어 있었다. 쌓이어 있었다. 발등을 채 덮지 못하는 곳도 간혹 가다 있었으나 발목까지는 대개가 찼다. 낮은 데는 두 사람의 종아리와 무릎을 적시는 눈의 두께였다.

고무신 바닥이 미끄러워 자꾸만 발에서 벗겨져 나간다. 눈 속을 더듬어 벗겨진 고무신을 두세 번 찾아 신다가,

"지운 씨, 노끈을 주세요."

손 하나를 영심은 내밀었다.

"제가 동여 드리지요."

계곡 입구를 조금밖에 들어가지 못한 지점에서 둘이는 마침내 걸음을 멈추었다.

"아이, 이리 주세요."

영심은 부끄러운 것이다.

"가만이 계셔요."

외투 주머니에서 노끈 한 톨을 지운은 꺼내 들며

"이 돌 위에 발을 올려 놓으시요."

영심의 발이 돌 위로 올라오기를 기다리며 지운은 엉거주춤히 꾸부리고 앉았다.

"제가 멜 테야요. 이리 주세요."

"글쎄 빨리 놓으세요."

"아이 참……"

눈이 하얗게 선을 두른 자주 비로드의 치마 자락과 함께 영심의 옥색 고무신이 돌뿌리 위로 가만히 올라앉았다.

몸무게에 비해서는 조그만 발이었다. 요 조그만 발을 가지고 그처럼 어른다운 말만 골라서 했느냐고, 영심의 그 가혹했던 노력이 지운의 눈시울을 뜨겁게 했다.

눈을 털어 낸 영심의 발등을 지운은 가만히 쓰다듬어 보았다. 신비로운 감각이 손바닥에 왔다. 그 조그만 버선 발을 두 손으로 꼬옥 감싸주고 싶은 충동이 무섭게 왔다.

그러한 애무에의 충동 하나를 격렬히 느끼고 지운은 갑자기 자기가 부끄러워졌다. 소년 시절의 그것처럼 죄의식은 분명히 아니었다. 남녀의 애정에는 그러한 부끄러움이 본질적으로 부여되어 있는 것일까? 성스러운 부끄러움이며 신비로운 수줍음이었다.

그 절실한 애무에의 충격을 지운은 가까스로 억제하며 고무신과 발등과 발목을 벗겨지지 않도록 천천히 동여맸다.

"저편 쪽 발을."

"아이, 인제 정말…… 미안해서…… 송구해서 이러구서 있을 수가 없어요!"

"빨리 올려놓아요. 날이 자꾸만 저물어 가는데……"

한 쪽 발길이 마치 돌 위에 올라 와 앉았다. 지운은 다시 찬찬히 감아 매기 시작하였다. 감아 매다가 지운은 돌연 돌뿌리 위에 엎디며 신발과 함께 영심의 발을 두 팔에 안고 자기의 볼을 그 조그만 발등에 무섭게 부볐다.

영심은 놀라서 발을 움츠러뜨리고 했으나 지운은 그냥 볼을 부비고 있었다. 그리고 이 성스러운 발 밑에서 지운은 그저 죽고 싶었다.

사랑의 극치는 주는 것도 아니고 소유하는 것도 아닐 성싶었다. 사랑 그 자체 속에서의 개체(個體)와 함께 전실재(全實在)의 용해(溶解)를 의미하고 있을 뿐이다. 주는 것을 생각하고 소유하는 것을 의욕할 수 있다는 것은 이미 사랑의 순수한 자태는 아닌 것이다. 줄 수도 없고 받을 수도 없다. 있는 것은 오직 사랑 그 자체일 뿐이다. 사랑 그 자체가 가치체(價値體)일 따름이다. 사랑에는 효용(效用)이라는 것이 있을 수 없다. 사랑의 효용을 생각하는 것은 연애윤리학자(戀愛倫理學者)나 연애 공리학자(戀愛功利學者)들뿐이요, 그 실천자는 아니었다.

지운은 지금 영심의 발등에 볼을 부비며 죽고 싶다고 생각했다. 그러나 그것은 지운이가 자기 자신의 감정을 표현하는데 적당한 어휘를 고르지 못했기 때문에 그렇게 생각해 보았을 따름이었다. 실은 죽고 싶다는 생각조차 명확히 들지 않았다. 반대로 살겠다는 생각은 더 한층 들지 않았다. 다만 지운이가 자기의 감정을 정확히 표현할 수 있는 좀 더 적당한 어휘를 선택하는데 작가적인 시간의 여유를 가졌다면 그것은 생명의 자연적인 용해(溶解)에의 허용(許容)인 동시에 인간의식의 페이드인(溶暗[용암])을 의미했을 뿐이다.

사람은 사랑한다는 그 자체만이 레존데뜨르(存在價値[존재가치])를 가지고 있는 것이라고 지운은 거스름 없이 그것을 생각하였다.

둘이는 다시금 걷기 시작하였다. 울퉁불퉁 골짜기를 깊이 접어들어 가면서부터 눈길은 차차 험해지고 좁아졌다. 빙산(氷山)인양 눈 속에 파묻힌 돌을 차고 영심은 벌써 세 번이나 둥그려져 나갔다. 지운은 영심의 팔을 붙들고 걸었다. 눈은 두 사람의 종아리를 덮기 시작했다.

"이러다가는 사흘을 걸어도 못 올라가겠어요."

그러나 그 사흘을 영심은 조금도 고통스럽게 생각하면서 하는 말이 아니다.

"한 달이 걸리면 어떻습니어까?"

"눈이 차차 더 깊어져 가지요?"

"길이 갑자기 낮아져서 그렇군요."

눈의 두께가 두 사람의 무릎까지 올라오고 있었다. 영심은 한 손으로 치마귀를 걷어잡지 않을 수 없었다. 발을 빼서 걸음을 옮기기가 차츰차츰 힘들어졌다. 다리에 피곤이 오기 시작하였다. 발이 꽁꽁 얼기 시작하였다. 아랫동아리서부터 냉기가 차차 배 위로 기어 올라왔다.

계곡의 황혼은 갑자기 짙어져갔다. 앞도 뒤도 첩첩 산이다. 묵화에서 흔히 보는 삭막한 설악(雪嶽) 속에서 두 사람은 지금 개미처럼 지지 부진한 걸음을 한 발씩 옮기고 있는 것이다.

"아무런 소리도 들리지 않아요."

"속세를 완전히 떠났으니까요."

"사람의 인연이란 생각하면 우습지요."

"우습다는 것보다도 신통하지요."

"신통…… 정말 생각하면 신통해요."

"이런 겨울에…… 이런 곳으로 영심 씨와 함께 산보를 오게 될 줄은 꿈에도 몰랐으니까요."

"산보…… 참 지운 씨는 좋은 말 많이하셔요."

"영심 씨가 이처럼 옆에서 들어 준다면 좋은 말 자꾸 해드리지요."

길이 왼편으로 꾸부러지면서 계곡의 낭떠러지가 갑자기 깊어졌다. 두 길은 넉넉히 될 눈이 벼랑턱 절반까지 가득 차 있었다.

"떨어지면 영 기어올라오지 못하겠지요?"

"약간 힘들겠는데요?"

"위험해요 좀 이리 들어서세요."

붙들린 팔로 낭떠러지 쪽에 선 지운을 영심은 가만히 잡아당겼다.

"아, 위험……"

이번에는 지운의 편에서 돌뿌리를 밟고 퉁그라졌다.

"꼭 붙잡아야겠어요. 혼자만 떨어짐 안돼요."

"영심 씨!"

"네?"

"사람이 죽으면 어떻게 되지요?"

"두견새가 되잖아요?"

“아, 두견새!…… 그러다 보니 영심 씨도 무척 좋은 말 많이 하셔요.”

“흐, 흥”

영심은 쓸쓸히 웃으며,

“많이 하지요. 신앙생활로 설교할 줄 알고…… 대아의 정신도 말할 줄 알고……”

“눈덮힌 겨울철에 백운대 산보도 오실 줄 알고……”

“팔장을 끼고 ‘愛人[애인]’의 속편을 실행하기 위해서 황혼의 설곡을 걸을 줄도 알고……”

실로 오랜 시일에 걸쳐 억압되어 오던 한학자의 딸 오영심의 감정이 차츰차츰 속세의 질곡(桎梏)으로부터 해방되기 시작하였다.

영심의 그러한 감정의 해방이 지운을 놀라게 하고 있었다.

“내가 벌써부터 그렇게 추측하고 있었던 것처럼 영심 씨는 확실이112) 서로 상극되는 두 가지 면을 아울러 지니고 있는 것 같아요.”

“무슨 뜻인데요?”

“하나는 영심 씨의 바둑과 서도(書道)에서 오는 일면이

---

112) 확실히

고……"

"그리고는?"

"영심 씨의 전공인 영문학에서 오는 일면이지요."

사랑은 자기를 잘 이해하여 주는 데서도 싹이 트는 법이다. 한 번 보고 느껴진 순수한 애정 위에 이해의 애정이 다시금 겹쳐지기 시작하였다. 이렇듯 완전무결한 둘이의 사랑이 이러한 막다른 골목에서 이루어지지 않아서는 아니 되었던 운명 그 자체가 한스러울 뿐이었다.

"역시 작가는 다르셔."

영심은 기쁘기 한량없다.

"가장 꿈이 많으면서도 가장 현실적인 인간 오영심!"

"꿈이 지나치게 지리했었어요."

"서구적(西歐的)인 로맨티시즘을 동양적인 모랄리즘으로 감싸고 있는 여성 오영심!"

"아이, 재미있어요. 그렇지만 그건 지운 씨도 마찬가질 거예요."

"뭐가요?"

"그와 꼭 같은 중세기적 로맨티시즘을 임 교수의 근엄한 성실로서 캄플라즈하고 있는 작가 임지운!"

지운은 눈이 번쩍 띄였다. 이렇게까지 정확성을 지니고 자기를 논평한 사람이 친구 중에도 없었고 평론가 중에도 없었기 때문이었다.

"지운 씨의 성실은 이 석란과의 결혼을 실천에 옮기는데 자신을 가졌었지만 지운 씨의 꿈은 그 결혼을 손수 파괴하셨지요."

"영심 씨의 모랄리즘이 허 중령과의 결혼 생활을 노력했었지만 영심 씨의 꿈이 결국은 백운대 산보를 시키게 하는 것처럼……"

맞은 말이었으나,

"아니에요."

하고 영심의 말은 항거를 해 본다.

"뭐가 아니에요?"

"제가 집을 나설 때는 이런 데로 찾아 올 생각은 꿈에도 없었으니까요."

영심의 오른편 손이 외투 주머니 속의 수면제를 어루만지고 있었다.

"지운 씨를 만나지 않았댔음 오늘 저는 딴 길을 산보했을 거예요."

실은 창경원 벤치 위에서 약을 먹을 셈으로 영심은 있었던 것이다.

"딴 길이라고…… 이보다 더 아름다운 길인가요?"

"가 보지 않아서 잘 모르겠어요."

"영심은"

후딱 지운을 쳐다보며 쓸쓸히 웃었다. 지운은 걸음을 멈추고 영심의 쓸쓸한 웃음을 가만히 들여다보았다. 길이 갑자기 가파로와지기 시작한 어떤 벼랑턱 위에서였다.

"영심 씨!"

지운은 두 손으로 영심의 어깨를 가만히 흔들며 불렀다.

"네?"

자즈러질[113) 것 같이 조용한 대답을 영심은 했다.

"사랑한다는 것은 좋은 일이지요?"

"무척⋯⋯ 무척⋯⋯"

숨이 가빠 영심의 대답이 자꾸만 매듭을 맺는다.

"사랑은 인간에게 영원을 생각하게 하는 오직 하나의 순수한 관념 같아요."

"영원⋯⋯ 영원⋯⋯"

잠고대처럼 영심은 중얼거리며,

"지나간 오랜 시절, 지운 씨를 생각할 때마다 저는 영원을 생각했지요."

"영원을 생각하고 나서는 생명의 유한(有限)을 생각하고요."

_____

113) 자지러질

영심의 상반신이 조금씩 앞으로 쓰러져 오는 것과 지운의 품이 그것을 조용히 맞이한 것은 동시에 일어난 자연 현상이었다.

그것을 하나의 행동이라고 부르기에는 둘이의 의욕이 이미 조절의 기능을 상실하고 있었다. 해가 지고 달이 뜨고 새가 울고 꽃이 피는 것과 꼭 같은 대자연 속의 한낱 현상일 따름이었다. 이 인간의 의욕을 초월한 순수 무구한 애정의 자세 속에서 인류는 탄생했고 철학은 싹텄다.

"영원히…… 당신을 영원히 내 품에……"

"영원히…… 영원히 당신 품에……"

병풍인 양 겹겹이 둘러 싼 백은(白銀)의 세계, 그 웅대하고 삭막한 눈의 계곡 속에서 둘이는 오랫동안 포옹의 자세를 취하고 있었다. 행동이 아니고 현상을 의미하는 조용한 포옹이었다.

바람 소리도 없고 새 소리도 없다. 무엇 하나 움직이는 것도 없다. 영원한 침묵을 지켜 주려는 것처럼 우뚝우뚝 솟아있는 웅장한 설악의 품속에 둘이의 조그만 그림자는 조용히 안기워 있었다.

날은 완전히 저물어 희미한 달빛이 황혼의 꼬리를 문 북극의 백야(白夜)가 설곡에 왔다 무시무시한 적료(寂廖)가 둘이의 주위에는 있었다.

"영심이!"

"네."

누구 한 사람 듣는 이가 있을 리 없건만 둘이의 대화는 마치 속삭이는 것처럼 흘러나오고 있었다.

"몸이 얼었는데……"

"춥지는 않아요."

희미한 월광을 등불 삼아 미끄러운 비탈길을 둘이는 한 걸음 올라가고 있었다.

"앗──"

손길만을 잡았던 것이 나빴다. 길 한 쪽이 떨어져 나간 줄을 알 리가 없다. 쌓였던 눈더미가 저항을 잃고 영심의 발을 몸과 함께 낭떠러지로 밀어 넣고 있었다.

"손을 꼭 잡고 가만히 매달려 있어요! 힘을 쓰면 내 발이 미끄러워서……"

달빛이 차차 밝아 오며 지운의 손길 하나에 달랑달랑 매달려 있는 영심의 몸뚱이가 완전히 보였다. 다행히 지운은 앉은뱅이 소나무 하나로 자기의 몸을 지탱하며 조심조심 영심을 끌어올리는 데 성공하였다.

"하마터면 혼자 갈 뻔했어요."

영심은 눈을 털며 지운을 쳐다보고 가볍게 웃었다.

"왜 혼자 보내겠어요? 내가 따라 다이빙을 하지요."

"수영을 하세요?"

"운동이라고는 수영밖에 모른답니다."

둘이는 웃었다.

"어떻게요? 좀 더 올라가서 쉬어 가지요."

"이 비탈길만 올라가서 쉬어요. 저리 가서 쉬어요. 다리가 아파요. 발이 꽁꽁 얼어서 감각이 없어요. 고무다리 같아졌어요."

둘이가 다 아랫동아리가 흠뻑 젖어 있었다. 군데군데 얼어붙기도 했다.

"영심은 이런 데로 산보 온 걸 후회하지 않아요?"

"아니요. 지운 씨는?"

"나야 물론……"

"그럼 어서 가요."

"가만 있어요. 이대로 올라가다는……"

지운은 외투 밑에 목도리를 벗었다.

"춥겠지만 영심 씨의 마후라 좀 빌려 주세요."

영심은 마후라를 주었다. 지운은 둘을 마주 비끄러맸다. 그리고는 자기 허리에 둘러보았다. 그러나 두 사람의 허리를 동여매기에는 아직 길이가 모자랐다.

"이거 드려요?"

영심이가 머리에 쌌던 스카프를 벗으려는 것을 막으며

자기의 허리띠를 지운은 풀었다. 그리고는 허리띠 대신 아까 그 노끈 남은 것으로 바지를 맸다.

"아직, 조금 짧은데……"

혁대를 이어도 둘이의 허리를 간신히 동여맬 수 있을 뿐, 끈이 짧아서 걸을 수가 없다. 그것을 보자 영심은 외투 단추를 끌러 헤치고 저고리 고름을 잡아 뜯었다.

"이걸 이으면 될 거예요."

"찬바람이 들어갈 텐데……"

"외투 입어요?"

고름 두 개를 또 이었다. 둘의 허리를 동여매기 전에 지운은 자기의 외투를 벗어서 괜찮다는 영심에게 더 입혀 주었다.

"남자의 몸은 여자보다 강인하니까……"

둘이의 허리를 각기 매고도 한 자 길이의 여유가 두 사람 사이에는 생긴 것이다.

"자아, 이제 올라가요."

"어린애들의 기차놀이 같아요."

둘이는 손을 돌려 서로의 몸을 꼭 부여안고 다시금 눈 비탈을 쑥쑥 빠지면서 올라가기 시작하였다.

"저고리 고름이 약해서 끊어짐 어떻게요?"

영심은 그것이 또 걱정이 되었다.

"이은 데만 없으면 끊어지지는 않겠지요."

"이는 데는 없지만…… 이거 하나 잡수세요."

몇 걸음 올라가다가 영심은 가게 아주머니가 준 초콜렛을 꺼냈다. 시장끼는 벌써부터 있었다.

"그것보다도…… 우선 위스키로 먼저 몸을 풀어야 하겠소. 냉기가 심장까지 올라오기 전에……"

영심에게 더 입힌 외투 주머니에서 위스키 병을 지운은 꺼냈다. 이빨로 마개를 뽑고,

"자아, 한 모금……"

하고 먼저 영심에게 권했다.

"전 못 먹어요."

"먹은 줄 알고 권하는 것이 아니요. 몸을 데워야 산보를 계속할 수 있으니까요."

영심의 입에 병을 갖다 대고 지운은 가만히 술을 부었다.

처음에는 가슴이 째개지는[114] 것 같았으나 한참을 지나고 나니 몸이 차차 영심은 풀리기 시작하였다.

지운은 올라가면서 병 나팔을 수차나 불었다.

"비스켓이예요."

이번에는 영심의 편에서 지운의 입에서 비스켓을 하나

114) 쪼개지는

씩 쏙쏙 들여뜨려 주었다. 두 사람은 눈 속에 여러 번 쓰러지면서 걸었다. 일어설 기력을 잃고 꼭 안은 채 그대로 앉아 있기도 했다 그러다가는 또 용기를 내어 일어서서 걸었다. 걷다가는 또 딩굴며[115] 쓰러졌다. 그것은 글자 그대로의 사랑의 고행(苦行)을 의미하고 있었다.

비탈길은 마침내 두 사람을 절벽 꼭대기로 인도하였다. 길은 거기서 또 오른편 낭떠러지를 기어 올라가고 있었으나 지운은 영심의 몸에서 자기의 외투를 벗겨 벼랑턱 위에 깔았다. 그리고는 피로할 대로 피로해진 영심의 몸을 가만히 앉히었다. 끈이 짧아서 영심이 앉으면 지운도 따라 앉아야만 했다.

"꿈속 같이 신비로운 이 경치!"

몸이 풀림을 따라 영심의 감정은 차차 황홀해 갔다. 황홀을 느낄 만한 신비로운 경치가 둘이의 눈앞에 즐비하게 전개되어 있기도 했다.

쓰러지기만 하는 것 같았으나 그래도 두 사람은 상당한 높이까지 올라와 있었다. 창백한 차거운 달빛 속에 높고 낮은 눈 봉우리가 눈 아래로 첩첩이 덥겨져[116] 있었다.

"등산 온 보람이 있지요?"

---

115) 뒹굴며
116) 덥혀져

지운은 영심의 몸을 자기의 체온으로 조금이라도 더 녹여주고 싶어 꼭 옆으로 껴안아 조용히 물었다.

"보람 이상의 보람……"

영심은 꺼질 것 같은 한숨을 지었다.

"피곤하지요?"

"아니요."

육체의 피곤을 묻는 말이었으나 영심은 마음의 건강 상태를 대답하고 있었다. 영심의 표정은 달빛 속에서도 분명히 피곤을 느끼고 있는 것이다.

위스키를 마시고 난 지운의 입에다 빠짐없이 비스켓을 영심은 하나씩 넣어 주며,

"이제…… 이제 더 이상 더 움직이기가 싫어졌어요. 눈이 더 자꾸만 내려서…… 이대로 이렇게 앉아 있는 이대로의 저희들을 덮어 죽었으면……"

"아아, 영심!……"

지운은 영심의 몸을 조용히 돌려 두 손으로 영심의 얼굴을 가만히 쓰다듬어 주었다. 영심은 눈을 사르르 감고,

"영혼은 불멸(不滅)이죠?"

했다.

"그럼요! 우리의 사랑이 불멸인 것처럼 우리의 영혼도 영원히 살아 있을 거예요."

"그러면…… 그러면 안심 하겠어요!"

"영심 안심해요! 영혼의 불멸을 굳게 믿어요. 설사 우주의 소멸은 있을런지 몰라도 오영심과 임지운의 혼백은 영원히 살아 있지요!"

영심도 두 손을 올려 지운의 볼을 어루만져 보면서,

"혼자 죽지 않은 것이 다행이예요! 하마터면 백운대 등산을 못해 보고 죽을 뻔 했어요."

"아아, 그럼 영심은 아까……"

영심은 주머니에서 약봉지를 꺼내 벼랑 밑으로 던지며,

"한 사람 분이니까, 인제 소용없게 됐어요. 약을 먹고…… 지운 씨를 맨 처음으로 뵌 나무 밑 벤치에 가만 누워 있을 생각으로……"

"영심, 영심!"

얼굴을 더듬던 지운의 손이 영심의 몸을 끌어안아 품안에 꼭 넣어 보며,

"하마터면…… 나도 영심을 보지 못하고 죽을 뻔했지요. 이 유서── 인제 다 소용없게 됐소."

양복 주머니에서 수첩을 꺼내 영심의 본을 따라 휙하고 달빛 속에다 내던지며,

"둘이 같이 영원히 살아요! 대자연이 영원한 것처럼 우리들의 생명도 영원하지요."

"영원히…… 영원히"

볼을 스치던 입술과 입술이 메마르게 부딪치며 십 년 전 창경원 봄 동산에서부터 여물고 여물어 온 사랑의 봉우리가 오늘 이 창백한 달밤, 삼각산 빙악(氷嶽) 속에서 비로소 꽃피기 시작한 두 떨기의 아름다운 빙화(氷花)여!

우주와 더불어 영혼의 영구 불멸은 그들 두 사람에게 있어서는 이미 하나의 확고부동한 신앙으로 변하고 있었다.

포드등……

포드등……

이름 모를 산새 두 마리가 나뭇가지에 남아 있던 한 무더기의 눈을 날리며 어디론가 멀리 사라져 갔다.

산적적 인적적(山寂寂 人寂寂), 달은 천심(天心)에 걸려 있었다. 북빙양(北氷洋)의 파도가 그대로 고스란히 얼어붙은 것처럼 멀리 가까운 백설의 메뿌리가 유현무궁(幽玄無窮) 차거운 달빛 속에 목화인 양 몽롱했다.

얼마나 지났을까?—— 이윽고 속세를 등진 두 사람의 유인(幽人)은 다시 몸을 일으켜 차차 더 험준한 길 아닌 길을 부둥켜안고 미끄러지며 사랑의 고행을 계속하기 시작하였다. 둘이는 연방 위스키를 마시면서 걸었다.

몸과 마음을 독한 술로 후련히 데운 두 사람은 영혼의

불멸을 체험하기 위하여 일부러 위태로운 낭떠러지 길을 비틀거리며 걸었다. 이윽고 백설로 담요 삼고 이불을 삼은 두 개의 육체에서 한 쌍의 영혼의 나비가 창공을 향하여 나블나블[117] 승천(昇天)할 시각이 멀지도 않을 것이다.

 두 사람이 걸어 온 네 개의 발자욱이 달빛 속에 희미하다. 발자욱마다 처녀지(處女地)를 밭가는 개척자의 그것인 양 고난에 차 있었고 그 하나하나에 세계고(世界苦)는 인박혀 있었던 것이니, 임지운과 오영심의 그 우주적이요 인류적인 환희와 고독의 발자욱은 삼각산 새 눈길에 얼마나 더 아로새겨 질런지는 아무도 몰랐다.

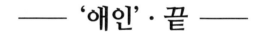

—— '애인'·끝 ——

---

117) 나블나블

김내성 『애인』에 나타난 욕망과 윤리

한국 근대 탐정소설계의 독보적인 인물이었던 '김내성'은 1940~50년대에 주로 작품활동을 전개하였으며, 치밀한 사건구조를 바탕으로 대중적 관점에서 인간사를 서술하고자 했다.

『애인』은 1954년 경향신문에 연재된 장편소설이다.

10년 전 사랑을 다짐했던 청춘 남녀가, 10년 후 여자의 결혼식장에서 재회하게 되면서 일어나는 이야기이다. 영화로도 제작되어 폭발적인 인기를 끌었다.

1950년대는 전쟁이라는 악조건 속에서 실존의 불안, 미국 문화의 급속한 유입에 따른 향락적 이기주의 등의 팽배로 사회적 윤리와 욕망의 부조화가 극심했던 시기다. 이 시기에 창작된 『애인』은 김내성의 후기소설로 전후 젊은 지식인 사이에 싹트던 연애에 대한 욕망을 개인의 자유 의지와 사회적 윤리라는 측면에서 진지하게 다루고 있다.

이 작품은 애욕의 철학자, 명동형 인물, 성실한 도덕주의자 등의 인물을 통해 현실을 재현함으로써 연애나 성적 욕망을 가족을 구성하는 중요한 요소로 생각하면서도, '졸렌'적 인물을 통해 가족을 둘러싼 제도나 사회적 윤리의 불합리성에 대해 비판적 거리를 유지하고 있다. 특히 자매애의 형성과 낭만적 사랑의 순교로 맺어지는 결말 구조는 가족 내에서 남녀 성별 위계화와 성적 영역의 분할을 기획하고 있던 지배담론과는 차이가 있다. 이런 결말 구조는 축첩이나 남성의 애욕만을 용인하는 가부장적인 사회 윤리에 대응하기 위해 여성들이 자매애로 유대함으로써 가부장적 사회 윤리의 모순을 폭로한다. 또한 근대적 가치의 분열과 혼란을 제시함으로써 당대 젊은 지식인의 삶 자체가 비판적이고 회의적인 세계인식에 기대고 있음을 보여주고 있으며, 사랑의 감정과 성적 욕망을 지닌 이성(理性)적인 연인이 가족제도의 제약 때문에 죽음을 택하는 이러한 재현방식은 일부일처주의 가족제도조차도 인권의 법적 보호망이 되지 못하는 현실세계에 대한 역설이기도 하다.

이러한 측면에서 볼 때, 『애인』은 개인의 욕망을 단순히 가부장적 제도라는 지배담론의 틀 속에 귀속되지 않으면서도 그 시대를 성실하게 살아가는 인물들의 이상을 다양하면서도 심층적으로 형상화하고 있다는 점에서, 즉 양가적인 감정구조를 드러내는 대중서사 방식을 취하면서도 절대적인 것을 부정하고 사물화되고 파편화되어 있는 현상을 세계 파악의 중요한 단서로 삼고 있다는 점에서 미적 모더니티에의 지향을 보여주고 있다.

김내성

(金來成, 1909~1957)

1909년 평안남도에서 태어난 김내성은 평양공립고등보통학교를 거쳐 일본 와세다대학 독법학과를 졸업한 엘리트다. 당시에는 최고의 명문 학부를 졸업해 법관이나 변호사로 보장된 길을 갈 수 있음에도 추리소설가로서의 길을 선택한 것은 대단히 이례적이고 파격적인 일이다.

대학에 재학 중이던 1935년에 일본 탐정소설 전문잡지 『프로필』에 「타원형의 거울」을 발표했다.

이후 탐정소설 작가로서 이름을 알린 김내성은 한국 추리소설의 터전을 닦은 명실상부한 우리나라 최초의 본격 추리소설 작가이다.

한국 추리소설의 아버지라고도 불리는 김내성의 소설 때문에 종잇값이 올랐다는 말이 있을 정도로 당대 최고의 베스트셀러 작가였고, 『마인』, 『청춘극장』, 『쌍무지개 뜨는 언덕』, 『실낙원의 별』 등 어린이 모험소설과 라디오 연속극, 대중소설에까지 그 명성을 떨쳤다.

큰글한국문학선집: 김내성 장편소설

애인(下)

© 글로벌콘텐츠, 2016

1판 1쇄 인쇄_2016년 08월 01일
1판 1쇄 발행_2016년 08월 10일

지은이_김내성
엮은이_글로벌콘텐츠 편집부
펴낸이_홍정표

펴낸곳_글로벌콘텐츠
　　　등　록_제25100-2008-24호
　　　이메일_edit@gcbook.co.kr

공급처_(주)글로벌콘텐츠출판그룹
　　　기획·마케팅_노경민　**편집**_송은주　**디자인**_김미미　**경영지원**_이아리
　　　주소_서울특별시 강동구 천중로 196 정일빌딩 401호
　　　전화_02-488-3280　**팩스**_02-488-3281
　　　홈페이지_www.gcbook.co.kr

값 40,000원
ISBN 979-11-5852-109-7 04810
　　　979-11-5852-107-3 04810(set)